BLITZ
Phantastische
ROMANE

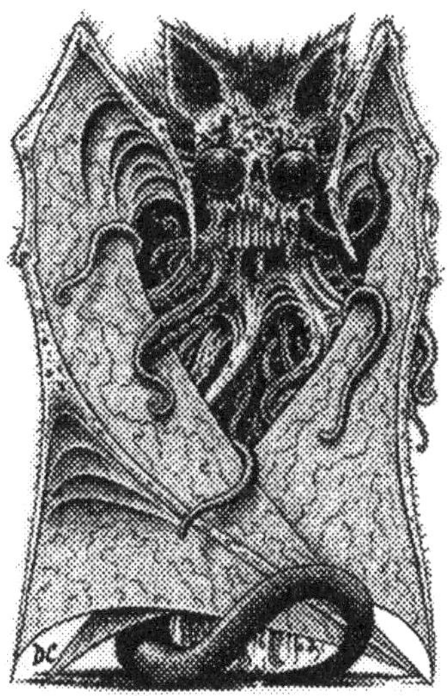

Frank Festa (Hg.)

Die Saat des Cthulhu

Horror-Anthologie

BLITZ-Verlag
Postfach 1168 · 51556 Windeck · Fax: 02292/6340

Sollte Ihre Bezugsquelle nicht alle Titel des BLITZ-Verlages verfügbar haben, können Sie im Internet unter **www.BLITZ-Verlag.de** oder bei unserem Auslieferdienst bestellen:

ROMANTRUHE-BUCHVERSAND
Hermann-Seger-Straße 33-35 · 50226 Frechen
Fon: 02234/273528 · Fax: 02234/273627
Mail: Info@Romantruhe.com

Umschlaggestaltung: www.babbarammdass.de
Illustrationen von Dave Carson
Gesamtherstellung: BLITZ-Verlag

2. Auflage

ISBN 3-932171-99-3

Vorwort

Im Februar 1928 veröffentlichte das legendäre amerikanische Horrormagazin *Weird Tales* H. P. Lovecrafts Geschichte ›The Call of Cthulhu‹ (Cthulhus Ruf). Die Idee zu dieser Geschichte hatte Lovecraft aber bereits im Mai 1920 aufgrund eines sehr lebhaften Traums.

In der Erzählung berichtet der Ich-Erzähler, daß er die Hinterlassenschaften seines verstorbenen Großonkels George Gammell Angell, Professor für semitische Sprachen an der Brown-University in Providence, Rhode Island, sichtet. Dabei findet er ein seltsames flaches Relief, auf dem ein Monster oder ein Tintenfisch und unbekannte Schriftzeichen zu sehen sind. Daneben liegt ein Manuskript in der Handschrift seines Großonkels, das mit »Cthulhu-Kult« überschrieben ist. Der Text ist in zwei Abschnitte unterteilt, dessen erster Berichte über merkwürdige Träume verschiedener Personen und einige Zeitungsausschnitte enthält, die »auf Fälle von extremem Wahnsinn und das Auftreten von Massenpsychosen oder Manien im Frühjahr 1925« hinweisen.

Diese Berichte werden nun »zitiert«, – und schon sind wir in einer typischen Lovecraft-Erzählung der literarischen Scheinwissenschaft. Alle Hinweise und Dokumente führen zu einer Insel im Pazifik, wo Cthulhu haust, eine Kreatur aus den Weiten des Weltalls.

Cthulhu lebte bereits auf unserem Planeten, als sich die Erdkruste gerade abgekühlt hatte und die ersten Bakterien noch in der Ursuppe tanzten. Sein Körper scheint eine gewisse Ähnlichkeit mit einem Kraken zu besitzen, so muß man anhand diverser, aus vielen Ländern zusammengetragener kultischer Gegenstände schließen, allerdings scheint er weit mehr als nur acht Arme zu haben, und über seine Größe sollte man besser nicht nachdenken…

Nach der Veröffentlichung dieser Geschichte wurde in der ganzen Welt der Ruf des Cthulhu vernommen, die Erzählung wurde eine der einflußreichsten der modernen phantastischen Literatur. Viele, viele Autoren haben Motive aus der lovecraftschen Schöpfung entnommen, um sie in eigenen Geschichten zu benutzen. Schon Lovecrafts Freunde woben an dem Stoff weiter – Lovecraft selbst animierte sie dazu, und er hatte seinen Spaß daran, eine literarische Mythologie zu entwickeln und sie mit weiteren Wesen wie Yog-Sothoth, Nyarlathotep oder dem blinden Idiotengott Azathoth zu bevölkern. Sogar die Namen seiner Schriftstellerfreunde durchliefen seltsame Metamorphosen: aus Clark Ashton Smith wurde Klarkash-Ton, aus Robert E. Howard machte er Ar-I-Ech und Duane Rimel mutierte zu Rhi´-Mhel. Lovecraft hatte einen Heidenspaß an solchen Spielchen und nahm sich selbst natürlich nicht aus: E´ch-Pi-El nannte er sich. Einige dieser Verballhornungen tauchten sogar in seinen Geschichten auf. Lovecrafts Freunde wiederum erfanden neue Dämonengötter und kleinere Zutaten zur Cthulhu-Mythologie.

Als Lovecraft 1937 starb, ahnte er nicht, was für eine Welle er mit seinen Geschichten ausgelöst hatte. Quasi alle nachfolgenden Autoren des phantastischen Genres wurden durch Lovecraft angeregt: Robert Bloch, Henry Kuttner, Lyon Sprague de Camp, Stephen King, Brian Stableford, Gene Wolfe, Chet Williamson, William Relling, Fritz Leiber, David J. Schow, Neil Gaiman, Michael Marshall

Smith, Brian Lumley, Karl Edward Wagner, Brian McNaughton, Alan Dean Foster, T.E.D. Klein, Julio Cortazar, John Skipp, Joanna Russ, Fred Chappell, Douglas Clegg, Bruce Sterling, Lin Carter, Roger Zelazny, Harlan Ellison, Umberto Eco… Die Liste ist wirklich endlos.

Aber eine entscheidende Frage ist nicht, wer alles Cthulhu-Geschichten schrieb, sondern warum Schriftsteller überhaupt solche Motive aufgreifen. Was treibt sie dazu, die Geschichten eines längst verstorbenen Schriftstellers weiterzuspinnen?

Die Antwort ist einfach: Besonders junge Autoren, denen noch die eigene Stimme fehlt und deren Erfahrungshorizont nicht groß ist, fühlen sich von dieser literarischen Spielwelt angezogen – und ist es in diesem Zusammenhang nicht interessant, daß es Rollen- und Computerspiele zum Mythos gibt, die *Call of Cthulhu* betitelt sind?

Ein kurzer Blick in die Biographien und Bibliographien der Cthulhu-Geschichten-Verfasser gibt mir recht. Robert Bloch oder Ramsey Campbell, zwei Autoren, die sehr viele Beiträge schrieben, taten dies in der frühen Phase ihrer Karriere und widmeten sich später anderen Themen. Natürlich gibt es Ausnahmen – Schriftsteller wie z.B. Brian Lumley oder Lin Carter frönten auch noch als alte Hasen ihrer Lovecraft-Lust.

Doch vergessen wir nicht die Armeen junger Autoren, die in Fan-Magazinen ihre Geschichten über das »namenlose Ding aus der Tiefe mit den tausend Schatten« veröffentlichen und deren Namen nie im Inhaltsverzeichnis irgendwelcher Bücher auftauchen werden. Ihre Texte seien »lovecraftischer als Lovecraft selbst«, bemerkte Dirk W. Mosig einmal. Diese Werke gehören in die Kategorie schlichter Lovecraft-Imitationen, die versuchen, durch das Kopieren von Stil und Handlungsgerüsten die literarischen Effekte zu erzielen, die ihr Vorbild erreichte – man sollte nämlich bei der scheinbaren Trivialität des Themas nicht vergessen, daß Lovecraft einer der talentiertesten Schöpfer unheimlicher Literatur war –, und die im Stadium ungewollter Parodien alle so kläglich versagen.

In eine weitere Kategorie kann man die anspruchsvollen Nachahmer einreihen, die zwar oft den Lovecraft-Stil kopieren, die aber durch Talent und originelle Ideen aus der ersten Gattung hervortreten, so der junge Ramsey Campbell, Basil Copper, Robert Bloch, Brian Lumley oder Lin Carter.

In eine dritte Gruppe der Lovecraft-Imitatoren kann man die Texte einiger herausragender Schreiber einreihen, die auf jedes Nachäffen verzichten und die sich auf ihre eigenen Stimmen konzentrierten, so etwa Ramsey Campbell seit Ende der sechziger Jahre, Fred Chappell, Thomas Ligotti oder T.E.D. Klein.

Thomas Wagner schrieb mir zu seiner Erzählung in diesem Buch: »Meine ›Farben der Tiefe‹ ist ja eigentlich keine Cthulhu-Story, ich finde es auch wesentlich interessanter, sich einfach nur von Passagen, Stimmungen usw. inspirieren zu lassen und ein eigenes, neues Garn daraus zu spinnen, als ein pures Pastiche zu basteln. Der gute H.P.L. wird meines Erachtens ja von einigen Zeitgenossen aus Fankreisen etwas überstrapaziert – da kann er natürlich nix dafür…«

Für *Die Saat des Cthulhu* habe ich eine Auswahl aus Geschichten von Schriftstellern aus der zweiten und dritten Gruppe getroffen, echte Meisterwerke der Weird-Fiction, die sich allerdings nicht sklavisch an ihr Vorbild halten.

Frank Festa, Juni 1999

Ramsey Campbell

Es ist kein Zufall, daß ich den Engländer Ramsey Campbell diese Auswahl beginnen lasse, ist er doch einer der fleißigsten Schreiber von Cthulhu-Geschichten. 1946 geboren, veröffentlichte er im zarten Alter von sechzehn Jahren sein erstes Buch: *The Inhabitant of the Lake and Less Welcome Tenants* (1964, Arkham House, Sauk City, Wisconsin). Es waren allesamt Huldigungen an Lovecraft. Auch in späteren Jahren vergaß Ramsey Campbell seine literarischen Wurzeln nicht, wie in der nachfolgenden Erzählung, die 1969 in *Tales of the Cthulhu Mythos* (Arkham House, Sauk City, Wisconsin) erschien. Joachim Kalka, der Übersetzer der Geschichte, wies mich darauf hin, daß Campbell als ihr geheimes Thema »...die Furcht vor (und das unterdrückte Verlangen nach) der homosexuellen Vergewaltigung« sah.

Ramsey Campbell ist einer der meistgelesenen Kurzgeschichtenautoren unserer Zeit und wurde mit literarischen Auszeichnungen förmlich überhäuft. Er hat zehn Bände mit Erzählungen und sechzehn Romane veröffentlicht.

Schriftlich

»... denn nicht einmal das Gesinde von Cthulhu wagt es,
von Y'golonac zu sprechen; doch es wird eine Zeit kommen,
da wird Y'golonac hervortreten aus der Einsamkeit von Äonen
und wieder wie einst unter den Menschen wandeln ...«
Offenbarungen von Glaaki, Band XII

Sam Strutt leckte sich die Finger und wischte sie am Taschentuch ab; seine Fingerspitzen waren grau vom Schnee des Haltegriffs am Einstieg des Busses. Dann zog er sein Buch vorsichtig und zärtlich aus der Plastiktüte, die neben ihm auf dem Sitz lag, holte zwischen den Seiten das Autobusticket hervor, hielt es so, daß der Buchumschlag vor seinen Fingern geschützt war, und begann zu lesen. Wie schon oft nahm der Schaffner an, daß das Ticket für seine augenblickliche Fahrt gültig war; Strutt tat nichts, um den Irrtum aufzuklären. Draußen wirbelte der Schnee die Seitenstraßen hinunter und glitschte unter den Reifen vorsichtiger Autos.

Der Matsch spritzte in seine Schuhe, als er vor dem Hauptbahnhof von Brichester ausstieg. Zur doppelten Sicherheit barg er die Tüte mit dem Buch unter dem Mantel und bahnte sich seinen Weg zum Zeitungskiosk, die Schneeflocken festtretend. Die Glasscheiben des Kiosks waren nicht ganz geschlossen; Schnee war hineingeweht und ließ die glänzenden Taschenbucheinbände stumpf werden. »Sehen Sie sich das an!« sagte Strutt zu einem jungen Mann, der neben ihm stand und mit angestrengtem Blick in die Menge starrte, den Hals wie eine Schildkröte in den Kragen zurückgezogen. »Ist das nicht widerlich? Denen ist das völlig egal!« Der junge Mann, der immer noch die nassen Gesichter musterte, stimmte abwesend zu. Strutt schritt zum anderen Fenster des

Standes, wo der Verkäufer Zeitungen herausreichte. »Hören Sie!« rief Strutt. Der Verkäufer, der Wechselgeld für einen Kunden abzählte, hieß ihn mit einer Handbewegung warten. Über die Taschenbücher hinweg, durch die beschlagene Scheibe, beobachtete Strutt, wie der junge Mann fortlief, ein junges Mädchen umarmte und ihm dann sanft das Gesicht mit einem Taschentuch abtrocknete.

Strutts Blick fiel auf die Zeitung, die der Mann in der Hand hielt, der auf sein Wechselgeld wartete. *Brutaler Mord in Kirchenruine*, las er; in der vergangenen Nacht hatte man im Gemäuer einer verfallenen Kirche in der Unterstadt von Brichester eine Leiche gefunden; als man den Schnee von dem marmorstarren Körper entfernt hatte, entdeckte man entsetzliche Verstümmlungen, die den Leichnam bedeckten – ovale Wunden, ähnlich den... Der Mann nahm seine Zeitung und sein Geld und ging in den Bahnhof. Der Verkäufer wandte sich lächelnd an Strutt. »Tut mir leid, daß Sie warten mußten.« – »Ja«, sagte Strutt. »Ist Ihnen eigentlich klar, daß es auf die Bücher hier draufschneit? Es könnte ja immerhin vorkommen, daß jemand sie kaufen möchte.« – »Sie vielleicht?« gab der Verkäufer zurück. Strutt preßte die Lippen zusammen und drehte sich um, wieder in den schneewirbelnden Wind. Hinter sich hörte er die Glasscheiben aneinanderklingen.

»Das Gute Buch An Der Hauptstraße« bot Schutz; er schloß die Tür gegen das fetzende Schneetreiben und musterte das Angebot. In den Regalen zeigten sich frontal die Neuerscheinungen; ältere Titel drehten den Rücken. Mädchen kicherten über Weihnachtskarten mit witzigen Sprüchen; ein unrasierter Mann wehte mit einem Windstoß voll Schneeflocken zur Tür herein und starrte unsicher umher. Strutt schüttelte mißbilligend den Kopf; Penner sollten in Buchläden keinen Zutritt haben, die machten nur die Bücher schmutzig. Aus den Augenwinkeln beobachtete er, ob der Mann auch keine Buchrücken knickte oder Einbände knitterte, und dabei ging er an den Regalen entlang, aber er konnte nicht finden, was er suchte. Drüben jedoch schwatzte ein Verkäufer mit der Kassiererin, der ihm letzte Woche schwärmerisch *Last Exit to Brooklyn* empfohlen hatte, als Strutt es kaufte – und er hatte sich geduldig die Aufzählung von Strutts jüngster Lektüre angehört, obwohl er die Titel nicht zu kennen schien. Strutt ging hin zu ihm und fragte: »Hallo – gibt's diese Woche wieder etwas Aufregendes?«

Der Mann sah ihn verwundert an. »Etwas...?« »Sie wissen doch, Bücher wie das da.« Strutt hielt seine Plastiktüte hoch und zeigte ihm den grauen Ultimate-Press-Einband von *Des Lehrers Zuchtrute* von Hector Q.

»Ah – nein, ich glaube nicht.« Er tippte sich an die Lippen. »Außer – Jean Genet?«

»Wer? Ach, Sie meinen *Genett*. Nein, vielen Dank, der ist sterbenslangweilig.«

»Tut mir leid, mein Herr, dann kann ich Ihnen, fürchte ich, nicht weiterhelfen.«

»Oh.« Strutt fühlte sich zurückgewiesen. Der Mann schien ihn nicht zu erkennen, oder vielleicht tat er nur so. Strutt hatte die Sorte schon öfter erlebt: ohne sich einzulassen, tolerierten sie stumm und von oben herab seine Lektüre. Sein Blick suchte nochmals die Regale ab, aber kein Einband ließ ihn innehalten. An der Tür knöpfte er verstohlen das Hemd auf, um sein Buch noch besser zu schützen, und eine Hand fiel auf seinen Arm. Die Hand, bedeckt mit Schmutz, glitt zu der seinen hinunter und berührte die Tüte. Strutt schüttelte sie ärgerlich ab und wandte sich wütend gegen den Stadtstreicher.

»Einen Moment mal!« zischte der Mann. »Sind Sie hinter solchen Büchern her? Ich weiß, wo wir welche kriegen!«

Strutt empfand es als Beleidigung: Was er suchte und las, waren Bücher, die einer unangemessenen Zensur unterworfen wurden. Er entriß seine Tüte den Fingern, die zugreifen wollten. »Sie schätzen diese Bücher auch, wie?«

»O ja. Ich hab viele.« Strutt ließ die Falle zuschnappen. »Zum Beispiel?«

»Ach – *Adam und Evan, Nimm mich wie du willst*, die ganze Serie von Harrison, Sie wissen doch, da gibt's viele.« Widerwillig mußte Strutt zugeben, daß das Angebot des Mannes offenbar echt war. Der Verkäufer an der Kasse beobachtete sie.

Strutt starrte zurück. »Also gut«, sagte er. »Wo ist der Laden, von dem Sie reden?«

Der andere nahm seinen Arm und zog ihn hastig in den schräg vorbeiwehenden Schnee. Die Fußgänger hielten sich die Mantelkragen zu und schlüpften eilig zwischen den Autos hindurch, die darauf warteten, daß ein von der Straße geschlitterter Bus abgeschleppt wurde; die Scheibenwischer quetschten die Schneeflocken in die Ecken der Windschutzscheiben. Der Mann zerrte Strutt durch die blökenden und tutenden Autohupen, zwischen zwei Auslagen, aus denen selbstzufriedene Ladenmädchen blickten, die mit kopflosen Schaufensterpuppen hantierten, in eine schmale Nebenstraße. Strutt erkannte die Gegend wieder als eine, die er vergeblich nach kleinen Buchläden durchgekämmt hatte – enttäuschende Vitrinen, hin und wieder heißer durchdringender Küchendunst, Autos mit Schneemützen, laute Kneipen, warm und sicher vor dem Wetter. Strutts Führer schlüpfte in den Eingang eines Lokals, um seinen Mantel abzuschütteln; der weiße Firnis zersprang und fiel von ihm ab. Strutt schloß sich an und rückte das Buch in der Tüte zurecht, die er sicher unter seinem Hemd verstaut hatte. Er stampfte die Schneekruste von den Schuhen; als der andere es ihm nachtat, hörte er auf – er wünschte nicht, mit dem Individuum auch nur durch diese triviale Handlung verbunden zu sein. Angewidert betrachtete er seinen Gefährten, seine geschwollene Nase, durch die er jetzt den Rotz hinaufzog, die Bartstoppeln auf den geblähten Wangen, aus denen er in seine zitternden Hände blies. Strutt hatte panische Angst davor, irgend jemanden zu berühren, der nicht von peinlicher Sauberkeit war. Auf dem Gehsteig vor dem Eingang verloren sich ihre Fußspuren bereits unter frischem Schnee, und der Mann sagte: »Es macht mich entsetzlich durstig, wenn ich so rennen muß.«

»So läuft also das Spielchen, was?« Aber die Buchhandlung lag vor ihm und lockte. Strutt ging voraus in den Schankraum und bestellte zwei Bier bei einer gigantischen Barfrau, deren Busen von Rüschen starrte und die mit den Gläsern hin und her wogte und schwungvoll an den Zapfhähnen hantierte. Alte Männer sogen in undeutlich erkennbaren Nischen an ihren Pfeifen, Märsche dröhnten aus einem Radio, Männer mit Biergläsern zielten, fröhlich-ungenau, auf Wurfscheiben oder nach Spucknäpfen. Strutt klopfte seinen Mantel aus und hängte ihn neben sich auf; der andere behielt seinen an und starrte in sein Bier. Entschlossen, sich nicht zu unterhalten, musterte Strutt die trüben Spiegel, die ringsumher gestikulierende Gruppen an Tischen, welche nicht direkt sichtbar waren, abbildeten. Nach und nach erschien ihm jedoch die Schweigsamkeit seines Begleiters überraschend. Es war doch wohl so (dachte er sich), daß diese Existenzen bemerkenswert geschwätzig waren, in der Regel kaum zum Schweigen zu bringen? So ging es nicht weiter – hier saß er müßig in einer miefigen Kneipe in irgendeiner abgelegenen Seitenstraße, während er unterwegs sein könnte, lesen könnte. Etwas mußte geschehen. Er trank hastig sein Bier aus und klopfte mit dem Glas auf den Bierdeckel. Der andere fuhr zusammen; dann, sichtlich verlegen, begann er zu trinken, schien aber sonderbar nervös. Schließlich war es offensichtlich, daß er über dem letzten Schaumrest zögerte, dann stellte er sein Glas hin und sah es an. »Jetzt wäre es wohl Zeit, zu gehen«, sagte Strutt.

Der Mann blickte auf; seine Augen waren groß vor Angst. »Jesus, bin ich naß«, flüsterte er. »Ich nehm Sie ein andermal mit, wenn der Schnee weg ist.«

»So also läuft Ihr kleines Spielchen?« schrie Strutt. In den Spiegeln suchten ihn erstaunte Augen. »Sie kriegen von mir kein Bier umsonst! Ich laufe doch nicht so weit!«

Der Mann sah sich um, blickte wieder her; er saß in der Falle. »Also gut, also gut, nur find ich's vielleicht nicht bei dem Wetter.«

Strutt fand diese Bemerkung zu töricht für eine Erwiderung. Er stand auf, knöpfte den Mantel zu und schritt in das Schneetreiben hinaus, einen scharfen Blick hinter sich werfend, um sicher zu sein, daß man ihm folgte.

Die letzten wenigen Schaufenster, hinter denen Pyramiden von Konservenbüchsen mit fehlerhaft geschriebenen Pappschildern standen, wichen verstohlen verhängten Fenstern in einförmigen roten Backsteinreihen; hinter den Scheiben hing Weihnachtsschmuck wie Grabkränze. Gegenüber, in einem Schlafzimmerfenster, zog eine Frau in mittleren Jahren die Vorhänge zu und verbarg den vielleicht Siebzehnjährigen an ihrer Schulter. »Hallo, jetzt passiert's«: so etwas sagte Strutt nicht. Er hatte das Gefühl, daß er die vor ihm gehende Gestalt ohne ein Wort kontrollieren konnte, und er hatte auch nicht das geringste Bedürfnis, mit dem Mann zu sprechen, der jetzt zitternd innehielt – sicherlich wegen der Kälte – und dann weitereilte, als Strutt, der einige Zentimeter größer war als dessen einsfünfundsiebzig und besser gebaut, drohend hinter ihm auftauchte. Einen Augenblick lang, als ein Schub Schnee ihn die Straße hinab drängte, als die Schneekristalle alles um ihn grell und verwischt erscheinen ließen und wie flüchtige Rasiermesserchen aus Eis in seine Wangen schnitten, sehnte Strutt sich danach, zu sprechen, von Nächten zu erzählen, in denen er wach in seinem Zimmer lag und hörte, wie die Tochter seiner Wirtin in dem Dachzimmer über ihm von ihrem Vater geschlagen wurde, in denen er versuchte, erstickte Geräusche durch das Quietschen von Sprungfedern, vielleicht von dem Ehepaar unten, zu erhaschen. Aber der Augenblick ging vorbei, verweht vom Schnee; das Ende der Straße öffnete sich, wurde von einer Verkehrsinsel in zwei in tiefen Schnee gehüllte Straßen zerteilt, von denen eine sich wegkrümmte und zwischen den Häusern versteckte, die andere nach kurzem in einen Kreisverkehr mündete. Nun wußte Strutt, wo er war. Vor einigen Tagen hatte er von einem Bus aus das Zeichen »Linksverkehr« schon einmal gesehen, das hilflos auf dem Rücken auf der Verkehrsinsel lag, das Gesicht eingetreten.

Sie querten den Kreisverkehr, überstiegen die bröckelnden Ränder der mit einer trügerisch dünnen Eisschicht bedeckten Erdrinnen, die die Planierraupen eines Sanierungsprojekts hinterlassen hatten, und weiter durch das wirbelnde Weiß zu einem Stück Ödland, wo ein einsamer Schornstein den Schnee schluckte. Strutts Führer huschte in eine Gasse, und Strutt folgte, entschlossen, dem anderen dicht zu folgen, der nun Pulverschnee von Mülleimern fegte und vor Hinterhoftoren zurückschreckte, hinter denen Hunde kratzten und knurrten. Der Mann bog plötzlich links ab, dann rechts zwischen die engen labyrinthischen Mauern, zwischen Häusern, deren schlimme Kanten – zersplitterte Fensterscheiben und verzogene Türen – nicht einmal der Schnee, sonst freundlicher zu den Häusern als zu deren Bewohnern, mildern konnte. Eine letzte Ecke, und der Mann schlitterte auf einen Gehsteig vor die Überreste eines Ladens, dessen leeres Fenster verlassene Weinflaschen rahmte, unter einem Plakat: *Hein... 57 Variet...* Ein Klumpen Schnee fiel vom Skelett des Markisengerüsts und verschwand in den Verwehungen auf der Straße. Der Mann zitterte, aber als Strutt ihn fest ansah, deutete er ängstlich auf die andere Straßenseite. »Das ist es. Ich hab Sie hingebracht.«

Der Schneematsch der Fahrbahn spritzte Strutts Hosenbeine hoch, als er hinüberrannte und derweil Berechnungen anstellte: Der Mann hatte versucht, ihn zu verwirren, er aber hatte herausgefunden, welche Hauptstraße etwa zweihundert Meter entfernt vorbeiführte. Dann las er die Aufschrift über dem Geschäft: »Amerikanische Bücher An- und Verkauf«. Er berührte eine Stange, die eine trübe Scheibe unterhalb des Straßenniveaus schützte; nasser Rost knirschte unter seinen Nägeln, und er studierte die Auslage hinter dem Fenster, soweit sie für ihn sichtbar war. *Die Geschichte der Rute* (ein Werk, das er monoton gefunden hatte) ragte zwischen SF-Romanen von Aldiss, Tubb und Harrison hervor, die sich verschämt hinter grellen Einbänden verbargen; *Le Sadisme au Cinema*-Robbe-Grillets *Voyeur* sah etwas verloren aus; *The Naked Lunch...* nichts, was seine Expedition hierher wert gewesen wäre, dachte Strutt. »Also gut, gehen wir jetzt endlich in den Laden.« Er drängte den Mann hinein, und nach einem Blick am Haus empor, mit seiner Fassade aus zerfallendem rotem Ziegelstein und dem Fenster im ersten Stock, wo eine zerbrochene Scheibe durch die Rückseite des Spiegels einer Frisierkommode ersetzt worden war, folgte er. Der andere hatte wieder innegehalten, und einen unangenehmen Augenblick lang streiften Strutts Finger seinen speckigen Mantel. »Los jetzt, wo sind die Bücher?« fragte er und drängte sich an ihm vorbei in den Laden.

Das gelbe Tageslicht wurde noch trüber durch die Bücher im Fenster und die Pinup-Magazine, die innen an der verglasten Tür baumelten; Staub hing träge in den vereinzelten Lichtstreifen. Strutt beugte sich hinunter, um die Titel der Taschenbücher zu lesen, die, in Pappkartons gestopft, auf einem der Tische standen. Die Kartons enthielten jedoch nur Western, Fantasy-Romane und amerikanische Erotika zum halben Preis. Mit einer Grimasse des Widerwillens für die Bücher, die ihre geknickten Ecken spreizten wie Blütenblätter, schritt Strutt zerstreut an den gebundenen Büchern vorbei und spähte hinter den Ladentisch; als er die Tür unter ihrer stimmlosen Ladenglocke geschlossen hatte, war ihm gewesen, als hätte er in der Nähe einen Schrei gehört, der rasch abgeschnitten wurde. Zweifellos hörte man so etwas in dieser Gegend ständig, dachte er und drehte sich zu dem anderen um: »Also ich begreife wirklich nicht, warum ich hierhergekommen bin. Arbeitet hier denn niemand?«

Mit geweiteten Augen sah der Mann über Strutts Schulter. Strutt wandte sich um und bemerkte die Milchglasscheibe einer Tür, deren eine Ecke mit Pappkarton repariert war und schwarz gegen das trübe gelbe Licht stand, das durch die Scheibe drang. Das Büro des Buchhändlers wahrscheinlich – hatte er Strutts Bemerkung gehört? Strutt baute sich vor der Tür auf, bereit, jeglicher Impertinenz entgegenzutreten. Dann schob sich sein Begleiter hastig an ihm vorbei, öffnete mit fahrigen Bewegungen die Glastür eines Bücherschranks voll mit Büchern in braunen Einbänden und zerrte schließlich ein in graues Papier eingeschlagenes Paket aus seinem Versteck in der Ecke eines Fachs. Er streckte es Strutt hin und flüsterte: »Da ist eins, da ist eins.« Die Haut unter seinen Augen zuckte, als er zusah, wie Strutt das Papier aufriß.

Das geheime Leben des Whackford Squeers – »Ah, das ist gut«, sagte Strutt beifällig, sich einen Augenblick lang vergessend, und griff nach der Brieftasche; doch fettige Finger zerrten an seinem Handgelenk. »Zahlen Sie nächstes Mal«, bettelte der Mann. Strutt zögerte; konnte er es riskieren, ohne zu zahlen mit dem Buch zu verschwinden? In diesem Moment glitt ein Schatten über die Milchglasscheibe: Ein Mann ohne Kopf zerrte etwas Schweres vorüber. Geköpft vom Milchglas und wegen seiner vornübergebeugten Haltung, erklärte es sich Strutt, und es fiel ihm ein, daß der Buchhändler mit Ultimate Press in Verbindung stehen mußte; diesen Kontakt durfte er nicht durch den Diebstahl eines Buches gefährden. Er schlug die ungeduldigen Finger beiseite und zählte zwei

Pfund ab; aber der andere wich zurück, spreizte die Finger in nackter Angst und kauerte sich gegen die Tür des Büros, von deren Scheibe die kopflose Silhouette verschwunden war, und stolperte dann beinahe in Strutts Arme. Strutt stieß ihn zurück und legte die Geldscheine an die leere Stelle, wo *Whackford Squeers* gestanden hatte. Dann wandte er sich zu ihm: »Wollen Sie das nicht einschlagen? Nein, wenn ich's recht überlege, mache ich das lieber selbst.«

Der Papierrolle auf dem Ladentisch entströmten Längen um Längen braunen Papiers; Strutt suchte sich einen sauberen Abschnitt aus. Während er das Buch verpackte und seine Füße von den Schlingen des weggeschobenen Packpapiers befreite, krachte etwas zu Boden. Der andere hatte den Rückzug zur Ladentür angetreten, bis ein loser Knopf seines Ärmels sich in der Ecke eines Taschenbuchkartons verhakt hatte; er erstarrte über den verstreuten Büchern, Mund und Hände weit geöffnet, einen Fuß auf einem aufgeschlagenen Roman wie auf einem zerdrückten Falter, und um ihn schwebende Staubteilchen in den vom fallenden Schnee gefleckten Lichtstreifen. Irgendwo schnappte ein Schloß. Strutt atmete schwer, klebte das Päckchen zu, machte angewidert einen Bogen um den Mann und öffnete die Tür. Die Kälte fiel über seine Beine her. Er begann, die Treppe hochzugehen, und der andere stürzte ihm nach. Der Fuß des Mannes war auf der Schwelle, als schwere Schritte sich über die Ladendielen näherten. Der Mann fuhr herum, und hinter Strutt fiel unten die Tür klappend zu. Strutt wartete; dann fiel ihm ein, daß er rasch fortgehen und so seinen Führer abschütteln könnte. Er erreichte die Straße, und Schneekörner stachen in seinen Wangen, die den muffigen Staub des Ladens vertrieben. Er wandte sein Gesicht ab, stieß mit dem Fuß die Schneekruste von der Schlagzeile einer durchnäßten Zeitung und ging in Richtung Hauptstraße, die, wie er wußte, nahe vorbeiführen mußte.

Strutt erwachte zitternd. Die Neonreklame vor dem Fenster seines Zimmers – ein Klischee, aber unerbittlich wie ein Zahnschmerz – zeichnete sich alle fünf Sekunden grellbunt gegen die Finsternis ab; daran und an der Schärfe der Kälte erkannte Strutt, daß es früher Morgen war. Er schloß die Augen wieder, aber obwohl seine Lider heiß und schwer waren, ließen sich seine Gedanken nicht beruhigen. Jenseits der Grenze seines Erinnerns hockte der Traum, an dem er erwacht war; Strutt bewegte sich unruhig. Aus irgendeinem Grund mußte er an einen Abschnitt seiner Lektüre vom Vorabend denken:

»Als Adam die Tür erreichte, spürte er, wie Evans Hand die seine umklammerte, ihm den Arm auf den Rücken drehte, ihn auf den Boden zwang...« Er schlug die Augen auf und richtete sie auf den Bücherschrank, wie auf der Suche nach beruhigender Sicherheit. O ja, da war das Buch, sicher in seinem Einband, sorgfältig mit seinen Gefährten in Reih und Glied gestellt. Er erinnerte sich, wie er eines Abends heimgekommen war und *Miss Whip, Gouvernante alten Stils* buchstäblich in *Die Disziplin der Public School* vorgefunden hatte, ein Buch wüst in das andere hineingeschoben; seine Wirtin hatte erklärt, daß sie sie nach dem Abstauben versehentlich falsch eingestellt haben mußte, doch Strutt wußte, daß sie sie absichtlich beschädigt hatte. Er hatte sich einen abschließbaren Bücherschrank gekauft, und als sie ihn nach dem Schlüssel fragte, da sagte er: »Vielen Dank, ich denke, ich kann mich selbst in angemessener Weise um sie kümmern.« Heutzutage fand man keine Freunde mehr. Er schloß die Augen wieder; Zimmer und Bücherschrank, alle fünf Sekunden vom Neonlicht erschaffen und ebenso regelmäßig wieder zerstört, füllten ihn mit ihrer Leere, erinnerten ihn daran, daß noch Wochen bis zum Beginn des nächsten Schuljahrs vergehen würden, bis er morgens der ersten Klasse gegenübertreten würde, um »Ihr kennt mich ja jetzt« seinem üblichen einleitenden »Wenn ihr mir gegenüber fair seid, bin auch ich fair zu euch« hinzuzusetzen – eine Warnung, die irgendein Junge mit Sicherheit auf die Probe stellen würde, und dann hatte Strutt ihn. Er sah den straffgespannten weißen Turnhosenboden, auf den er, mit befriedigender Härte, einen Turnschuh niedersausen lassen würde... Strutt entspannte sich; besänftigt vom überwältigenden Echo der stampfenden, rennenden Füße auf dem Holzboden der Turnhalle, des aufgeregten Zitterns der Sprossenwände, wenn die Jungen zur Decke hinaufeilten und er von unten hinaufstarrte, schlief er.

Keuchend und zügig absolvierte er seine Morgengymnastik, dann stürzte er den Fruchtsaft hinunter, immer das erste von dem Tablett, das die Tochter seiner Wirtin morgens heraufbrachte. Mit böser Wucht knallte er das Glas zurück aufs Tablett; es splitterte (er würde sagen, es sei ein unglücklicher Zufall gewesen; er zahlte genügend Miete, er konnte schließlich eine gewisse Befriedigung von seinem Geld erwarten). »Sie haben ja bestimmt ein Spitze-Weihnachten«, hatte das Mädchen gesagt und sich in seinem Zimmer umgesehen. Er hatte sie um die Taille fassen, ihre schnippische Weiblichkeit bändigen wollen – da war sie schon wieder davon, mit ihrem wirbelnden Faltenrock, und sein Magen blieb heiß und erwartungsvoll verkrampft.

Später marschierte er zum Supermarkt. Aus verschiedenen Vorgärten kam das penetrante Kratzen der Schneeschaufeln; es blieb zurück, statt dessen knirschte, quietschte der Schnee unter den Schuhen der Passanten. Als er mit einem Armvoll Konserven aus dem Supermarkt trat, schoß ein Schneeball an seinem Gesicht vorbei und klatschte gegen das Schaufenster – ein durchsichtiges Knäuel von Rinnsalen floß die Scheibe hinab wie die Flüssigkeit aus den Nasen der Jungen, die Strutts Zorn am häufigsten zu spüren bekamen, denn er war entschlossen, diese Häßlichkeit, dieses Abstoßende aus ihnen herauszuprügeln. Strutt blickte wütend um sich und fand den Schützen – einen Siebenjährigen, der eben sein Dreirad zu einer schnellen Flucht bestieg. Strutt machte eine unwillkürliche Bewegung, als wollte er den Jungen übers Knie legen. Doch die Straße war nicht leer: Im Augenblick kam die Mutter des Kindes gelaufen, in Hosen und mit Lockenwicklern unter dem Kopftuch, und schlug ihrem Sohn auf die Hand. »Ich hab dir doch gesagt – du *sollst* das nicht tun. Entschuldigen Sie«, fügte sie zu Strutt hinzu. »Ja, glaub's gern«, stieß er knurrend hervor und stapfte zu seiner Wohnung zurück. Sein Herz schlug unkontrollierbar. Mit Leidenschaft wünschte er, daß er so mit jemandem sprechen könnte wie mit dem Buchhändler in der Nähe von Goatswood, der seine Neigungen geteilt hatte; als der Mann vor einigen Monaten gestorben war, hatte sich Strutt verlassen gefühlt in einer schweigend gegen ihn verschworenen, feindlichen Welt. Vielleicht würde sich der Besitzer des neuen Ladens als Mann ähnlicher Sympathien erweisen? Strutt hoffte, daß der Penner, der ihn gestern dorthin geführt hatte, nicht anwesend sein würde, aber sollte er da sein, würde man sich seiner leicht entledigen können – ein Buchhändler, der Ultimate-Press-Titel verkaufte, mußte ein Mann nach Strutts Herzen sein, der ebensosehr wie er selbst gegen die Anwesenheit solch eines Individuums bei einem offenen Gespräch sein würde. Abgesehen von einem solchen Gespräch brauchte Strutt Bücher als Lektüre für die Weihnachtstage, und *Squeers* würde nicht lange vorhalten; am Tag vor Weihnachten dürfte das Geschäft kaum geschlossen haben. Mit dieser neuen Sicherheit lud er seine Konserven auf dem Küchentisch ab und lief nach unten.

Vom Autobus stieg Strutt in die Stille hinaus; das Motorengeräusch erstickte schnell zwischen den schneebeladenen Häusern. Der aufgehäufte Schnee wartete auf einen Laut. Er platschte durch die Wagenspuren zum Gehsteig, dessen stumpfe Schneedecke von zahllosen, sich überlagernden Fußabdrücken zerdrückt war. Die Straße verlief in verstohlenen Krümmungen; sobald die Hauptstraße außer Sicht war, gab sie ihr eigentliches Gesicht preis. Der Schnee auf den Fassaden der Häuser wurde fadenscheinig; rostige Vorsprünge ragten heraus. Ein oder zwei Fenster ließen Weihnachtsbäume sehen, denen die angejahrten Nadeln ausfielen und deren Zweige an den Spitzen mit grellflackernden Lichtern besetzt waren. Strutt hatte jedoch hierfür kein Auge, sondern hielt den Blick auf den Boden gerichtet und versuchte, die von Hundespuren umkreisten Flecken zu vermeiden. Einmal fing er den Blick einer alten Frau auf, die einen Punkt direkt unter ihrem Fenster fixierte – vielleicht für sie die gesamte Außenwelt.

Es überlief ihn einen Moment, er eilte weiter, verfolgt von einer Frau, die, nach dem Inhalt des von ihr geschobenen Kinderwagens zu urteilen, eine Ladung Zeitungen geboren hatte, und hielt schließlich vor dem Laden inne.

Obwohl von dem orangefarbenen Himmel kaum Licht in das Innere des Ladens dringen konnte, war kein Schein einer elektrischen Beleuchtung durch die Magazine hindurch sichtbar, und der zerfetzte Zettel hinter der Schmutzschicht mochte lauten: GESCHLOSSEN. Langsam ging Strutt die Stufen hinunter. Der Kinderwagen quietschte vorbei, die letzten Schneeflocken zerliefen dunkel auf den Zeitungen. Strutt zwang den Blick der neugierigen Besitzerin nieder, wandte sich um und fiel fast in plötzliche Dunkelheit. Die Tür hatte sich geöffnet, und eine Gestalt versperrte den Eingang.

»Sie haben doch sicherlich nicht geschlossen?« Strutts Zunge verhaspelte sich.

»Vielleicht nicht. Kann ich Ihnen behilflich sein?«

»Ich war gestern hier. Ein Buch von der Ultimate Press«, antwortete Strutt dem Gesicht, das auf einer Höhe mit dem seinen war und unbehaglich nahe.

»Natürlich, ja, ich erinnere mich.« Der andere wiegte sich die ganze Zeit hin und her, wie ein Athlet, der seine Muskeln lockert, und seine Stimme schwankte ständig zwischen Baß und Falsett, was Strutt beunruhigte. »Also kommen Sie herein, bevor Sie einschneien«, sagte der andere und schlug die Tür hinter ihnen zu. Die Glocke gab einen schwachen Laut von sich.

Der Buchhändler – dies war er wohl, vermutete Strutt – ragte hinter ihm auf, einen Kopf größer. Unten im Zwielicht angelangt, zwischen den undeutlichen, drohenden Ecken der Tische, spürte Strutt ein unklares Bedürfnis, sich irgendwie zu rechtfertigen, und bemerkte: »Ich hoffe, Sie haben das Geld für das Buch gefunden. Ihr Helfer schien nicht zu wollen, daß ich zahle. Manche Leute hätten ihn beim Wort genommen.«

»Er ist heute nicht bei uns.« Der Buchhändler schaltete das Licht in seinem Büro ein. Als sein unförmiges, schlaffes Gesicht vom Licht beschienen wurde, schien es zu wachsen; die Augen lagen eingesunken in lose hängenden Runzelnestern; die Wangen und die Stirn blähten sich aus tiefen Furchen nach vorn; der Kopf schwebte wie ein halb aufgeblasener Ballon über dem prallen Tweedanzug. Unter der schirmlosen Glühbirne drängten die Wände des Raumes dichter heran und umgaben einen alten zerkratzten Schreibtisch, übersät mit abgegriffenen Nummern des *Bookseller*, die zur Seite gedrängt wurden von einer schwarzen verdreckten Schreibmaschine, neben der ein Stummel Siegelwachs und eine offene Streichholzschachtel lagen. Zwei Stühle sahen sich über den Schreibtisch hinweg an, und hinter ihm war eine geschlossene Tür. Strutt setzte sich vor den Schreibtisch, nachdem er den Staub zu Boden gefegt hatte. Der Buchhändler schritt um ihn herum und fragte plötzlich, als sei ihm die Frage abrupt aufgestiegen: »Sagen Sie mir – warum lesen Sie diese Bücher?«

Dies war eine Frage, die der Englischlehrer oft im Lehrerzimmer an Strutt richtete, bis er aufhörte, seine Romane in den Pausen zu lesen. Ihr plötzliches Wiederauftauchen traf ihn unvorbereitet, und er konnte nur mit seiner alten Gegenfrage parieren: »Was soll das, warum? Warum nicht?«

»Ich wollte nicht kritisieren«, fuhr der andere eilig fort und lief weiter unruhig um den Schreibtisch. »Es interessiert mich wirklich. Ich wollte darauf hinaus, ob Sie nicht in gewisser Weise wollen, daß das, worüber Sie lesen, auch tatsächlich passiert?«

»Nun – vielleicht.« Strutt mißtraute der Richtung, die dieses Gespräch nahm, und wünschte, er könnte die Situation kontrollieren; seine Worte schienen in die schneeverhüllte Stille zwischen den staubigen Wänden zu sinken und unmittelbar zu verschwinden, ohne Spur, ohne einen Eindruck zu hinterlassen.

»Ich meine folgendes: Wenn Sie ein Buch lesen, lassen Sie dann nicht alles vor sich geschehen, im Geist? Vor allem, wenn Sie bewußt versuchen, zu visualisieren. Aber das ist nicht entscheidend. Sie könnten dann das Buch natürlich weit von sich werfen. Ich kannte einen Buchhändler, der an dieser Theorie arbeitete; man hat in dieser Gegend nicht sehr viel Zeit für sich selbst, aber wann immer er konnte, arbeitete er daran, obwohl er nie bis zur Vollständigkeit – Warten Sie einen Augenblick, ich werde Ihnen etwas zeigen.«

Er sprang vom Schreibtisch fort in den Laden. Strutt überlegte, was jenseits der Tür hinter dem Schreibtisch sein mochte. Er erhob sich halb, doch sah er, als er einen Blick nach hinten warf, daß der Buchhändler bereits wieder durch die schwebenden Schatten mit einem Buch zurückkam, das er zwischen den Lovecrafts und Derleths herausgezogen hatte.

»Das hier paßt eigentlich zu Ihren Ultimate-Press-Titeln«, sagte er und schlug die Bürotür hinter sich zu. »Die bringen nächstes Jahr ein Buch von Johannes Henricus Pott heraus, hieß es, und das befaßt sich ebenfalls mit verbotenem Wissen wie dieses hier. Es wird Sie zweifellos erstaunen, daß man der Meinung ist, man werde wahrscheinlich einen Teil von Pott im ursprünglichen Latein belassen müssen. Das da dürfte Sie interessieren: das einzige Exemplar. Sie sind wahrscheinlich nicht vertraut mit den *Offenbarungen von Glaaki*? Es ist eine Art Bibel, verfaßt unter übernatürlicher Führung. Es gab nur elf Bücher – aber dies ist das zwölfte, geschrieben von einem Mann, der oben auf Mercy Hill wohnte und von seinen Träumen geleitet wurde.« Seine Stimme wurde unsteter, als er weitersprach. »Ich weiß nicht, wie es ans Licht kam; ich nehme an, die Familie hat es nach dem Tod des Mannes auf dem Dachboden gefunden und gemeint, es könne ein paar Pfennige wert sein, wer weiß? Mein Buchhändler – nun, der kannte die *Offenbarungen*, und es war ihm klar, daß dies hier unbezahlbar war; aber er wollte nicht, daß der Besitzer erkannte, daß er hier einen großen Fund in der Hand hatte, und vielleicht zur Bibliothek oder zur Universität damit ginge, also hat er's ihm als Teil eines ganzen Packs alter Bücher abgenommen, sagte, man könne es noch als Notizpapier verwenden. Als er es dann las – Es gab da einen Abschnitt, der als Prüfstein seiner Theorie wie geschaffen schien. Sehen Sie.«

Wieder ging der Buchhändler um Strutt herum, legte das Buch in seinen Schoß und stützte die Arme auf Strutts Schultern. Strutt preßte die Lippen zusammen und blickte hinauf in das Gesicht des anderen; doch ein Teil der Stärke wich von ihm, weigerte sich, seine Ablehnung zu unterstützen, und er öffnete das Buch. Es war ein altes Kontobuch, dessen Rücken sich löste, die vergilbten Seiten waren mit unregelmäßigen Zeilen einer dünnen Handschrift bedeckt. Während des ganzen einleitenden Monologs hatte Strutt verständnislos dagesessen; nun, da das Buch vor ihm lag, erinnerte es ihn von fern an die Päckchen hektographierter Schreibmaschinenseiten, die man in seiner Pubertät in den Toiletten herumgereicht hatte. »Offenbarungen« ließ an Verbotenes denken. Mit einer gewissen Erwartung begann er an einer wahllos herausgegriffenen Stelle zu lesen. Hier oben in Lower Brichester zeichnete die nackte Birne jeden Splitter abgeblätterter Farbe auf der Tür gegenüber mit scharfem Umriß, und Hände bewegten sich auf seinen Schultern, doch irgendwo unten würden die Tritte großer weicher Füße ihn durch die Dunkelheit verfolgen; wenn er sich umsah, dann würde eine aufgeblähte glühende Gestalt sich auf ihn stürzen. Was ging hier eigentlich vor? Eine Hand packte seine linke Schulter, und die Rechte blätterte Seiten um; schließlich unterstrich ein Finger einen Absatz: »Jenseits eines Abgrundes in der unterirdischen Nacht führt ein Gang zu einer Mauer aus massiven Ziegeln, und jenseits der Mauer erhebt sich Y'golonac, auf daß die zerrissenen, augenlosen Gestalten des Dunkels ihm dienen. Lange hat er jenseits der Mauer geschlafen, und die, die über die Ziegelsteine kriechen, huschen über seinen Leib und wissen nicht. Doch wird sein Name gesprochen oder gelesen, so tritt er hervor, auf daß er verehrt werde oder auf daß er sich nähre und Gestalt und Seele derer annehme, von denen er sich nährt. Denn die von Bösem lesen und in ihrem Bewußtsein nach seiner Gestalt suchen, rufen das Böse hervor, und so vermag Y'golonac zurückzukehren und unter den Menschen zu wandeln und die Zeit zu erwarten, wenn die Erde gereinigt sein wird und Cthulhu sich aus seinem Grab im Seetang erhebt, Glaaki die kristallene Falltür aufstößt, die Brut von Eihort ans Tageslicht geboren wird, Shub-Niggurath auszieht, die Linse des Mondes zu zerschmettern, Byatis aus seinem Gefängnis bricht, Daoloth die Illusion wegreißt, um die Wirklichkeit zu zeigen, die dahinter verborgen ist.«

Die Hände auf seinen Schultern bewegten sich unaufhörlich, lockerten sich und verkrampften sich. Die Stimme schwankte: »Was halten Sie davon?«

Strutt hielt es für Blödsinn, aber irgendwann hatte ihn der Mut verlassen; er antwortete stockend: »Nun, es ist – ist nicht die Art Buch, die man sonst zum Kauf angeboten sieht.«

»Sie fanden es interessant?« Die Stimme wurde tiefer; nun war es ein überwältigender Baß. Der andere schwang sich hinter den Schreibtisch; er schien größer – sein Kopf stieß gegen die Glühbirne, so daß Schatten aus den Ecken hervorlugten, verschwanden, und wieder hervorlugten. »Sie sind interessiert?« Der Ausdruck seines Gesichts war der höchster Konzentration, soweit man es ausmachen konnte; denn das Licht wischte Dunkelheit in die Höhlungen seines Gesichtes, als schmölze das Knochengerüst zusehens.

In Strutts verwirrtem Bewußtsein stieg ein Verdacht auf; hatte nicht sein lieber toter Freund, der Buchhändler von Goatswood, ihm von der Existenz eines schwarzmagischen Kultes hier in Brichester erzählt, eines Kreises junger Leute, dominiert von einem gewissen Franklin oder Franklyn? War dies eine Art Prüfungsgespräch? »Das würde ich nicht sagen«, entgegnete er.

»Hören Sie. Es gab einen Buchhändler, der dies las, und ich sagte ihm: Sie können der Hohepriester von Y'golonac sein. Sie werden die Nachtgestalten herabrufen, um ihn zu den angemessenen Zeiten zu verehren; Sie werden sich vor ihm niederwerfen, und dafür werden Sie überleben, wenn die Erde für die Großen Alten gereinigt wird; Sie werden über die Grenze gehen zu dem, was aus dem Licht flieht…«

Ehe er noch überlegen konnte, hatte Strutt schon hervorgestoßen: »Reden Sie von mir?« Er hatte erkannt, daß er allein im Zimmer mit einem Wahnsinnigen war. »Nein, nein. Ich meinte den Buchhändler. Aber das Angebot gilt nun für Sie.«

»Es tut mir leid, ich habe leider anderes zu erledigen.« Strutt wollte aufstehen.

»Auch er lehnte ab.« Die sich wandelnde Stimme schrillte in Strutts Ohren. »Ich mußte ihn töten.«

Strutt erstarrte. Wie behandelte man einen Verrückten? Man mußte ihn beruhigen. »Nun, nun, einen Moment...«

»Warum halten Sie an nutzlosen Zweifeln fest? Ich verfüge über mehr Beweise, als Sie ertragen könnten. Sie werden mein Hohepriester sein, oder Sie werden diesen Raum nie mehr verlassen.«

Zum ersten Mal in seinem Leben, während die Schatten zwischen den drückend engen Wänden sich wie in Erwartung langsamer bewegten, kämpfte Strutt um die Kontrolle seines Empfindens; er besiegte Furcht und Zorn durch Ruhe. »Sie entschuldigen, aber ich habe eine Verabredung.«

»Nicht, wenn Ihre Erfüllung hier zwischen diesen Wänden auf Sie wartet.« Die Stimme wurde undeutlicher. »Sie wissen, daß ich den Buchhändler getötet habe – es stand in Ihren Zeitungen. Er floh in die alte Kirche, aber ich fing ihn mit meinen Händen... Dann ließ ich das Buch im Laden, damit einer es finden und lesen sollte, aber der einzige, der es aus Versehen in die Hand nahm, war der Mann, der Sie hierher brachte... Narr! Der Verstand verließ ihn, er verkroch sich in die Ecke, als er die Münder sah! Ich behielt ihn, weil ich dachte, er würde jemand von seinen Freunden bringen, die sich in der Übertretung physischer Verbote suhlen und die wahre Erfahrung verlieren: die dem Geist verbotenen Orte. Doch er fand nur Sie und brachte Sie her, als ich beim Mahl war. Gelegentlich gibt es eine Mahlzeit: kleine Jungen, die heimlich hier nach Büchern suchen – sie gehen sicher, daß niemand weiß, was sie lesen! – und die man überreden kann, einen Blick in die *Offenbarungen* zu werfen. Schwachsinniger Tor! Er kann mich nicht länger mit seinem Ungeschick verraten; aber ich wußte: Sie würden zurückkehren. Jetzt gehören Sie mir.«

Strutts Zähne preßten sich lautlos zusammen, bis er glaubte, seine Kiefer würden brechen; er stand auf, nickte und reichte der Gestalt den Band der *Offenbarungen*; er war bereit, und in dem Moment, in dem die Hand sich um das alte Kontobuch schließen würde, würde er zur Bürotür laufen.

»Sie können nicht hinaus, wissen Sie; es ist abgeschlossen.« Der Buchhändler wiegte sich auf den Füßen, ging aber nicht auf ihn zu. Die Schatten waren nun von erbarmungsloser Schärfe, und Staub hing in der Stille. »Sie haben keine Angst – in Ihrem Gesicht ist zuviel Berechnung. Ist es möglich, daß Sie noch immer nicht glauben? Gut –«, er legte die Hand auf den Türgriff hinter dem Schreibtisch. »Wollen Sie sehen, was von meinem Mahl übrig ist?«

Eine Tür ging in Strutts Innerem auf, und er schrak zurück vor dem, was jenseits liegen mochte. »Nein! Nein!« schrie er kreischend. Wut folgte auf dieses unwillkürliche Eingeständnis der Angst; er hätte jetzt gern einen Stock gehabt, um diese ihn verhöhnende Gestalt zu züchtigen. Nach dem Gesicht zu urteilen, mußten die Wölbungen, die den Tweedanzug füllten, Fett sein; im Falle eines Kampfes würde Strutt gewinnen. »Damit das klar ist«, brüllte er, »wir haben jetzt lang genug Unsinn geredet! Sie lassen mich jetzt sofort hier hinaus, oder ich – « doch er sah sich vergebens nach einer Waffe um. Plötzlich fiel ihm das Buch ein, das er immer noch in der Hand hatte. Er riß die Streichholzschachtel vom Tisch, hinter dem die Gestalt in bedrohlicher Bewegungslosigkeit wartete. Strutt zündete ein Streichholz an, dann klemmte er die Deckel zwischen Daumen und Zeigefinger und schüttelte die Seiten heraus. »Ich verbrenne das

Buch!« drohte er. Die Gestalt schien sich zum Sprung zu spannen. Strutt wurde kalt vor Furcht beim Gedanken an den Angriff. Er hielt die Flamme ans Papier, und so schnell rollten sich die Seiten zusammen und wurden verzehrt, daß Strutts einziger Eindruck der von hellem Feuer war und von Schatten, die groß und schwankend sich an den Wänden sammelten, als auch schon das Buch als Asche zu Boden fiel. Einen Augenblick lang sahen sie sich bewegungslos an. Nach den Flammen war Dunkelheit in Strutts Augen gedrungen. Durch sie hindurch bemerkte er, wie der Tweedstoff mit lautem Geräusch zerriß, als die Gestalt sich ausdehnte.

Strutt warf sich gegen die Bürotür, die nicht nachgab.

Er holte mit der Faust aus und sah mit seltsam zeitloser Gelassenheit zu, wie sie das Milchglas zerbrach; die Tat schien ihn zu isolieren und alles Geschehen um ihn herum zum Stillstand zu bringen. Durch die Glasmesser, auf denen Bluttropfen glänzten, sah er im bernsteinfarbenen Licht die Schneeflocken schweben, unermeßlich weit; zu weit, um nach Hilfe zu rufen. Entsetzen erfüllte ihn, er würde von hinten überwältigt werden. Aus dem Hintergrund des Büros kam ein Laut. Strutt fuhr herum und schloß die Augen vor Angst, die Quelle eines solchen Lautes erblicken zu müssen – doch als er sie aufschlug, wußte er, weshalb der Schatten auf der Milchglasscheibe gestern keinen Kopf gehabt hatte, und er kreischte auf. Als die ragende nackte Gestalt, an der immer noch Fetzen des Tweedanzugs hingen, den Schreibtisch beiseite schleuderte, war Strutts letzter Gedanke die ungläubige Überzeugung, daß dies geschah, weil er die *Offenbarungen* gelesen hatte: Irgendwo hatte irgendwer *gewollt*, daß ihm das geschähe. Es war so ungerecht, er hatte nichts getan, womit er das verdient hätte – aber bevor er seinen Widerspruch hinausschreien konnte, schnitt es ihm den Atem ab, als die Hände sich über sein Gesicht senkten und die nassen roten Münder sich in den Handflächen öffneten.

Originaltitel: ›Cold Print‹.

Entnommen aus *Die geheime Position der Nordküste*,
(Hg. von Joachim Kalka), Klett-Cotta 1982.
Mit freundlicher Genehmigung von Joachim Kalka.

Christian von Aster

Christian von Aster ist 1973 in Bremen geboren und quasi in allen Bereichen der Kunst kreativ. Er erfindet auch Rollen- und Brettspiele, und wenn er in diesem Tempo weitermacht, wird er dem Irrsinn anheimfallen. Im Gegensatz zu den meisten seiner Kollegen ist er mutig und wagt sich sprachlich wie auch strukturell aufs Drahtseil womit er sehr beachtliche Effekte erzielt.

Yamasai

In einem dieser Boulevardblätter, von der Sorte, die man auf längeren Zugfahrten liest, stieß ich das erste Mal auf den Namen jenes Ungetüms. Es war in einem Bericht über den ungewöhnlichen Nachlaß eines Weltenbummlers und dessen Aufzeichnungen über eine Reise, die er als Matrose auf einem Kokosdampfer unternommen hatte. Das Ziel jener Reise war Neuguinea gewesen, in Djajapura hatte er sich vom Schiff geschlichen und war in der Gegend schon bald mit einem Eingeborenenstamm in Berührung gekommen, der von der Zivilisation beinahe gänzlich unberührt gewesen war.

Ebenezer Horne – so der Name des Verstorbenen – war es seinerzeit um ein Goldgeschäft jener Art gegangen, die Seeleute seines Schlages sie damals ohne größere Probleme abwickeln konnten. Und Horne schaffte es, den erwähnten Eingeborenen einiges an unnützem Metall abzuschwatzen; zwar berichteten seine Aufzeichnungen von nicht unerheblichen sprachlichen Barrieren (nicht einmal seine Führer hatten die Sprache der N'che-guee auch nur im Ansatz beherrscht), doch über kurz oder lang konnte er sie wohl in der Sprache des Handels davon überzeugen, daß unsinniger Tand bei weitem bedeutsamer war als das meiste, was sie selbst zu bieten hatten.

Es war nicht das erste Mal, daß so etwas in den Weiten Neuguineas geschah, doch es war noch nie so weit gekommen, daß ein fahlhäutiger Fremder das fürchterliche Maul zu Gesicht bekam...

Auf seinem Weg in die höheren Maoken, wo sich das unbedeutende Goldvorkommen des Stammes befand, war Horne laut seinen Aufzeichnungen bald mit dreien der N'che-guee an einen Pfad gekommen, der – so begriff er trotz der Verständigungsprobleme – als »verboten« galt. Begrenzt von Pfählen, auf denen vereinzelt Schädel größerer Affenarten staken und zwischen denen mit wirren Symbolen bemalte Häute aufgespannt waren, wand sich der Weg durch den Wald, den Berg empor in Richtung des Gipfels, und auf einigen jener Pfähle meinte Horne die Schädel von Menschen zu erkennen. Die Handvoll N'che-guee, die ihn begleiteten, hätten diesen Pfad wohl niemals und für keinen Preis der Welt betreten. Horne beobachtete sogar, daß sie immense Umwege in Kauf nahmen, nur um ihn nicht kreuzen zu müssen.

Er jedoch hatte ihn betreten, und er schilderte seinen Aufstieg auf den Erzberg in eindrucksvollen Bildern: wie er zwischen bleichen Häuten, die, teilweise losgerissen, ungestümem Flügelschlage gleich, im Wind um die Pfosten flatterten, wie er jenen Pfad emporstiegen war, die jammernden, verschreckten Gestalten seiner Begleiter hinter sich lassend, in der Gewißheit, dem Verbotenen näher und näher zu kommen...

Was genau es gewesen war, hatte er bis zu dem Zeitpunkt nicht einmal ahnen können, und hätte er es geahnt, er wäre wohl im gleichen Moment noch umgekehrt.

Auf einem der Gipfel bot sich Horne jener Anblick, den er seinen Lebtag nicht vergessen würde. Mit einem Mal schwand das Pittoreske aus seinen Beschreibungen, gerade als wollte er die Eindrücke vergessen, die ihn bei dem Anblick der grauenhaften Kreatur überfallen hatten...

»Yamasai – des Fürchterlichen fürchterlichstes Kind.

Das grauenhafteste Geschöpf, das je unter dem Antlitz des Himmels wandelte. Sein Anblick war entsetzlich.

Ich sah Menschen sterben, ersticken und verbluten, wie Männer von Schiffsschrauben zerrissen wurden und unter exotischen Giften verendeten. Nichts aber war so grauenhaft wie die zuckenden Leiber im Schlunde Yamasais.

Verborgen in des Erzberges Schatten schaute ich das schrecklichste aller Ungeheuer...«

Neben diesem kurzen Auszug aus Hornes Tagebüchern brachte ein reißerischer Aufmacher die Kreatur mit irgend etwas Prähistorischem in Verbindung, und darunter war eine fahrige Skizze abgebildet, die angeblich aus Hornes eigener Feder stammte.

Darauf war ein Ungetüm zu erkennen, dessen Oberfläche am ehesten an einen alten Baum erinnerte, ein Haufen Tentakel, die um den riesigen Körper waberten, und ein riesiges und wahrhaft fürchterliches Maul, in dem sich einige blutige Menschenleiber wanden. Hornes stümperhafter Zeichenstil gestaltete das Ganze jedoch recht zweideutig

Doch auch wenn sein zeichnerisches Talent alles andere als ausgeprägt war, hatte diese Darstellung etwas derart Grausiges, daß sie mir das Mark in den Knochen gefrieren ließ... Noch während dieser Zugfahrt beschloß ich, mich innerhalb der gleichen Woche noch der Authentizität des Materials zu versichern, um gegebenenfalls im nächsten Monat eine Pazifikreise anzutreten. Als Begleiter schwebten mir Dr. Upton Ward, der ein Fachmann für die Kultur Neuguineas war, und Pr. Karl Dassler, Veterinärmedizinprofessor an der Universität Hamburg, vor, beides außerordentliche Kapazitäten in ihren Fachgebieten.

Ward etwa war mit den Hierarchien und Gebräuchen von über zwanzig Stammeskollektiven auf Neuguinea vertraut und Dassler der zuständige Mann, wenn es um die Behandlung exotischer Tiere welcher Art auch immer ging. Er war bei der Geburt der einzigen weißen Tiger Nordeuropas zugegen, und er war auch derjenige gewesen, der seinerzeit die Epidemie unter den Schwarzkopfmakaken im Hagenbeck'schen Zoo einzudämmen vermochte...

Die beiden waren begeistert. Zwar schien ihnen das ganze mehr eine Gespensterjagd als irgend etwas anderes, diesen bezahlten Urlaub aber würden sie sich nicht entgehen lassen, zumal dies endlich eine Gelegenheit für ein Wiedersehen war.

So bereiteten wir uns – Ward, der Ethnologe mit Schwerpunkt Stammesstruktur, Dassler, Veterinärmediziner für Besonderes und ich, Denner jr., in erster Linie neugierig – auf ein Abenteuer im Angesicht des vielleicht fürchterlichsten lebenden Ungetüms der Welt vor.

Die Überfahrt verlief ohne nennenswerte Zwischenfälle.

Wir wählten aus Kostengründen eine Schiffahrtslinie, deren Hauptaktionär mit Ward verwandt war. Was immer uns sonst an Geldmitteln vonnöten war, finanzierten wir aus einem Wissenschaftsfond, der von irgendeiner Universität vergessen worden war.

Wie damals schon Horne, landeten wir in Djajapura, wo wir mit unserer gesamten

Ausrüstung in einem billigen Hafenhotel abstiegen. Diese Ausrüstung bestand aus zwei kompletten Fotosets, einem Satz veterinärmedizinischer Narkotika und Instrumente, Wards Laptop und unseren Tauschobjekten, zwei kleineren Kisten mit Modeschmuck und allerhand Trödel. Als wir diese Ausrüstung auf ihre Vollständigkeit untersucht hatten, erfuhren wir, noch auf unserem Zimmer, mehr über die N'che-guee.

Innerhalb von Minuten war Ward in seinem Element: Der Stamm hatte sich niemals auf die Außenwelt eingelassen. Zwar waren die N'che-guee, wie die meisten Ureinwohner der Gegend, freundlich, doch es gab keinen Fall, in dem ein Stammesangehöriger das Kollektiv verlassen hätte, oder in dem ein Außenstehender aufgenommen worden wäre. Freundlich aber waren sie und die besten Führer in diesen unwegsamen Wäldern.

Allein mit der Sprache haperte es. Es gab eine einzige wissenschaftliche Abhandlung über die Stammessprachen Neuguineas, in dem die der N'che-guee zwei Absätze einnahm, deren Inhalt allerdings im wesentlichen darin bestand, daß festgestellt wurde, daß ihrem gesamten Wortschatz kein begreifliches System zugrunde zu liegen schien. 22 variierende Zeitformen, 15 Pronomen und mitunter 17 Verben für eine einzige Tätigkeit erschufen ein derart komplexes linguistisches System, wie es für ein primitives Volk völlig ungewöhnlich war. Es gab einzig drei Worte, die der Autor der Abhandlung für zweifelsfrei einsetzbar erkannte, und das waren Essen, Fisch und Tod.

Jedenfalls war zu dem Zeitpunkt, da Ward uns diesen Auszug vorgetragen hatte, wohl jedem von uns klar, daß Glasperlen der zentrale Aspekt unserer Kommunikation sein würden…

Wir komplettierten unsere Ausrüstung mit drei großkalibrigen Repetiergewehren und verbrachten einen weiteren Tag in unserem Hotel in Djajapura, bis wir uns mit einem Führer, der uns in das Stammesgebiet bringen würde, in Richtung der Berge aufmachten. Zwar mußten wir den Mann in Dollar bezahlen, dabei konnten wir uns mit ihm zumindest noch verständigen…

Auch dieser Weg verlief ohne nennenswerte Zwischenfälle. Auf dem ersten Teil benutzten wir einen Jeep, den uns der Führer besorgt hatte, den wir dann jedoch in den Ausläufern der Maoken zurücklassen mußten. Während der darauffolgenden mehrstündigen Wanderung durch die Fülle der regionalen Natur wurde Dassler von einer Schlange gebissen.

Am frühen Abend kamen wir an den Rand einer Lichtung, die unser Führer als den Beginn des Stammesterritoriums bezeichnete. Hier schlugen wir unser Lager auf. Ich persönlich hätte es vorgezogen, dem Stamm noch am selben Abend zu begegnen, mußte mich aber von Ward über einen bestimmten Aberglauben der Bergvölker aufklären lassen; was nämlich mit dem Morgen kam, quasi mit der Sonne heraufdämmerte, war gut, weil es sich nicht verbarg. Was aber mit dem Abend in die Nacht kam, wollte sich nicht zu erkennen geben. Darum hielt er es für ratsam, das Lager der N'che-guee erst mit der Morgendämmerung zu betreten.

Dementsprechend verfuhren wir, legten uns schlafen und durften am nächsten Morgen feststellen, daß unser Führer mitsamt der gesamten Fotoausrüstung und meiner silbernen Armbanduhr verschwunden war. Da er uns jedoch ohnehin nicht weiter von Nutzen gewesen wäre, fanden wir uns mit diesem Umstand ab und begaben uns gleich nach Abbruch des Lagers in das Stammesgebiet der N'che-guee.

Mit unseren Mitbringseln verfuhren wir großzügig, verteilten reichlich und ohne Zögern. Wir ließen die Ureinwohner sich mit unserem funkelndem Tand und Trödel vergnügen. Wäre dies kein Forschungsprojekt gewesen, wir hätten uns schäbig gefühlt, wie ein Haufen betrügerischer Conquistadoren…

Allein, wir wollten nichts von ihnen. Was wir wollten, war einzig »Yamasai«, wir wollten es sehen, begreifen, eine vollkommen neue Spezies entdecken und ein urgeschichtliches Ungetüm seines Mythos' berauben!

Schon bei unserer Ankunft beäugte uns argwöhnisch ein alter Mann, dessen Hände erregt mit einem hölzernen, mit Federn behangenen Stab spielten. Er mußte der Medizinmann sein, und ich wette meinen Arsch darauf, daß er wußte, weshalb wir hier waren.

Nach zwei Tagen wagte es Ward, unser Anliegen auszusprechen und kaum, daß der Name »Yamasai« gefallen war, war all die Freundlichkeit mit einem Male fort. Über die Umstehenden legte sich ein Schweigen, das auch mit drei Handvoll Glasperlen nicht zu brechen war.

Der Abend war fürchterlich. Das Schweigen ging nicht vorüber und Stille lag über den Hütten. Waren wir am Vortag noch Freunde gewesen, schienen wir heute bloß noch geduldet. Wir schliefen unruhig und wurden gegen Mitternacht, als ein gellender Schrei aus den Bergen ertönte, aus dem Schlummer gerissen. Im nächsten Moment schien der gesamte Stamm auf den Beinen. Sie kamen aus ihren Hütten gelaufen und riefen wild durcheinander. Das einzige, was in dem Gewirr zu verstehen war, war immer wieder ein einziges Wort: YAMASAI.

Und wenig später wankten aus Richtung der Berge einige Gestalten in das Dorf.

Vier waren es, wie wir erkannten, kaum daß sie sich dem unruhigen Schein der Fackeln näherten. Drei Männer und eine Frau, allesamt nackt, ihre Leiber blut- und lehmverschmiert und ihre Gesichter ausdruckslos und kalt.

Ihr Einzug in den Kral wurde vom aufgeregten Geschrei der N'che-guee begleitet, unter dem wie ein monotoner Chorus, immer wiederkehrend, der Name des fürchterlichen Maules lag.

Die Fremden wurden in die Hütte des Medizinmannes gebracht und dort auf einige Reisiglager gebettet. Ihr Anblick war schrecklich: die Haare vom Blut verklebt, die Augen starr und tot, ihr gesamter Körper starrte vor Schmutz und zähflüssigem Eiter.

Jetzt waren es vier, und uns graute bei der Frage, wie groß die Gruppe zuvor gewesen sein mochte, bevor sie dieser Kreatur begegnet waren…

Bald erschien der Schamane und kümmerte sich um die vier. Er schloß den Vorhang und ließ uns drei vor seiner Hütte stehen.

Wir wandten uns wieder dem Feuer zu und setzten uns. An Schlaf war nun nicht mehr zu denken, nicht nachdem wir die grausam zugerichteten Opfer gesehen hatten.

YAMASAI. Hier in den Bergen klang der Name ungleich bedrohlicher.

Da saßen wir an jenem knisternden Feuer und konnten uns nicht verkneifen, von Zeit zu Zeit zur Hütte des Medizinmannes zu blicken. Was immer dort geschah, wir wollten es vielleicht gar nicht wissen.

»Denkst du, es ist etwas Prähistorisches?«, wandte Ward sich an Dassler, der wohl am ehesten etwas davon verstand.

»Ich glaube, wir sollten nicht versuchen, in irgendwelchen Grenzen zu denken.«

»Warum?«

»Weil wir dann unweigerlich auf das Monster von Loch Ness oder Godzilla kommen. Nichts von all dem aber scheint »Yamasai« zu sein. Zu keiner Zeit hat er diesen legendären Ruf besessen, ist niemals ein überregionaler Botschafter der Monströsität geworden, sondern ist, seit wann auch immer, stets das Geheimnis dieser Leute auf dem Gipfel ihres Berges gewesen.«

»Dassler hat recht. Es ist etwas anderes.« Mir war nicht wohl bei all dem, ich wollte nicht weiter darüber reden.

»Aber eine Eigenschaft hat es mit ihnen gemein.« Ward holte aus seiner Dokumentenmappe die Vergrößerung von Hornes Skizze hervor. »Es frißt Menschen.«

Im Schein des Feuers hielt er uns die Zeichnung entgegen, auf der sich jene Menschenleiber im Maul des Ungetümes wanden.

»Das liegt nahe, für ein Geschöpf dieser Größe«, begann Dassler und fuhr fort mit einer Ausführung über die Rolle des Menschen in der Nahrungskette und die plötzlichen Veränderungen, die das Auftauchen einer höher angeordneten Spezies bedeuten würde.

In dieser Nacht saßen wir drei lange noch am Feuer. Der Eindruck dieser bedauernswerten Gestalten ließ uns nicht los, und nach und nach kamen uns all die Schauergeschichten von den großen Ungetümen der Welt in den Kopf, menschenfressende Oktopoden, knochenzerschmetternde Urzeitreptilien und die ungeahnten Schrecken solch feinsinniger Phantasten wie Lovecraft, die das Grauen in die Wirklichkeit geflochten und dem amorphen Unheil eine Form gegeben hatten. Ich hatte die Geschichten jener Geschöpfe in meiner Jugend gelesen, doch hier, im Busch von Neuguinea, standen mir ihre Namen wieder vor Augen; Yog-Sothoth, Azathoth oder der grauenhafte Cthulhu.

Dassler sprach von den griechischen Mythen, Skylla, Charybdis, und menschenfressenden Kyklopen. Und Wards Gedanken tosten um den Sasquatch und das Ungeheuer von Loch Ness.

Die meisten dieser legendären Geschöpfe waren an bestimmte Orte gebunden; ein weiterer Aspekt, den »Yamasai« mit ihnen gemein hatte. Ein weiterer Punkt, der es zu einem unbestimmten Etwas irgendwo zwischen Mythos und Wirklichkeit machte.

Uns allen schauderte beim Knacken des brennenden Holzes, und es schienen uns menschliche Knochen zu sein, die in den bluttriefenden Schlünden des maniggestalten Unheils zermalmt wurden. Das Lied Yamasais. Mich schauderte.

Am frühen Morgen erst begaben wir uns zurück in unsere Hütte und fanden nach zwei weiteren Stunden endlich in einen unruhigen Schlaf, der, von den Ungetümen unserer Phantasie durchsetzt, kurz und nur wenig erholsam wurde.

Wir erwachten gegen Mittag und unser erster Gang galt der Hütte des Medizinmannes. Wir wollten sehen, wie es ihnen ging, den Opfern der letzten Nacht, ob sie sich erholt hatten, oder womöglich gestorben waren. Ich ging voran, zog den Vorhang zur Seite, und wir warfen einen Blick in das Innere; die Opfer des fürchterlichen Maules lagen auf ihre Lagern. Sie waren gewaschen worden, allein, ihre Blicke waren starr wie am Abend zuvor, als lugte der Tod selbst aus ihrem Inneren. Was mochten diese Augen gesehen, diese Menschen erlitten haben? Womöglich wäre es besser gewesen, sie wären dem fürchterlichen Maule nicht entkommen und ihm mit Haut und Haaren zum Opfer gefallen.

Hinten in der Hütte hockte der Schamane und schien wie in Trance. Sein schmächtiger Oberkörper wippte vor und zurück und während er etwas murmelte, das ungleich unverständlicher als seine eigentliche Sprache war, nestelten seine Hände an etwas herum. Neugierig taten wir zwei weitere vorsichtige Schritte in das Innere der Hütte.

»Gewölle«, flüsterte Dassler uns zu und wies auf den sandigen Boden vor dem

Medizinmann. »Ein Brauch, aus diesen Dingern weissagen sie«, wußte Ward zu berichten. »Sie sind riesig.«

»Es gibt in dieser Gegend drei größere Eulenarten, die...«

»Was verdammt ist das?« unterbrach ich seine Ausführungen.

Aus dem Gewölle, das er hielt, zog der Schamane etwas hervor, das darin verborgen gewesen war; eine Krähenfeder.

»Wie...?« Daß eine Eule, wie groß sie auch sein mochte, eine Krähe verschlang, war ebenso unwahrscheinlich, wie es die Existenz Yamasais hätte sein müssen.

Der Medizinmann schien nicht minder entsetzt als wir, seine Intonationen wurden unzusammenhängender, lauter, zorniger und wir beschlossen, uns besser zurückzuziehen.

Als wir aus der Hütte traten, warfen wir einen letzten Blick auf die besetzten Lager. Das waren bloß noch Schemen der Menschen, die sie einst gewesen sein mochten. Alleine die Erinnerung an das fürchterliche Maul, dem sie doch entkommen waren, war es, was sie erfüllte.

Da stürzte der Medizinmann aus dem hinteren Teil der Hütte hervor, schwang seinen mit einem Federbusch behangenen Zauberstab und die gefundene Feder und zeterte und schimpfte. Wir wollten gar nicht verstehen, was er sagte.

Wir verließen die Hütte und ließen die Bedauerlichen wimmernd auf ihren Lagern zurück...

Am selben Tag noch wollten wir aufbrechen. Wenn wir bis hier auch keinen Führer hatten, so waren Hornes Beschreibungen doch präzise genug, so daß wir früher oder später schon auf den verbotenen Pfad stoßen würden. Von da ab würde es ein leichtes sein.

Am Mittag waren wir soweit. Neugierig umstanden uns die Eingeborenen. Sie wußten sehr genau, was wir vorhatten. Statt uns aber Glück zu wünschen oder uns mit guten Zaubern zu bedenken, versuchten sie uns kichernd auch noch die letzten bunten Steine abzuschwatzen. Mit Erfolg, wie ich gestehen muß.

Als wir aufbrachen, war die Stimmung noch gut. Wir schulterten die Rucksäcke, die Gewehre und hatten das Schicksal der Opfer beinahe verdrängt, scherzten sogar über die gierigen kleinen Eingeborenen. Als wir dann aber drei benachbarte Anhöhen bestiegen und auf keiner den seltsamen Weg gefunden hatten, verfluchten wir sie.

Gegen Abend kam eine kühle Bö auf. Und als die Sonne sank, betraten wir den »Pfad der Schatten«, wie Horne ihn in seinen Aufzeichnungen genannt hatte. Wie in seiner Beschreibung waren links und rechts des Weges mit Symbolen beschriebene Tierhäute zwischen schulterhohen Pfählen aufgespannt. Die Zeichen erinnerten am ehesten an germanische Runen.

Die Sonne sank schneller als uns lieb war; ehe wir uns versahen, wucherten die Schatten des Abends über dem Pfad.

»Sollten wir nicht besser bis zum Morgen...« Seit der Begegnung mit den apathischen Opfern der Kreatur und dem Anblick der schwarzen Feder war einiges von Dasslers Forscherdrang der Furcht zum Opfer gefallen.

»Karl, unser Eigenproviant reicht noch für drei Tage. Nach Djajapura brauchen wir im günstigsten Fall vier, und die Gastfreundschaft der N'che-guee wird ohne weitere Geschenke wohl eher kärglich ausfallen.« Ward pflegte die besseren Argumente zu haben. »Ich meine bloß, weil...«

»Jeder von uns besitzt eine Maglite mittlerer Größe, und zwei weitere haben wir noch im Gepäck.« Auch mich störte es, wie er sich anstellte, der Mann war schließlich Wissenschaftler. »Außerdem macht Licht es wahrscheinlich auch nicht hübscher.«

Dassler stimmte nicht ein in das – zugegeben – etwas gezwungene Lachen.

Die folgenden 200 Meter jedoch beschritten wir – und ich kann es beschwören – in einem derart kriechenden Tempo, daß es fast schien, als hätte seine Furcht uns angesteckt. Die ausladenden Äste der größeren Bäume wogten rauschend über dem Weg und das schwache Zwielicht des Mondes, das vereinzelt durch die Blätter blinkte, verstrickte die Schatten der Zweige zu unseren Füßen in einen unruhigen Tanz.

Dassler konnte im Geäst die Schatten kleiner Monstren sehen, die dort oben lauerten. Große eulenähnliche Ungetüme. Mehr als einmal fuhr sein unruhiger Blick empor, zerschnitt das grelle Licht seiner Taschenlampe das Geäst, in der sicheren Gewißheit, dort oben etwas zu finden.

Dabei stammelte er etwas von der Feder, daß es wirklich *unmöglich* war, daß keine Eulenart jemals eine Krähe hätte verschlingen können.

Wir ließen uns nicht verrückt machen und schenkten seinem Gejammer einfach keine Beachtung.

Bald änderte sich die Art der Zeichen am Wegesrand. Sie wurden ungleich dichter und erinnerten schon bald an kein uns bekanntes Alphabet mehr.

Etwa zu diesem Zeitpunkt begann Dassler zu verzweifeln. Sein Blick hatte sich, wie es schien, in den Ästen verfangen und wir schoben ihn nunmehr bloß noch voran. Als plötzlich irgendein Vogel – den selbst Ward und ich als einen solchen erkannten – aufgescheucht aus den Ästen aufflog, war es mit seiner Fassung endgültig vorbei; er wandte sich ab und rannte den Pfad hinab, ohne sich noch einmal umzusehen.

Kopfschüttelnd blickten wir ihm hinterher.

»Wissen Sie, Denner, obwohl er etwas übertreibt, halte ich es für angemessen, etwas vorsichtiger zu Werke zu gehen.«

»Sagen Sie nicht, daß Sie auch umkehren wollen.«

»Kaum. Nicht so kurz vor dem Ziel.«

»Na sehen Sie.« Entschlossen packte ich die Lampe fester und schritt voran.

Langsam folgte mir der Brite, wobei er zumindest zweimal mit seiner Lampe nach oben leuchtete.

Einige Minuten darauf kam uns der Gipfel in Sicht.

Die Anhöhe war frei von Bäumen, und gerade, daß wir uns auf sie zu bewegten, lösten sich die Wolken vom Mond, und von ruhigem Dämmerlicht beschienen erhob sich das Ziel unseres Weges vor unseren Augen.

Die Absperrungen um den Weg weiteten sich zu einem Rondell mit einem Durchmesser von vielleicht 40 Metern. Noch sahen wir nichts, je näher wir allerdings traten, desto unwohler wurde uns.

Als sich ein riesiger formloser Schemen gegen den Nachthimmel abzuzeichnen begann, sich gar zu bewegen schien, stockte uns der Atem. Wir schalteten unsere Taschenlampen aus.

Dies war das Ziel. Wir waren nur wenige Augenblicke davon entfernt, »Yamasai«, dem fürchterlichen Maul, dem schrecklichsten aller bekannten Grauen, gegenüberzutreten.

Ich bekreuzigte mich. Ward murmelte mit gesenktem Blick ein stilles Gebet und wir schlichen weiter.

Kaum, daß die aufgespannten Häute sich ausweiteten, begann auf dem Boden kein Gras mehr zu wachsen. Nichts – kein Busch, kein Strauch, kein vereinzelter Grashalm ließ sich sehen. Der Boden war trocken und unfruchtbar.

Wir gingen geduckt weiter und Ward griff nach seinem Gewehr.

Ein seltsamer Geruch hing in der Luft, wurde stärker mit jedem Meter, den wir näher schlichen.

Plötzlich gab es einen fürchterlichen Knall. Wie eine Peitsche fuhr ein riesiger Tentakel über unsere Köpfe und donnerte in die Äste einiger, gut fünfzehn Meter entfernter Bäume hinter der Absperrung.

»Verdammt, Denner, das galt uns!« Ward stand kalter Schweiß auf der Stirn. Er entsicherte seine Waffe und war kurz davor, aufzuspringen und dem Monstrum eine Kugel zu verpassen.

Abgesehen davon, daß es wohl wenig genutzt hätte, glaubte ich nicht einmal, daß dieser *Angriff* uns gegolten hatte.

Ich griff Ward beruhigend in den Arm.

Noch immer hing der Tentakel über uns. Er hatte sich wohl in den Bäumen festgekrallt, dort einen Affen oder ein anderes Tier gefangen, welches das Ungetüm zu verschlingen gedachte.

Zumindest begriff ich nun, weshalb es sich nicht fortbewegen mußte. Es jagte mit seinen Fangarmen, die eine Länge von... Mein Gott, fuhr es mir durch den Kopf. Wie lang sie auch waren, wir befanden uns in ihrer Reichweite! Und wenn das Ungetüm ein Tier in den Ästen eines Baumes ausmachen und es erlegen konnte, auch wenn es zwanzig Meter von ihm entfernt war, dann waren wir ihm allemal ein leichtes Ziel.

Ich schluckte. Und ein Blick in Wards Gesicht bestätigte mir, daß er das gleiche gedacht hatte. Tatsächlich sprang er im nächsten Moment schon auf und stürzte den Pfad hinab. Viermal schoß er ziellos ins Dunkel. Eine der Kugeln schlug keinen Meter entfernt von mir ein.

Da hockte ich also. Alleingelassen und im Angesicht jener fürchterlichen Bestie auf dem Gipfel dieses Berges.

Ich war jedoch lange noch nicht bereit, aufzugeben. Wenn es uns hätte vernichten wollen, das gefräßige Maul hätte uns längst bekommen.

Über mir löste sich der Fangarm aus den Ästen und schnellte zurück. Mir war, als sähe ich in den Zweigen etwas zappeln und mich schauderte einmal mehr. Nichtsdestotrotz schlich ich weiter. Da es keinerlei Deckung gab, ging ich doppelt vorsichtig voran, und einzig die unbestimmte Gewißheit, daß es mich längst gehabt hätte, hätte es mich gewollt, ließ mich nicht innehalten.

Im Näherkommen wuchs der unförmige Schemen zu gewaltiger Größe heran. Ich ahnte seine Umrisse im Dunkel, und die wirre Zeichnung Hornes erstieg vor meinem inneren Auge. Ich ahnte jedes Detail im Dunkel, den finsteren Schlund, die unruhigen Fangarme...

Er sah wahrhaftig aus wie ein riesiger alter Baum. Seine Haut wirkte alt und rissig, gleich einer finsteren Urzeitrinde, und dunkle Tentakel bedeckten den schattigen Leib. An seinem Fuße bohrte sich ein gutes Dutzend von ihnen wie Wurzeln in den trockenen Grund.

Er schien keine Augen zu haben und war vielleicht blind. Aber *wie* hätte ein blindes Geschöpf, das an einem einzigen Platz verwurzelt war, Jagd auf Menschen machen, sie fangen und verschlingen sollen? Es mußte über eine andere Art der Wahrnehmung verfügen.

Ein von mir abgewandter Fangarm schoß in das entfernte Geäst.

Da funkelte etwas im Mondlicht. Sein Maul! Und etwas wand sich darin. Ob es womöglich auf irgendeine Art Ward oder Dassler... Ein weiterer Fangarm schoß davon.

Wenn es meine Kameraden tatsächlich... Ein dritter Tentakel verschwand krachend im Dickicht. Gab es noch ein Chance, die beiden zu befreien? Der erste Fangarm schnellte zurück zu dem riesigen Maul.

Ich mußte... Da knackte es. Erschrocken fuhr ich zusammen.

Es knackte ein weiteres Mal, diesmal lauter. Jetzt gab es gewiß keine Hoffnung mehr. Und in meiner Phantasie glitt Karl Dassler mit zerschmettertem Rückgrat aus dem blutigen Maul Yamasais.

Der zweite Tentakel kehrte zurück. Damit! Damit mußte es sie fangen! Es griff sich keine Affen, Vögel, sondern... Ich schaltete meine Stablampe ein und riß den Lichtkegel empor. Ich blickte genau auf das zusammengerollte Ende des Fangarms, das sich um ein großes Bündel schlang; Äste. Ein Fangarm voller grüner Zweige. Es mußte sein Ziel verfehlt haben und...

Aber nein, es führte den Tentakel zum Stamm, und als der Schein meiner Lampe ihm folgte, sah ich es; unmittelbar über dem großen Maul, das ich nicht anzuscheinen wagte, befand sich ein zweites, ungleich kleineres Maul, in das es gierig Astwerk stopfte und mit fürchterlichem Knacken zermalmte.

Plötzlich drangen Schreie aus dem unteren seiner Mäuler, und unwillkürlich knickte das Licht meiner Lampe herab. Und ich schaute auf das Furchtbarste, das mein Blick bis zu diesem Tag gesehen hatte. Nackte Leiber – vier oder fünf mochten es sein – ausgewachsener Menschen wanden sich im feuchten blutigen Maul des Ungeheuers, und einer von ihnen schrie in einem fort. Ich wollte hinstürzen, wollte helfen...

Ein zweiter begann zu schreien. Ich begriff.

Über mir kreiste eine riesige Eule und riß in den ausladenden Zweigen eines Baumes eine Krähe.

Jetzt stürzte der erste der nackten Körper aus dem Maul, platze aus einer blutigen Blase, rollte über einige zusammengeringelte Tentakel und fiel zu Boden.

Jetzt folgte der nächste. Auch der dritte begann zu schreien.

Das Gewehr glitt von meiner Schulter; ich würde es nicht brauchen. Ihm folgte der Rucksack

Die zwei am Boden Liegenden hörten nicht auf, ihr Kreischen toste mit in meinen Ohren, und mit nacktem Entsetzen verstand ich den ganzen Schrecken Yamasais.

Als sich alle vier blutig aus dem Maul geschält hatten, wanden sie sich am Boden, sie zuckten und schrien. Es waren keine Schmerzens-, keine Angstschreie, es waren die Schreie von Neugeborenen.

Und da hockte ich, fassungslos im Angesicht des Unbegreiflichen...

Bald endlich schwiegen sie, erhoben sich stumm, ihre Körper blut- und erdverschmiert und wankten in Richtung Pfad. Sie gingen durch den Schein meiner Lampe als sähen sie ihn nicht, und als sie mich passierten, sah ich ihre Augen, starr und kalt wie die derer, die wir im Dorf gesehen hatten. Ihre Bewegungen waren ungelenk und grotesk. Ich leuchtete ihnen nach und sah die Gestalten allmählich aus der Reichweite des Lichtkegels verschwinden.

Ich legte das Gewehr ab, riß die Hände vor das Gesicht und lachte auf. Es war eine hysterische, beinahe bizarre Geste, denn ich begriff. Zwar wußte ich nicht, woher diese Gestalten kamen, ob es da irgendwo einen Platz gab, an dem die Erde sie verschlang, um sie dann aus dem Inneren jenes Geschöpfes zu speien, oder ob sie in der schattigen Höhlung seines bluttriefenden Wanstes heranwuchsen.

Wie immer es sich aber auch verhalten mochte, »Yamasai, das fürchterliche Maul«, *war* das schrecklichste aller Ungeheuer, *war* das grauenhafteste aller Ungetüme und war es, weil es keine Menschen *fraß*, sondern sie statt dessen, gezeugt von irgendeiner Kraft im Bauch jener uralten Mutter, in einem Nichts, das ihre Seelen, ihr Bewußtsein gierig verschlungen haben mußte, gebar.

Und *das*, das war mit Gewißheit das größte faßbare Grauen.

Thomas Wagner

Thomas Wagner, 1964 in Berlin geboren, ist ein Kenner des »schwarzen Kinos«. Er schreibt wenig, aber wenn er die Zeit dazu findet, fabriziert er Perlen der unheimlichen Literatur – wie folgende, die ihren Weg zum Glück auf meinen Schreibtisch fand.

Die Farben der Tiefe

Ich halte eine Handvoll vergilbter Fotos wie einen Fächer, während ich mich in das starre Leder des Sessels zurücklehne. Eine stockfleckige Kladde mit Zeichnungen liegt vor mir auf dem Schreibtisch; einziges Mitbringsel von meiner Reise nach Neville Island und wahrscheinlich auch die letzte Hinterlassenschaft von Konrad Hatteras.

Regen schlägt mit beruhigender Monotonie an die Fensterscheiben, vier Stockwerke unter mir schlängelt sich, einem Perpetuum Mobile gleich, der abendliche Großstadtverkehr entlang; Motorenlärm und Hupen, Stimmfetzen, bunte Leuchtreklamen. Ich zünde mir eine Zigarette an – die ich-weiß-nicht-wievielte an diesem Abend – und gehe zum Fenster, inhaliere den Rauch, die Stadt.

Es tut gut, wieder hier zu sein.

Wenn ich die Augen schließe, verschwimmen all diese Eindrücke in mir zu einem wabernden Rauschen. Hinter meinen geschlossenen Lidern sehe ich Blau, die Lichtreflexe blitzen auf wie Schaum auf Wogen und im nächsten Moment ist es, als stünde ich wieder am Strand von Neville Island.

Ich versuche grundlos zu lachen und endlich auf andere Gedanken zu kommen. Es gelingt nicht.

Wieder ein Blick auf die Fotos.

In vierzig Jahren braun vergilbt und mit zahlreichen Knickspuren übersät, die sich wie Sprünge in einem Spiegel über die Gesichter ziehen, schauen sie mich an: der Maler Konrad Hatteras und seine Frau Lydia. Es sind Bilder, die im Herbst 1954 auf Hawaii entstanden sind; rare Originale, die ich aus dem Nachlaß eines amerikanischen Starfotografen erwarb. Der Fotograf verbrachte die Hälfte seines Lebens damit, sich den Verstand aus dem Hirn zu saufen; bevor ihm das allerdings endgültig gelang, jagte er sich in einem wachen Augenblick eine Kugel durch den Kopf. Das Schicksal eines alten Mannes – vielleicht nicht alltäglich, doch belanglos im Vergleich zu der Geschichte der beiden Menschen, die mir von den Fotografien entgegenblicken. Dabei scheinen auf den ersten Blick auch diese Bilder nur einige von vielen belanglosen Szenen wiederzugeben: das Ehepaar Hatteras bei irgendeiner Cocktailparty in Honolulu, beide in Abendgarderobe, Lydia lachend am Tisch sitzend, plaudernd im Garten, Champagnergläser leerend und endlose Langeweile im Blick; daneben Konrad, gezwungen lächelnd, abwesend. Dann wieder Bilder vom Meer, offenbar vom Strand aus fotografiert. Eine endlose Wasserfläche unter einem durch Zeit und Wasserflecke seltsam marmoriert wirkenden Himmel, kein Land, keine Schiffe, nichts. Schließlich noch Konrad und Lydia am

Strand hockend, irgendeine Skizze betrachtend. Kurz nachdem diese Bilder aufgenommen wurden, starben Konrad und Lydia Hatteras vor Neville Island.

Jedenfalls glaubte ich das noch vor meiner Reise. Meine Finger gleiten über die Knicke auf dem glänzenden Fotokarton.

Es regnet jetzt stärker vor meinem Fenster. Ich brauche noch eine Zigarette.

Gottverdammtes, gottverlassenes Neville Island... Ein geradezu unsinnig kleiner Flecken mitten im Pazifik, der auf kaum einer Karte verzeichnet und runde 1000 Kilometer von der nächstliegenden Insel entfernt ist.

Irgendein verirrter amerikanischer Händler namens Neville »entdeckte« in der ersten Hälfte des letzten Jahrhunderts offiziell dieses Eiland und nahm es spontan für sich als Zwischenlager und Trinkwasserreservoir in Besitz. Das kleine Häuflein Inselbewohner wurde in den kommenden Jahrzehnten nach und nach durch die damals üblichen Anwerbepraktiken zur Plantagenarbeit auf die weiter südlich gelegenen Inseln umgesiedelt; die wenigsten blieben. Die weißen Händler kamen und gingen, und die meisten der damals errichteten Lagerhäuser und Verwaltungsgebäude wurden schon nach wenigen Jahren wieder dem Verfall preisgegeben.

Heutzutage gibt es dort keine Ureinwohner mehr und niemand kennt den eigentlichen Namen der Insel. Die Welt vergaß Neville Island.

Und es zog Menschen nach Neville Island, die die Welt vergessen wollten.

Ein Traum für zivilisationsmüde Manager mit Magengeschwüren und Herzproblemen? Vielleicht.

Meine Beweggründe, Neville Island zu besuchen, entsprangen anderen, realistischeren Motiven. Mein Name ist Velten, Eigentümer des Kunst- und Auktionshauses Velten. Ich bin Kunsthändler, das heißt, ich verdiene mein Geld mit dem verbildlichten Innenleben anderer Menschen. Läßt sich dieses in harten Devisen zählen, hat der Künstler gute Chancen auf ein relatives Stück Unsterblichkeit.

So auch Konrad Hatteras.

Es begann Ende des vergangenen Jahres mit der Versteigerung der bislang umfangreichsten Hatteras-Sammlung.

Lucien Groninger, der millionenschwere Inhaber des gleichnamigen Schweizer Konzerns, hatte – krebszerfressen bis ins Mark – in einer Züricher Privatklinik das Zeitliche gesegnet. Kurz darauf erhielt ich von seiner Witwe eine Einladung nach Genf, verknüpft mit der Bitte, einige Gemälde aus seinem Nachlaß zu begutachten, es handele sich dabei um etliche unbekannte und verschollen geglaubte Bilder eines deutschen Surrealisten. Noch nicht im mindesten ahnend, was mich erwartete, nahm ich die Einladung an.

Es schneite, als meine Maschine in Genf landete.

Ein Chauffeur der Groningers wartete am Flughafen und brachte mich zu einer außerhalb der Stadt liegenden Rokokovilla, versteckt auf einer waldigen Anhöhe über dem Genfer See, von der aus sich die sanft gewellte Wasseroberfläche wie eine anthrazitfarbene Plastikhaut ausnahm. Der Anblick war ebenso trist wie schön.

Ich hatte Schneeflocken auf meinen Brillengläsern, als man mich in das Haus führte.

Madame Groninger erwartete mich bereits. Sie muß Ende fünfzig gewesen sein, hatte offensichtlich schon des öfteren einen plastischen Chirurgen konsultiert und trug ein beharrlich-herzliches Lächeln, das auffallend mit ihrem herablassenden Blick kontrastierte. Ich bin durch meinen Beruf an diesen Menschentypus gewöhnt und wollte routiniert zu einigen Konversationsphrasen und Beileidsbekundungen ansetzen, als sie mich überraschend jäh unterbrach.

»Der Tod meines Mannes war für niemanden mehr eine Überraschung, Monsieur Velten. Wollen wir lieber gleich zur Sache kommen, ich habe Sie schließlich aus einem wichtigen Grund aus Deutschland hierher kommen lassen...«

Offenbar mein etwas pikiert wirkendes Gesicht bemerkend, unterbrach sie sich, setzte ein verstärktes Lächeln auf und fuhr in versöhnlicherem Tonfall fort: »Ich wollte damit sagen, daß Ihr Auktionshaus mir am geeignetsten erschien, einen... gewissen Teil der Kunstsammlung meines verstorbenen Gatten zu veräußern. Und bestimmt sind Sie auch schon gespannt, was Sie erwartet, habe ich recht?«

»Darin kann ich Ihnen kaum widersprechen, Madame. Im übrigen war in Fachkreisen überhaupt nicht bekannt, daß Monsieur Groninger eine solche Sammlung besaß; ich nehme an, es war eher eine rein private Leidenschaft...«

»Sehr privat, Monsieur Velten. Auch ich habe von diesen Bildern nichts gewußt.« Ihr Mund verzog sich in geradezu unerträglicher Herzlichkeit. »Wir fanden diese Bilder im Weinkeller. Keine Angst, Sie waren sehr sorgsam verpackt... in einer zugenagelten Kiste. Doch kommen Sie, wir haben alles für Sie vorbereitet...«

Ich folgte ihr.

Was ich sah, nahm mir beinahe den Atem. In einem normalerweise wohl als Speisezimmer genutzten Raum lagen sie auf einer langen Tafel provisorisch nebeneinander aufgereiht: zwölf auf Leinwand gebannte alptraumhafte Visionen, Meere aus Farben, die von innen heraus zu glühen schienen; zwölf unverkennbare Schöpfungen Konrad Hatteras'. Zerbombte Großstadtlandschaften erstreckten sich da inmitten surrealer Meereswelten, gesichtslose Mensch-Maschine-Hybriden huldigten in einem gigantischen gotischen Dom dem Zerrbild eines Hundes, das über dem halbzerfleischten Leib der Jungfrau Maria hockte. An einem tropischen Sandstrand, der sich im Horizont verlor, wuchsen riesige bizarre Uhrwerke, in deren undurchdringliches Zahnradgewirr endlose Menschenschlangen im Gänsemarsch hineinwankten. Am schlammigen Grund einer grünblau leuchtenden Unterwasserschlucht erhob sich algenüberwuchert das Monument einer abnormen Kreatur, eine Art gigantischer Oktopus, in dessen aufgeblähten Hautfalten sich bei eingehender Betrachtung ein boshaft verzerrtes menschliches Antlitz entdecken ließ. Das ganze kranke Universum eines zweiten Bosch offenbarte sich hier vor mir in all seiner abartigen Schönheit und Faszination.

Ich versuchte, mir meine Aufregung nicht anmerken zu lassen, als ich die Bilder untersuchte, doch ich bezweifle, daß mir das gelang.

Was mußte Hatteras für ein Mensch gewesen sein? Sicherlich ist es naheliegend, in all diese Apokalypsen hineinzuinterpretieren, Hatteras hätte mit ihrer Hilfe seine Eindrücke von Nazi-Deutschland und dem Krieg verarbeitet, doch mir erschien diese Erklärung schon immer zu simpel. Vielleicht war er auch einfach nur ein Geisteskranker mit einem göttlichen Talent, das ihn davor bewahrte, in einer Irrenanstalt zu enden?

Sämtliche Hatteras-Biographien, die ich je gelesen hatte, gingen mir in diesen Minuten durch den Kopf. Geboren 1903 in irgendeinem Nest an der Ostsee, erregte er Ende der 20er Jahre zunächst in Berlin mit einer Reihe bizarrer Porträts Aufsehen, die er von einigen bekannten Personen des öffentlichen Lebens anfertigte und die nicht gerade dazu geeignet waren, seine Beliebtheit bei der Obrigkeit zu steigern. Es gab Hetzartikel und Verrisse in der konservativen Presse, Verbote seiner Ausstellungen und einige Anzeigen, alles ein willkommenes Mittel zum Zweck für Hatteras, denn seine Popularität wuchs innerhalb kürzester Zeit über die Grenzen Deutschlands hinaus, und die damalige Avantgardeszene begann ihn als eine ihrer Gallionsfiguren zu vereinnahmen. 1934 emigrierte er nach Frankreich und ließ sich in Marseille nieder. Dort begann seine Beschäftigung mit vergessenen, sogenannten »primitiven« Kulturen. Beinahe manisch sammelte er Skulpturen, Fetische und Kultgegenstände aus den entlegensten Winkeln der Welt, die er oft heimkehrenden Seeleuten abkaufte. In dieser Zeit entwickelte er eine ausgeprägte Faszination für die polynesische Kultur, war besessen von dem Gedanken, die Südsee zu bereisen und die uralten Überlieferungen und Mythen der Insulaner auf der Leinwand festzuhalten. Doch der Ausbruch des 2. Weltkriegs zerschlug schließlich vorerst Hatteras' Pläne. Als Hitlers Truppen Frankreich überrannten, befand er sich anläßlich einer Ausstellungseröffnung in Genf, wo er sich für die Zeit des Krieges dauerhaft niederließ.

Aus dieser Phase mußten wohl auch die hier vor mir liegenden Bilder stammen.

Über Hatteras' Schweizer Exilzeit ist nie viel bekannt geworden. Er schottete sich von der Außenwelt weitgehend ab und vergrub sich in seiner Arbeit, entwickelte sich mehr und mehr zum Sonderling und Menschenfeind. Um so überraschender war es, als er 1947 der erstaunten Öffentlichkeit einen zehnteiligen Bilderzyklus namens »Ozeanischer Traum« präsentierte; Gemälde von einer noch nie gesehenen Kraft und Intensität, die erschreckende Streiflichter des Unbewußten in eine Art Tiefseehölle verlagert darstellten. Hatteras' Comeback gelang. Die Menschen, die sich seine Bilder leisten konnten, dürften diese wohl kaum geliebt haben, aber es entwickelte sich geradezu zu einem Statussymbol der damaligen High Society, wenigstens einen echten Hatteras an der Wand hängen zu haben, und der Misanthrop Hatteras wurde zu einem begehrten exotischen Partygast, dem man gern mit einem unbestimmten Schauder die Hand schüttelte. Er siedelte in die USA über und lernte 1952 in New York die dreißigjährige Industriellentochter Lydia Grant kennen, eine skandalumwitterte Lieblingsfigur der amerikanischen Boulevardpresse, die wegen ihres offenkundigen Rauschgiftkonsums und einer Affäre mit einem schwarzen Jazzsänger gerade enterbt worden war. Mit ihr zusammen bereiste er erstmals die Südsee und überraschte die Presse ein Jahr später mit einer auf Hawaii ausgestellten Heiratsurkunde; 1954 brachen die beiden abermals zu einer Reise auf, die die letzte in ihrem Leben sein sollte…

»…Sie zufrieden?« Die Stimme Madame Groningers hinter mir schreckte mich aus meinen Überlegungen auf; ich zwang mich, den Blick von den Bildern zu lösen und wandte mich ihr zu.

»Diese Bilder sind ein Vermögen wert. Sie sind… wunderbar! Ich nehme an, Sie werden diese Hinterlassenschaft Ihres Gatten vor dem Verkauf noch einem Museum zur Verfügung stellen wollen? Eine öffentliche Ausstellung würde die Aufmerksamkeit…«

Ihr Blick glitt angewidert über die Bilder und über mein Gesicht, erstmals war ihr Lächeln verschwunden.

»Nehmen Sie sie mit«, sagte sie leise, wie zu sich selbst, »nehmen Sie sie mit und verkaufen Sie sie. So schnell wie möglich. Ich will diese Bilder keinen Tag länger in meinem Haus haben, verstehen Sie? Sie… sie ekeln mich an…«

Ich erwiderte nichts, nickte.

Mit einemmal sah Groningers Witwe fast mitleiderweckend aus, nichts mehr an ihr wirkte arrogant oder überlegen. So wie sie vor den aufgereihten Bildern stand, mit den Fingern nervös ihre Perlenkette knetend, schien es fast, als ginge für sie eine schon körperliche Bedrohung von den leuchtenden Farbschöpfungen aus. Merkwürdig berührt registrierte ich, daß Hatteras' Bilder für mich lebendiger waren als dieses nun unsagbar alt und müde wirkende Stück fleischgewordener Vergeblichkeit.

Als ich ging, hatte es zu schneien aufgehört.

Die Nachricht von dem Fund schlug in Sammlerkreisen wie eine Bombe ein, und dementsprechend erfolgreich verlief die Auktion. Mehrere bedeutende Museen hatten ihre Vertreter geschickt, die jedoch hoffnungslos dem Kapital einiger amerikanischer und japanischer Sammler unterlegen waren. Die prozentuale Beteiligung am Verkaufserlös bedeutete für mich einen Rekordumsatz, ja es war der bislang größte Erfolg meines Auktionshauses und der Name Velten wurde quasi über Nacht zum Synonym für millionenschwere Kunst-Transaktionen. Ich hätte damit zufrieden sein, hätte mich weiter meinen normalen Geschäften widmen und kapitalkräftigen Kunden zu weiteren exquisiten Dekorationen ihrer Villenwände verhelfen sollen. Doch seitdem ich aus Genf zurückgekehrt war, fand ich keine Ruhe.

Die Person Konrad Hatteras ließ mich nicht los; ich investierte Zeit und Geld darin, weitere Nachforschungen über ihn anzustellen, versuchte mehr Licht in die ominösen Ereignisse des Herbstes 1954 zu bringen. Sicherlich: es war völlig klar, daß Konrad und Lydia Hatteras damals im Pazifik umgekommen waren, doch die Umstände wurden nie genau geklärt. Hatteras hatte damals in Honolulu eine Yacht gechartert, die ihn nach Neville Island bringen sollte. Die Schiffsbesatzung berichtete später, er hätte mit seiner Frau vor der Bucht im Beiboot die Yacht verlassen, um die Küste der Insel zu umfahren und einige Skizzen anzufertigen. Das war das letzte Mal, daß die beiden gesehen wurden. Konrad und Lydia Hatteras verschwanden spurlos, und auch das Boot wurde nie gefunden; von den wenigen Menschen, die damals auf Neville Island lebten, hatte ebenfalls niemand etwas von dem mysteriösen Unglück bemerkt. Man vermutete, daß das Boot aufs offene Meer hinausgetrieben war, und nach einer mehrwöchigen vergeblichen Suche erklärte man die beiden offiziell für tot. So weit die bekannte Geschichte. All das konnte ein tragischer Unfall gewesen sein, sicherlich, und daß Konrad Hatteras tot war, stand für mich außer Frage.

Doch was um alles in der Welt hatte er ausgerechnet auf Neville Island gesucht? Die pazifische Inselwelt bietet weitaus interessantere Motive als dieses kleine, fast menschenleere Eiland, das kaum mehr ist, als ein Flecken kokospalmenbewachsener Sand.

Ich überließ mein Geschäft der Obhut meiner Angestellten und beschloß, mich selbst auf die Suche nach den letzten Spuren Hatteras' zu machen.

Meine Recherchen führten mich schließlich an die Westküste der USA, in ein kleines Fischerdorf namens Milesville zu einem gewissen Joseph Bancroft. Bancroft, der seinen Ruhestand in Milesville verbrachte, hatte 1954 als Matrose auf der »Southern Queen« gearbeitet, dem Schiff, das das Ehepaar Hatteras nach Neville Island brachte.

Bancroft erwartete mich auf der Veranda seines leicht heruntergekommenen Hauses und lud mich mit einer ausladenden Geste ein, neben ihm in einem Korbstuhl Platz zu nehmen. Mißtrauische wasserblaue Augen blickten mich aus seinem aufgeschwemmten unrasierten Gesicht an, als ich von meinen Nachforschungen erzählte.

Sein Blick wich nicht von meinem Gesicht, als er eine Bierdose unter seinem Stuhl hervorzog und geräuschvoll öffnete. Ich bemerkte, daß seine Hände zitterten.

»Schreiben Sie an 'nem Buch oder so, Mister?«

»Nein... das heißt, nicht direkt. Ich arbeite an einer Ausstellung für ein deutsches Museum.« Ich hielt es für klüger, ihm nicht zu sagen, daß ich beruflich oft mit Millionenbeträgen zu tun habe.

Er tat einen geräuschvollen Schluck und wischte sich über den Mund. Möwengeschrei kam vom Strand herüber.

»Hör'n Sie zu: Ich hab den Kerl nie begriffen, was ja auch nich mein Job war, klar, aber begriffen hab ich den nie. Hamse mal 'n Bild von dem gesehn?«

Ich bejahte. Die Luft roch angenehm salzig.

»Für mich war der nich ganz dicht hier, verstehn Sie?« Bancroft tippte sich vielsagend an die Stirn und nahm noch einen Schluck aus der Bierdose.

»Is 'ne verdammt schöne Gegend da unten, Mister. Wir ham mit der Southern Queen oft Leute durch die Inseln geschippert, war kein übler Job. Wissense, was 'n Weißer normalerweise macht, wenn er die Kohle dafür hat?«

Er lachte knarrend. Der Wind hatte sich gedreht und wehte mir jetzt seinen säuerlichen Bieratem ins Gesicht.

»Ich werd's Ihnen sagen: er liegt inner Sonne, oder geht schwimmen oder macht Fotos von irgend'ner Insulanerparty. Und wenner danach wieder in der Wall Street oder wo auch immer hinter seinem verdammten Schreibtisch sitzt, träumt er davon, Robinson zu sein. Aber der Typ war anders. Ich hab's schon auf Hawaii mitgekriegt, Mister, der Kerl hing mit seiner Frau ständig bei diesem versoffenen Medizinmann rum, Charlie hieß er, 'n unheimlicher Typ war das.«

Ich wurde hellhörig, versuchte den Biergestank zu ignorieren und rückte näher.

»Ein hawaiianischer Priester? Ich weiß, daß Hatteras sich intensiv mit der polynesischen Kultur beschäftigt hat. Wissen Sie mehr darüber?«

»Was für'ne Kultur denn, Mister? Ich kenn die Brüder da unten zur Genüge, sag ich Ihnen, sind nette Kerle auf ihre Art und die Weiber auch...«

Wieder dieses knarrende Lachen, wobei sein kariertes Baumwollhemd aufklaffte und den Blick auf einen haarigen Bauch freilegte.

»...Jaja, sind nich so übel, wenn man 'n paar Dollar und 'ne Flasche springen läßt. Aber passense auf, wie weit Sie sich als Weißer mit dem Hokuspokus von denen einlassen. Der Kerl, der Medizinmann, der war kein Hawaiianer. Sowas wie den gibt's auf Hawaii schon seit hundert Jahren nich mehr. Er hing immer am Strand rum, tat nix, hatte nix, nur sein Bündel mit irgend'nem Hokuspokuskram. Irgendjemand hat dann diesem Hatteras den Tip gegeben, Charlie nach irgendwelchen verdammten Niggergeschichten auszuquetschen. Der war 'n echter Medizinmann, verstehense, ich bin kein abergläubischer Mensch, aber die Brüder sind nix für'n weißen Mann. Kennense die verdammten Märchen von denen da unten? Früher, als die noch unter sich waren, haben sie Haie angebetet, pfui Deibel... Charlie war irgendein Überbleibsel von so'nem gottverdammten Haikult, was weiß ich, was er diesem europäischen Spinner alles erzählt hat. Naja, hat ihn ja dann auch erwischt, den Charlie mein ich. Einen Tag, bevor Hatteras die Southern Queen gechartert hat, hat man den alten Knaben gefunden. Irgendjemand hat ihm wohl 'n Schädel eingeschlagen.«

Das Möwengeschrei wurde lauter. Ich blickte zum Strand und sah, wie sich am Horizont dunkle Wolken sammelten.

»Was geschah vor Neville Island, Mister Bancroft?«

»Nix. Verstehense? Der Maler und seine Frau – Mann, ich hab nie verstanden, wie der alte Kerl an die geraten ist... also, die sind ins Boot, ham 'nen Haufen Kram mitgenommen, so Malerzeugs, 'ne Kamera und diese Niggerrassel...«

»Was für eine Rassel?«

»So 'ne dämliche Niggerrassel halt. Nehmen die da unten zum Haifang. Mann, ich hab's selbst schon gesehen: Die Jungs schlagen die Dinger vom Boot aus ins Wasser und in 'n paar Minuten sind schon die ersten Biester da. Und dann gibt's 'nen Stoß mitter Harpune, so etwa...«

Er vollführte eine heftige Bewegung mit der rechten Hand, wobei ihm die Bierdose entglitt und quer über die Veranda rollte. Die blaßgelbe Flüssigkeit ergoß sich schäumend zwischen die Dielen.

»Scheiße, verdammte! Also jedenfalls war das so'ne Rassel, die der verrückte Kerl da mitgeschleppt hat, weiß der Teufel wozu. Ach ja: da fällt mir noch ein... Das Ding war irgendwie anders als die Rasseln, die ich sonst so von den Brüdern kenne. War irgendwie so komisch bemalt... Ha, vielleicht hat der Spinner das Ding selbst bemalt! Zuzutrauen wär's ihm gewesen...«

Bancroft bekam einen Lachanfall, der in einem würgenden Husten endete. Seine Augen tränten, als er sich fluchend erhob.

»Das war's eigentlich auch schon, Mister. Ich muß mir jetzt noch 'n Bier holen. Mehr zu erzählen gibt's auch nich. Schönen Tag noch...«

»Warten Sie...«

Seine massige Gestalt war schon halb in der Eingangstür des Hauses verschwunden, mißmutig blickte er sich um.

»Wissen Sie noch mehr über diesen... diesen Medizinmann? Wissen Sie seinen Namen? Seinen richtigen meine ich.«

»Charlie hieß er, hab ich doch gesagt. Die heißen für mich alle Charlie, die Brüder.« Er machte wieder Anstalten hineinzugehen.

»Wissen Sie vielleicht, woher er kam?«

»Na, von diesem gottverfluchten Neville Island natürlich! Hab ich das nich gesagt?«

Die Tür fiel krachend ins Schloß.

Am Horizont begann es zu donnern. Die Möwen waren verschwunden.

Ich konnte nicht mehr zurück, jetzt nicht mehr. Als ich Stunden später den Flug nach Hawaii buchte, wußte ich, daß meine Reise erst auf Neville Island enden würde.

Am nächsten Tag saß ich in der vollklimatisierten Suite eines Hotelpalasts aus Stahlrohr und Glas, sichtete einen Stapel Telegramme, die mich über die Geschäftslage daheim informierten, und bekam erste Zweifel an dem Sinn meiner Aktivitäten.

In den Straßen tobte in vertrauter Hektik die Rush Hour vorbei, Menschen aller möglichen Hautfarben gingen hektisch ihren Geschäften nach und Gruppen buntgekleideter Touristen kehrten von ihren Ausflügen in die Bars der Hotels zurück. Es war eine Atmosphäre wie in jeder x-beliebigen europäischen oder amerikanischen Großstadt, ein lärmender Reigen, der mich mit seinem chaotischen Synchronismus beruhigte und das alkoholisierte Geschwafel eines Joseph Bancroft im klaren Licht der Nachmittagssonne der Lächerlichkeit preisgab. Kurz zuvor hatte ich mit meiner Geschäftsführerin in Deutschland telefoniert, die mich dringend aufforderte, zurückzukehren und mich um meine Geschäfte zu kümmern, bereits jetzt wären mir mehrere Aufträge entgangen und die Kosten meiner Recherchen würden sich allmählich negativ auf das Firmenkapital auswirken. Niemand konnte meine obskuren Exkursionen verstehen und ich selbst – diese ernüchternde Erkenntnis stellte sich jetzt ein – eigentlich auch nicht. Was wollte ich, was erhoffte ich mir davon? Ich war kein Wissenschaftler, auch kein Autor dümmlicher Abenteuerromane, der Stoff für einen neuen haarsträubenden Bestseller sucht. Wenn ich wirklich meine Reise nach Neville Island fortsetzte, was hätte ich dort schon finden können? Das Skelett des Konrad Hatteras in irgendeiner verborgenen Höhle, zusammen mit einem Stapel unschätzbar wertvoller Gemälde, die nur darauf warteten, von mir verkauft zu werden? Es war alles so lächerlich…

Am Abend betrank ich mich sinnlos.

Nachts träumte ich wirre Bilder von meiner eigenen Exekution und ertrunkenen Menschen, die in Madame Groningers Speisezimmer saßen.

Tags darauf besorgte ich mir Aspirin und charterte ein Flugzeug nach Neville Island.

»Da vorn, willkommen am Arsch der Welt!« Die Stimme des Piloten weckte mich aus einem unangenehmen Halbschlaf, in dem ich die meiste Zeit des Fluges verbracht hatte. Vor uns konnte ich die sanften Linien einer Insel erkennen. Ich wurde hellwach.

»Neville Island?«

Mein Pilot nickte schweigend und jonglierte gelangweilt einen Kaugummi zwischen den Kiefern. Sein ausdrucksloses braunes Gesicht wandte sich mir zu, Lichtreflexe tanzten auf schwarzen Brillengläsern.

»Wissen Sie schon, wie lange Sie bleiben?«

»Nein… das heißt, wahrscheinlich nicht sehr lange. Ich will mich nur etwas umsehen. Sie fliegen heute noch zurück?«

»Hoffe ich doch. Wenn die Maschine aufgetankt ist, hält mich hier nichts mehr.«

In einem eleganten Bogen setzte er das Wasserflugzeug zur Landung in der Bucht an.

Ich erkannte einige verstreute Häuser und einen Landungssteg.

»Wissen Sie, wie die Bucht hier heißt? ›Bucht‹ heißt sie… Hier hat sich nie jemand die Mühe gemacht, den Dingen Namen zu geben…«

Er verzog die Mundwinkel, was man mit viel Phantasie als Lächeln deuten konnte.

Wasser spritzte schäumend bis zu den Cockpitscheiben, als die Maschine aufsetzte.

Einige Leute kamen jetzt langsam zum Steg hinübergeschlendert. Irgend jemand winkte in unsere Richtung.

»Tja, wie ich schon sagte: willkommen am Arsch der Welt!«

Mit einem letzten Blubbern verstummten die Motoren, als wir den Landungssteg erreicht hatten.

Ich fand mich in einem heruntergekommenen Kolonialbau wieder, der wohl so etwas wie das Tor zur Welt für Neville Island darstellte. Hier residierte Mister Wang, ein chinesischer Händler, den es irgendwann in den dreißiger Jahren hierher verschlagen hatte. Über die Gründe für sein freiwilliges Exil hüllte er sich in Schweigen, erwies sich sonst aber als unermüdlicher Gesprächspartner.

Ich saß am Tresen in einer Art Empfangshalle, die Wang in ein Mittelding aus Warenlager, Bar und Antiquitätengeschäft umfunktioniert hatte. Die Wände waren bedeckt mit vergilbten Filmplakaten und Zeitungsausschnitten, die von der Bombardierung Pearl Harbours und den Kriegsjahren im Pazifik berichteten. Ein Fernseher lief unbeachtet in einer Ecke vor sich hin; Tom & Jerry jagten sich gegenseitig durch eine surreale Cartoonkulisse. Hinter dem Tresen hing eine Schwarzwälder Kuckucksuhr an der Wand. Es roch nach Gewürzen und Putzmitteln.

Ich hatte Wang erzählt, warum ich gekommen war. Vielleicht konnte mir dieser alte Mann, der mich von der anderen Seite des Tresens amüsiert angrinste und mir ständig das Glas mit billigem Gin nachfüllte, noch eine wertvolle Hilfe bei meinen Nachforschungen sein.

»Und seit wann genau leben Sie hier?« Ich lehnte dankend ab, als Wang dazu ansetzte, mein noch nicht einmal halbleeres Glas erneut zu füllen.

Er grinste kopfschüttelnd und bediente sich selbst aus der Flasche.

»Lang genug, um Neville Island zu kennen. Und lang genug, um nirgendwo anders mehr hinzukommen. Als ich auf die Insel kam, war alles noch etwas anders... etwas lebendiger...« Er beugte sich verschwörerisch zu mir herüber. »Die Insel stirbt, verstehen Sie? Die Menschen, die einst hier geboren wurden, sind fort. Sie sind gegangen, einer nach dem anderen, die meisten nach...« Er gestikulierte fahrig in der Luft. »...Nach Hawaii. Andere weiter auf die Midways, andere nach Süden auf die Line Islands. Haben Sie gesehen, wie wenig Leute noch auf Neville Island leben? Und die gehörten eigentlich alle nicht hierher... doch sie können nicht mehr fort. Als ich kam, habe ich einen Ort gesucht, an dem ich einige Jahre etwas abseits der großen Welt in Ruhe verbringen konnte...« Wang kicherte und griff nach seinem Glas. »Einige Jahre, die hätten mir völlig genügt. Damals... Aber die Insel hat einen unguten Einfluß auf Fremde, mein Freund. Sie lähmt das Leben. Ich habe als junger Mann oft vorgehabt, fortzugehen, irgend etwas hielt mich immer. Und irgendwann war es zu spät. Wenn Mister Wang stirbt, dann auf Neville Island. Und so ging es nicht nur mir, oh nein, glauben Sie mir, ich habe viele Menschen erlebt, die hierher kamen, um sich zu verstecken oder um zu vergessen... Sie sind alle geblieben. Und die meisten sind jetzt tot. Sehen Sie da drüben...«

Er blickte zu einem Tisch hinüber, an dem eine vielleicht vierzigjährige Frau zusammengesunken hockte und mit glasigem Blick auf ein Blatt Papier starrte.

»Sie kam vor zehn Jahren hierher, wahrscheinlich weiß sie das selbst schon nicht mehr genau. Irgendetwas muß sie wohl auf die Insel gezogen haben... Als sie kam, war sie reich und in der Blüte ihres Lebens. Dann begann sie sich zu verändern. Schauen Sie...«

Die Frau zerriß das Blatt Papier in kleine Fetzen, die wie Blütenblätter auf den Boden regneten. Dann erhob sie sich und schlurfte gebeugt aus der Tür. Wang winkte ihr lächelnd nach.

»So geht es jetzt seit Jahren. Sie kommt jeden Tag in meinen Laden, betrinkt sich und schreibt einen Brief. Dann sitzt sie stundenlang davor, schließlich zerreißt sie ihn und geht wieder. Seit Jahren, mein Freund, seit Jahren... Ist dieser Gleichlauf des Lebens nicht wunderbar? Sie kommt und geht wie der Regen... oder wie der Tod.«

Widerspruchslos ließ ich mir jetzt das Glas füllen. Mister Wang klopfte mir versöhnlich auf die Schulter. Im Fernsehen sprengte Jerry gerade Tom mit einer Dynamitladung in die Luft.

»Lassen Sie sich nicht durch das Geschwätz eines alten Mannes verrückt machen. Vielleicht kann ich Ihnen ja weiterhelfen...«

Ich war mir jetzt sicher, daß er das konnte. Der scharfe Alkohol verbreitete Wärme in meinem Innern und ließ mich gleichzeitig erschauern.

»Hören Sie zu, Mister Wang. Wenn Sie Informationen über Konrad und Lydia Hatteras haben, erzählen Sie es mir. Es soll nicht Ihr Schaden sein...«

»Sind die beiden nicht tot?« Wang lächelte milde. »Ein schrecklicher Unfall war das damals. So stand es jedenfalls in allen Zeitungen. Ich glaube, ich habe sogar noch irgendwo ein altes Exemplar...«

Er wollte sich abwenden, doch ich fiel ihm in den Arm, verschüttete den Gin, der mir über das Hemd spritzte.

»Ich weiß, daß mehr dahintersteckt. Erinnern Sie sich an Charlie?«

»Ich weiß nicht mehr, wie viele Leute mit diesem dummen Namen ich gekannt habe...«

»Er kam von dieser Insel. Ein polynesischer Priester namens Charlie, jedenfalls nannte man ihn so. Wang, ich glaube Ihnen keine Silbe, wenn Sie mir weismachen wollen, nichts über die Sache zu wissen. Reden Sie, Mann, was hatte es mit diesem Kult auf sich? Was wollte Hatteras hier? Sie müssen...«

Für eine Sekunde verschwand das Lächeln von Wangs eingefallenem Gesicht. Mit einer Kraft, die ich dem Greis niemals zugetraut hätte, stieß er meine Hand zurück. Prüfend sah er mich an, blickte sich zu der hinter ihm hängenden Kuckucksuhr um und wandte sich dann wieder lächelnd an mich.

»Ich dachte, Sie wären wirklich nur ein Besucher, einer, der kommt, und auch wieder geht... Aber wenn ich Sie jetzt so ansehe, habe ich fast das Gefühl, daß Sie bei uns heimisch werden könnten, mein Freund. Schade...«

Er sprach mit einem fast mitleidigen Unterton in der Stimme, der mich in Wut versetzte. Ich setzte zu einer Erwiderung an, doch Wang schnitt mir mit erhobener Hand das Wort ab.

»Hören Sie gut zu, ich werde mich nicht wiederholen. Da draußen am Landungssteg wartet Ihr Flugzeug. Ich habe vorhin mit Ihrem Piloten geredet. Er will die Nacht hier verbringen und startet morgen früh bei Tagesanbruch. Ich habe auch für Sie noch ein freies Zimmer. Nehmen Sie sich etwas zu essen und eine Flasche mit nach oben, dann gehen Sie schlafen, und morgen fliegen Sie mit ihm zurück nach Hawaii. Kümmern Sie sich um Ihre Geschäfte und vergessen Sie Neville Island. Hier finden Sie nur das Ende der Welt, sonst nichts.«

»Vielleicht bin ich deswegen nach Neville Island gekommen?«

Wang legte den hageren Kopf schief und fixierte mich lang.

»Nun... Wenn Sie darauf unbedingt Wert legen, dann...«

Er unterbrach sich und wischte mit einem Tuch geschäftig den verschütteten Gin von der Tresenplatte. »...Wenn Sie darauf Wert legen, dann besuchen Sie ihn. Er wohnt in einer Hütte oben auf dem Hügel. Sie brauchen von der Bucht aus nur geradewegs landeinwärts durch den Wald zu gehen, immer dem Pfad nach, es ist nicht zu verfehlen. Neville Island ist klein, wissen Sie, sehr klein...«

»Wen soll ich besuchen, Wang? Halten Sie mich jetzt zum Narren?«

Mister Wang polierte geistesabwesend einige Gläser und schaute in Richtung des Fernsehers. Tom sprang schreiend mit brennendem Schwanz eine Treppe hinab.

»Sie sollten lieber hierbleiben. Es... es sieht heute nach Regen aus.«

»Wen soll ich besuchen?«

Mit einem resignierten Achselzucken atmete der alte Mann geräuschvoll aus und betrachtete prüfend mein Glas.

»Wir nennen ihn nur Harry. Einfach nur Harry.«

»Wer ist Harry?«

»Einer, der irgendwann kam und nie wieder ging. Genau wie alle anderen Menschen auf Neville Island.«

»Weiß er etwas über...«

»Ich glaube, Harry kennt das Ende der Welt. Noch einen Gin?« Die Kuckucksuhr schlug, als ich Wangs Laden verließ.

Ich erinnere mich heute kaum noch an den Fußmarsch zur Hütte, auch weiß ich nicht mehr, wie lange ich unterwegs gewesen war. Am Horizont versank die Sonne als glühendroter Ball im Meer, als ich den Weg ins Landesinnere einschlug. Wangs Bemerkung von Regen kam mir wieder in den Sinn, und ich mußte unwillkürlich lachen, als ich an den skurrilen alten Kauz dachte. Regen? Von Regen war nicht die geringste Spur zu erahnen. Der Alkohol und die unbestimmte Gewißheit, auf irgend etwas Sensationelles zu stoßen, etwas, das alle Erwartungen übertraf und meiner absurden Besessenheit im Nachhinein einen Sinn geben würde, beflügelten meine Schritte. Wang hatte recht, Neville Island war sehr klein, und hätte ich mich auf dem Weg durch den dichten Wald verlaufen, wäre ich wahrscheinlich nach einigen Stunden am anderen Ende der Insel wieder herausgekommen. Doch ich verlief mich nicht.

Irgendwann tauchte aus der fortgeschrittenen Abenddämmerung eine windschiefe, kleine Holzhütte auf, die in alten Zeiten vielleicht als Lagerhaus gedient hatte. Durch die Ritzen der vernagelten Fenster fiel ein schwacher Lichtschein auf den Pfad. Dutzende leerer Flaschen lagen um die armselige Behausung herum verstreut. Erst jetzt fiel mir auf, wie totenstill es auf Neville Island war. Keine Vögel, nicht einmal Insekten; nichts außer dem Rauschen des Meeres und dem Wind in den Palmen verursachte irgendein Geräusch.

Ich klopfte an die Tür, ohne Reaktion, nach ein paar weiteren vergeblichen Versuchen nahm ich allen Mut zusammen und drückte die rostige Klinke hinunter.

Als ich den Fuß über die Schwelle setzte, ließ ich die reale Welt hinter mir, tauchte ich ein in einen Alptraum.

Abgestandene feuchtwarme Luft schlug mir entgegen, nahm mir fast den Atem, doch schon im nächsten Augenblick verschwendete ich daran keinen Gedanken mehr.

Auf einem zum Tisch umfunktionierten Ölfaß stand eine Petroleumlampe und warf ihr flackerndes Licht an die Wände, die wie Fenster zu einem anderen Kosmos erschienen. Über und über waren sie bedeckt mit Mustern in Rot und Blau, die sich gegenseitig überlappten, Gestalten annahmen und wieder zerflossen; abstruse Fabelwesen und entmenschte Gesichter entstanden dazwischen, wurden in Farbfeuerwerken geboren, nur um im nächsten Moment wieder in eine phosphoreszierende Fäulnis überzugehen. Auf dem Boden verstreut konnte ich überall Blätter mit Skizzen und halbfertigen Bildern entdecken, Stapel von Zeichnungen türmten sich zwischen Konservendosen in einem Regal. Das ganze Innere der Hütte war ein einziges Museum, und die Hände, die das geschaffen hatten, konnten nur einem gehört haben, dessen war ich mir sicher. Ich triumphierte, hätte vor Glück schreien können. Das war mehr, als ich zu hoffen gewagt hatte, ja eigentlich mehr, als möglich war.

Ich muß wie ein Verrückter stammelnd vor diesen Wänden gestanden haben, mit meinen Händen die groben Strukturen der Farbstriche nachziehend, denn noch jetzt kann ich diese Bilder fühlen, wenn ich mich zurückerinnere...

Ein Keuchen riß mich aus diesem Zustand, und erst jetzt blickte ich mich weiter in der Hütte um. Das Keuchen kam aus dem Dunkel vom anderen Ende des Raumes. Vorsichtig versuchte ich, in dem Zwielicht etwas zu erkennen, und näherte mich dann langsam. Im dunkleren Bereich der Hütte stieß ich gegen einen Tisch, irgend etwas fiel auf den Boden, und ich bückte mich instinktiv danach. Es war eine Zeichenkladde, sorgfältig mit einer Schnur umwickelt, wie ich beiläufig bemerkte.

Wieder kam dieses Keuchen. Ich ging zurück, griff nach der Lampe und leuchtete in das hintere Ende des Raumes. In dem flackernden Licht konnte ich ein Feldbett mit einer unter mehreren Decken verborgenen Gestalt entdecken. Ich beschloß, mich bemerkbar zu machen.

»Harry? Hallo, entschuldigen Sie, daß ich bei Ihnen eingedrungen bin, aber ich dachte, es wäre niemand hier. Ich bin...«

Die Gestalt auf dem Feldbett stieß ein Mittelding zwischen Wimmern und heiserem Schrei aus und schnellte halb in die Höhe, nur um im nächsten Moment wieder stöhnend zusammenzusacken. Offensichtlich war der Mensch auf dem Bett entweder stockbetrunken oder ernsthaft erkrankt. Ich ging mit der Lampe zum Bett und erkannte einen ausgemergelten alten Mann, der sich zitternd inmitten eines zerlumpten Deckenhaufens aufzurichten versuchte. Er setzte zum Reden an, verschluckte sich ein paarmal und stieß dann mit heiserer Stimme einige zusammenhanglose Wortfetzen aus, die zu meiner Überraschung Deutsch waren.

»...Bist du schon da? Ich weiß es genau, du kommst heute... heute noch! Heute noch! Wenn euer Regen... es ist soweit. Wenn doch die verdammte Nacht, wenn das alles endlich zu Ende...«

Plötzlich straffte sich sein Körper und er beugte sein Gesicht zu mir vor. Es schien, als wüde er sich erst jetzt meiner Anwesenheit in der Hütte bewußt.

»Wer zum Teufel sind Sie?« fuhr er mich auf Englisch an.

Im schwefeligen Licht der Lampe sah ich jetzt deutlich sein Gesicht. Hinter dünnen weißen Haarsträhnen funkelten mich blaßgraue Augen hellwach und argwöhnisch an, Bartstoppeln zogen sich unregelmäßig über die eingefallenen Wangen. Und obwohl Jahrzehnte und Welten zwischen diesem Anblick und den Fotos, die ich kannte, lagen, wußte ich jetzt mit Bestimmtheit, wen ich vor mir hatte. Ich war nicht überrascht darüber.

»Sie können Deutsch mit mir reden, Herr Hatteras.« Er verkrallte sich in seine Decke, einen Moment lang sah es so aus, als wolle er mich ohne Umschweife aus der Hütte jagen. Doch dann entspannte er sich wieder, lehnte sich zurück und taxierte mich abschätzend aus dem Halbdunkel.

»Warum sind Sie gekommen?«

Die Frage irritierte mich, etwas dümmlich lächelnd wies ich mit ausgestreckten Armen auf die Hüttenwände und auf ihn.

»Sie leben! Konrad Hatteras lebt! Seit vierzig Jahren gelten Sie als tot und dann... dann das hier...«

Ich starrte abwechselnd zu den Wandbildern und in sein altersverwüstetes Gesicht, die Luft in der Hütte schien mir unerträglich trocken, mein Hals schmerzte beim Schlucken. Ich ließ mich erschöpft, doch immer noch euphorisch auf dem Boden vor dem Feldbett nieder.

»Ich... ich bin Kunsthändler, mir gehört eines der größten Auktionshäuser Europas...«

In irgendeiner Innentasche meiner Jacke entdeckte ich eine Visitenkarte, hielt sie Hatteras hin, der sie nur teilnahmslos anstarrte. Schließlich schüttelte er den Kopf und wies mit einer zitternden Hand auf mich.

»Ihr habt euch alle nicht geändert, wie? Ihr habt euch in vierzig Jahren nicht geändert und in nochmal vierzig Jahren seid ihr immer noch gleich... Doch das ist jetzt alles egal, hören Sie! Mir bleibt nicht mehr viel Zeit...«

Ein fiebriges Flackern legte sich jetzt wieder über seinen Blick. Er griff nach meinen Händen, zog sie zu sich heran.

»...Mir bleiben nur noch ein paar Stunden, verstehen Sie das? In dieser Nacht geht es zu Ende. Man sagt immer, daß Tiere es genau wissen, wenn ihre Zeit abgelaufen ist. Mir geht es ebenso... Nach dieser Nacht ist es vorbei. Und sie werden kommen, sie werden jemanden schicken, wenn es so weit ist... wenn der Regen beginnt.«

Schon wieder war die Rede von Regen, und ich mußte erneut an Wangs belanglos hingeworfene Bemerkung denken. Ein Hustenanfall begann Hatteras zu schütteln. Ich versuchte ihn zu beruhigen, doch er entwand sich mir, krampfte sich zitternd auf dem Bett zusammen. Ich wollte ihm helfen, den schmierigen Deckenhaufen zu richten, doch er stieß mich zurück. Schließlich verebbte der Husten, und Hatteras blickte mit tränenden Augen zu mir.

»Was Sie hier sehen, ist nur noch eine Hülle, eine sterbende Hülle. Ich weiß nicht, warum nach all der Zeit doch noch jemand kommen mußte... jemand von draußen. Aber vielleicht soll es ja so sein, daß Sie alles erfahren. Sie werden es nicht verstehen, wahrscheinlich werden Sie es auch nicht glauben, aber vielleicht... vielleicht werden Sie in dieser Nacht auch noch etwas sehen, das Ihnen Ihren geschäftstüchtigen Verstand Schluck für Schluck aus dem Hirn saugen wird...«

Hatteras begann schallend zu lachen, einer Hysterie nah. Der Mann war schwerkrank und offensichtlich übergeschnappt, am besten wäre es gewesen, ihn mit dem Flugzeug zu einem Hospital zu schaffen und sich dann in aller Ruhe um die Bilder zu kümmern. Doch ich tat nichts von all dem, statt dessen hockte ich wie gelähmt vor diesem stammelnden Häufchen Elend, auf eine geradezu perverse Art begierig, an seinem Delirium teilzuhaben.

»Ich will Ihnen einiges erzählen, junger Mann, nur das wichtigste, denn viel Zeit bleibt uns nicht mehr. Sie denken, ich bin verrückt, und das kann ich Ihnen nicht verübeln. Man hat mich schon damals für verrückt gehalten, aber man hofierte mich, ja... Man hatte Angst vor mir, aber man bezahlte mich gut. Aber sie haben damals alle nichts gewußt, nichts... bis auf Lydia. Lydia war anders, anders als andere Menschen... Erst wenn man die Grenzen kennt, kann man sie überschreiten, verstehen Sie? Nein, natürlich verstehen Sie nicht, wie sollten Sie auch... Die Welt, die Sie kennen, ist nur eine Facette von vielen. Wir haben alle geglaubt, immer mehr zu wissen, doch dabei war es genau umgekehrt. Mein Gott, was für Wissen vor Jahrtausenden schon verlorenging... Es gibt weder Gott noch Teufel, aber es gibt etwas dazwischen. Ich wollte mit Lydia weiter nach Süden, ich habe gedacht, dort auf den Inseln etwas zu finden... etwas Uraltes ... Wir planten auf Hawaii unsere Reiseroute, alles war schon so gut wie sicher. Dann kam Lydia eines Tages mit diesem Priester an, sie hatte ihn am Strand getroffen, Lydia hatte ein Gespür für... für das Besondere. Sie war anders als normale Menschen, genau wie ich; früher verbrannte man uns, heute... heute steckt man uns in Gummizellen oder bezahlt uns so lange, bis wir zu träge sind, um an gewisse Türen zu klopfen. Der Priester – er nannte sich Charlie, seinen richtigen Namen kannte wahrscheinlich nur er selbst – war ein Eingeweihter, einer der letzten. Erst hielt er sich bedeckt, wollte nichts erzählen. Aber wir offenbarten uns ihm, ich und Lydia. Nächtelang saßen wir zusammen und erzählten von unserem Wissen; die ozeanischen Kulte, wissen Sie... von Afrika über Asien bis nach Polynesien, wo der Ursprung war... Wir wußten mehr, als sonst irgendein Europäer je darüber erfahren hatte. Doch Charlie wußte noch mehr. Er kannte die Beschwörung. Haben Sie jemals eine Haibeschwörung erlebt? Auf vereinzelten Inseln gibt es immer noch Priester, die einen Schutzgeist in Haigestalt beschwören können. Uralter Animismus... Sie beten nächtelang und fahren dann aufs Meer hinaus, rufen ihren angeblichen Geist mit einer Art Rassel. Ha, Velten, ich sage Ihnen, dergleichen ist ein obskurer Spaß für Ethnologen, nicht viel mehr… Die Ursprünge waren anders, sehr viel anders. Und eines nachts erzählte Charlie uns von den Ursprüngen, und er zeigte uns, wie man zu der anderen Welt Zugang erlangt…«

Hier unterbrach sich Hatteras, ein neuerlicher Hustenanfall schüttelte ihn. In irgendeinem Winkel der Hütte entdeckte ich eine angebrochene Flasche, ich erkannte die gleiche billige Ginmarke, die ich in Mr. Wangs Laden getrunken hatte. Hatteras trank gierig, als ich sie ihm reichte. Für mich war inzwischen völlig klar, daß Konrad Hatteras – oder besser gesagt, dieses delirierende Bündel, das von ihm übrig geblieben war – wohl schon vor Jahren seinen Verstand verloren hatte. Ich ahnte, welche dunklen Geheimnisse mich erwarten würden; wahrscheinlich der Mord an diesem obskuren Charlie und ein weiterer an Lydia Hatteras. Doch ich war weit entfernt davon, entsetzt oder schockiert zu sein, im Gegenteil, ich brannte darauf, diese Beichte als erster und einziger Mensch aus Hatteras' Mund zu hören. Ich kann es heute noch fühlen, wie ich diese morbiden Minuten genoß, wie ich gierig jede gestammelte Silbe von seinen Lippen in mich aufsog; ich, allein mit einem sterbenden Genie, umgeben von den letzten, phantastischsten Ausgeburten seiner kranken Träume.

Es schien mir, als hörte ich von draußen ein entferntes Gewittergrollen.

Der alte Mann auf dem Bett verspannte sich und schüttete den Fusel noch schneller in sich hinein.

Ich wartete ungeduldig, bis er die Flasche absetzte und, sich heiser räuspernd, seine Erzählung fortsetzte.

»Ja, er zeigte es uns. Lydia hatte es fertiggebracht, irgendwie… Wir haben mit ihm Rituale durchgeführt, nächtelang… Charlie war völlig in Trance, als er uns die letzte Beschwörung erklärte. Und um diese durchzuführen, brauchte man dieses Ding, das er bei sich trug und wie seinen Augapfel hütete. Es war eine aus Kokosschalen geschnitzte Kette, eine Rassel, ähnlich denen, die man beim Haifang benutzt oder… Schutzgeister ruft. Doch sie war trotzdem anders, Velten, ich sah auf den ersten Blick, daß sie anders war. Und uralt. Sie war übersät mit winzigen filigranen Schnitzereien, Bildern… Es waren Farben, von denen ich bislang nur geträumt hatte. Sie halten mich für wahnsinnig, ich sehe das genau, doch ich versichere Ihnen, diese Bilder… sie schienen zu leben. Und das letzte Tor zu dem, was ich dort sah, ist hier auf Neville Island.«

Er packte meine Schulter und zog sich ächzend heran; ich konnte seinen scharfen Atem schmecken, als er mir zischend und gehetzt weitererzählte.

»Wir haben ihn totgeschlagen, Velten, totgeschlagen wie einen kranken Hund. Er hatte das Wissen, er hatte den Schlüssel zu allem, doch er war zu alt und zu feige, um all das zu nutzen. Er floh stattdessen nach Hawaii… Es ging nicht anders, wir mußten es tun, und wir mußten auch weiter, es ging nicht mehr zurück. Wir sind in das Boot gestiegen, Lydia und ich, abends, gleich nachdem die Yacht in der Bucht geankert hatte. Und wir wußten, was wir zu tun hatten… Es ist alles so lange her, doch ich kann es auch jetzt noch deutlich sehen, Velten: Wir haben unsere Körper bemalt, haben uns vorbereitet auf diesen letzten Ritus. Ich schlage die Rassel unter Wasser gegen das Boot, der Mond spiegelt sich auf der Meeresoberfläche… Ich schlage diesen Rythmus, viermal, fünfmal, sechsmal, immer wieder. Wir singen leise, singen diese Worte, die der alte Narr uns gesagt hat. Das Meer ist so ruhig wie ein Spiegelglas, die Rassel funkelt, leuchtet, genau wie die Muster auf unseren Körpern. Irgendetwas geschieht mit Lydia, sie steht auf, sie ist wie in Trance, sie sieht etwas… irgendetwas kommt…«

Er brach ab und starrte mich verständnislos an.

Ich schüttelte ihn heftig, versuchte zu verhindern, daß er wieder in sein Koma zurückfiel, begann beschwörend auf ihn einzureden.

»Weiter, Hatteras! Was geschah mit Lydia? Sie starb damals, habe ich recht? Reden Sie doch, Sie haben nichts mehr zu verlieren... Hat sie sich selbst ins Meer gestürzt? Oder haben Sie...«

Konrad Hatteras lächelte kopfschüttelnd, seine Lippen bebten.

»Lydia starb nie. Lydia ging fort, ich wollte mit ihr gehen, doch sie ließen mich nicht ...das Tor verschloß sich wieder und sie nahmen den Schlüssel mit, die Rassel, sie nahmen sie fort, genau wie sie Lydia nahmen. Aber sie ist nie gestorben, Velten, ich habe sie oft im Traum gesehen, habe mit ihr gesprochen. Sie ist jetzt bei... Oh Gott, der Regen kommt!«

Die Flasche entglitt seinen Händen, und im selben Moment entlud sich über der Hütte ein explosionsartiger Donnerschlag. Von einer Sekunde zur anderen brach über die Insel das stärkste Gewitter herein, das ich je erlebt hatte. Durch die Ritzen der Fenster sah ich Blitze hysterisch zucken, das Pandämonium an den Hüttenwänden erschien jetzt noch lebendiger. Regenströme trommelten schwer und aggressiv wie ein Hagelsturm auf das Dach und heulende Sturmböen ließen das morsche Holz wie schmerzhaft aufstöhnen.

Etwas krachte gegen die Tür, ich sprang auf.

Hatteras begann mit überschnappender Stimme gegen das Unwetter anzubrüllen.

»Ich habe es gesagt, Velten, der Regen ist da und sie kommen zu mir! Es ist soweit!«

Wieder krachte etwas mit Urgewalt gegen das morsche Holz, und im nächsten Moment zersplitterte die Tür, als wäre ein Sprengsatz an ihr detoniert. Ein unbeschreibliches Inferno aus Sturm und Regen drang in die Hütte ein und schleuderte mich quer durch den Raum. Die Lampe zerschellte an der Decke, und bizarre Spiralen aus brennendem Petroleum peitschten feurigen Girlanden gleich durch das tobende Chaos. Zeichnungen wirbelten wie nasse tote Vögel in der Luft, die jetzt mit einem mal intensiv nach Meer roch. Ich kroch über den glitschig nassen Boden, versuchte verzweifelt, irgendwo Halt zu finden, blickte mich in Hatteras' Richtung um.

Es war unglaublich. Er saß aufgerichtet in seinem Bett, das entgegen aller Logik von der tobenden Gewalt völlig unberührt blieb. Seine Arme waren wie zu einer Begrüßung ausgebreitet, sein Gesicht nur noch ein entrücktes Abbild völligen Wahnsinns, das weiße Haar stand ihm im Sturm einer Aureole gleich vom Kopf ab.

Dann kam ES.

Der Meergeruch steigerte sich um ein Vielfaches, ebenso die Regenfluten, die hineinwehten. Ich konnte kaum noch atmen. Die Luft begann zu flirren, die Farben an den Wänden leuchteten von innen heraus, schmolzen vom Holz ab und zerflossen ineinander.

Irgend etwas kam herein, irgend etwas unsagbar Fremdes, Unmenschliches, etwas, das die urältesten instinktiven Ängste in uns wachruft. Ich sah nichts, ich spürte es einfach. Es glitt herein, mit diesem Duft nach Tiefe und Unsterblichkeit, glitt hinein und steuerte auf Konrad Hatteras zu.

Er schaute in Richtung der Tür, gebannt, als würde er irgendetwas visuell wahrnehmen können; lächelte überglücklich, als hätte er das Paradies erblickt.

»Lydia!«

Er schrie es gegen den Sturm, und es war das letzte, was er tat.

Es war, als würde Hatteras von unsichtbarer Hand der Kopf zur Seite gedrückt, ungläubiges Erstaunen lag in seinen Zügen. Dann verschwand sein Kopf im Nichts. Der schmächtige Greisenkörper saß konvulsiv zuckend auf dem Feldbett, eingehüllt in einen Strudel funkelnder Farben.

Blut schoß in Intervallen aus dem kopflosen Rumpf, vermischte sich mit der Gewalt des Wassers und des Windes, ging auf im aberwitzigen Reigen der Zerstörung und im Nichts, das bleiben würde.

Inzwischen ist es ruhiger vor meinem Fenster geworden. Nur vereinzelte Autos lassen sich noch schwach durch den Regen hören.

Es ist Nacht geworden, doch ich habe schon seit langem kein geregeltes Zeitgefühl mehr.

Die Zeichenkladde wirkt auf der Glasplatte meines Schreibtischs wie ein präpariertes Tier in einem Museum.

Ich trug sie bei mir, als man mich am Morgen nach dem Sturm vor Mr. Wangs Laden fand. Der gute Mr. Wang… Er klärte mich freundlich darüber auf, daß kein Sturm über Neville Island hergefallen sei, die Hütte des alten Harry sei jedoch in der Nacht abgebrannt und ich litte offensichtlich noch unter dem Schock des Unglücks. Ich widersprach ihm nicht.

Seltsamerweise öffnete ich die Kladde erst, als ich wieder daheim in Deutschland war; ich weiß nicht, warum ich es so lang aufschob, ja davor zurückscheute. Es ist fast, als hätte ich unbewußt geahnt, was ich darin finden würde.

Ich habe immer noch Hemmungen, den stockfleckigen Einband in die Hand zu nehmen, wahrscheinlich ist es die Angst vor mir selbst, vor der Faszination, die ich beim Betrachten des Bildes empfinde.

Hatteras hatte Dinge so gesehen, wie sie kein anderer sehen konnte. Und noch mehr. Ich öffne die Kladde und betrachte das letzte unbekannte Bild Konrad Hatteras'.

Vor einem schwärzlichblauen Hintergrund steht ein schmächtiger Mann mit schütteren blonden Haaren und stechenden hellgrauen Augen, unschwer als der jüngere Hatteras selbst zu erkennen. Er hält eines seiner Bilder in der Hand, die Darstellung einer monströsen Oktopus-Mensch-Hybride… Neben ihm, sich gleichsam aus dem Zwielicht des Hintergrunds schälend, erscheint der nackte Körper einer Frau, durchaus menschlich, wenn man von der blaßgrauen Farbe der Haut absieht. Das von schwarzen Haaren umrahmte Gesicht ist mit einem hingebungsvollen Lächeln Hatteras zugewandt; sehr ansprechende Züge sind es, nur die schwarzen Knopfaugen wirken seltsam unmenschlich, ebenso wie das Haifischgebiß, das sich unter ihrem schön geschnittenen Mund hervorstülpt.

Ich weiß nicht, ob ich dieses Bild verkaufen will.

Draußen donnert es.

Erstveröffentlichung.

Kim Newman

Nun erwartet Sie eine der verrücktesten Chthulhu-Geschichten, die je geschrieben wurden. Kim Newman, 1959 in England geboren, verknüft hier Stilelemente seiner Lieblingsautoren Lovecraft und Raymond Chandler: »Die beiden hatten viel gemeinsam. 1888 und 1890 geboren, lebten beide unzufrieden in Amerika und sponnen von einem verlorenen England. Beide waren eigenwillige Außenseiter, die oft finanzielle Probleme hatten, und beide begannen ihre literarische Karriere in *pulp*-Magazinen. Ihre außergewöhnlichen, visionären Werke, die später zu Maßstäben innerhalb der von ihnen gewählten Genres, des hard-boilded Krimis und der unheimlicher Literatur wurden, erschienen zuerst inmitten greller Schundliteratur. In komischen Ehen mit älteren Frauen verheiratet, mißtrauten und fürchteten sie Frauen und schilderten das weibliche Geschlecht oft als grausam und nichtmenschlich. Einige ihrer besten Werke spielen in Küstenstädten... In ›Der große Fisch‹ wollte ich etwas von Lovecrafts Innsmouth nach Chandlers Bay City bringen...«

Der grosse Fisch

Die Polizei von Bay City schnappte sich feindliche Ausländer. Als ich durch die schmutzige Küstenstadt fuhr, schleppten Uniformierte gerade ein altes Ehepaar aus einem Lebensmittelladen. Die Nachbarn der Familie Taraki drängten sich im dünnen Regen und schworen mit asthmatisch heulenden Stimmen blutige Rache. Seit Pearl Harbour benahmen sich viele Menschen so. Als man die Tarakis in den Bus nach Manzaanar brachte, drängten die Nachbarn in den Laden wie schmutzige Aasgeier. Die Waren verschwanden schnell, und dann begann die Zerstörung. Da ich gerade von einer schläfrigen Ampel aufgehalten wurde, hatte ich eine gute Sicht. Die Tarakis hatten über dem Geschäft gewohnt; nun wurde ihr Mobiliar aus dem Fenster im ersten Stock geworfen. Feines Porzellan zersprang auf dem Gehsteig, und weiße Scherben rieselten wie Zähne in die Gosse. Es war inspirierend, wie die Mächte der Demokratie sich sammelten, um die Vereinigten Staaten vor bösartigen orientalischen Lebensmittelhändlern zu schützen, welche die verwerfliche Absicht hatten, der unglücklichen Zivilbevölkerung Eierpflanzen zu verkaufen.

Mittlerweile hatte ich meiner Verabredung mit einem Herren nachzukommen, auf dessen Kaminsims drei Bilder standen, in einem Dreieck um ein Standbild der Jungfrau Maria angeordnet. Hinter ihr war seine weißhaarige Mama, zur Linken Charles Luciano und zur Rechten Benito Mussolini. Die Tarakis, in Amerika geboren und eingetragene Mitglieder der Demokratischen Partei, wurden bis auf weiteres in ein Konzentrationslager in der Wüste gebracht, während Gianni Pastore, auf Sizilien geboren und höchst uneingetragenes Mitglied der Ehrenwerten Familie, den Krieg in seinem Anwesen mit marmorner Fassade verbringen würde, das bezahlt war von all den Münzen, die in Glücksspiel und Spielautomaten verloren gegangen waren oder die man gegen die Gefälligkeiten hübscher Mädchen aus der alten Welt eingetauscht hatte. Ich hatte sein Haus schon zuvor gesehen und bislang der Versuchung widerstehen können, eines seiner zwölf Standbilder der Musen mit einer Whiskeyflasche zu bewerfen.

Mit Geld kann man sich zwar Liebe kaufen, doch noch nicht einmal eine Anzahlung auf guten Geschmack leisten.

Der Palast erhob sich in den Hügeln, etwas unterhalb des Boulevards von Tyrone Power. Doch nun entledigte Pastore sich seines nerzumsäumten Mantels in einem Komplex von Strandmotels in Bay City, was der Euphemismus eines Immobilienmaklers für einen Haufen fürchterlicher Hütten war, die man zusammengezimmert hatte für die Annehmlichkeit von Menschen, die Sand auf ihrem Teppich mögen.

Ich atme gern und tief frische Luft ein, bevor ich einen beengten Raum mit jemandem in Pastores Stellung betrete, also parkte ich den Chrysler einige Häuserzeilen entfernt vom *Seaview Inn* und ging den Rest des Weges, wobei ich an einer *Camel* zog, um etwas Wärme inmitten Feuchtigkeit zu haben. Es heißt, daß es nie regnet in Südkalifornien, aber ebenso hatte es geheißen, daß man die U.S. Navy nie überraschen könnte. Diesen Februar, drei Monate nach Eintritt in einen Krieg, den der Rest der Welt schon seit 1936 oder 1939 führte, je nachdem, ob man Chinese oder Pole war, regnete es ständig. Entweder ein leichter, nebliger Schauer in den düsteren Stunden des Tages, oder aber ein spektakulärer Sturm mit Lichteffekten wie aus einem Film von DeMille in den angsterfüllten Nächten. Jene zuverlässigen Pfadfinder, die am Horizont nach japanischen und deutschen U-Booten Ausschau halten sollten, füllten die Grippestationen der Krankenhäuser, und die Hersteller von Regenmänteln und Schirmen, die ihre Fabriken noch nicht zur Herstellung kriegswichtiger Güter umgewandelt hatten, erlebten reißenden Absatz. Mir war der Regen egal. Das Regenwasser war wenigstens sauber, im Gegensatz zu den meisten anderen Dingen in Bay City.

Ein kleiner Junge mit einer Holzpistole sprang aus einem Busch und beschoß mich mit Klangeffekten. Als er sein lautmalerisches Gezwitscher mit dem Schrei »Stirb, du schlitzäugiger Japs!« unterbrach, griff ich mir ans Herz, schwankte zurück, worauf er mich dann mit einem raschen Knall erledigte. Ich starb für den Kaiser und gab dem Jungen einen Groschen, damit er fortging. Wenn das noch lange dauern würde, dann hätte der kleine Johnny vielleicht die Chance, loszumarschieren und richtig Menschen umzubringen, um dann entweder in einer Kiste oder aber mit Durst nach Blut nach Hause zu kommen. In der Zwischenzeit, besonders, seit jemand ein japanisches U-Boot vor Santa Barbara gesehen hatte, rüstete Kalifornien sich für den Krieg. Wenn sie nicht gerade Lebensmittelhändler in Lager sperrten, schrieben unsere größten Denker Lieder wie ›To Be Specific, It's Our Pacific‹, ›So Long Momma, I'm Off To Yokohama‹, ›We're Gonna Slap The Jap Right Off The Map‹ und ›When Those Little Yellow Bellies Meet The Cohens And The Kellys‹. Zanuck hatte seinen Geigenbogen aus dem Haar argentinischer Poloponies für West Point gespendet und sich eine Oberstuniform wie aus einer komischen Oper maßschneidern lassen, so daß er sich dem Signalcorps anschließen und die Achse dadurch schlagen konnte, indem er für Werbephotos posierte.

Ich hatte zwei Tage nach Pearl Harbour versucht, in die Armee einzutreten, doch sie verpaßten mir einen Fußtritt zurück auf die Straße. Zu viele Gehirnerschütterungen. Anscheinend war ich zu oft auf den Kopf geschlagen worden und hatte eine Neigung zu Aussetzern. Als sie das erwähnten, hatten sie recht.

Das *Seaview Inn* war verrammelt, einer der ersten Verluste des Krieges. Es hatte seinen eigenen Pier, und darin schaukelten einige zugedeckte Motorboote auf den Wellen.

In der Dunkelheit des späten Nachmittages sah ich die Silhouette der *Montecito*, die strategisch außerhalb der Dreimeilengrenze vor Anker lag. Das war die eine gute Sache an den Japanern: sie hatten zwar den Großteil der amerikanischen Flotte versenkt, hatten dafür aber das Schiffskasino von Laird Brunette aus dem Geschäft gebracht. Niemand konnte sich dafür begeistern, seine Croutons auf einem Roulettetisch zu verlieren, wenn man jeden Augenblick von einem Torpedo getroffen werden konnte. Ich hätte gedacht, daß so etwas dem fröhlichen und rauschhaften Zeitvertreib, Brunette Geld in den Rachen zu werfen, noch einen zusätzlichen Reiz verliehen hätte, doch ich bin ja nur ein armer Detektiv, der fünfundzwanzig Dollars am Tag verdient.

Das *Seaview Inn* war als Zwischenstop auf dem Weg zur *Monty* gedacht, und nun war es ebenso geschlossen. Das Hauptgebäude war aus staubiger Eiscreme geformt und sah aus wie ein dreistöckiges Radiogramm mit Muschelfriesen. Ich öffnete eine Doppeltür und betrat die Empfangshalle. Der Boden war geschmückt mit einem Mosaik, auf welchem Neptun, der aussah wie ein wütender Weihnachtsmann in einem Badeanzug, sich gerade an eine Nymphe heranmachte, die den gleichen Friseur wie Hedy Lamarr hatte. Die Nymphe war nackt mit Ausnahme einiger strategischer Muschelschalen. Es war alles sehr künstlerisch.

Es war niemand am Schalter, und daran änderte auch das Betätigen der Klingel nichts. Wasser lief außerhalb der grünfarbenen Fenster herab. Irgendwo tropfte es beständig. Ich zündete mir noch eine *Camel* an und ging auf Entdeckungsreise. Das Büro war verschlossen, und das Gästebuch am Schalter wies keine Eintragungen nach dem 7. Dezember 1941 auf. Mein Regenmantel tropfte und klebte mit meinem Jackett und meinem Hemd an meiner Schulter. Ich zuckte die Achseln und versuchte, meine Kleidung etwas zu lüften. Ich bemerkte ein Zittern auf Neptuns Gesicht. Eine dünne Schicht Wasser hatte sich über dem Mosaik gesammelt, worüber sich einige anemonenähnliche Wedel, die an dem Meeresgott befestigt waren, offensichtlich freuten. Als ich mir die Nymphe betrachtete, konnte ich das verstehen. Tatsächlich war nur das Haar von Hedy. Gesicht und Körper gehörten eindeutig zu Janey Wilde.

Ich gehe häufig ins Kino, doch die meisten von Janeys Erfolgen hatte ich verpaßt: *Die Würgerin von Schanghai, Tarzan und das Tigermädchen, Jillian im Dschungel der Gefahren.* Ich hatte sie jedoch in der Zeitung gesehen, oft in erschreckender Nähe zu Pastore oder Brunette. Sie hatte ihre Laufbahn als olympische Schwimmerin begonnen und einige Medaillen in Berlin eingeheimst, dann war sie Weißmüller und Crabbe nach Hollywood gefolgt. Sie würde wohl nie einen Oscar erhalten, doch ihre Beine waren in vielen Pin-Up-Magazinen zu sehen. Geschminkt und frisiert wie eine gutaussehende Leiche war sie eine gute Werbung für Sex. Als Mensch war sie spritzig wie inländischer Champagner, obwohl sie mittlerweile mehr zu Schalheit neigte. Im Detektivgeschäft ging es eher ruhig zu, da die Menschen sich weitaus mehr Sorgen über eine bevorstehende Invasion als über verschwundene Kinder oder deplazierte Liebesbriefe machten. Und so, als Janey Wilde mich in meinem Büro im Cahuenga-Gebäude anrief und fragte, ob ich nach einem ihrer abtrünnigen Freunde schauen könnte, überprüfte ich den Haufen alter Umschläge, den ich als Notizbuch benutzte, und teilte ihr mit, daß ich dazu bereit sei, Nachforschungen über den gegenwärtigen Aufenthalt eines gewissen großen Fisches zu machen.

Wo Laird Brunette auch immer war, hier jedenfalls war er nicht. Langsam dämmerte mir, daß auch Gianni Pastore, der Partner des Glücksspielkönigs, nicht hier war. Was hieß, daß ich einen ganzen Nachmittag verschwendet hatte. Draußen regnete es stärker, wie Nägel trommelte es gegen die Wand. Entweder war das Hagel, oder die japanische Luftwaffe beschoß Bay City mit Kieselsteinen, um die Bevölkerung zu demoralisieren. Ich weiß nicht, warum sie sich solche Mühe machten. Alles, was Hirohito zu tun hatte, war, der Polizei von Bay City einen prallen Umschlag zukommen zu lassen, und schon würde sie die ganze Gemeinde dem japanischen Kaiserreich mit Geschenkband und Kußhand überreichen.

Es gab noch weitere Pfützen in der Empfangshalle, und kleine Rinnsale liefen von einer zur anderen. Das erinnerte mich an einen Ausschnitt aus *Jillian im Dschungel der Gefahren*, den ich gesehen hatte, als ich einem Kinderschänder in die samstägliche Matinee gefolgt war. Am Schluß hatte die Pantherprinzessin Janey Wilde gefangen und in einen Raum gesperrt, der sich langsam mit Wasser füllte. Doch jener Raum war weitaus kleiner gewesen als die Empfangshalle des *Seaview Inn*, und das Wasser war viel schneller eingedrungen.

Hinter dem Schalter hingen gerahmte Photographien von schönen Menschen in schönen Kleidern, die sich eine schöne Zeit machten. Pastore war da, ebenso Brunette; beide grinsten sie wie Tigerkatzen und mischten sich unter Berühmtheiten: Xavier Cugat, Janey Wilde, Charles Coburn. Janice Marsh, die glotzäugige Schönheit, die Gerüchten zufolge Dschungel-Jillian in Brunettes Gunst abgelöst hatte, bot sich in künstlerischer Pose dar.

Am Telephon hatte Pastore hoch und heilig gelobt, hier zu sein. Er hatte sich nicht mit einer kleinen Nummer wie mir abgeben wollen, doch der Name Janey Wilde öffnete Türen. Ich hatte das Gefühl, Papa Pastore war fast erleichtert darüber, mit Brunette erpreßt zu werden, als wolle er über etwas reden. Er mußte sehr beschäftigt gewesen sein, denn es waren mehrere Kriege im Gange. Der große in Übersee und einige kleinere daheim. Maxie Rothko, Barbesitzer und Juniorpartner auf der *Monty*, war im Seetang im Pier von Santa Monica gefunden worden, und die Überreste seines Kopfes waren kaum der Rede wert. Und Phil Isinglass, größter Rechtsanwalt der Stadt und Brunettes Aushängeschild, war nach einem Sturm in einem Kanal gefunden worden, die Lungen voll von sandigem Matsch. Zu verschwinden war der letzte Schrei in Brunettes Umfeld. Was sich nicht gut anhörte für Janey Wilde, obwohl Pastore über Laird gesprochen hatte, als wüßte er ihn am Leben. Doch Papa war nicht hier. Ich fing an, mich über jemanden zu ärgern, bei dem es nicht klug war, sich über ihn zu ärgern.

Pastore war sicherlich nicht in einer der Strandhütten, doch gewiß gab es ein Apartment für ihn im Hauptgebäude. Ich beschloß, weiter zu suchen. Dschungel-Jillian erwartete das von mir. Sie hatte mir einen Vorschuß für fünf Tage gegeben, was eine sehr gute Sache war, da ich ungebührend abhängig von Essen und Trinken und anderen teuren Zerstreuungen der Schönen und Reichen bin.

Der Gang, der vom Büro ausging, endete an einer Treppe, die nach oben führte. Sobald ich meine Schuhe, Größe neun, auf die erste Stufe gesetzt hatte, platschte es. Ich bemerkte, daß etwas mehr als üblich nicht in Ordnung war. Die Stufen waren stille, kleine Wasserfälle, die eher sickerten als strömten. Es war nicht nur Wasser, da war auch ein unangenehmes schleimiges Zeugs. Jemand hatte eine Badewanne überlaufen lassen. Mein erster Gedanke war der, daß Pastore von einer Kugel zur Unpünktlichkeit gezwungen worden war. Ich hatte unrecht. Im großen und ganzen wäre es wohl besser gewesen, wenn ich recht behalten hätte.

Ich schritt die nassen Stufen nach oben und fand die Tür zum Apartment geschlossen, aber nicht verriegelt. Ich holte tief Luft und öffnete sie. Ich stieß auf Widerstand, und als ich sie einen Spalt öffnen konnte, ergoß sich ein Schwall von Wasser über meine Füße und durchweichte meine dunkelblauen Socken. Mit dem Wasser entwich ein Geruch von Mit-verfaultem-Fisch-drei-Wochen-tot-im-Wasser, der mich wie ein Leintuch umhüllte. Ich hielt den Atem an und schritt in den Raum. Der Wasserfall floß jetzt schneller. Ich hörte einen laufenden Wasserhahn. Ein Radio spielte, vermischt mit lustigen Gurgelgeräuschen. Ein Schlagersänger gab sein bestes mit ›Life Is Just A Bowl Of Cherries‹, doch er klang, als sänge er fünf Meter unter Wasser. Ich folgte der Musik und fand das Badezimmer.

Pastore lag mit dem Gesicht nach unten in der überfließenden Wanne, und das Lied kam von unter ihm. Er trug einen seidenen Bademantel, der an seinem Rücken entfernt war, wo seine Hände mit der Kordel des Mantels zusammengebunden waren. Am Ende war er ertränkt worden. Doch schon vorher hatte man Hand an ihn gelegt, entweder im Zorn oder mit kaltem, professionellem Talent. Ich bin kein Leichenbeschauer, also hatte ich keine Ahnung, wie lange das Mitglied der Ehrenwerten Familie schon im Wasser lag. Die Tatsache, daß das Radio noch spielte und das Wasser noch lief, deutete darauf hin, daß Gianni erst vor kurzem zu Tode gekommen war, doch der Gestank roch älter als die Erbsünde.

Ich habe die schlechte Angewohnheit, in Bay City Leichen zu finden, und die strebsamsten Polizisten des Landes haben die schlechte Angewohnheit, zwischen mir und einer Reihe verstorbener Personen einen Zusammenhang herstellen zu wollen. Die augenscheinlichste Lösung dieses Falles war, einen freundlichen Anruf zu tätigen, versehentlich die Erwähnung meines Namens zu vergessen und den Polypen den Aufenthaltsort des verstorbenen Mr. Pastore mitzuteilen. Wer weiß, vielleicht wäre ich ja zufällig an eine ehrliche Person geraten?

All das hätte ich in diesem Augenblick getan, wenn nicht der Mann mit der Pistole durch die Tür gekommen wäre…

An all dem mußte ich Janey Wilde die Schuld geben. Sie war ohne Anmeldung hereingeschneit, weil jemand mich ihr empfohlen hätte. Seltsamerweise hatte Laird Brunette etwas über mich gesagt, das man sogar als Kompliment auffassen konnte. Wir hatten uns schon einmal getroffen. Seit einiger Zeit hatte keiner von uns ernsthaft versucht, den anderen umzubringen. Und das ist doch eine sehr gute Basis für eine Freundschaft.

Unter ihrem Mantel zeichneten sich spitze Schultern ab. Die Kinder in der Matinee hatten sie gemocht, besonders dann, wenn sie mit ausgestopften Schlangen gerungen hatte, und die pflichtbewußten Papas hatten da keine Ausnahme gemacht, besonders dann nicht, wenn sie gefesselt war und ihr Rock einige Zentimeter nach oben rutschte. Ihr Mund setzte sich aus vier roten Trauben zusammen. Wenn sie ihre Beine übereinanderschlug, konnte man unter ihrer Strumpfhose die geschmeidigen Muskeln der Schwimmerin erkennen.

»Er ist wirklich so süß«, erklärte sie und meinte damit, daß Mr. Brunette in ihrer Anwesenheit nie jemanden umgebracht hatte, ohne sich nachher dafür bei ihr zu entschuldigen, »ganz und gar nicht so, wie sie in diesen schrecklichen Skandalblättern schreiben.«

Der Glücksspielkönig habe sich in letzter Zeit seltsam benommen, besonders seit der Krieg ihm zusetzte. Schon seit fast einem Jahr war die *Montecito* außer Betrieb, angeblich wegen einer Erneuerung, doch soweit Janey Wilde wußte, waren keine Arbeiter auf das Schiff geschickt worden. Zur gleichen Zeit, als Brunette seine Tätigkeiten einstellte, war er einer typisch kalifornischen Krankheit erlegen: verrückten Religionen. Vor Jahren schon hatte er am Rande mit dem esoterischen Schwindelgeschäft eines schrägen Vogels namens Amthor zu tun gehabt, doch nun hatte er sich offenbar von den zumeist harmlosen Mumpitzkulten zum harten Zeug vorgearbeitet. Spiritismus, orgiastische Riten, Hymnengesang, Weihrauch, die ganze Palette.

Janey gab die Schuld an diesem plötzlichen Interesse an okkulten Dingen Janice Marsh, die sich zufälligerweise einen Namen als Pantherprinzessin in *Jillian im Dschungel der Gefahren* gemacht hatte – eine Rolle, die von ihr verlangt hatte, Janey Wilde mindestens einmal pro Sequenz zu foltern. Meine Auftraggeberin erwähnte nicht, daß ihre eigene Laufbahn nicht über *Dschungel-Jillian* und die *Würgerin von Schanghai* hinausgekommen war, während die einstmalige Pantherprinzessin von Republic Productions zur MGM gewechselt war, wo man sie als exotische Schönheit im Stile der Dietrich und der Garbo aufbaute. Man kann von Janice Marshs *Nofretete* halten, was man will, für mich sah sie aus wie Peter Lorre. Und laut Janey hörte der sonderbare Geschmack des Stars bei einem Büfett mit Meeresfrüchten noch lange nicht auf.

Brunette war scheinbar einigen merkwürdigen Organisationen beigetreten und dort sehr engagiert, worunter dann schließlich seine Geschäfte litten, was seinen langjährigen Partner Gianni Pastore verdroß. Vielleicht war das der Grund, warum eine oder mehrere unbekannte Personen beschlossen hatten, daß es Laird sicher nichts ausmachen würde, wenn seine Gefährten einer nach dem anderen starben. Ich wurde nicht schlau daraus. Die Kulte, auf die ich bislang gestoßen war, basierten zumeist auf dem Verkauf von Sex, Drogen, Macht oder Selbstgewißheit an reiche, dumme Leute. Laird gehörte kaum zu dieser Kategorie. Er war ein zu großer Fisch, als daß er in diese Schüssel gepaßt hätte.

Der Mann mit der Pistole war Engländer, mit einem Akzent wie Ronald Colman und einem weißen Fliegerschal. Er war nicht allein. Der stille und klobige Boxer, der ihn begleitete, durchstöberte meine Brieftasche, während der feinere Ausländer seine Automatik vorsorglich auf meine Mitte gerichtet hielt.

»Eine Spürnase«, murrte der Boxer und wies auf meinen Lichtbildausweis und meine vorgeblich beeindruckende Hilfssheriffmarke.

»Interessant«, sagte der Brite, als er seine Pistole in die Tasche seines Kamelhaarmantels gleiten ließ. Er mußte den Weg vom Wagen zum Gebäude von einem Schirm beschützt zurückgelegt haben, denn nicht ein Regentropfen war auf ihm zu sehen. »Mein Name ist Winthrop. Edwin Winthrop.«

Wir schüttelten uns die Hände. Seine andere Begleiung, die interessantere, wühlte sich durch die Papiere des Verstorbenen. Sie sah auf, lächelte mit scharfen, weißen Zähnen und wandte sich wieder der Arbeit zu.

»Dies ist Mademoiselle Dieudonne.«

»Geneviève«, sagte sie. Sie sprach es ›Sche-ne-vjäv‹ aus und ließ mich an Paris und Frankreich denken. Sie trug etwas Weißes mit Silber darin und hatte Unmengen von blaßblondem Haar.

»Und der Herr vom FBI heißt Finlay.«

Der Agent grunzte. Er sah aus, als wäre er von Willis H.O'Brien ins Leben gerufen worden.

»Sie haben Interesse an Mr. Brunette«, sagte Winthrop. Es war keine Frage, also gab es keinen Grund, ihm zu antworten. »Das haben auch wir.«

»Fehlt nur noch ein Russe, und die Alliierten wären komplett«, sagte ich. Winthrop lachte. Er war gewitzt. »Richtig. Ich bin hier auf Wunsch meiner Regierung und arbeite mit der Ihren zusammen.«

Eines der kleinen, detektivischen Details, die mir auffielen, war die Tatsache, daß niemand auch nur den Vorschlag machte, die Polizei über Gianni Pastore zu informieren.

»Haben Sie je von einem Ort namens Innsmouth in Massachusetts gehört?«

Das hatte ich nicht, und das sagte ich auch.

»Schätzen Sie sich glücklich. Die Mitarbeiter von Sonderagent Finlay hatten in den Zwanzigern den Auftrag, gewisse unsichere Strukturen im Meer vor Innsmouth zu sprengen. Es war eine schlimme Sache.«

Geneviève sagte etwas Scharfes auf französisch, das sich wie ein Fluch anhörte. Sie hielt ein Photo hoch, das Brunette im Engtanz mit Janice Marsh zeigte.

»Kennen Sie die Dame?« fragte Winthrop.

»Nur aus dem Kino. Manche halten ziemlich viel von ihr, doch ich finde, daß sie aussieht wie Mr. Moto.«

»Wie wahr. Haben Sie schon einmal vom Esoterischen Orden des Dagon gehört?«

»Klingt irgendwie wie die Sekte des Monats. Gehört habe ich davon noch nie.«

»Kapitän Obed Marsh?«

»Mmh-mmh.«

»Die Tiefen Wesen?«

»Sind das diese farbigen Sänger?«

»Was ist mit Cthulhu, Y'ha-nthlei, R'lyeh?«

»Gesundheit.«

Winthrop grinste, wobei sein spitzer Schnurrbart nach oben zuckte. »Nein, es ist wirklich nicht einfach auszusprechen. Es liegt der menschlichen Zunge nicht, wissen Sie.«

»Das ist nur 'n Sesselfurzer«, sagte Finlay, »der weiß nix von garnix.«

»Seine Grammatik könnte besser sein. Bezahlt J. Edgar etwa keine Rhetorikkurse?«

Finlays große Hände öffneten und schlossen sich, als hätte er gerne einen Hals dazwischen.

»Gene?« fragte Winthrop.

Die Frau sah auf und dachte einen Augenblick nach, wobei ihre rote Zunge kurz über ihre Lippen huschte. Sie sagte etwas in einer fremden Sprache, die ich gut verstand: »Es besteht keine Notwendigkeit, ihn zu töten«, sagte sie auf französisch. *Tausend Dank*, dachte ich.

Winthrop zuckte mit den Schultern und sagte: »Mir ist's recht.« Finlay sah enttäuscht aus.

»Sie können gehen«, sagte der Brite zu mir. »Wir werden uns um alles kümmern. Ich sehe keinen Sinn darin, daß Sie mit Ihren derzeitigen Ermittlungen fortfahren. Schreiben Sie einfach an diese Adresse«, er händigte mir eine Karte aus, »und Sie werden für all Ihre bisherigen Ausgaben entschädigt. Machen Sie sich keine Sorgen. Wir werden die Sache zu einem Ende bringen. Überdies wäre es mir lieb, wenn Sie die Güte hätten, mit niemandem darüber zu reden, was Sie heute hier gesehen oder von mir gehört haben. Sie wissen, daß wir uns in einem Krieg befinden. Plappermäuler versenken Schiffe.«

Ich hatte einige schlaue Antworten parat, schluckte sie aber herunter und ging. Jeder, der denkt, daß es keine Notwendigkeit gibt, mich zu töten, steht oben auf meiner Sympathieliste und wird von meiner spitzen Zunge verschont. Als ich zu meinem Chrysler ging, fuhren einige demonstrativ inoffizielle Autos an mir vorbei in Richtung *Seaview*

Inn. Es wurde dunkel, und ein Gewitter peitschte das Meer. Ein Blitz erhellte die *Montecito*, und ich zählte fünf Sekunden, bevor der Donner grollte. Ich hatte das Gefühl, daß da irgend etwas jenseits der Dreimeilengrenze neben dem ehemaligen schwimmenden Kasino war, und ziemlich wütend obendrein.

Ich stieg in den Chrysler und fuhr raus aus Bay City, und je weiter ich ins Inland kam, desto besser fühlte ich mich.

Ich bin Abonnent des *Black Mask*. Es ist lange her, seit Hammett und der Typ, der die Geschichten über Ted Carmady geschrieben hat, drin waren, doch gelegentlich findet man noch was Gutes von Cornell Woolrich oder Earl Stanley Gardner. Zurück im Büro, sah ich, daß der Zeitungsjunge die *Times* uns das allerneueste Schundheftchen vorbeigebracht hatte. Doch es hatte eine Verwechslung gegeben. Statt des *Mask* fand ich in der gefalteten Zeitung etwas namens *Weird Tales*. Auf dem Titelblatt wurde ein Mann von zwei grünen Dämonen und einem stereotypen Vampir mit Buckel angegriffen. »›Hölle auf Erden‹, eine Geschichte über Satan im Smoking von Robert Bloch«, stand grell darüber. Versprochen wurden auch »Eine neue Reihe von Lovecraft, ›Herbert West, der Wiedererwecker‹, und ›Der Rattenmeister‹ von Greye la Spina.« Und das alles für fünfzehn Cents, Jungs. Wäre ich ein anderer Typ Detektiv, der seine Rede mit französischen Wendungen schmückt und sich jedesmal den Schnurrbart wichst, wenn er eine verstümmelte Leiche findet, hätte ich diese Verwechslung wohl als Omen gedeutet.

In meinem Büro hatte ich immer fünf Aktenschränke, von denen drei leer waren. Ich hatte auch zwei Flaschen, von denen nur eine leer war. In einigen Stunden würde sich das um eine Flasche geändert haben.

Ich fand ein nicht allzu staubiges Glas und wischte es mit meinem sauberen Taschentuch ab. Ich goß mir großzügig ein und kippte das Zeug hinunter.

Das Radio funktionierte nicht, doch von irgendwoher konnte ich Glenn Miller hören. Ich schaute auf mein Glas. Es war leer, und ich änderte das. Ich saß hinter meinem Schreibtisch und betrachtete die Regenmuster auf der Fensterscheibe. Wenn ich mich vorbeugte, konnte ich den Verkehr auf dem Hollywood Boulevard sehen. Menschen, die ihren Werktag nicht damit zubrachten, in Badewannen Leichen zu finden, gingen nach Hause, um ihren Abend nicht mit dem Leeren einer Flasche zu verbringen.

An diesem Tag hatte es zwar viel Aufregung gegeben, doch für Janey Wilde hatte ich nicht viel getan. Ich wußte noch immer genauso wenig über den Verbleib von Mr. Brunette wie in dem Moment, als sie aus meinem Büro gegangen war und eine betäubende Wolke von *essence de Chine* zurückgelassen hatte.

Sie hatte mir einige Literatur über Brunettes diverse Kulte dagelassen. Nachdem das dritte Glas mich von innen wärmte, überflog ich sie und wartete auf eine Eingebung. Winthrops Einkaufsliste von merkwürdigen Begriffen fand einen interessanten Widerhall. Ich hatte zwar keinen Erfolg mit dieser Buchstabensuppe, die er vor mir ausgespuckt hatte, vor allem, weil ›Cthulhu‹ sich eher wie ein Geräusch beim Husten als wie ein Wort anhört. Doch der Esoterische Orden des Dagon war eine Gruppe, der Brunette beigetreten war, und Innsmouth in Massachusetts war die Stadt an der Ostküste, wo die Sekte eingetragen war. Der Esoterische Orden hatte einen Tempel am Strand von Venice, und seine unsinnigen Presseerklärungen versprachen »uralte und faszinierende Riten, um die Mysterien der Tiefe zu erkunden.« Bei den Mitgliedskarten war eine Studiobiographie von Janice Marsh, die Innsmouth in Massachusetts als die Geburtsstadt des Stars offenbarte und angab, daß sie ihre Familie auf Kapitän Obed Marsh zurückführen könnte, jenen berühmten Entdecker aus dem neunzehnten Jahrhundert, von dem ich noch nie gehört hatte. Offensichtlich hatten Winthrop, Geneviève und das FBI mir einiges voraus, wenn es darum ging, Verknüpfungen zu erstellen. Und ich wußte wirklich nicht, wer der Engländer und die Französin waren.

Ich fragte mich, ob es nicht besser für mich sei, *Weird Tales* zu lesen. Ich mochte den Klang von ›Satan im Smoking‹. Es war zwar nicht Ted Carmady mit einer Automatik und einem Mädchen, doch es würde reichen. Es gab noch viel mehr Blitz und Donner, und ich leerte die Flasche. Ich hätte zum Schlafen natürlich auch nach Hause gehen können, doch der Sessel war auch nicht unbequemer als mein Murphybett. Die leere Flasche rollte weg, und ich lehnte mich zurück mit gelockerter Krawatte, um die Sorgen des Tages zu vergessen.

Dank des Krieges schaffte Pastore es nur auf Seite 3 der *Times*. Offenbar war der berüchtigte Glücksspielkönig erschossen worden. Wenn das stimmte, dann war das erst geschehen, nachdem ich gegangen war. Vorher hatte man ihn ja nur gefoltert und ertränkt. Hauptkommissar John Wax tischte den Journalisten sein übliches ›Spätestens bis Weihnachten erledigt‹ über die Untersuchungen auf. Es gab keine Erwähnung des FBI oder unserer Alliierten, John Bull im Smoking und Mademoiselle La Guillotine. Im Gefängnis erhält man Zeitungen mit säuberlich rechteckigen Ausschnitten, wo die Artikel standen, welche die Zensoren für zu provokant befanden. Da gibt es keinen Unterschied: alle Zeitungen haben unsichtbare Ausschnitte. Pastores Engagement für benachteiligte Kinder wurde erwähnt, doch jemand hatte vergessen, über das Rauschgift zu schreiben, das er ihnen verkaufte, wenn sie zu benachteiligten Erwachsenen heranwuchsen. Das Bild bei der Todesanzeige zeigte ihn mit Janey Wilde und Janice Marsh bei der Premiere eines Filmes mit George Raft. Das japanische Phantom-U-Boot vor Santa Barbara erhielt weit mehr Zeilen. General John L. DeWitt, Kopf der westlichen Verteidigung, rief nach weiteren Truppen, um die Küste zu schützen. Er prophezeite, daß »Tod und Zerstörung jeden Augenblick über uns hereinbrechen« könnten. Jedermann in Kalifornien sah hinaus aufs Meer.

Nach meiner allmorgendlichen Besprechung mit Mr. Huggins und Mr. Young rief ich in Janey Wildes Residenz in Malibu an. Die meisten Leinwandidole sind entweder im Studio oder schlafen noch, wenn man sie vor zehn Uhr morgens anruft, doch Janey, die einige freie Wochen vor dem Drehstart von *Schiff nach Bataan* hatte, war daheim und wach, nachdem sie ihre dreißig Bahnen geschwommen war. Im krassen Gegensatz zu fast allen anderen im Filmgeschäft war sie der Ansicht, daß ein Schwimmbecken dazu da sei, darin zu schwimmen, und nicht, um daneben zu liegen.

Sie erinnerte sich sofort, wer ich war, und fragte nach Neuigkeiten. Ich gab ihr eine Zusammenfassung. »Ich wurde höflich gebeten, von weiteren Ermittlungen abzusehen«, erklärte ich, »und zwar von Leuten, mit denen man nicht spaßen sollte.«

»Also schmeißen Sie den Auftrag?«

Ich hätte das bejahen sollen, aber: »Miss Wilde, nur Sie allein können das entscheiden. Ich dachte nur, Sie sollten die Ansicht der Regierung kennen.«

Es gab eine Pause.

»Da ist etwas, das ich Ihnen nicht erzählt habe«, sagte sie. Ein häufiger Satz meiner Kunden. »Etwas Wichtiges.« Ich erwiderte nichts.

»Es ist weniger Laird, um den ich mir Sorgen mache. Es geht darum, daß er Franklin hat.«

»Franklin?«

»Das Baby«, sagte sie. »Unser Baby. Mein Baby.«

»Laird Brunette ist verschwunden und hat ein Baby mitgenommen?«

»Ja.«

»Entführung ist ein Verbrechen. Sie sollten darüber nachdenken, die Polizei einzuschalten.«

»Viele Dinge sind ein Verbrechen. Laird hat viele von ihnen begangen und doch nie einen Tag im Gefängnis verbracht.«

Das stimmte, und das war auch der Grund, warum der Verlauf der Entwicklung so seltsam war. Entführung, ob aus persönlichen oder finanziellen Gründen, ist das riskanteste aller Verbrechen. In der Regel ist sie das Betätigungsfeld nur der dümmsten Verbrecher. Und Laird Brunette war kein dummer Verbrecher.

»Ich kann mir keine Negativschlagzeilen leisten. Nicht, wenn ich den Rollen, die ich brauche, so nahe bin.«

Schiff nach Bataan würde sie in den Leinwandpantheon der Unsterblichen erheben.

»Offiziell ist Franklin der Sohn von Esther. In ein paar Jahren werde ich ihn rechtmäßig adoptieren. Esther ist meine Haushälterin. Es wird gehen. Aber ich muß ihn zurückhaben.«

»Laird ist der Vater. Auch er hat Rechte.«

»Er hat gesagt, er sei nicht interessiert. Er ist... nun, zu Janice Marsh... gewechselt, während ich... bevor Franklin geboren wurde.«

»Sie sind also nicht davon überzeugt, daß er einen plötzlichen Anfall väterlicher Gefühle erlitten hat?«

»Ich bin äußerst beunruhigt. Nicht wegen Laird, wegen *ihr*. Janice Marsh will mein Baby aus irgendeinem gemeinen Grund. Ich will, daß Sie mir meinen Franklin zurückbringen.«

»Wie ich schon erwähnte, ist Entführung ein Verbrechen.«

»Aber wenn das Kind in Gefahr schwebt, dann kann man doch sicher...«

»Haben Sie einen Beweis dafür, daß es in Gefahr schwebt?«

»Nun, nein.«

»Haben Laird Brunette oder Janice Marsh Ihnen jemals Grund zu der Annahme gegeben, daß sie dem Baby Böses wollen?«

»Nicht wirklich.«

Ich wog die Dinge ab.

»Ich werde mit dem Auftrag fortfahren, den Sie mir gestellt haben, doch bitte verstehen Sie, daß das alles ist, was ich für Sie tun kann. Wenn ich Brunette finde, werde ich ihm Ihre Besorgnis mitteilen. Das müssen Sie untereinander ausmachen.«

Sie übergoß mich mit einer Flut von Dankbarkeit, und als ich den Hörer einhängte, hatte ich das Gefühl, noch weiter in die Teergruben von LaBrea gesunken zu sein, so daß ich das klebrige Naß schon über meinen Knien spüren konnte.

Ich hätte aus dem Regen bleiben und mich um Schachprobleme kümmern sollen, doch Dschungel-Jillians Vorauszahlung in meiner Tasche währte noch vier Tage, und ich hatte die Anschrift des Esoterischen Orden des Dagon auf einem Ausschnitt aus einer Wissenschaftszeitschrift für Wahnsinnige. Also fuhr ich raus nach Venice, und auf dem Weg wurde ich die ganze Zeit über daran erinnert, daß meine Scheibenwischer reparaturbedürftig waren.

Venice in Kalifornien ist eine faszinierende Idee, die nicht funktioniert hatte. Jemand namens Abbot Kinney hatte die Vorstellung, künstlich eine Stadt wie Venedig zu erschaffen, mit ebensolchen Kanälen und Architektur. Die meisten Kanäle waren ausgetrocknet, und Architektur hatte kein gutes Standbein in einer Stadt, in der man in den Zwanzigern das Badezimmer von Gloria Swanson als ästhetischen Triumph betrachtete. Übrig blieben nur der Strand und Unmengen verfaulender Fische. Das italienische Venedig war die Hauptstadt der Pest in Europa gewesen, also stimmte in Venice in Kalifornien wenigstens *ein* Detail.

Der Esoterische Orden residierte oberhalb der Küste von Muscle Beach in einem unauffälligen Jachtclubgebäude mit einem eigenen kleinen Hafen. Vom Äußeren her hatte ich den Eindruck, daß die Geschäfte der Sekte früher besser gelaufen waren. Seetang hatte sich zum Strand hochgearbeitet, den Pier umschwärmt, und leckte jetzt am unteren Rand der Vorderwand. Alles war nun grün: Holz, Stuck, Kupferornamente. Und es roch wie in Pastores Badezimmer, nur noch schlimmer. Orte dieser Art ließen in mir die Frage hochkommen, warum die Japse überhaupt so erpicht auf eine Invasion waren.

Ich betrachtete mich im Spiegel und verdrehte die Augen. Ich versuchte, dieses dämlich-glückliche *Ich gebe dir alle meine weltlichen Güter, gib du mir dafür die Mysterien des Morgenlandes*-Aussehen eines meiner Vorstellung nach typischen Mitglieds dieser Ansammlungen von Idioten anzunehmen. Nachdem ich mit dem Lachen fertig war, erinnerte ich mich an die Spuren auf Pastore und versuchte, die Ermittlungen ernst zu nehmen. In Anbetracht meiner unrasierten *Verlorene Seele, die in Kleidern schläft und zwei Flaschen am Tag trinkt*-Erscheinung gratulierte ich mir für meine Voraussicht, während der letzten fünfzehn Jahre zum idealen Aushängeschild für einen Job wie diesen geworden zu sein.

Um das Gebäude zu betreten, mußte ich hinab in den Hafen und mich vom Strand aus nähern. Grüne Säulen wie aus pilzbefallener Pappe standen zu jeder Seite der eindrucksvollen Vordertür, in die ein Bleiglasfenster in Grün und Blau eingelassen war, das einen Mann mit dem Kopf eines Tintenfisches im schmucken Mönchshabit zeigte, dessen Augen nach dem Künstler schwankten. Wie ich wußte, war Dagon halb Mensch, halb Fisch, und der Gott der Philister. In dieser Stadt fiel ein philistischer Gott wohl kaum auf. Dies ist ein großartiges Land: wenn du halb Fisch bist, brav deine Steuern zahlst, Babys frißt und kein Japaner bist, hast du eine wundervolle Zukunft.

Ich schlug auf den Tintenfischkopf, aber nichts tat sich. Ich schaute durch mehrere seiner Augen und fühlte ein Schwindelgefühl. Aus der Nähe betrachtet sah dieses Zephalopodengesicht gar nicht mehr so lächerlich aus.

Ich öffnete die Tür und befand mich im Vorzimmer des Tempels. Ganz wie ich es erwartet hatte: gedämpftes Licht, alte, aber schreckliche Gemälde, einige halbpornographische Statuetten, eine Duftwolke vom Weihrauch der letzten Nacht, die den Fischgestank übertünchte. Die Atmosphäre war so religiös wie in einem billigen Puff.

»Juhu«, rief ich, »hier ist Dagon...«

Meine Stimme hörte sich weit weniger komisch an, als sie von den Wänden zurückhallte.

Ich streifte umher und hielt Ausschau nach Hinweisen. Ich versuchte es mit französischen Wendungen und dem Zwirbeln eines nicht vorhandenen Schnurrbarts, doch das brachte nichts. Vielleicht sollte ich auf eine Meerschaumpfeife voller Kokain und Pirschjagd umsteigen, oder aber auf Monokel und Interesse an Inkunabeln.

Wo man ein Porträt von George Washington oder Jean Harlows Mutter erwartet hätte, hing ein beeindruckend häßliches Bild von ›Unserem Gründer‹. Kapitän Obed Marsh, gekleidet wie Admiral Butler, stand an der Küste eines polynesischen Paradieses. Sein Schiff war ohne jeden Sinn für Perspektive gemalt und erhob sich am Horizont, als wäre es drei Fuß groß. Der Kapitän, umgeben von anbetenden eingeborenen Tomaten mit lustigen Gesichtern, sah in etwa so unglücklich wie Errol Flynn auf einem Treffen weiblicher Pfadfinder aus. Der Maler hatte sich viel Mühe mit den nackten Eingeborenen gemacht. Eine der dunklen Schönheiten hatte Hüften, bei denen Carol Lombard grün vor Neid geworden wäre, und ein Gesicht, das mich an Janice Marsh erinnerte. Sie war vermutlich die Ururgroßmutter der Pantherprinzessin. Im Hintergrund, genau vor dem Schiff, erhob sich etwas wie ein Tintenfisch aus dem Meer. Der Tolpatsch mit Pinsel hatte einen weiteren Fehler begangen. Es sah aus, als sei die Kreatur mit den schwingenden Tentakeln doppelt so groß wie Obeds Schiff. Das bestürzendste Detail war eine maskierte Gestalt in einer Robe, die auf Deck stand und in jeder Faust den Fußknöchel eines Babys hielt. Offensichtlich hatte er das Kind gerade erst wie einen Wünschelknochen entzwei gerissen und goß das Blut nun in die Augen des Tintenfisches.

»Entschuldigung«, gurgelte eine Stimme, »kann ich Ihnen helfen?«

Ich drehte mich um und erhielt eine Gestanksprise des gebückten und uralten Wächters des Kultes. Seine Robe glich der des Tintenfischmannes auf der Tür und Kindermörders auf dem Porträt. Sein Gesicht verblieb im Schatten, seine Stimme klang so gut wie das Radio in Pastores Badewanne, und sein Atem roch schlimmer als Pastore nach anderthalb Wochen der Verwesung.

»Guten Morgen«, sagte ich und ließ einen Vogel in den höchsten Lagen meiner Stimme flattern. »Mein Name ist… äh…«

Ich kombinierte die ersten Dinge, die mir einfielen.

»Mein Name ist Herbert West Lovecraft. Äh, H.W.Lovecraft der Dritte. Ich bin einfach fasziniert von alten und esoterischen Dingen, wissen S'.«

›Wissen S'‹ hatte ich von dem Typ mit dem Monokel und den alten Büchern entlehnt.

»Sie haben nicht zufällig eine Eintrittskarte? Oder irgendwelche Inkunabeln?«

»Inkunabeln?« krächzte er.

»Bücher, alte Bücher. Gedruckte Bücher, veröffentlicht vor dem Jahre des Herrn 1500, altes Haus.« Man sieht, auch ich besitze ein Wörterbuch.

»Bücher…«

Der Mann war ein äußerst einsilbiger Gesprächspartner. Zudem bewegte er sich wie Laughton im *Glöckner von Notre Dame*, und die Vorderseite seiner Robe, auf die ein Tintenfischkopf gestickt war, war feucht von etwas, das ich angeekelt als Sabber erkannte.

»Alte Bücher. Geheime Mysterien, wissen S'. Alles Zyklopische und Verfluchte interessiert mich.«

»Das *Necronomicon*?« Er sprach das mit großem Respekt und großen Schwierigkeiten aus.

»Na, das hört sich doch vielversprechend an.«

Quasimodo schüttelte seinen Kopf, wodurch die Kapuze verrutschte. Ich erblickte grünliche Haut und große, feuchte Augen.

»Ein alter Kamerad hat Sie mir empfohlen«, sagte ich. »Ein toller Kerl. Laird Brunette. Schon von ihm gehört?«

Ich hatte den falschen Knopf gedrückt. Quasi streckte sich und wuchs um zwei Fuß.

Seine feuchten Augen blitzten wie Messer. »Sie müssen mit der Tochter des Käpt'n reden.«

Ich mochte den Klang seiner Worte nicht und wich zurück, hin zur Tür. Quasi legte eine Hand auf meine Schulter und hielt mich fest. Er trug Fäustlinge, und ich hatte den Eindruck, daß da zu viele Finger drin steckten. Sein Griff war fest wie der Kiefer eines Monsters.

»Das wäre schön«, sagte ich und ließ den flatternden Vogel frei.

Wie auf Absprache teilten sich Vorhänge, und ich wurde durch eine Tür gedrängt. Als ich meinen Kopf an dem niedrigen Türsturz stieß, verstand ich, warum Quasi die meiste Zeit gebückt ging. Ich mußte Hals und Knie einziehen, um durch den Gang zu kommen. Das Äußere mochte vielleicht aus faulem, altem Holz bestehen, doch das Innere des Palastes war aus solidem Stein. Die Wände waren feucht, nackt und mit zweideutigen Reliefs versehen, die der primitiven Kunst zur Schande gereichten. Man könnte meinen, daß ich mich mittlerweile an den Geruch gewöhnt hätte, doch Pustekuchen. Ich erstickte fast.

Quasi schob mich durch eine weitere Tür. Ich befand mich in einem Konferenzsaal von der Größe einer Bahnhofshalle, mit einer Bühne, Reihen bequemer Sessel und noch mehr dieser Statuen von Tintenfischmenschen. Der Boden war dem Mosaik im *Seaview Inn* sehr ähnlich, nur daß hier die Nymphen weniger Muschelschalen und Neptun mehr Tentakel hatte.

Quasi verschwand und schlug die Tür hinter sich zu. Ich ging zur Bühne und betrachtete mir ein gewaltiges Buch, das auf einem durchdrückten Lesepult thronte. Der Typ mit dem Monokel hätte wohl gesabbert, denn es sah weit älter als 1500 aus. Es war keine Bibel und roch nicht gesund. Die aufgeschlagene Seite zeigte eine Illustration von etwas aus Tentakeln und Schleim neben einer Seite, die beschrieben war in mehreren verdientermaßen toten Sprachen.

»Das *Necronomicon*«, sagte eine heisere weibliche Stimme, »des verrückten Arabers Abdul Al-Hazred.«

»Verrückt, wie?« wandte ich mich an die Sprecherin. »Hat er kein Honorar gekriegt?«

Ich erkannte Janice Marsh sofort. Die Pantherprinzessin trug einen Turban und einen grünseidenen Hausanzug unter einem bodenlangen Bademantel, der mehr gekostet hatte, als ich in einem Jahr verdiente. An den Ohren hatte sie Ohrringe aus Jade, um den Hals eine Perlenkette und am Revers eine mit Rubinen besetzte Silberbrosche in Form eines Tintenfisches. Die Beleuchtung ließ ihr Gesicht grün erscheinen und ihre runden Augen strahlen. Sie sah nach wie vor aus wie Peter Lorre, doch wenn man dessen Gesicht auf einen Körper wie den von Janice Marsh gesetzt hätte, wäre er vielleicht auch für die Rolle der Sexgöttin engagiert worden. Ihre seidenen Schenkel rieben aneinander, als sie durch das Seitenschiff des Tempels schritt.

»Mr. Lovecraft, nicht wahr?«

»Nennen Sie mich H. W., wie jedermann.«

»Habe ich schon von Ihnen gehört?«

»Das bezweifle ich.«

Sie war jetzt ganz nahe. Sie war so groß, daß sie mir auf Augenhöhe gegenüberstand. Ich hatte das Gefühl, daß mir das Juwelenauge auf ihrem Turban mitten ins Hirn blickte. Sie berührte für einen Augenblick das Tentakelbild mit ihren Fingern und ließ sie spielen wie eine spaßige Spinne, legte sie dann aber um meinen Oberarm und zog mich mit sanftem Druck fort von dem Buch. Worüber ich nicht unglücklich war. Vielleicht bin ich allergisch gegen Inkunabeln oder hege ein unterbewußtes Vorurteil gegen Geschöpfe mit Tentakeln, aber ich fühlte mich in der Nähe des *Necronomicon* alles andere als wohl. Was man von der Nähe von Janice Marsh nicht unbedingt behaupten konnte.

»Sie sind die Tochter des Käpt'ns?« fragte ich.

»Das ist ein Ehrentitel. Obed Marsh ist mein Vorfahre. Im Esoterischen Orden gibt es immer eine Tochter des Käpt'ns. Und im Augenblick bin ich das.«

»Worum genau geht es bei diesem Dagon-Zeugs?«

Sie lächelte, wobei sie eine Reihe kleiner Perlen zeigte. »Es ist eine andere Art der Anbetung. Es ist ehrlich, kein Schwindel.«

»Das habe ich auch nie behauptet.«

Sie zuckte die Schultern. »Viele Menschen gewinnen einen falschen Eindruck.«

Draußen erhob sich Wind und trieb den Regen gegen den Tempel. Das Geräusch war unheimlich, wie kranke Wale, die aus der Bucht riefen.

»Sie haben nach Laird gefragt? Hat Miss Wilde Sie geschickt?«

Jetzt war ich an der Reihe, mit den Schultern zu zucken.

»Janey ist das, was man eine schlechte Verliererin nennt, Mr. Lovecraft. Das kommt davon, daß sie immer nur Bronzemedaillen erhalten hat, niemals Gold.«

»Ich glaube nicht, daß sie ihn zurück will«, sagte ich, »sie will nur wissen, wo er ist. Er scheint verschwunden zu sein.«

»Er ist oft geschäftlich außerhalb der Stadt unterwegs. Er mag es, geheimnisvoll zu sein. Das verstehen Sie doch gewiß.«

Meine Augen richteten sich auf die Tintenfischbrosche. Bei jedem Atemzug von Janice Marsh hob und senkte sie sich, so daß die Rubine mir zuzuzwinkern schienen.

»Das ist polynesisch«, sagte sie und tippte an die Brosche. »Der Käpt'n brachte sie mit zurück nach Innsmouth.«

»Ach ja, Ihre Heimatstadt.«

»Eine Stadt am Meer, genau wie Los Angeles.«

Ich entschloß mich, mit einem der Köder, die Winthrop mir gegeben hatte, auf Fischzug zu gehen. »Wo waren Sie, als J. Edgar in den Zwanzigern sein Feuerwerk angezündet hat?«

»Da war ich noch ein Kind. Es hatte mit Schnapsbrennern zu tun, glaube ich. Das war während der Prohibition.«

»Eine gute Zeit für Laird.«

»Nehme ich an. Heutzutage sind seine Geschäfte legal.«

»Ja. Obwohl – wenn er so schottisch wäre, wie er vorgibt, dann wäre er sicher längst schon deportiert worden.«

Janice Marshs Augen waren grün wie die See. Ob rund oder nicht, sie waren faszinierend. »Ich kann Sie beruhigen, Mr. Lovecraft, oder wie Sie auch immer heißen mögen«, sagte sie, »der Esoterische Orden des Dagon war nie eine Fassade für Schmuggler. Tatsächlich ist er nie eine Fassade für irgend etwas gewesen. Er ist keine Betrügerorganisation, die reiche Witwen von ihren Ersparnissen befreit. Er ist kein Vorwand für Filmproduzenten, um durch minderjährige Drogenabhängige das Wissen des Fleisches zu erlangen. Er ist genau das, was er auch zu sein vorgibt: eine Kirche.«

»Vater, Sohn und Heiliger Tintenfisch, was?«

»Ich habe nicht gesagt, daß wir eine christliche Kirche wären.«

Janice Marsh war nun nahe genug, um mich zu beißen. Ihre rastlosen Hände umfingen meinen Nacken und beugten meinen Kopf wie eine verstellbare Lampe. Sie legte ihre Lippen auf meine und drückte ihr Gesicht in mich. Ich schmeckte Lippenstift, Salz und Kaviar. Ihre Finger arbeiteten sich zu meinen Haaren vor und stießen meinen Hut herunter. Sie schloß die Augen. Nach ein oder zwei Stunden mühseliger Pflichterfüllung legte ich meine Hände auf ihre Hüften und entwand mich ihrem Körper. Ich hatte einen fischigen Geschmack im Mund.

»Das war interessant«, sagte ich.

»Ein Experiment«, erwiderte sie. »Ihr Name hat einen solchen Klang. Love – craft. Er weist auf Meisterschaft in gewissen Künsten hin.«

»Enttäuscht?«

Sie lächelte. Ich fragte mich, ob sie wohl mehrere Reihen von Zähnen hatte, wie ein Hai.

»Alles andere als das.«

»Erhalte ich jetzt eine Einladung für einen der hinteren Plätze beim nächsten Dagon-Happening?«

Schon war sie wieder ganz Geschäftsfrau. »Ich glaube, es ist besser, wenn Sie jetzt Janey Bericht erstatten. Richten Sie ihr aus, daß ich Laird sage, er soll sie anrufen und beruhigen, wenn er wieder in der Stadt ist. Sie sollte Sie bezahlen und entlassen. Denken Sie an den Krieg – es ist die reinste Verschwendung, daß Sie nach jemandem suchen, der nicht vermißt wird, während Sie Lockheed vor der Fünften Kolonne verteidigen könnten.«

»Was ist mit Franklin?«

»Dem Präsidenten?«

»Dem Baby.«

Ihre runden Augen versuchten, sich zu weiten. Sie spielte die Unschuldige. Genau so hatte die Pantherprinzessin ausgesehen, als sie dem weißen Jäger gesagt hatte, daß Dschungel-Jillian schon vor Stunden das Grab des Jaguars verlassen hätte.

»Miss Wilde ist der Ansicht, daß Laird sich ein Kind geliehen hat, daß sie unvorsichtigerweise in seiner Obhut gelassen hatte. Sie hätte Franklin gern zurück.«

»Janey hat kein Baby. Sie kann keines bekommen. Das ist der Grund, warum sie ein psychoneurotischer Fall ist. Ihr Therapeut wird reich dank ihrer wilden Phantasien. Sie kann die Wirklichkeit nicht von Filmen unterscheiden. Sie hat mich mal beschuldigt, Menschenopfer zu bringen.«

»Hört sich wie ein spießiges Vorurteil an.«

»Das war in einem Film, Mr. Lovecraft. Pappmesser und Ketchupblut.«

An dieser Stelle der Ermittlungen rufe ich gewöhnlich meinen Freund Bernie im Büro des Bezirksstaatsanwaltes an, um mir einige Hinweise zu angeln. Dieses Mal rief er mich an. Als ich in mein Büro kam, hatte ich das Gefühl, daß mein Telephon schon seit langer Zeit geklingelt hatte.

»Mach' keine Wellen«, sagte Bernie.

»Pardon«, schnappte ich zurück, gewitzt wie stets und schnell wie der Blitz.

»Laß es einfach sein. Das Wasser ist zu kalt um diese Jahreszeit.«

»Selbst in einer Badewanne.«

»Gerade in einer Badewanne.«

»Wird der Herr Bezirksstaatsanwalt kondolieren?«

Bernie lachte. Vor einigen Jahren arbeitete ich als Ermittler für das Büro des Bezirksstaatsanwaltes, doch wir waren gezwungen gewesen, getrennte Wege zu gehen. »Vergiß ihn. Auf meiner Liste stehen eindrucksvollere Namen.«

»Laß mich raten: Howard Hughes?«

»Fast.«

»General Stillwell?«

»Wärmer. Versuch's doch mal mit Bürgermeister Fletcher Bowron, Gouverneur Culbert Olson und Staatsanwalt General Earl Warren. Oh, und Wax nicht zu vergessen.«

Ich pfiff. »Und die haben alle Interesse an meiner Wenigkeit. Wem verdanke ich das?«

»Schau, ich weiß selbst nicht viel darüber. Sie gaben mir nur die Nachricht, um sie weiterzuleiten. Man scheint mich hier für dein Kindermädchen zu halten.«

»Haben ein britischer Gentleman, eine Dame aus Frankreich und ein FBI-Agent von der Größe des Mount Rushmore irgendwas mit der Sache zu tun?«

»Die Frage kannst du an den nächsten Idioten weiterleiten.«

»Gut, Bernie. Sag' mir nur noch eins: Wie beliebt bin ich?«

»Unter dir stehen nur noch Tojo und vielleicht Judas Iskariot.«

»Schön. Irgendeine Idee, wo Laird Brunette sein könnte?«

Ich hörte eine Pause und etwas Gepolter. Bernie stellte sicher, daß sein Büro frei von fremden Ohren war. Ich sah ihn vor mir, wie er den Hörer ganz nah an den Mund brachte und nur noch im Flüsterton sprach.

»Seit drei Monaten hat ihn niemand gesehen. Wenn ich ehrlich sein soll: ich vermisse ihn nicht. Aber da sind andere…« Bernie hustete, eine Tür öffnete sich, und in normaler Stimmlage oder lauter noch sprach er weiter. »…natürlich, Schatz. Ich bin pünktlich für Jack Benny daheim.«

»Bis später, mein Süßer«, sagte ich, »dein Essen ist im Abfluß, und ich brenne mit einem professionellen Billardspieler nach Tijuana durch.«

»Ich liebe dich«, sagte er und hing ein.

Ich kratzte eine Schicht von grünem Schleim von meiner Schuhsohle und schmierte sie an den Rand meines Schreibtisches. Dann benutzte ich die gestrige *Times*, um das Zeug vom Schreibtisch zu kriegen. Der Glibber sah verdammt esoterisch aus.

Ich genehmigte mir einen Schluck aus der Flasche, die ich auf der anderen Straßenseite gekauft hatte, um den Geschmack von Janice Marsh loszuwerden.

Ich dachte an Polynesien im frühen 19. Jahrhundert und jene fischäugigen Eingeborenenmädchen, die sich um Kapitän Marsh drängten. Irgendwie drängten sich immer wieder Tentakel in meine Gedanken. Theoretisch wäre diese Geschichte ein guter Stoff für einen Film mit Dorothy Lamour, vielleicht mit Janice Marsh in der Rolle ihrer Ahnherrin und Jon Hall oder Ray Milland als der Schürzenjäger Obed. Aber irgendwie schien die Handlung nach Bela Lugosi zu schreien. Ich mußte die ganze Zeit an halbierte Babys denken.

Bislang hatte mich all das Herumlaufen Laird und seinem Erben keinen Deut näher gebracht. Im Geist erstellte ich eine Liste von allen bekannten Partnern Brunettes. Dann strich ich alle durch, die tot waren. Das brachte mich auf eine Spur. Wenn jemand in Brunettes Geschäft stirbt, nimmt niemand davon wirklich Notiz außer jenen, die dann betrunken ›Ding-dong, die Hex' ist tot‹ singen, bevor ihnen einfällt, daß es noch viele andere Hexen da draußen gibt. Ich bin da wie jeder andere, ich führe keine Liste mit toten Glücksspielunternehmern. Doch wenn ich darüber nachdachte, hatte es davon ziemlich viele in letzter Zeit gegeben, einschließlich Gianni Pastore. Abgesehen von Rothko und Isinglass hatte es noch mindestens drei weitere Bestattungen in dieser Zunft gegeben. Und dafür konnte man offensichtlich nicht die Japse anschuldigen. Ich fragte mich, wie viele der Opfer ihr Leben in Badewannen ausgehaucht hatten. Die ganze Sache kam immer wieder auf Wasser zurück. Ich beschloß, das Zeug zu hassen und nie wieder meinen Bourbon damit zu verunreinigen.

Ich ging wieder raus in den Regen und klapperte die Bars ab. Brunette hatte viele Freunde. Vielleicht wußte irgend jemand irgendwas.

Am frühen Abend hatte ich eine Reihe von Bars und eine Reihe von Verlierern hinter mir. Die einzige Erkenntnis, die ich gewonnen hatte, war die, daß jeder in der Stadt Angst hatte. Die meisten waren betrunken, doch alle hatten Angst.

Jedermann hatte vor zwei oder drei Dingen auf einmal Angst. Die Japse standen ganz oben auf allen Listen. Es war überraschend, wie viele zitternde Bürger sich über Nacht von Nassauern, die kaum die Flagge erkennen würden, in wahrhaft amerikanische Patrioten verwandelt hatten, die plötzlich dazu bereit waren, den letzten Tropfen ihres alkoholisierten Blutes für ihr Vaterland zu geben. Überall, wo man hinging, hetzte jemand gegen Hirohito, Tojo, Mikado, Kabuki oder Origami. Das blitzartige Ansteigen von Todesfällen im Umfeld von Pastore und Brunette schien ein weit weniger populäres Diskussionsthema zu sein. Nur eine Frage dazu, und Großmäuler verwandelten sich in Stumme.

»Eine fischige Sache«, sagte jemand, bevor er das Thema wechselte.

Langsam stellte ich mir die Frage, ob Janey Wilde ihr Geld nicht besser dazu verwendet hätte, im Radio einen Aufruf an Laird zu richten, sie doch bitte mal anzurufen. Dann stieß ich auf Curtis, den Croupier vom *Maxie's*. Normalerweise war er in einen Frack *à la* Astaire gekleidet. Nun hatte er sein gestärktes Hemd und seinen Zylinder gegen Kleidung in Oliv mit Schulterklappen eingetauscht.

»Hast du den Ruf des Vaterlandes gehört, Curtis?« fragte ich ihn, als ich mich durch eine Herde von Bewunderern gekämpft hatte, die dem jungen Soldaten Getränke spendierten.

Curtis grinste, bevor er mich erkannte, und ließ dann ein hochmütiges Hohnlächeln daraus werden. Wir hatten uns schon zuvor auf der *Montecito* getroffen. Es ging das Gerücht um, daß er während der Prohibition einmal in ein ehrliches Kartenspiel involviert gewesen sei, doch wenn man ihn danach fragte, stritt er es energisch ab.

»Hey, Schnüffler«, sagte er.

Ich kaufte mir selbst einen Drink, bot ihm aber keinen an. Drei oder vier standen bereits vor ihm.

»Der Fetzen scheint sich bezahlt zu machen«, sagte ich. »Wieviel hat die Uniform gekostet? Hast du sie bei Paramount gemietet?«

Der Croupier war beleidigt. »Sie ist echt«, sagte er. »Ich habe mich freiwillig gemeldet. Ich hoffe, daß man mich nach Übersee schickt.«

»Ja, wir sollten dich mit einem Fallschirm über Tokio abwerfen, um geladene Spielwürfel und zerbrechliche Rouletteräder einzuschmuggeln.«

»Du bist ein Zyniker.« Er stürzte einen Drink hinunter.

»Nein, nur Realist. Warum hast du die *Monty* verlassen?«

»Schnüffeln wir in Lairds Angelegenheiten herum?«

Ich zuckte mit den Schultern.

»Das Glücksspiel erlebt seit einiger Zeit eine Flaute, ebenso einige der führenden Personen dieses Gewerbes. Der ursprüngliche Besitzer dieses Ladens beispielsweise. Ich glaube, die Kosten für die ganzen Trauerkränze müssen dein Konto ganz schön belasten.«

Curtis nahm rasch zwei weitere Drinks und bestellte noch mehr. Als ich gekommen war, hatten sich gerade zwei Schnecken in seinem Gürtel verhakt. Nun war er allein mit mir. Der Szenenwechsel gefiel ihm nicht, und das konnte ich ihm noch nicht mal übelnehmen.

»Schau, Schnüffler«, sagte er mit plötzlich gesenkter Stimme, »um deinetwillen: laß es einfach gutsein. Es gibt jetzt wichtigere Dinge.«

»Die Demokratie zum Beispiel?«

»Kann man wohl sagen.«

»Wie weit nach Übersee willst du geschickt werden, Curtis?«

Er sah zur Tür, als erwarte er jeden Moment fünf Typen mit Maschinengewehren. Dann legte er seine Hände auf die Theke, damit sie nicht mehr zitterten.

»So weit ich nur komme, Schnüffler. Die Philippinen, Europa, Australien. Mir egal.«

»In den Krieg zu ziehen ist keine sehr angenehme Art der Flucht.«

»Ich weiß. Aber wäre Papa Gianni nicht sicherer auf Wake Island als in seiner Wanne gewesen?«

»Also kennst du die Geschichte bereits?«

Curtis nickte und nahm noch einen Schluck. Die Musikbox spielte ›Doodly-Acky-Sacky, Want Some Seafood, Mama‹, und das war unheimlich. Unsinnig, aber unheimlich.

»Sie sterben alle im Wasser. So hab' ich's gehört. Manchmal ist Laird auf der *Monty* auf Deck gegangen und hat stundenlang das Meer betrachtet. Er war durchgeknallt, seit er sich mit dieser Marsh-Tussi eingelassen hatte.«

»Der Pantherprinzessin?«

»Hast du den Film gesehen? Ja, Janice Marsh. Hübsches Ding, wenn man auf Meeresfrüchte steht. Laird hat behauptet, in der Bucht sei eine versunkene Stadt. Er hat viele sonderbare Worte verwendet, vielleicht Negerslang oder so etwas. Cthul-sonstwie, Yog-irgendwas. Er hat gesagt, irgendwelche Dinge kämen aus dem Wasser aufs Land, und er hat damit keine U-Boote gemeint.«

Curtis fühlte sich unwohl in seiner Uniform. Überall waren dunkle Flecken vom Regen. Er hatte getrunken wie W.C.Fields an einem schlechten Tag, aber das half nichts. Was immer ihn auch bedrückte, es war selbst für *Jack Daniels'* zu viel.

Ich dachte an Laird auf der *Monty*.

Und ich dachte an das Gemälde von Kapitän Marshs Schiff, mit dem überproportionierten Tintenfisch daneben.

»Er ist auf dem Schiff, nicht wahr?«

Curtis sagte nichts.

»Allein«, dachte ich laut. »Er ist allein da draußen.«

Ich schob meinen Hut auf den Hinterkopf und versuchte, klar zu denken. Es war verrückt. Niemand springt im Wasser herum mit einem Schild um den Hals, auf dem steht: »Hey Tojo, schick mir ein Torpedo!« Die *Monty* war eine schwimmende Zielscheibe.

»Nein«, sagte Curtis und umklammerte meinen Arm so fest, daß mein Drink überschwappte.

»Er ist nicht da draußen?«

Er schüttelte den Kopf. »Nein, Schnüffler. Er ist nicht *allein* da draußen.«

Alle Wassertaxis waren im Dock, fest vertäut und abgedeckt, bis der Sturm sich wieder beruhigen würde. Heute nacht würde ich nie einen Bootsmann finden, der mich raus zur *Montecito* brachte. Jedermann wußte, daß das Gewässer verseucht war von japanischen U-Booten. Doch ich kannte jemandem, dem es egal war, ob man seine Boote ordnungsgemäß behandelte. Er machte sich noch nicht mal mehr was draus, ob man sie sich ohne seine Genehmigung borgte.

Das *Seaview Inn* war noch immer gottverlassen, obwohl überall polizeiliche Mitteilungen hingen, welche die Leute vom Ort des Verbrechens wegscheuchen sollten. Es war dunkel, kalt und naß, und niemand störte mich dabei, ins Bootshaus einzubrechen und mir die Schlüssel zu nehmen.

Ich suchte mir eines der Taxis im Pier des Motels aus und füllte genug Treibstoff für die kurze Reise ein. Außerdem hatte ich meinen .38er Colt aus dem Handschuhfach des Chryslers geholt und unter meinem Arm verstaut. Währenddessen wurde ich derart durchweicht, daß ich mir die Grippe einfing. Ich hoffte, daß Dschungel-Jillian das zu schätzen wissen würde.

Die See schwellte, als ich startete, und machte eine Menge Lärm. Wofür ich dankbar war, als ich das Vorhängeschloß vom Tau löste, doch bald hüpfte mein Magen umher. Ich bin kein besonders fähiger Seemann.

Die *Monty* erhob sich am Horizont, immer dann sichtbar, wenn es blitzte. Es war nicht besonders schwierig, das kleine Boot auf das große zuzusteuern.

Auf dem Wasser hat man das Gefühl, ganz klein zu sein. Besonders dann, wenn die Lichter von Bay City nur noch Flecken in der Dunkelheit hinter einem sind. Ich hatte den Eindruck, daß sich große Dinge am Rande meiner Wahrnehmung bewegten. Die Kälte kroch durch meine Kleider. Mein Hut war ein pelziger Schwamm, der mir in den Nacken tropfte. Als das Boot auf die *Monty* zuraste, stachen Regen und Meerwasser wie Nadeln in mein Gesicht. Ich sah meine Hände weiß und runzlig das Steuer umklammern und wünschte mir, eine Flasche mitgebracht zu haben. Wenn ich ehrlich sein soll, wünschte ich mir, zuhause mit einem Becher Kakao und Claudette Colbert im Bett zu liegen. Im Leben kriegt man halt nicht immer das, was man will.

Nach drei Meilen spürte ich, wie sich in meinem Magen die Gesetze änderten. Glücksspiel war legal, und ich übergab mich seitwärts ins Wasser. Ich starrte die Überreste meines getoasteten Käsesandwiches an, als sie abgetrieben wurden. Ich glaubte das Spiegelbild des Mondes grün in der Tiefe zu sehen, doch in jener Nacht gab es keinen Mond.

Ich würgte den Motor ab und ließ das Taxi von den Wellen an die Seite der *Monty* treiben. Das kleine Boot schrammte am Rumpf des Kasinoschiffes entlang, und ich griff mir eine von Seetang überwucherte Strickleiter. Ich band das Taxi fest und holte tief Luft.

Das Schiff lag niedrig im Wasser, als wären die unteren Kabinen geflutet. Zuviel Seetang kletterte hoch aufs Deck. Man könnte das Schiff nie wieder flott machen, selbst wenn der Krieg morgen vorbei wäre.

Ich stieg die Leiter hinauf, kämpfte gegen das Gewicht des Wassers in meinen Kleidern, und wuchtete mich auf Deck. Es war gut, etwas solideres als ein winziges Boot unter mir zu wissen, doch das Deck war glatt wie der Flügel eines Flugzeugs. Ich griff mir eine Stange und hoffte, daß meine inneren Organe sich wieder auf ihre angestammten Plätze begeben würden.

»Brunette!« rief ich mit im Wind verlorener Stimme.

Nichts. Ich mußte unter Deck nachsehen.

Ein Seil mit fliegenden Fahnen aller Nationen hatte sich abgelöst und peitschte nun im Sturm. Taktloserweise waren Japan, Italien und Deutschland noch immer vertreten, Seite an Seite mit mehreren Staaten Europas, die keine Staaten mehr waren. Das Deck war voll von dem vertrauten Schleim.

Ich arbeitete mich zu der Tür des Ballsaales vor. Sie war vom Sturm eingedrückt worden, und Regen klatschte auf den Parkettboden. Ich ging hinein und zog die .38er. Sie fühlte sich in meiner Hand besser an als in meine Rippen gedrückt.

Ein Blitzschlag, und ich konnte kurz den verlassenen Ballsaal und die Tribüne des Orchesters sehen, die an einem Ende mit dem Namen der aufgelösten Combo bemalt war.

Das Kasino befand sich ein Deck tiefer. Es sollte dunkel sein, doch ich sah Licht hinter der Tür zum Korridor. Ich öffnete sie und stieg vorsichtig hinab. Hier unten war es nicht feucht, aber kalt. Der Fischgeruch war stark.

»Brunette!« rief ich wieder.

Ich hörte ein schweres Schlurfen in der Nähe und nahm die restlichen Stufen auf einmal, wobei ich mir Hüfte und Arm an einem befestigten Tisch stieß. Ich hielt meine Pistole fest, wenn auch nur mit übermenschlicher Kraftanstrengung.

Das Schiff war nicht verlassen, soviel war klar. Ich hörte Musik. Es war weder Cab Calloway noch Benny Goodman. Irgendwo war da eine Ukulele, doch hauptsächlich hörte ich einen wahnsinnigen Chor klagender Stimmen. Ich war nicht überzeugt davon, daß die Darbietenden Menschen waren, und fragte mich, ob Brunette eine Nummer mit singenden Seehunden einübte. Ich konnte die Worte nicht verstehen, doch einige Male tauchten die bekannten geröchelten und ausgespuckten Silben von ›Cthulhu‹ auf.

Ich wollte hier raus und zurück ins schmutzige Bay City, um das alles zu vergessen. Aber Dschungel-Jillian zählte auf mich.

Ich durchschritt den Gang, immer auf die Musik zu. Eine Hand fiel auf meine Schulter, und mein Herz pochte gegen die Rückseite meiner Augäpfel.

Ein verzerrtes Gesicht starrte mir aus der Finsternis entgegen, mit langem Bart und eingefallenen Wangen. Laird Brunette sah aus wie Ben Gunn, mit auf dem Schädel geschrumpfter Haut und Augen so groß wie Hühnereier.

Seine Hand legte sich über meinen Mund.

»Nicht stören«, sagte er mit hoher und brüchiger Stimme.

Das war nicht der geschmeidige Verbrecher, den ich kannte, der Mann mit Schottentuch und patentiertem Lederhaar. Das hier war ein anderer Brunette, fest in den Fängen von Drogen oder Wahnsinn.

»Die Tiefen Wesen«, sagte er.

Er ließ mich los, und ich wich zurück.

»Es ist die Zeit des Auftauchens.«

Mein Auftrag war erledigt. Ich wußte, wo Laird war. Alles, was ich jetzt noch zu tun hatte, war Janey Wilde zu informieren und ihr das restliche Geld der Vorauszahlung zurückzugeben.

»Es ist nur noch wenig Zeit.«

Die Musik wurde lauter. Ich hörte eine große Anzahl von Füßen im Kasino schlurfen. Sie konnten nicht besonders agil sein, denn ständig trampelten sie irgendwelche Dinge oder sich gegenseitig nieder.

»Man muß sie aufhalten. Mit Dynamit, Minen, Torpedos…«

»Wen?« fragte ich. »Die Japse?«

»Die Tiefen Wesen. Die Bewohner der Schwesterstadt.«

Er versank in Starre.

Ein häßlicher Gedanke kam mir. Als Detektiv kann ich es nicht vermeiden, Schlußfolgerungen zu ziehen. Offensichtlich befanden sich viele Leute an Bord der *Monty*, doch das einzige Boot, das jemanden herbringen konnte, war meines. Wie waren die anderen alle hergekommen? Sie konnten doch nicht geschwommen sein?

»Es ist Krieg«, verkündete Brunette, »zwischen ihnen und uns. Und er dauert schon ewig.«

Ich traf eine Entscheidung. Ich würde Laird von diesem Schiff holen und ihn Dschungel-Jillian übergeben. Sie könnte sich dann um die Pantherprinzessin und ihren Esoterischen Orden kümmern. In seinem gegenwärtigen Zustand würde Brunette denen jedes Baby ausliefern, das ihm in die Hände fiel.

Ich nahm Brunette an seinem dürren Handgelenk und zog ihn mit zur Treppe. Doch eine Luke knallte zu, und ich wußte, daß wir in der Falle saßen.

Eine Tür öffnete sich, und Parfum vermischte sich mit dem Fischgestank.

»Mr. Lovecraft, habe ich recht?« fragte eine seidige Stimme.

Janice Marsh trug Ohrringe mit Tintenfischanhängern und eine riesige Knarre. Sonst nichts.

Das war nicht so angenehm, wie es sich anhören mag. Die Pantherprinzessin hatte keine Brustwarzen, keinen Bauchnabel und kein Schamhaar. Zwischen den Beinen war sie leicht geschuppt, und ihre Haut glänzte wie die eines Haies. Ich konnte mir vorstellen, daß man sich die Hand verletzte, wenn man sie schlug. Sie trug weder den Turban, den sie zuvor aufgehabt hatte, noch die dunkle Perücke aus ihren Filmen. Ihr Kopf war völlig kahl und der Schädel unnatürlich geformt. Sie hatte noch nicht einmal Augenbrauen aufgemalt.

»Offensichtlich können Sie einen guten Rat nicht beherzigen.«

Wie das bei Nixen so ist, war sie eher furchteinflößend denn niedlich. In der Beuge ihres linken Armes hielt sie ein Bündel, aus dem ein weißes Babygesicht blickte. Franklin sah eher wie Janice Marsh als wie seine Eltern aus.

»Es ist wirklich ein Jammer«, sagte eine dünne Bauchrednerstimme durch Franklins Mund, »immer muß es Komplikationen geben.«

Brunette bibberte vor Furcht, kaute auf seinem Bart und klammerte sich an mich.

Janice Marsh setzte Franklin ab, und er setzte sich auf, ein Erwachsener im Körper eines Babys.

»Der Käpt'n ist zurückgekehrt«, erklärte sie.

»Jede Generation braucht einen Käpt'n«, sagte das Ding in Franklin. Er sabberte, und wischte seinen Engelsmund mit einem Zipfel seiner Windel ab.

»Armer Schatz«, sagte sie und umspielte sein Kinn mit ihrer langen Zunge. »Er kommt gerade erst aus der Tiefe.«

Sie legte ihre Hände auf jede Seite von Brunettes Kopf und drückte den Lauf ihrer Pistole in seine Wange. »Er hat etwas über eine Schwesterstadt gesagt«, warf ich ein.

Sie verdrehte den Kopf des Glücksspielkönigs und ließ ihn dann zu Boden fallen. Seine Zunge hing aus dem Mund, und seine Augen zeigten nur noch Weiß.

»Natürlich«, sagte das Baby. »Der Käpt'n hatte zwei Siedlungen gegründet. Eins am Teufelsriff vor der Küste von Massachusetts. Und eine hier, unter dem Sand der Bucht.«

Wir hatten beide Pistolen. Ich hatte sie Brunette töten lassen, ohne auch nur den Versuch zu machen, sie zu erschießen. Es war die tödliche Schwäche des Detektivs: Neugier. Und ohnehin war Laird innerlich schon lange tot gewesen, bevor Janice ihm das Genick brach.

»Du kannst uns immer noch beitreten«, sagte sie, und wiegte ihre Hüften wie eine Schlange zum Rhythmus des Gesangs. »Es gibt viele Wonnen in der Tiefe.«

»Schwester«, sagte ich, »du bist nicht mein Typ.«

Ihre Nasenflügel bebten vor Zorn, und an ihrem Hals öffneten sich Schlitze, grellrote

Streifen auf ihrer weißen Haut. Ihre Pistole war auf mich gerichtet und entsichert. Ihre langen Nägel waren grün lackiert.

Ich dachte, ich könnte sie erschießen, bevor sie mich erschoß. Doch ich tat es nicht. Irgendwas an einer nackten Frau, so sonderbar sie auch sein mag, hält einen davon ab, sie zu töten. Ihr ganzer Leib bewegte sich zur Musik. Ich hatte mich geirrt. Trotz allem war sie schön.

Ich senkte meine Pistole und wartete darauf, von ihr ermordet zu werden. Nichts geschah.

Ich weiß wirklich nicht, was danach ablief. Erst gab es einen Blitz und kurz danach Donner. Licht füllte den Korridor und schmerzte in meinen Augen. Dann ein polterndes Geräusch, das zu einem Crescendo anschwoll. Der Gesang wurde ertränkt.

Durch den Donner schnitt ein Schrei. Der eines Babys. Franklins Augen verdrehten sich, und er kreischte. Ich hatte den Eindruck, als würde der Käpt'n im Geist des Babys ertrinken, und mit jedem Schrei des Kindes schien sein Zugriff auf den entwendeten Körper schwächer zu werden.

Der Boden unter mir schwankte und bebte, und ich hörte die Schmerzensschreie von überbeanspruchtem Metall. Eine Woge heißen Windes umgab mich. Ein Loch erschien. Janice Marsh bewegte sich schnell, und ich glaube, sie feuerte ihre Pistole ab, doch ob sie aus Vorsatz oder zufällig auf mich zielte, wußte ich nicht. Ihr Körper glitt auf mich zu, und ich duckte mich.

Es gab eine weitere Explosion, die nicht vom Gewitter stammte, und dicker Rauch wölkte durch ein Leck im Boden. Ich lag da und versuchte, mich an der sich neigenden Fläche festzuhalten. Franklin rutschte auf mich zu und landete mit einem Schrei auf meinem Kopf. Eine halbe Tonne Wasser brach über uns herein, und ich wußte, daß das Schiff durchbrochen war. Ich vermutete, daß die Japse mein Leben mit einem Torpedo gerettet hatten. Ich stand bis zur Hüfte im Salzwasser. Janice Marsh schnellte fort wie ein geschmeidiger Fisch.

Dann waren da schwere Leiber um mich, die mich gegen ein Schott drückten. In der Dunkelheit schrammte mich etwas schweres, kalthäutiges und faulig riechendes. Ich hörte Gebrüll und Schreie, von denen manche vielleicht aus menschlichen Kehlen kamen.

Feuer gingen aus und zischten bei der Berührung mit dem Wasser. Ich hielt Franklin in den Händen und versuchte, ihn über die Fluten zu halten. Jetzt erinnerte ich mich wieder an die Abenteuer von Dschungel-Jillian und stieß mit dem Kopf an die harte Decke.

Der Käpt'n fluchte lebhaft in der Sprache des achtzehnten Jahrhunderts, während Franklins kleiner Körper sich in meinem Griff wand. Ein zahnloser Mund versuchte, in mein Kinn zu beißen, rutschte aber ab. Meine Füße glitten aus, und ich verlor das Gleichgewicht, wobei ich das Baby kurz unter Wasser tauchte. Ich sah seine verdutzten Augen durch einen verschwommenen Film. Als ich ihn aus dem Wasser zog, war der Käpt'n fort, und Franklin schrie allein. Ich nahm einen doppelten Atemzug, tauchte unter und bewegte mich in Richtung der nächsten Tür, wobei ich dem Baby eine Hand aufs Gesicht legte, um kein Wasser in seinen Mund und seine Nase dringen zu lassen.

Die *Montecito* ging schnell genug unter, um meine Vermutung zu bestätigen, daß mehrere Löcher darin waren. Eines davon zu finden war mein oberstes Ziel. Ich drückte meine Knie gegen eine Tür, und sie sprang auf. Gemeinsam mit einigen hundert Gallonen Wasser wurde ich in einen großen Raum voller Glücksspielzubehör gespült. Rote und weiße Croutons schwebten im Wasser wie Konfetti.

Ich kam auf die Beine und watete auf eine Leiter zu. Etwas großes richtete sich im Wasser auf und watschelte auf mich zu, wobei es wie eine Möwe kreischte. Ich konnte es nicht erkennen. Wofür ich dankbar bin. Schwere Arme griffen nach mir und schlugen knochenlos in mein Gesicht. Mit meiner freien Hand wehrte ich mich, und meine Finger glitten dabei in kalten Schleim. Was immer es auch war, es geriet in Panik und drückte sich durch die Tür.

Es gab eine weitere Explosion, und alles erbebte. Wasser schwappte nach oben, und ich fiel um. Als ich wieder stehen konnte, griff ich mit einer Hand nach der Leiter. Franklin zappelte und brüllte noch, was ich als gutes Zeichen wertete. In der Nähe hörte ich großes Geschrei.

Ich zog uns Sprosse für Sprosse nach oben, bis ich mit dem Kopf an eine Luke stieß. Wäre sie verschlossen gewesen, hätte ich mir den Schädel aufgestoßen und mein Gehirn in der Gegend verteilt. So sprang sie nur auf, und eine Wasserfontäne von unten schob uns durchs Loch wie einen Pingpongball durch einen Brunnen.

Die *Monty* brannte, und das Wasser um sie herum war voller Aufruhr. Ich hörte das Dröhnen von Flugzeugmotoren und erblickte in der Nähe Boote. Gewehrfeuer stritt mit dem Wind. Es war ein massiver Angriff. Ich schaffte es bis zur Reling und sah ein Boot in fünfzig Fuß Entfernung. Männer in gelben Regenmänteln richteten Maschinenpistolen nach unten, und ihre Kugeln wühlten das Wasser auf. Die Gewehrsalven peitschten die See zu Schaum. Im Wasser starben zuckende Dinge. Jemand richtete seine Pistole auf mich und feuerte. Ich warf mich zur Seite und legte mich über Franklin, als die Kugeln am Deck abprallten.

Mein geborgtes Taxi war wohl vom Rumpf des Schiffes zermalmt worden.

Da waren wirklich Lichter im Meer. Und am Himmel. In einiger Entfernung sah ich über der Stadt Feuerwerkskörper zerbersten. Einige hundert Meter weit weg explodierte etwas, und ein Turm aus Wasser erhob sich, der wie eine Pusteblume zerstob. Eine Wassermine.

Das Deck wurde nach unten gerissen, und das Wasser kroch an uns hoch. Ich hielt mich an einem Tau fest und fragte mich, ob es auf dem Schiff wohl noch Rettungsboote gab. Franklin blubberte und brüllte.

Ein weißer Körper glitt an mir vorbei in Richtung Wasser. Instinktiv griff ich nach ihm. Hände hielten sich an mir fest, und ich sah in Janice Marshs Gesicht. Ihre Augen blinzelten, Membrane schlossen sich kreisförmig von den Seiten, und wieder küßte sie mich. Ihre lange Zunge erforschte meinen Mund wie ein Aal und zog sich dann zurück. Sie stand auf mit einem angezogenen Bein, so daß sie noch immer waagerecht auf dem sich neigenden Deck stand. Sie füllte ihre Lungen – wenn sie welche hatte – mit Luft und ließ diese mit einem musikalischen Schrei wieder durch ihre Kiemen entweichen. Sie war schlank und weiß in der Finsternis, und Wasser lief ihren Leib herab. Jemand feuerte in ihre Richtung, und sie tauchte in die Wellen, schnitt durch die Wasseroberfläche und verschwand zu den Lichtern unter der See. Kugeln sprenkelten den Fleck, wo sie untergetaucht war.

Ich ließ das Tau los und stieß mich vom Deck ab, zog mich fort von dem sinkenden Schiff. Ich hielt Franklin über Wasser und planschte mit Beinen und Ellbogen. Die *Monty* zog vieles mit sich hinab, und ich kämpfte gegen den Strudel an, um nicht dazuzugehören. Meine Schultern schmerzten und meine Kleider waren mir im Weg, doch ich ruderte gegen die Strömung.

Das Schiff ging schreiend unter, ein Choral aus verzerrtem Stahl und sterbenden Geschöpfen. Ich mußte ein Boot erreichen, ohne dabei erschossen zu werden. Ich hatte Glück. Jemand griff mit einem Fischerhaken nach meinem Jackett und zog uns wie einen Fisch an Bord. Ich lag auf Deck, das Wasser lief mir aus den Kleidern, und ich schluckte soviel Luft, wie ich nur konnte.

Ich hörte Franklin brüllen. Seine Lungen waren in vollster Ordnung.

Jemand großes in einem gewaltigen Regenmantel, einen wasserdichten Hut um den Kopf gebunden, kniete neben mir und schlug mir ins Gesicht.

»Die Spürnase«, sagte er.

»Sie nennen es die Große Luftschlacht von Los Angeles«, erzählte mir Winthrop, während er mir eine Tasse englischen Tees eingoß. »Irgendwann letzte Nacht ging eine Panik los, und jedermann in Bay City schoß stundenlang auf den Himmel.«

»Die Japse?« fragte ich und nahm einen Schluck der willkommenen, heißen Flüssigkeit.

»Theoretisch. Praktisch bezweifle ich das. Es wird als Fiasko in die Geschichte eingehen, ein Haufen nervöser Gestalten mit Gewehren. Während das alles vor sich ging, kümmerten wir uns um den Feind und gingen siegreich hervor.«

Er war noch immer wie für einen Botschaftsball gekleidet und sah keineswegs so aus, als hätte er die ganze Nacht auf Deck verbracht. Geneviève Dieudonne trug einen Fischerpullover und Arbeiterhosen, und ihr Haar war mit einem Schal zurückgebunden. Sie sah sich eine Menge Sonden und Aufzeichnungen an.

»Sie kämpfen nicht gegen die Japse, oder?«

Winthrop schürzte die Lippen. »Dies ist ein älterer Krieg, mein Freund. Man kann uns davon nicht ablenken. Nach der Aktion letzte Nacht werden unsere Tiefen Wesen ihre schuppigen Nasen für eine Weile nicht mehr in Dinge stecken, die sie nichts angehen. Nun kann ich mich auch um Hitler kümmern.«

»Was ist wirklich geschehen?«

»Es war etwas gefährliches im Meer unter Mr. Brunettes Schiff. Wir haben es zerstört und die – nun, die feindlichen Mächte ausfindig gemacht. Sie wollten das Schiff als Basis benutzen. Deswegen wurden Mr. Brunettes Geschäftspartner ausgeschaltet.«

Geneviève gab einen Bericht auf französisch, sprach aber so schnell, daß ich ihr nicht folgen konnte.

»Völlige Zerstörung«, erläuterte Winthrop, »ein fürchterlicher Rückschlag für sie. Es wird sie für Jahre auf ihren Platz verweisen. Es wäre wohl zuviel der Hoffnung, wenn es für immer wäre, doch schon einige Jahre werden von Nutzen sein.«

Ich legte mich zurück in meiner Koje und befühlte meine Wunden. Ich hustete bereits Schleim und konnte froh sein, wenn ich mir keine Lungenentzündung eingefangen hatte.

»Und der Kleine ist ein entschiedener Kriegsgewinnler.«

Finlay schritt mürrisch einher und schlug eine weitere Dosis Wasserminen vor. In seinen Armen wiegte er einen glücklicherweise fest schlafenden Franklin, sah dabei aber nicht allzu mütterlich aus.

»Das alles scheint ihn nicht sehr zu belasten.«

»Er heißt Franklin«, sagte ich zu Winthrop. »Auf dem Schiff war er...«

»Nicht er selbst? Ich bin vertraut mit diesem Zustand. Es ist ein schmutziges Geschäft, wenn Sie verstehen, was ich meine.«

»Es wird ihm bald wieder gutgehen«, warf Geneviève ein.

Ich war mir nicht sicher, ob der Rest der Mannschaft in Regenmänteln Angehörige des

FBI oder Matrosen waren, und ich war mir ebensowenig sicher, ob ich es überhaupt wissen wollte. Ich kann eine geheime Operation erkennen, wenn ich mittendrin lande.

»Wer weiß davon?« fragte ich. »Hoover? Roosevelt?«

Winthrop antwortete nicht.

»Irgend jemand muß doch davon wissen«, sagte ich.

»Ja«, erwiderte der Engländer, »dem muß wohl so sein. Doch ist dies ein Krieg, an dessen Existenz die Öffentlichkeit nie glauben würde. Beim FBI ist Finlays Einheit unter dem Namen ›Die Unaussprechlichen‹ bekannt. Sie werden nie in der Presse erwähnt, erhalten weder Lob noch Tadel von der Regierung, und ihre Siege und Niederlagen gehen nie in die offizielle Geschichtsschreibung ein.«

Das Boot schaukelte in den Wellen, und ich legte die Arme um mich in der Hoffnung, so etwas Wärme erzeugen zu können. Finlay hatte versprochen, später eine Flasche mitzubringen, doch das ließ mich zu dem Entschluß kommen, standhaft beim Tee zu bleiben. Ich haßte die Vorstellung, seinen Erwartungen zu entsprechen.

»Und Amerika ist ein junges Land«, erklärte Winthrop. »In Europa wissen wir schon länger von solchen Dingen.«

An Land mußte ich Janey Wilde das Schicksal Brunettes berichten und ihr Franklin übergeben. Irgendein Kriecher bei der MGM würde sich schon eine Entschuldigung für das Verschwinden der Pantherprinzessin ausdenken. Alles andere – die Wasserminen, die Seeschlacht, das versenkte Schiff – würden vom Krieg verschluckt werden.

Übrig blieben nur Geschichten. Unheimliche Geschichten.

Originaltitel: ›The Big Fish‹.

Übersetzt von Andreas Diesel.
Entnommen aus *Shadows over Innsmouth*,
(Hg. von Stephen Jones), Fedogan & Bremer,
Minneapolis, Minnesota/USA 1994.

Thomas Ligotti

Thomas Ligottis Erzählungen sind innerhalb der gegenwärtigen unheimlichen Phantastik die einzigen, die sich mit den Werken der Genre-Klassiker messen können. Der 1953 in Michigan/USA geborene Autor lebt geheimnisvoll zurückgezogen in seiner Geburtsstadt Detroit und wird als neuer Lovecraft gefeiert. In der Reihe ›Edition Metzengerstein‹ des BLITZ Verlages ist eine Sammlung seiner Kurzgeschichten unter dem Titel *Treatro Grottesco und andere Erzählungen* erschienen.

Harlekins letzte Feier

Zum Gedenken an H. P. Lovecraft

I.

Mein Interesse an der Stadt Mirocaw wurde zum ersten Mal geweckt, als ich hörte, daß dort jedes Jahr ein Fest stattfand, in dessen Verlauf in gewissem Maße Clowns eine Rolle spielen sollten. Einer meiner ehemaligen Kollegen, der mittlerweile dem anthropologischen Seminar einer fernen Universität angehört, hatte einen meiner jüngsten Aufsätze gelesen (›Die Figur des Clowns in den amerikanischen Medien‹, abgedruckt im *Journal für populäre Kultur*) und schrieb mir, daß er sich dunkel daran erinnere, von einer Stadt gelesen oder gehört zu haben, die alljährlich eine Art ›Narrenfest‹ veranstaltete; er glaube, dies könne meinem speziellen Forschungsinteresse dienlich sein. Selbstverständlich war es dienlicher, als er ahnen konnte, meinen akademischen Intentionen auf diesem Gebiet ebenso wie meinen persönlichen Ambitionen.

Neben meiner Lehrtätigkeit war ich seit einigen Jahren in diverse anthropologische Projekte involviert, deren vordringliches Ziel es war, die Bedeutung des Clowns in verschiedenen kulturellen Kontexten zu bestimmen. In den letzten zwanzig Jahren habe ich jedes Jahr die Feierlichkeiten der Vorfastenzeit besucht, die an verschiedenen Orten in den gesamten Südstaaten der USA abgehalten werden. Jedes Jahr lernte ich ein wenig mehr über die Geheimnisse des Feierns.

Diese Studien betrieb ich mit großer Begeisterung – indem ich meine Rolle als Anthropologe spielte, fand ich selbst meinen Platz hinter der Maske des Clowns. Und ich liebte diese Rolle wie sonst nichts im Leben. Für mich hat der Begriff des Clowns immer Bedeutungen der vornehmsten Art beinhaltet. Ich war ein geschickter Narr – merkwürdig genug – und immer stolz auf meine Fertigkeiten, an deren Entwicklung ich so fleißig gearbeitet hatte. Die Wahrheit ist, daß diese Geschicklichkeit all meine während der späteren akademischen Karriere erworbenen Fähigkeiten übertraf, wenn sie nicht gar meine Zukunft vorherbestimmte, indem mir mit allgemeiner Billigung erlaubt wurde, sie in eine ernsthafte Aufgabe einzubringen. Nicht daß der grundsätzliche Ernst närrischer Possen in dieser oft dunklen Welt damit in Frage gestellt wäre.

Ich schrieb dem staatlichen Fremdenverkehrsamt und gab an, welche Auskunft ich wünschte; ich legte eine begeisterte Dringlichkeit an den Tag, die für mich bei diesem Thema selbstverständlich war. Viele Wochen später empfing ich einen braunen Umschlag, auf den ein Regierungsemblem aufgedruckt war und der eine Broschüre enthielt. Diese Broschüre listete alle über das ganze Jahr verteilten Feste auf, die dem Staat offiziell bekannt waren, und während ich darin blätterte, fiel mir auf, daß ebenso viele in Spätherbst und Winter wie in den wärmeren Jahreszeiten stattfanden. In einem der Broschüre beigelegten Schreiben teilte man mir mit, daß in den umfangreichen staatlichen Unterlagen kein in der Stadt Mirocaw stattfindendes Fest verzeichnet sei. Nichtsdestoweniger würde man mir alles Material zur Verfügung stellen, wenn ich in dieser oder einer ähnlichen Angelegenheit im Zusammenhang mit einem bestimmten Projekt Untersuchungen anstellen wollte. Zu der Zeit, als man mir dieses Angebot unterbreitete, litt ich bereits unter so vielen beruflichen wie privaten Belastungen, daß ich mit müder Hand den Umschlag samt Inhalt in eine Schublade schob, in der Absicht, ihn nie wieder hervorzuholen.

Indessen war ich einige Monate später von vorausgegangenen Pflichten so weit befreit, daß ich mir den Luxus gestatten konnte, an einem neuen Projekt zu arbeiten.

Das war der Grund, weshalb ich eines Spätsommernachmittags Richtung Norden fuhr, weil ich einige Journale einsehen wollte, die sich im Bestand der Bibliothek einer anderen Universität befanden.

Ich hatte einen schönen Tag für den Ausflug gewählt. Nachdem ich die Stadtgrenzen hinter mir gelassen hatte, öffnete sich die Landschaft zu freien Feldern und Farmland, gebadet in Sonnenlicht, auf das man sich augenscheinlich verlassen konnte; meine seelische Wetterlage war beinahe ebenso aufgeheitert. Zwar wurde meine Aufmerksamkeit von den Schildern am Highway, an denen ich vorüberfuhr, nicht übermäßig beansprucht, aber der in mir schlummernde Gelehrte muß sie mit gewissenhafter Sorgfalt beobachtet haben.

Der Name einer Stadt schob sich in mein Blickfeld. Sogleich zog der Gelehrte gewisse Aufzeichnungen aus einer tiefen geistigen Schublade hervor, und ich ertappte mich dabei, wie ich ein paar eilige Überlegungen darüber anstellte, ob wohl ausreichend Zeit und Grund für einen Erkundungsabstecher vorhanden sei. Die Ausfahrt hatte es sogar noch eiliger aufzutauchen, und kaum daß ich mich versah, hatte ich den Highway verlassen, das Versprechen des Straßenschildes im Gedächtnis, daß die Stadt nur sieben Meilen östlich liegen sollte.

Diese sieben Meilen schlossen mehrmalige Wendemanöver ein, die erzwungene Wahl einer vorübergehenden Ausweichroute und ein Ziel, das erst ins Blickfeld geriet, nachdem man einen steilen Abhang ganz hinaufgefahren war. Bei der Abfahrt teilte mir ein weiteres nützliches Schild mit, daß ich mich bereits innerhalb der Stadtgrenzen von Mirocaw befände. Ein paar verstreute Häuser an den äußeren Rändern der Stadt waren die ersten Gebäude, auf die ich stieß. Hinter ihnen wurde der bezifferte Highway zur Townshend Street, der Hauptstraße von Mirocaw.

Einmal innerhalb der Stadtgrenzen, war ich von der Ausdehnung der Stadt beeindruckt, die viel größer war, als sie vom Kamm des Hügels ausgesehen hatte. Ich bemerkte, daß die in der Umgebung vorherrschenden Hügel auch ein bestimmendes Merkmal im Innern von Mirocaw waren. Die Wirkung war hier allerdings eine andere. Die Stadtteile sahen nicht so aus, als wären sie sonderlich eng miteinander verbunden. Das war zum Teil eine Folge des ungleichmäßig hügeligen Grundes, auf dem viele Gebäude der Stadt einander gegenüberstanden. Hinter einigen der alten Lagerhäuser im Handelsviertel waren spitzgiebelige Häuser an einem abrupt abfallenden Hang errichtet worden, ihre Giebel tauchten als eigentümliche Spitzen über den niedrigeren Gebäuden auf. Und da die Fundamente dieser Gebäude nicht sichtbar waren, vermittelten sie die Illusion, entweder bedrohlich in der Luft zu schweben, immer in Gefahr, auf die Stadt hinabzustürzen, oder aber in unnatürlicher Höhe in Relation zu ihrer Breite und Masse konstruiert worden zu sein. Dieser Zustand hatte überdies eine sonderbare Verzerrung der Perspektive zur Folge.

Die beiden Ebenen der Gebäude überlappten einander, ohne einen Eindruck räumlicher Tiefe zu vermitteln, so daß die Häuser, da sie höher aufragten und aufgrund ihrer Nähe zu den Gebäuden im Vordergrund, nicht weniger groß zu sein schienen, so wie es bei Objekten im Hintergrund eigentlich der Fall sein müßte. Folglich dominierte ein Eindruck von Flachheit, wie auf einer Fotografie, den Ort. Tatsächlich war Mirocaw einem Album alter Schnappschüsse vergleichbar, besonders solchen, bei denen die Kamera gekippt worden war, so daß die Bilder ein verzerrtes Aussehen bekommen haben: ein Türmchen trug ein kegelförmiges Dach, gleich einem schief aufgesetzten spitzen Hut, das die Häuser einer benachbarten Straße überragte, eine Reklametafel, die eine Versammlung grinsender Gemüse darstellte, kippte ihren Inhalt leicht nach links, Autos, die steile Kurven erklommen, schienen himmelwärts in die grellverzerrten Fenster eines Billigkaufhauses abzuheben, Menschen neigten sich schlaff vornüber, wenn sie die Bürgersteige auf- und abtrotteten, und an diesem sonnigen Tag warf der Uhrturm, den ich zuerst irrtümlich für einen Kirchturm gehalten hatte, einen langen Schatten, der sich über eine unmöglich lange Entfernung zu erstrecken und in seinem Lauf durch die Stadt nach den unwahrscheinlichsten Orten zu wandern schien. Ich sollte wohl sagen, daß die Disharmonien Mirocaws meine Vorstellungskraft im Rückblick weitaus intensiver beschäftigen als an jenem ersten Tag, als ich mich vordringlich darum kümmerte, das Rathaus ausfindig zu machen oder irgendein anderes Informationszentrum.

Ich bog um die Ecke und parkte. Ich rutschte zum Beifahrersitz hinüber, kurbelte das Fenster hinunter und wandte mich an einen Passanten: »Entschuldigen Sie bitte, Sir«, sagte ich.

Der Mann, der schäbig gekleidet und sehr alt war, verharrte einen Augenblick und starrte mich an, ohne sich dem Wagen zu nähern. Obwohl er meine Worte augenscheinlich verstanden hatte, verriet sein leerer Gesichtsausdruck nicht das leiseste Bewußtsein meiner Anwesenheit, und einen Moment lang glaubte ich, es wäre bloßer Zufall, daß er auf dem Bürgersteig genau in dem Moment stehengeblieben war, als ich ihn angesprochen hatte. Seine Augen waren auf irgend etwas hinter mir gerichtet, ihr Blick war müde und blöde. Nach einigen Augenblicken setzte er seinen Weg fort, und ich sagte nichts, um ihn zurückzuhalten, obwohl sein Gesicht mir in der letzten Sekunde dunkel bekannt zu werden begann. Schließlich kam jemand anderes vorbei, der in der Lage war, mir den Weg zu Rathaus und Gemeindezentrum zu weisen.

Das Rathaus entpuppte sich als das Gebäude mit dem Uhrturm. Drinnen stand ich vor einem Schalter, hinter dem ein paar Leute an Schreibtischen arbeiteten und in einem Korridor im Hintergrund auf- und abliefen. An einer Wand hing ein Werbeplakat für die Staatliche Lotterie: ein Springteufelchen, das mit beiden Händen nach grünen Scheinen grabschte. Nach ein paar Sekunden kam eine große Frau mittleren Alters zum Schalter hinüber.

»Kann ich Ihnen helfen?« fragte sie mit neutraler, bürokratischer Stimme.

Ich erklärte, daß ich von dem Fest gehört hätte – verschweigend, daß ich ein neugieriger Akademiker war –, und fragte, ob sie mir weitere Informationen geben oder jemanden nennen könne, der dazu imstande sei.

»Meinen Sie das im Winter?« fragte sie.

»Wieviele gibt es denn hier?«

»Nur dieses eine.«

»Ich vermute, in diesem Fall meine ich wohl das.« Ich lächelte, als würde ich einen Witz mit ihr teilen.

Ohne ein weiteres Wort ging sie zurück in die Halle. Während sie verschwunden war, wechselte ich Blicke mit mehreren Leuten hinter dem Schalter, die gelegentlich von ihrer Arbeit zu mir aufsahen.

»Bitte sehr«, sagte sie, als sie zurückkam, und händigte mir ein Blatt Papier aus, das aussah wie ein Werk aus dem Bürokopierer. ›Bitte besuchen Sie das Fest‹, war da in großen Buchstaben zu lesen. ›Umzüge‹, hieß es weiter, ›Straßenkarneval, Bands, Winter-Tombola, Krönung der Winter-Königin‹. Auf der Seite ging es mit der Erwähnung einer Reihe weiterer nebensächlicher Veranstaltungen weiter. Ich las die Worte noch einmal. Da war etwas an dem flehentlichen ›bitte‹ oben auf der Seite, das die ganze Sache wie eine Wohltätigkeitsveranstaltung erscheinen ließ.

»Es steht nicht drauf, wann das Fest stattfindet.«

»Die meisten wissen das.« Sie nahm mir die Anzeige wieder ab und schrieb etwas unten auf das Blatt. Als sie es mir zurückgab, las ich ›19.–21. Dez.‹, in blauer Tinte geschrieben.

Sofort verblüffte mich die eigentümliche Sensibilität für die Zeitplanung von seiten des Festkomitees. Selbstverständlich gab es anthropologische und historische Vorbilder, Feste um die Zeit der Wintersonnenwende zu veranstalten, gleichwohl erschien mir dies nicht unbedingt sinnvoll.

»Verzeihen Sie mir die Frage, aber kollidieren diese Tage nicht ein wenig mit den üblichen Feiertagen? Ich meine, die meisten Leute haben um diese Zeit schon genug vor.«

»Es ist eben Tradition«, sagte sie, als wolle sie einen ehrwürdigen Ahnen beschwören, der sich hinter ihren Worten verbarg. Diese Reaktion konnte ich verstehen, besonders im Licht meines Wissens über die Zeremonien und Rituale sogenannter primitiver Kulturen, deren regelmäßige Antwort auf die Frage nach einer besonderen Handlungsweise darin besteht, das Wort ›Tradition‹ auszusprechen.

»Das ist interessant«, sagte ich ebenso sehr zu mir selbst wie zu ihr.

»Gibt es sonst noch etwas?« erkundigte sie sich.

»Ja. Könnten Sie mir sagen, ob das Fest irgend etwas mit Clowns zu tun hat? Wie ich sehe, steht hier etwas über eine Maskerade…«

»Ja, natürlich sind auch Leute… in Kostümen… dabei. Ich war selbst noch nie in dieser Lage… das heißt, ja, es gibt eine Art von Clowns.«

An diesem Punkt war mein Interesse geweckt, aber ich war mir nicht sicher, wie weit ich noch gehen wollte. Ich dankte ihr unverbindlich für ihre Hilfe und fragte nach dem besten Weg zurück zum Highway, denn ich war nicht gerade begierig darauf, die labyrinthische Strecke zurückzuverfolgen, auf der ich in die Stadt gekommen war. Ich ging zurück zu meinem Auto, wobei ein Wirrwarr aus halbformulierten Fragen und ebensovielen unbestimmten und widersprüchlichen Antworten in meinem Kopf durcheinanderpurzelten.

Der Weg, den mir die Frau gewiesen hatte, führte mich zwangsläufig durch die südlichen Randbezirke von Mirocaw. Ich kroch sehr langsam einen steilen Hügel hinab, um einen möglichen Unfall mit Kindern zu vermeiden – eine Situation, die mir durch das unübersichtliche Gelände der Stadt begünstigt zu werden schien. Diese besondere Wachsamkeit war es wahrscheinlich, die mir die Abwesenheit von Kindern zu Bewußtsein brachte.

Es war immerhin ein schöner Sommertag. Eigentlich gab es kaum jemanden, der irgendeiner Erwähnung wert gewesen wäre. Diejenigen, die ich sah, wie sie teilnahmslos an einem heruntergekommenen Häuserblock entlangschlurften, zeigten den gleichen verlorenen Gesichtsausdruck und das gleiche Verhalten wie der alte Mann, den ich zuvor nach dem Weg gefragt hatte. Ich muß durch eine Hauptverkehrsader dieser Gegend gefahren sein, denn zu beiden Seiten erstreckten sich Straße um Straße nachlässig gepflegte Gärten und Häuser, von Alter und Vernachlässigung gebeugt. Als ich an einer Straßenecke anhalten mußte, überquerte einer der Bürger des Armenviertels vor meinem Auto die Straße. Diese magere, mürrische und geschlechtslose Person wandte sich um, ohne mich wirklich anzuschauen, und lächelte oder grinste zweideutig aus dem Winkel eines verkniffenen, kleinen Mundes. Nachdem ich einige weitere Straßen überquert hatte, fand ich den Weg, der zurück auf den Highway führte. Ich fühlte mich sofort viel wohler, als ich zügig durch die sonnigen Weiten der Felder und Farmen fuhr.

Als ich die Bibliothek erreicht hatte, blieb mir mehr als genug Zeit für meine Nachforschungen, und so beschloß ich, einen wissenschaftlichen Umweg zu machen, um zu erkunden, ob ich Material ausfindig machen könnte, das zur Erhellung des Winterfestes von Mirocaw beitragen würde. Die Bücherei führte unter ihren Beständen die vollständigen Jahrgänge des ›Mirocaw Courie‹, welcher, wie der Bibliothekar mir erklärte, die wichtigste Zeitung des Landkreises war, in dessen Grenzen die Stadt lag. Ich dachte, dies wäre ein ausgezeichneter Anfang. Ich entdeckte aber bald, daß es kein schnelles Verfahren gab, mit dem man diese Zeitung auswerten konnte, und ich wollte mich nicht auf die blinde Suche nach Artikeln zu einem bestimmten Thema einlassen.

Als nächstes wandte ich mich den besser geordneten Quellen der Zeitungen für die größeren Städte der Umgebung zu. Ich fand sehr wenig über die Stadt, und beinahe nichts über das Fest, außer in einem allgemein gehaltenen Artikel über jährlich stattfindende Ereignisse im Staat, der irrtümlicherweise mit Mirocaw eine »große Gemeinde im mittleren Osten« verband, die in jedem Frühjahr ein Volksfest ausrichtete. Nach meinen bisherigen Beobachtungen sowie meinen späteren Erfahrungen war Mirocaw eine solide amerikanische Stadt im Mittelwesten, vermutlich in direkter Linie Abkömmling irgendeiner wagemutigen Schar von Neuengländern aus dem vorigen Jahrhundert. Es gab nur einen Artikel von nennenswerter Länge, der ausschließlich dem Mirocawschen Ereignis gewidmet war, doch war er äußerst sonderbar.

Vor gut zehn Jahren, während eines heftigen Gewitters in einer Juninacht, waren Hunderte von Vögeln verschiedener Arten über große Entfernungen hinweg erschienen; offenbar zu dem einzigen Zweck, sich mit tödlicher Wirkung in die Straßen von Mirocaw hinabzustürzen. Aufgrund des tobenden Unwetters bemerkten die meisten Einwohner den selbstmörderischen Vogelflug erst am Morgen danach, als sie die winzigen, verunstalteten Körper überall zerschmettert herumliegen sahen. Interviews mit den Bürgern Mirocaws offenbarten die weitverbreitete Behauptung, das makabre Ereignis ›gespürt‹ zu haben, während es noch stattfand, ohne sich allerdings seiner Natur bewußt gewesen zu sein.

Sie *spürten*, daß in dieser Nacht etwas nicht stimmte. Wissenschaftler einer staatlichen Universität, die für ihr zoologisches Institut bekannt war, wurden von der Kreisregierung eingeschaltet und schnüffelten bald in der ganzen Stadt herum. Als der Artikel geschrieben wurde, wagten die Forscher keinen vorläufigen Kommentar. Am Schluß des Artikels fand sich die ironische Bemerkung, in dieser Nacht der Vogelselbstmorde habe sich auch eine alte Frau, die alleine in einem Außenbezirk von Mirocaw lebte, das Leben genommen, allerdings still und leise in ihrer heimischen Küche.

Ungefähr sechs Wochen später erhielt ich einen Brief von Professor Anita Dunslatter vom Institut für Verhaltensforschung an der Gresham Universität. Professor Dunslatter, erfuhr ich, war die Nachfolgerin von Dr. Eastman, der unter tragischen Umständen ums Leben gekommen war, nicht lange nach dem Ereignis, über das ich Nachforschungen anstellte.

Sie äußerte sich vage darüber, wie sehr der Mann zum Ruf der Universität beigetragen hatte, und über die Zwänge, die naturgemäß mit einer derartigen Leistung verbunden sind. Sie hatte sich um das Schicksal der Studie gekümmert, und ihre Bemühungen hatten ergeben, daß das Projekt nach dem Tode Dr. Eastmans fallengelassen worden und die Angelegenheit ohne Abschluß geblieben war. Dies irritierte und wunderte Professor Dunslatter ein wenig – und mich nicht weniger. Anscheinend widerstrebte es dem einzigen an der Universität verbliebenen Teilnehmer des ursprünglichen Teams, mit ihr über diesen Vorfall auch nur zu sprechen. Immerhin enthüllte er Professor Dunslatter, daß das ›Mirocaw-Phänomen‹ nicht einzigartig war, zuletzt sei es in einer Stadt in Korea aufgetreten.

Die mehr als hilfsbereite Professorin schloß ihren Brief mit höflichem Bedauern, daß ihr Institut nicht in der Lage sei, mehr Licht auf diesen Fall zu werfen, daß sie aber in Erwägung ziehen könne, die zehn Jahre alten Akten wieder zu öffnen, wenn es die Anforderungen der Stundenpläne und die Dringlichkeit anderer Projekte gestatteten.

Dieser Brief erreichte mich zu einer Zeit, als die akademischen Verpflichtungen des Jahres und einige persönliche Belastungen Mirocaw aus meinem Bewußtsein verdrängt hatten. Aber kurz darauf erhielt ich einen zweiten Brief des ehemaligen Kollegen, der mich dazu bewogen hatte, nach Mirocaw und seinem Fest zu forschen. Zufällig hatte er den Artikel wiederentdeckt, der ihn dazu veranlaßt hatte, mein Interesse an einem lokalen ›Narrenfest‹ zu wecken. Dieser Artikel war nur einmal in einer obskuren Festschrift mit anthropologischen Studien erschienen, die vor zwanzig Jahren in Amsterdam herausgegeben worden war. Die meisten der Aufsätze waren in holländischer, einige in deutscher, und nur einer in englischer Sprache: ›Harlekins letzte Feier: Vorbemerkungen zu einem lokalen Fest‹. Natürlich war es aufregend, endlich diese Studie lesen zu können, aber noch aufregender war der Name ihres Verfassers: Dr. Raymond Thoss.

II.

Ehe ich fortfahre, sollte ich etwas über Thoss und, notgedrungen, auch über mich selbst sagen. Vor über zwanzig Jahren, an meiner Alma mater in Cambridge, Massachusetts, war Thoss mein Professor. Lange bevor er eine Rolle in den Ereignissen spielen sollte, die ich hier schildere, war er bereits eine der wichtigsten Figuren in meinem Leben. Eine beeindruckende Persönlichkeit, die unausweichlich jeden beeinflußte, der mit ihm zusammentraf.

Ich erinnere mich an seine letzte Vorlesung über soziale Anthropologie, wie er den dunklen Saal in die glitzernde und umringte Manege eines großen Zirkus verwandelte.

Er bewegte sich auf unheimlich behende Art und Weise. Wenn er mit seinem Arm weit ausholte, um auf einen durchaus gewöhnlichen Begriff an der Tafel in seinem Rücken zu deuten, hatte man den Eindruck, daß er nichts Geringeres vorstellte als einen Gegenstand von fantastischen Eigenschaften und geheimnisvoller Bewandtnis. Wenn er die Hand in die Tasche seines alten Jacketts zurückschob, verschwand sein flüchtiger Zauber wieder in seinen abgetragenen Beutel, um nach des Hexers Belieben wieder hervorgeholt zu werden.

Wir spürten, daß er uns mehr lehrte, als uns zu lernen möglich war, und daß er selbst im Besitz größeren und tieferen Wissens war, als er uns jemals hätte vermitteln können. Einmal besaß ich die Kühnheit, eine Interpretation vorzuschlagen, die der seinen leicht widersprach – es ging um die Schamanen der Hopi-Indianer. Ich deutete an, daß persönliche Erfahrungen als Amateurclown und ein besonderer Eifer auf diesem Gebiet mir einen Einblick gewährten, der möglicherweise tiefer als sein eigener sei. Damals war es, daß er beiläufig und sehr *obiter dicta* enthüllte, selbst in die Rolle eines dieser maskierten Stammesnarren geschlüpft zu sein und mit ihnen den Tanz der *kachinas* zelebriert zu haben. Bei der Enthüllung dieser Fakten gelang es ihm indessen irgendwie, die Demütigung nicht noch zu vergrößern, die ich mir selbst beigebracht hatte. Und dafür war ich ihm dankbar.

Thoss' Verhalten war von einer Art, die dazu führte, daß er hin und wieder zum Gegenstand von Klatsch oder romantischen Mutmaßungen wurde. Er war ein Feldforscher *par excellence*, und seine Fähigkeit, in exotische Kulturen und Situationen einzudringen, wodurch er Einsicht gewann, wo andere Anthropologen nur Daten sammelten, war berühmt. Mehrmals während seiner Laufbahn war das Gerücht kolportiert worden, er sei selbst »zum Eingeborenen geworden«, so wie Frank Hamilton Cushing. Es gab Andeutungen, die nicht in allen Fällen unverantwortlich oder billig glamourös übertrieben waren, er sei in Projekte absonderlicher Art involviert, darunter viele, die sich auf Neuengland konzentrierten. Tatsache ist, daß er sechs Monate als vorgeblich Geisteskranker in einer Anstalt in West-Massachusetts verbrachte, um Wissen über die ›Kultur‹ der psychisch Gestörten zu sammeln. Nach dem Erscheinen seiner Publikation ›Wintersonnenwende. Die längste Nacht einer Gesellschaft‹ lautete die allgemeine Ansicht, daß diese enttäuschend subjektiv und »impressionistisch« sei, und bis auf ein paar bewegende, aber »poetisch dunkle« Beobachtungen enthalte das Buch überhaupt nichts von Bedeutung. Diejenigen, die Thoss verteidigten, behaupteten, daß er sowohl weniger als ein Anthropologe sei, in dem Sinne, daß ein großer Teil seines Werks das eigene Denken und Fühlen betone, als auch mehr, da seine Erfahrungen einen reichen Kern harter Fakten ergründeten, die er indes einem objektiven Diskurs erst noch enthüllen müsse. Als Thoss' Student neigte ich dazu, letztere Einschätzung zu teilen. Denn aus einer Reihe vernünftiger und unvernünftiger Gründe hielt ich Thoss für fähig, bis dahin unerreichbare Regionen der menschlichen Existenz zu betreten.

Somit war es zunächst erfreulich, daß der ›Harlekins letzte Feier‹ betitelte Aufsatz Thoss' Geheimnis zu enthalten schien, und dies auf einem Gebiet, das mich persönlich gefangennahm.

Vieles vom Inhalt des Aufsatzes verstand ich nicht auf Anhieb, eine Folge der eigentümlichen und oftmals beabsichtigten ›Dunkelheit‹ seines Verfassers. Beim ersten Lesen war der interessanteste Aspekt der kurzen Studie – die ›Vorbemerkungen‹ umfaßten nur zwanzig Seiten – die allgemeine Stimmung des Textes. Thoss' egozentrische Eigenheiten waren in diesen Seiten allgegenwärtig, aber nur als kämpfende innere Kraft, die beherrscht wurde, gefesselt, könnte man sagen, von der dunklen rhythmischen Bewegung seiner Prosa und einigen schillernden Quellen, auf die er sich gelegentlich berief. Besonders zwei Quellen teilten bis zu einem gewissen Grade einen gemeinsamen Tenor. Die eine war ein Zitat aus Poes ›Der Siegerwurm‹, welches Thoss als ziemlich effekthascherisches Motto einsetzte. Der Kern des Mottos aber wurde im Text nirgendwo aufgegriffen, außer in einer anderen, nur nebenbei erwähnten Quelle. Thoss umriß die wohlbekannte Entstehung des modernen Weihnachtsfestes, das sich von den römischen Saturnalien herleitet. Darauf stellte er klar, daß er dem Mirocaw-Fest noch nicht selbst beigewohnt habe und von seiner Natur nur durch verschiedene Informanten unterrichtet sei; er behauptete, daß auch dieses Fest zahlreiche und sogar deutlichere Elemente der Saturnalien beinhalte. Als nächstes machte er eine mir banal und rein sprachspielerisch erscheinende Beobachtung, die weniger mit dem Hauptstrang der Argumentation als mit dem vergleichsweise nebensächlichen Poe-Motto zu tun hatte. Er erwähnte beiläufig, daß eine frühe Sekte syrischer Gnostiker sich selbst ›Saturnier‹ nannte und unter anderen Häresien dem Glauben anhing, die Menschheit sei von Engeln geschaffen worden, die ihrerseits vom ›Höchsten Unbekannten‹ geschaffen worden waren. Die Engel aber besaßen nicht die Macht, ihr Geschöpf den aufrechten Gang zu lehren, und eine Zeitlang kroch es über die Erde wie ein Wurm. Später korrigierte der Schöpfer diesen grotesken Zustand.

Damals vermutete ich, daß die symbolischen Beziehungen des Ursprungs der Menschheit und ihrer letzten Bestimmung, die beide mit dem Wurm assoziiert wurden, in Verbindung mit einer Feier zum Jahresende, die dem Wintertod der Erde Rechnung trägt, der Kern der Thossischen ›Einsicht‹ waren, eine poetische, aber wissenschaftlich wertlose Beobachtung.

Andere Beobachtungen, die er zu dem Mirocaw-Fest machte, waren streng ethischer Natur, mit anderen Worten: Sie beruhten auf Quellen aus zweiter Hand und Zeugnissen des Hörensagens.

Selbst zu diesem Zeitpunkt aber spürte ich, daß Thoss mehr wußte, als er durchblicken ließ, und, wie ich später entdecken sollte, hatte er tatsächlich Informationen über gewisse Seiten Mirocaws aufgegriffen, die die Vermutung nahelegten, daß er bereits im Besitz von Einsichten war, die er für den Augenblick sicher in der eigenen Tasche verwahrte. Zu diesem Zeitpunkt besaß ich selbst ein überaus aufschlußreiches Erkenntnis-Fragment. Eine Fußnote des Harlekin-Aufsatzes setzte den Leser davon in Kenntnis, daß der Text lediglich ein roh ausgefertigtes Fragment einer ausführlicheren in Vorbereitung befindlichen Studie sei. Diese Studie erblickte nie das Licht der Welt. Mein ehemaliger Professor hat nach seinem Abschied aus dem akademischen Betrieb vor gut zwanzig Jahren nichts mehr veröffentlicht. Nun hatte ich einen Verdacht, *wo* er hingegangen sein könnte.

Denn der Mann, den ich auf den Straßen von Mirocaw nach dem Weg gefragt hatte, der Mann mit dem verstörend teilsnahmslosen Blick, hatte einer altersgebeugten Ausgabe von Dr. Raymond Thoss überaus ähnlich gesehen.

III.

Und nun muß ich ein Geständnis ablegen. Obwohl ich allen Grund hatte, von Mirocaw und seinen Geheimnissen begeistert zu sein, nicht zu reden von deren Beziehung sowohl zu Thoss als auch zu meinen tiefsten Interessen als Akademiker, dachte ich an die vor mir liegenden Tage nicht anders als mit dumpfer Betäubtheit und oft mit einem Gefühl tiefer Niedergeschlagenheit. Dennoch hatte ich keinen Anlaß über diese Empfindung verwundert zu sein, die wenig mit den äußeren Ereignissen meines Lebens zu tun hatte, sondern von einer inneren Gestimmtheit geleitet wurde, die nach ihren eigenen, einigermaßen rätselhaften Phasen und Zyklen funktionierte.

Seit vielen Jahren, wenigstens seit meiner Zeit an der Universität, leide ich an dieser dunklen Krankheit, dieser immer wiederkehrenden Verzweiflung, die mich begräbt, wenn es für die Erde Zeit wird, kalt und nackt zu werden, und der Himmel dunkel und voller Schatten ist. Nichtsdestoweniger verfolgte ich meine Pläne, obschon ein wenig mechanisch, Mirocaw während der Festtage zu besuchen, denn ich hoffte abergläubisch, daß diese Aktivität die Last meiner jahreszeitlich bedingten Teilnahmslosigkeit verringern würde. In Mirocaw gäbe es Umzüge und Parties und die Gelegenheit, wieder einmal den Clown zu spielen.

Wochen vorher übte ich meine Kunst und vervollkommnete sogar ein neues Kunststück der Magie des Jonglierens, worin meine besondere Stärke als Clown bestand. Ich hatte mein Kostüm reinigen lassen, frische Schminke besorgt und war bereit.

Ich erhielt von der Universität die Erlaubnis, einige meiner Kurse bereits vor dem Ferienbeginn abzuschließen, nachdem ich mein Vorhaben erläutert hatte – sowie die Notwendigkeit, bereits einige Tage vor Beginn des Festes in der Stadt einzutreffen, um ein paar vorbereitende Untersuchungen durchzuführen, mir Informanten zu sichern und so weiter. In Wirklichkeit war es meine Absicht, alle formalen Forschungsarbeiten auf die Zeit nach dem Fest zu vertagen und mich so intensiv wie möglich auf dessen Treiben einzulassen. Ich würde selbstverständlich während dieser Zeit ein Tagebuch führen.

Es gab dennoch eine Quelle, die ich zu Rate ziehen wollte. Genauer gesagt, ich suchte noch einmal die außerstaatliche Bibliothek auf, um die Ausgaben des ›Mirocaw Courier‹ vom Dezember vor zwanzig Jahren zu studieren. Besonders eine Geschichte bestätigte einen Umstand, den Thoss in seinem ›Harlekin‹-Aufsatz erwähnt hatte, obwohl das darin geschilderte Ereignis sich zugetragen haben mußte, nachdem Thoss seine Studie verfaßt hatte.

Die ›Courier‹-Geschichte erschien zwei Wochen nachdem das Fest in jenem Jahr beendet war und handelte vom Verschwinden einer Frau namens Elizabeth Beadle, der Gattin Samuel Beadles, eines Hoteliers in Mirocaw. Die Kreispolizei vermutete darin einen weiteren Fall der ›Feiertagsselbstmorde‹, die mit außerordentlicher jahreszeitlicher Regelmäßigkeit in der Gegend von Mirocaw verübt wurden. Thoss dokumentierte diese Sachlage in seinem ›Harlekin‹-Aufsatz, obwohl ich den Verdacht hatte, daß diese Tode heute säuberlich unter der Überschrift Jahreszeitlich bedingte seelische Verwirrung‹ abgeheftet würden.

Jedenfalls durchsuchte die Polizei einen halbzugefrorenen See in der Nähe der Außenbezirke von Mirocaw, wo in den vergangenen Jahren eine Reihe erfolgreicher Selbstmörder aufgefunden worden waren. Neben dem Artikel prangte ein Bild von Elizabeth Beadle. Selbst in der körnigen Mikrofilm-Wiedergabe konnte man eine gewisse Ausstrahlung und Lebendigkeit in Mrs. Beadles Gesicht entdecken. Daß man derart bereitwillig von ›Feiertagsselbstmord‹ ausging, um ihr Verschwinden zu erklären, schien sonderbar und irgendwie ungerecht.

Thoss schrieb in seinem kurzen Aufsatz, daß jedes Jahr Veränderungen moralischer oder geistiger Art auftraten, die Mirocaw zusammen mit der gewöhnlichen Winterverwandlung befielen. Er bestimmte deren Ursprung oder Wesen nicht näher, behauptete aber in seiner typisch geheimnisvollen Manier, daß die Wirkung dieser »untergründigen Jahreszeit« auf die Stadt augenscheinlich negativ wäre. Zusätzlich zu der Serie von Selbstmorden, die in dieser Zeit verübt wurden, kam es zu einem Anstieg der Behandlung ›hypochondrischer‹ Erkrankungen, wie die Ärzte vor zwanzig Jahren derartige Fälle im Gespräch mit Thoss charakterisiert hatten. Dieser Stand der Dinge verschlimmerte sich nach und nach und erreichte seinen Höhepunkt während der Festtage in Mirocaw. Thoss vermutete, daß sich die Situation in Anbetracht des geheimniskrämerischen Gebarens einer Kleinstadt wahrscheinlich sogar drastischer darstellte, als praktische Nachforschungen je enthüllen würden.

Die Beziehung zwischen dem Fest und jener heimtückischen, untergründigen Jahreszeit in Mirocaw war ein Punkt, über den Thoss zu keinem abschließenden Urteil gelangte. Gleichwohl schrieb er, daß diese beiden »klimatischen Aspekte« Seite an Seite in der Geschichte der Stadt existierten, seit verfügbare Quellen dies zu belegen vermochten. Eine Geschichte des Bezirks Mirocaw aus dem späten 19. Jahrhundert nennt die Stadt bei ihrem ursprünglichen Namen New Colstead und bezichtigt ihre Bürger, ein »obszönes, seelenloses Fest« zu begehen, wobei die hergebrachten Weihnachtsfeierlichkeiten mißachtet würden. (Thoss kommentiert, daß der Historiker irrtümlicherweise zwei verschiedene Aspekte der Festzeit miteinander vermengt habe, ihr tatsächliches Verhältnis sei zutiefst antagonistisch.) Der ›Harlekin‹-Aufsatz führte das Fest nicht bis zu seinem frühesten Auftreten zurück (das war vielleicht sogar unmöglich), obwohl Thoss die Neuengland-Wurzeln der Gründer Mirocaws betonte. Daraus folgte, daß das Fest aus dieser Region eingeführt worden war, und es konnte mit gutem Grund ein Alter von wenigstens einem Jahrhundert angenommen werden; wenn es nicht bereits aus der Alten Welt herübergebracht worden war, in welchem Falle seine Wurzeln im dunkeln bleiben mußten, bis weitere Nachforschungen angestellt wurden. Bestimmt legte Thoss' Anspielung auf die syrischen Gnostiker die zweite Alternative nahe, die nicht ganz ausgeschlossen werden konnte.

Aber es war wohl der Ursprung des Festes in Neuengland, der Thoss' Vermutungen Nahrung gab. Er schrieb über diese Weltgegend, als handelte es sich dabei um den angemessenen Ort, um die Studie abzuschließen. Für ihn schienen die Worte ›Neu-England‹ alle hergebrachten Bedeutungen abgestreift zu haben und nichts weniger zu bedeuten als das Tor zu *allen* Ländern, bekannten und nur geahnten, selbst zu Zeitaltern vor jeder Zivilisation in dieser Region. Da ich selbst zeitweilig in Neuengland studiert habe, kann ich seine sentimentale Übertreibung in gewisser Weise verstehen, denn es gibt wirklich Orte, die über jede Zeitrechnung hinaus archaisch erscheinen, als ob sie die relativen Gesetze der Zeit transzendierten, um eine Art absolutes Alter zu erreichen, das der Verstand nicht zu ermessen vermag. Wie aber diese vage Vermutung mit einer Kleinstadt im Mittelwesten im Zusammenhang stehen sollte, konnte ich mir nicht vorstellen. Thoss selbst beobachtete, daß die Bewohner Mirocaws keinerlei geheimnisvoll-primitives Wissen erkennen ließen. Im Gegenteil, äußerlich schienen sie keinerlei Ahnung zu haben von der Entstehung ihrer winterlichen Lustbarkeit. Daß eine solche Tradition sich indessen über Jahre erhalten hatte und sogar die üblichen Weihnachtsfeiern in den Schatten stellte, offenbarte ein tiefes Bewußtsein von der Bedeutung des Festes und seiner Funktion.

Ich kann nicht bestreiten, daß alles, was ich über das Fest von Mirocaw erfuhr, einen landläufigen Sinn für das Mysteriöse in mir weckte, vor allem, da eine solch einflußreiche Persönlichkeit aus meiner Vergangenheit wie Thoss darin verwickelt war. Es war das erste Mal während meiner akademischen Laufbahn, daß ich mich besser als irgend jemand sonst dazu imstande wußte, die wahre Bedeutung aus den verstreuten Fakten herauszulösen, selbst wenn ich diese besondere Autorität glücklichen Umständen zuzuschreiben hatte.

Als ich aber in jener Bibliothek saß, an einem Morgen Mitte Dezember, zweifelte ich dennoch einen Moment an der Klugheit der Entscheidung, die Fahrt nach Mirocaw meiner Rückkehr nach Hause vorzuziehen, wo die vertrautere *rite de passage* der Winterdepressionen meiner harrte.

Im allgemeinen war es meine Taktik, dem zyklischen *blues*, den die Jahreszeit für mich bereithielt, aus dem Weg zu gehen, doch schien es, daß dieser auch ein Teil der Geschichte Mirocaws war, wenn auch in weit größerem Maßstab. Meine seelische Unausgeglichenheit war jedenfalls genau das, was mich am meisten für die besondere, vor mir liegende Feldforschung qualifizierte, obschon ich aus dieser Tatsache weder Stolz noch Trost schöpfte. Und ein Rückzug hätte bedeutet, mir selbst eine Gelegenheit zu versagen, die sich mir womöglich nie wieder bieten würde. Rückblickend kommt es mir vor, als hätte nichts Zufälliges an der Entscheidung mitgewirkt, die ich zu treffen hatte. Ich machte mich also auf den Weg in die Stadt.

IV.

Kurz nach Mittag, am 18. Dezember, startete ich in Richtung Mirocaw. Verschwommene, dumpfe, erdfarbene Landschaften zogen an mir vorüber. Die Schneefälle des Spätherbstes waren gering gewesen, und nur ein paar weiße Flecken leuchteten im starren, toten Gras der Wiesen entlang des Highways. Die Wolken, die ebenfalls erstarrt aussahen, waren grau und üppig. Im Geflecht der nackten Zweige über mir hingen hier und da ein paar schwarze, zerfetzte Klumpen, verlassene Vogelnester. Ich glaubte, schwarze Vögel auf der Straße vor mir hüpfen zu sehen, aber es waren nur Blätter, und ich fuhr über sie hinweg.

Ich fuhr von Süden her nach Mirocaw hinein, kam also aus derselben Richtung in die Stadt, in der ich sie bei meinem Besuch im letzten Sommer verlassen hatte. Dies führte mich noch einmal durch jenen Teil der Stadt, der auf der anderen Seite einer langen, unsichtbaren Linie zu liegen schien, die die erstrebenswerten Stadtviertel von den unerwünschten schied. So gespenstisch mir dieser Stadtteil unter der Sommersonne auch vorgekommen war, im fahlen Licht jenes Winternachmittages sank er zum bleichen Phantom seiner selbst herab. Die baufälligen Läden und die wie ausgehungert wirkenden Häuser suggerierten einen paradoxen Schwebezustand zwischen materieller und immaterieller Welt, wo sich die eine sardonisch der Maske der anderen bedient. Auf dem Weg bergan zur Hauptstraße von Mirocaw sah ich ein paar gebeugte Fußgänger, die sich umwandten, als ich vorbeifuhr, jedoch nicht *weil* ich vorbeifuhr.

Ich fuhr den steilen Hügel der Townshend Street hinauf und fand den Anblick dort vergleichsweise angenehm. Die rauschenden Straßen der Stadt waren bereit für das Fest, die Laternenpfähle mit Immergrün umwickelt, die frischen Zweige prangten in der kahlen Jahreszeit. An den Türen vieler Geschäfte an der Townshend Street hingen Stechpalmenkränze, auch sie grün, aber ersichtlich aus Plastik. Doch obschon nichts Ungewöhnliches an dieser traditionellen Begrünung war, wurde rasch deutlich, daß Mirocaw sich diesem besonderen Symbol der Weihnachtszeit ganz und gar hingegeben hatte. Dieser Eindruck drängte sich allerorten unangenehm auf. Die Fenster von Läden und Häusern waren von grünen Lichtern eingerahmt, grüne Wimpel hingen von den Markisen der Ladenfronten herab, und die Lichtreklame der ›Red Rooster Bar‹ bestand aus pfauengrünen Flutlichtern. Vermutlich bestanden die Einwohner Mirocaws auf diesen Schmuck, seine Wirkung aber war maßlos übertrieben. Ein unheimlicher, smaragdener Nebel erfüllte die ganze Stadt, und die Gesichter auf den Straßen sahen einigermaßen reptilienartig aus.

Ich nahm damals an, daß das üppige Immergrün, die Stechpalmenkränze und das bunte Licht (wenngleich bloß in einer einzigen Farbe) eine Hervorhebung der pflanzlichen Symbole der nordischen Weihnacht darstellten, die irgendwie in Beziehung zu dem Fest standen. In seinem ›Harlekin‹-Aufsatz hatte Thoss die heidnische Seite des Mirocaw-Festes beschrieben, vergleichbar dem Ritual eines Fruchtbarkeitskultes, wobei es möglicherweise Verbindungen zu chthonischen Gottheiten irgendeiner Vergangenheit gab. Aber Thoss hatte, wie ich selbst, einen bloßen Teil der Bedeutung des Festes für das Ganze gehalten.

Das Hotel, in dem ich ein Zimmer reserviert hatte, befand sich in der Townshend Street. Es war ein altes, braunes Ziegelgebäude mit einem überwölbten Eingang und einer trübsinnigen Mauerbekrönung, die einen klassizistischen Eindruck vermitteln sollte. Ich fand einen Parkplatz vor dem Hotel und ließ meine Koffer im Wagen.

Als ich die Lobby das erste Mal betrat, war sie verlassen. Ich dachte, das Mirocaw-Fest hätte vielleicht genug Besucher angezogen, um wenigstens das Geschäft des einzigen Hotels zu beleben, doch hatte ich mich wohl geirrt.

Ich tippte auf eine kleine Glocke, lehnte mich an die Rezeption und wandte mich um, um einen kleinen, traditionell geschmückten Weihnachtsbaum auf einem Tisch nahe beim Eingang zu betrachten, komplett mit leuchtenden, eierschalzarten Kugeln, winzigen Zuckerstangen, flachen, lachenden Nikoläusen mit ausgebreiteten Armen. Ein Stern an der Spitze nickte unbeholfen gegen den zierlichen Arm eines oberen Zweiges, und farbige Lichter sprossen aus blumenförmigen Haltern. Irgendwie erschien mir dies als ein armseliges, kleines Ding.

»Kann ich Ihnen helfen?« fragte eine junge Frau, die aus einem Nebenraum in die Lobby trat.

Ich muß sie wohl ziemlich lange angestarrt haben, denn sie sah weg und schien sich ziemlich unbehaglich zu fühlen. Ich wußte kaum, was ich sagen oder wie ich ihr erklären sollte, woran ich dachte. Wie sie nun vor mir stand, strahlten ihr Ausdruck und ihre Haltung einen kühlen Glanz aus. Wenn diese Frau vor zwanzig Jahren nicht Selbstmord begangen hatte, wie der Zeitungsartikel glauben machte, war sie inzwischen kein bißchen gealtert.

»Sarah«, rief eine männliche Stimme von der unsichtbaren Höhe einer Treppe herab. Ein großer Mann mittleren Alters kam die Stufen herunter. »Ich dachte, du bist auf deinem Zimmer«, sagte der Mann, den ich für Samuel Beadle hielt. Sarah, nicht Elisabeth Beadle, warf einen Seitenblick in meine Richtung, um ihren Vater darauf hinzuweisen, daß sie sich um die Rezeption kümmerte. Beadle bat mich um Verzeihung, und dann entschuldigte er die beiden für einen Moment, während sie sich abwandten, um ihren Wortwechsel fortzuführen.

Ich lächelte und gab vor, daß alles in Ordnung sei, während ich mich bemühte, in Hörweite ihres Gesprächs zu bleiben. Sie sprachen in einem Tonfall, der vermuten ließ, daß es sich um einen altvertrauten Streit handelte; um Beadles übertriebene Sorge um das Wohin und Woher seiner Tochter und Sarahs enttäuschtes Einsehen bestimmter Grenzen, die ihr gesetzt worden waren. Das Gespräch endete, und Sarah ging die Treppen hinauf, wobei sie sich einen Augenblick umdrehte, um sich bei mir mit eindeutigem Mienenspiel für die unprofessionelle Szene zu entschuldigen, die soeben stattgefunden hatte. »Nun, Sir, was kann ich für Sie tun?« fragte Beadle beinahe herausfordernd.

»Ich habe reserviert. Eigentlich bin ich einen Tag zu früh, wenn das kein Problem darstellt.« Im Zweifelsfall für das Hotel nahm ich an, das Geschäft könne insgeheim florieren.

»Überhaupt kein Problem, Sir«, erwiderte er und überreichte mir ein Meldeformular und danach einen messingfarbenen Schlüssel, der von einer kleinen Plastikscheibe mit der Nummer 44 baumelte.

»Gepäck?«

»Ja, in meinem Auto.«

»Ich helfe Ihnen damit.«

Als Beadle mich auf mein Zimmer im vierten Stock begleitete, schien ein günstiger Moment gekommen, das Thema ›Fest‹ anzuschneiden, die ›Feiertagsselbstmorde‹, und vielleicht, je nachdem wie er reagierte, das Schicksal seiner Frau. Ich brauchte einen Gesprächspartner, der schon seit Jahren in der Stadt lebte und mich über die Einstellung der Mirocawer zu ihrer Zeit der meergrünen Lichter aufzuklären vermochte.

»Es ist sehr schön«, äußerte ich mich zu dem sauberen, aber dunklen Zimmer. »Schöne Aussicht. Von hier oben kann ich die hellen, grünen Lichter von Mirocaw sehr gut sehen. Ist die Stadt immer so herausgeputzt? Zum Fest, meine ich.«

»Ja, Sir, zum Fest«, antwortete er automatisch.

»Ich nehme an, Sie werden in den nächsten Tagen wahrscheinlich noch eine ganze Menge von uns Auswärtigen hier haben.«

»Schon möglich. Gibt es sonst noch etwas?«

»Ja, gibt es. Ich frage mich, ob Sie mir wohl etwas über die Festlichkeiten erzählen könnten.«

»Zum Beispiel...«

»Nun, wissen Sie, über die Clowns und so.«

»Die einzigen Clowns hier sind diejenigen, die ... ja, herausgepickt werden, könnte man sagen.«

»Ich verstehe nicht.«

»Entschuldigen Sie mich, Sir. Ich habe im Augenblick viel zu tun. Gibt es sonst noch etwas?«

Für den Moment fiel mir nichts mehr ein, um unsere Unterhaltung fortzusetzen. Beadle wünschte mir einen angenehmen Aufenthalt und verschwand.

Ich packte meine Koffer aus. Zusätzlich zu meiner gewöhnlichen Kleidung hatte ich noch ein paar Stücke aus meiner Clownsgarderobe mitgebracht. Beadles Bemerkung, daß Clowns hier »herausgepickt« würden, brachte mich auf die Frage, welchen Zweck diese Kostümierten in den Straßen während des Festes erfüllten. Die Figur des Clowns hat in verschiedenen Zeiten und Kulturen die unterschiedlichsten Bedeutungen innegehabt. Der fröhliche, beliebte Joker, den die meisten Leute kennen, ist tatsächlich nur *eine* Seite dieser vielgestaltigen Figur. Wahnsinnige, Bucklige, Amputierte und andere Abnorme wurden einst als natürliche Narren angesehen; sie waren dazu bestimmt, eine komische Rolle zu spielen, die es den übrigen gestattete, in ihnen eher drollige als schreckliche Mahner an die Kräfte des Chaos in der Welt zu sehen. Doch zuweilen wurde von einem freudlosen Spaßmacher erwartet, die Aufmerksamkeit auf eben dieses Chaos zu lenken, wie im Falle von König Lears morbidem und aufrichtigem Narren, der natürlich am Ende gehenkt wird, nicht zuletzt für seine clowneske Weisheit. Clowns mußten oft zweideutige und bisweilen widersprüchliche Rollen spielen. Somit wußte ich genug, um nicht ungestüm in mein Kostüm zu springen und auszurufen: »Da bin ich wieder!«

An diesem ersten Tag in Mirocaw entfernte ich mich nicht weit vom Hotel. Ich las und ruhte mich für ein paar Stunden aus, danach aß ich in einem nahegelegenen *diner*. Durch das Fenster neben meinem Tisch sah ich, wie die Winternacht das sanft-grüne Schimmern der Stadt in eine harte und beinahe vollkommen neue Farbe verwandelte, als es mit der Dunkelheit kontrastierte. Die Straßen Mirocaws schienen mir ungewöhnlich belebt für eine Kleinstadt am Abend. Und doch war es nicht die Art Betriebsamkeit, die man gewöhnlich vor den Weihnachtsfeiertagen sieht. Das war keine Menge geschäftiger Einkäufer, beladen mit bunten Tüten voller Geschenke. Ihre Hände waren leer, gegen die Kälte tief in die Taschen vergraben, die sie gleichwohl nicht in die Einsamkeit ihrer wahrscheinlich warmen Häuser trieb. Ich beobachtete, wie sie Geschäft um Geschäft betraten und wieder verließen, ohne etwas gekauft zu haben. Die Läden hatten immer noch lange geöffnet, und sogar jene, die geschlossen waren, ließen ihre Leuchtreklamen brennen. Die Gesichter, die am Fenster des Restaurants vorüberkamen, waren vermutlich bloß vor Kälte starr, so dachte ich, zu tiefen Runzeln gefroren und sonst nichts. Im Fenster sah ich das Spiegelbild meines eigenen Gesichtes. Es war nicht das Gesicht eines erfahrenen Clowns, es sah schlaff und schwammig aus und schien in diesem Augenblick das Gesicht von jemandem, der kaum noch lebendig war. Draußen lag die Stadt Mirocaw, ihre Straßen fielen mit verstörender Abruptheit ab und stiegen wieder empor; ihre Bürger drängten sich auf den Gehwegen, ihr Herz war in Grün gebadet: ein derart verheißungsvolles Feld professioneller und persönlicher Herausforderung war mir noch nie begegnet… und ich war zum Erbarmen gelangweilt. Ich beeilte mich, zurück in mein Hotelzimmer zu kommen.

»Mirocaw birgt eine zweite Kälte in seiner Kälte«, schrieb ich an jenem Abend in mein Tagebuch, »eine zweite Sorte von Gebäuden und Straßen hinter der sichtbaren Fassade der Stadt – wie eine Welt häßlicher Hinterhöfe.« So fuhr ich etwa eine Seite lang fort, bis ich schließlich ein großes X darüberkratzte. Dann ging ich zu Bett.

Am nächsten Morgen fühlte ich mich nach einigen Tassen Kaffee vergleichsweise besser. Ich fing an, mich auf die herausfordernden und geheimnisvollen Seiten der Situation zu konzentrieren, und war fast begeistert, überhaupt etwas anzufangen – was auch immer. Ich fand die Adresse der Stadtbibliothek von Mirocaw heraus, die der hiesigen High School angeschlossen war, und dachte, daß es der Mühe wert sein könnte, ihre Bestände durchzusehen. Nach einer Fahrt durch die von Fußgängern verstopften Straßen (die Stadtbevölkerung sah aus, als wäre sie am Abend zuvor gar nicht zu Bett gegangen) erreichte ich schließlich die Bücherei. Der Parkplatz war verlassen, und als ich zum Eingang des Gebäudes im Zuchthausstil hinaufging, erfuhr ich den Grund. Ein an die Innenseite der Glastür geklebter Zettel besagte: »Über die Feiertage geschlossen.«

Nach meinem Mißerfolg in der Bibliothek fuhr ich zurück zur Townshend Street, ich bemerkte jetzt deutlich, daß sich unter der auf den Bürgersteigen drängelnden Zusammenrottung die Gesichter jugendlicher Mirocawer befanden, die des hiesigen Brauches wegen schulfrei hatten. Sie waren bei weitem die lebhaftesten Figuren in der Menge, sie jagten einander, rannten manchmal, Lücken ausnutzend, den Bürgersteig entlang, einander zurufend bei jeder sich bietenden Gelegenheit. Sie schienen die einzigen Bürger zu sein, die wahrhaftig mit freudig gespannter Erwartung den Festlichkeiten entgegensahen, die heute nach Einbruch der Dunkelheit beginnen sollten. Die übrigen waren im wesentlichen Teil der dumpfen, erwachsenen Masse, die die Feiertage der Jugend zu treuen Händen übergeben hatte.

Ich ließ mein Auto beim Hotel und ging zum Haupteinkaufsviertel ein paar Blocks weiter. Mich unter die braven Bürger von Mirocaw zu mischen, schien mir zu diesem Zeitpunkt meines wissenschaftlichen Besuchs das richtige zu sein. Als ich aber die Townshend Street hinaufging und mich mitten im Gedränge fand, ersetzte der Anblick eines Mannes mein halbherziges Vorhaben durch ein bestimmteres und näherliegendes: Über das Gedränge hinweg und etwa fünfzehn Schritte von mir entfernt sah ich mein Ziel.

»Doktor Thoss«, rief ich.

Sein Kopf schien sich auf mein Rufen umzuwenden, um zurückzublicken, aber ich konnte mir dessen nicht sicher sein. Ich kämpfte mich an einer Reihe warm eingepackter Leiber und grünbeschalter Hälse vorbei, nur um zu entdecken, daß mein Objekt augenscheinlich die gleiche Entfernung zu mir beibehalten hatte, wenn ich auch nicht wußte, ob dies mit Absicht geschehen war. An der nächsten Ecke bog der dunkelbemantelte Thoss unvermittelt rechter Hand in eine Straße ein, die steil bergab auf das verfallende südliche Stadtrandgebiet von Mirocaw zulief. Als ich an der Ecke angekommen war, blickte ich den Bürgersteig hinab, ich konnte ihn deutlich von oben erkennen. Ich verstand jetzt auch, wie es ihm gelungen war, mir in der Menge so weit voraus zu bleiben, während mein eigenes Fortkommen behindert worden war. Aus irgendeinem Grund machten ihm die Leute auf dem Bürgersteig Platz, so daß er sie ohne die übliche Rempelei leicht zu überholen vermochte. Es war keine übertriebene Scheu vor körperlicher Berührung, obwohl es nichtsdestoweniger vorsätzlich wirkte. Mich durch das dichte Gewebe der Menge kämpfend, verfolgte ich Thoss weiter, der aus meinem Blickfeld verschwand und wieder darin erschien.

Als ich am Ende der Straße angekommen war, hatte sich die Menge merklich gelichtet, und nachdem ich ein oder zwei weitere Straßen überquert hatte, fand ich mich praktisch als einsamer Fußgänger hinter einer fernen Gestalt hereilen, von der ich hoffte, daß es sich dabei noch immer um Thoss handelte. Er ging jetzt ziemlich schnell und auf eine Weise, die eine Reaktion auf meine Verfolgung zu sein schien, obwohl ich den Eindruck gewann, daß er mich nicht weniger führte, als ich ihn verfolgte. Ich rief noch mehrere Male seinen Namen, in einer Lautstärke, die er nicht überhören konnte, vorausgesetzt, daß Taubheit nicht zu den Veränderungen zählte, die er durchgemacht hatte; schließlich war er kein junger Mann mehr und längst nicht mehr mittleren Alters.

Thoss überquerte plötzlich die Straße. Er ging noch ein paar Schritte und betrat ein unbezeichnetes Ziegelgebäude zwischen einem Spirituosengeschäft und irgendeiner Reparaturwerkstatt. In seinem ›Harlekin‹-Aufsatz hatte Thoss erwähnt, daß die in diesem Teil Mirocaws lebenden Leute ihre eigenen Geschäfte führten und daß diese beinahe ausschließlich von den Bewohnern des Viertels frequentiert würden. Das konnte ich mir gut vorstellen, als ich diese winzigen Verkaufsbuden sah, denn sie hatten das heruntergekommene Aussehen ihrer Kundschaft. Ich konnte mich der ungeheuren Schäbigkeit dieser Bauten nicht entziehen und folgte also Thoss in die nackte Ziegelschale dessen, was einstmals ein *diner* gewesen – oder es wahrscheinlich immer noch – war.

Drinnen war es ungewöhnlich dunkel. Noch bevor meine Augen sich darauf eingestellt hatten, spürte ich schon, daß dies kein gutgehendes Restaurant war, anheimelnd mit Tischen und Stühlen vollgestopft, wie jenes, in dem ich am vorangegangenen Abend ge-

gessen hatte, sondern ein Ort mit nur wenigen, nicht zueinander passenden Möbeln, ähnlich einem aufgegebenen Lager, und sehr kalt. Es schien hier tatsächlich kälter zu sein als in den winterlichen Straßen draußen.

»Dr. Thoss?« rief ich in Richtung eines einsamen Tisches, der fast in der Mitte des länglichen Raumes stand. Vielleicht vier oder fünf Personen saßen um den Tisch; außerdem gab es ein paar weitere, die mit dem Dunkel im Hintergrund verschmolzen. Verstreut über den Tisch lagen einige Bücher und Papiere. Ein alter Mann saß da und deutete auf etwas in den vor ihm liegenden Seiten, aber es war nicht Thoss. Neben ihm saßen zwei Jugendliche, deren frische Gesichter sie von der Tristheit der anderen unterschieden.

Ich näherte mich dem Tisch, und sie alle sahen zu mir auf. Keiner von ihnen zeigte auch nur den Schimmer einer Gemütsregung, nur die beiden Jungen, die bekümmerte und schuldbewußte Blicke miteinander tauschten, als habe man sie eben bei einer schändlichen Handlung erwischt. Sie sprangen beide unvermittelt vom Tisch auf und liefen in den dunklen Hintergrund, wo kurz ein Licht aufschien, als sie durch die Hintertür verschwanden.

»Entschuldigen Sie bitte«, brachte ich schüchtern vor. »Ich dachte, ich hätte einen Bekannten hier hineingehen sehen.«

Sie antworteten nicht. Aus einem Hinterzimmer kamen weitere Leute hervor, zweifellos an der Ursache der Unruhe interessiert. Nach ein paar Sekunden war der Raum dichtbevölkert mit zerlumpten Gestalten, die alle mit leerem Blick in die Dunkelheit starrten.

Zu diesem Zeitpunkt hatte ich noch keine Furcht vor ihnen, zumindestens fürchtete ich nicht, daß sie mir irgendeinen körperlichen Schaden zufügen könnten. Tatsächlich war mir, als stünde es allein in meiner Macht, sie mit den Fäusten leicht gefügig zu machen, ihre Mäusegesichter luden zu ein paar kräftigen Hieben geradezu ein.

Sie glitten langsam auf mich zu wie eine wurmartige Masse. Ihre Augen schienen nichts im besonderen zu fixieren, und ich fragte mich sogar einen Moment, ob sie sich meiner Anwesenheit überhaupt bewußt waren. Nichtsdestotrotz war ich das Zentrum, auf das ihr müdes Schlurfen zusteuerte, ihre Schuhe scharrten leise über den nackten Boden. Ich gab eine Reihe hastiger Albernheiten von mir, als sie weiter auf mich eindrangen und ihre schwachen und unerwartet geruchlosen Körper an mich preßten. Jetzt begriff ich, warum die Leute auf dem Bürgersteig Thoss anscheinend instinktiv ausgewichen waren. Unsichtbare Beine schienen sich mit meinen zu verknoten, ich stolperte und fand mein Gleichgewicht wieder. Diese plötzliche Bewegung weckte mich aus einer Art mesmerischer Lethargie, der ich anheimgefallen sein mußte, ohne es indessen bemerkt zu haben. Ich hatte den Raum verlassen wollen, lange bevor die Ereignisse dort eine derart absurde Wendung genommen hatten, aber aus irgendeinem Grund konnte ich meinen Willen nicht hinreichend beherrschen, um mich zum Handeln zu zwingen. Mein Geist war weiter abgetrieben, als diese kriecherischen Wesen sich näherten, und endlich erkannte ich die mögliche Gefährlichkeit der Situation. In einem plötzlichen Ansturm von Angst durchbrach ich die schlaffen Reihen und war draußen.

Die frische Luft gab mir meine Wachsamkeit zurück, und ich eilte umgehend den Hügel hinauf. Ich war nicht mehr wirklich sicher, ob ich mir das, was mir wie ein gefährlicher Augenblick erschienen war und dann auch wieder nicht, nur eingebildet hatte. Hatte einer von ihnen versucht, mich absichtlich zu Fall zu bringen, oder hatten sie mich bloß einschüchtern wollen? Als ich die grünfunkelnde Hauptstraße von Mirocaw erreichte, war ich mir keineswegs mehr sicher, was wirklich geschehen war.

Auf den Bürgersteigen drängten sich immer noch die Fußgänger, aber jetzt schienen sie sich lebhafter zu bewegen und zu schwatzen. Es herrschte eine Art Elektrisierung, die nur dem bevorstehenden Fest zugerechnet werden konnte. Eine Gruppe junger Männer hatte bereits zu feiern begonnen, in dem sie offenkundig alkoholisiert auf halber Höhe lautstark über die Straße zog. Aus dem Gelächter und den Scherzen der noch nüchternen Bürger entnahm ich, daß karnevaleske öffentliche Trunkenheit zu den Gebräuchen dieses Winterfestes zählte. Ich suchte nach irgend etwas, das den Beginn des kostümierten Straßenfestes angezeigt hätte, aber ich sah nichts, weder buntgekleidete Harlekine noch schneeweiße Pierrots. Ich fragte mich, ob die Zeremonien für die ›Krönung der Winterkönigin‹ jetzt noch in Vorbereitung waren.

»Die Winterkönigin«, trug ich in mein Tagebuch ein, »eine Fruchtbarkeitsfigur, ausgestattet mit den symbolischen Mächten der Erneuerung und des Reichtums. Gewählt in der Art und Weise einer High-School-Ballkönigin. Prüfen, ob es mögliche Begleitfiguren in Gestalt einer Stellvertreterin aus der Unterwelt gibt.«

In den Stunden vor Einbruch der Dunkelheit des 19. Dezembers saß ich in meinem Hotelzimmer und schrieb und dachte und plante. Alles in allem fühlte ich mich nicht allzu schlecht. Die aufgeregte Festtagsstimmung, die in den Straßen unter meinem Fenster unaufhaltsam wuchs, steckte mich an. In Erwartung einer langen Nacht zwang ich mich zu einem kurzen Nickerchen. Als ich erwachte, hatte Mirocaws alljährliches Fest begonnen.

V.

Schreien, Lärmen, Trinken. Schläfrig ging ich ans Fenster und blickte hinaus auf die Stadt. Es schien, als erstrahlten alle Lichter von Mirocaw, außer in jener Gegend unten am Hügel, die ein Teil der schwarzen Leere des Winters geworden war. Jetzt stach das Grün der Stadt sogar noch deutlicher hervor, das sich überallhin ausbreitete wie ein großer, grüner Regenbogen, der vom Himmel geschmolzen war und sich phosphoreszierend in die Nacht ergoß. Über den Straßen lag das Tageslicht eines künstlichen Frühlings. Die Seitenstraßen Mirocaws vibrierten vor Betriebsamkeit: an einer nahen Straßenecke machte eine Blaskapelle Radau; marodierende Autos hupten, zuweilen stiegen lachende Fußgänger auf ihre Dächer, ein Mann kam aus der ›Red Rooster Bar, warf die Arme in die Luft und krähte. Ich betrachtete die einzelnen Feiernden genau und hielt nach Clownskostümen Ausschau. Rasch, entzückt, entdeckte ich eines. Es war rot und weiß, mit einer passenden Kappe, das Gesicht in edlem Alabaster bemalt. Es schien sich fast um eine clowneske Verkörperung des wohlbekannten ›Weihnachtsnarren‹ zu handeln, mit Bart und schwarzen Stiefeln.

Dieser besondere Narr aber empfing nicht die Liebe und Hochachtung, die dem Heiligen Nikolaus gewöhnlich entgegengebracht wird. Mein Armer Clownskamerad befand sich inmitten eines Rings von Feiernden, die ihn von einem zum anderen hin- und herstießen. Das Opfer schien die Mißhandlungen beinahe freiwillig hinzunehmen, aber dieses Spielchen hatte gleichwohl seine Demütigung zum Ziel. »Die einzigen Clowns hier sind die, die herausgepickt werden«, vernahm ich das Echo von Beadles Stimme in meinem Gedächtnis. »Auf denen herumgehackt wird« wäre der Wahrheit nähergekommen.

Ich packte mich warm ein und ging hinaus auf die grün glitzernden Straßen. Nicht weit vom Hotel rempelte mich ein Typ mit einem breiten, blauroten Grinsen und leuchtenden, herabhängenden Kleidern an. Genauer gesagt, war er von ein paar Jugendlichen vor einem Drugstore in meine Richtung gestoßen worden.

»Guck mal, der Freak«, rief ein fetter, betrunkener Kerl. »Guck mal, der Freak fällt hin.«

Meine erste Reaktion war Zorn, dann Angst, als ich den fetten Trunkenbold von zwei weiteren flankiert sah. Sie kamen auf mich zu, und ich machte mich für eine Konfrontation bereit.

»Es ist eine Schande«, sagte einer, den Hals einer Weinflasche mit der Linken locker umfaßt.

Doch es war nicht ich, zu dem sie sprachen, es war der Clown, der jetzt zum Gehsteig geschubst wurde. Es waren drei, die ihm mit einem Ruck aufhalfen und dann Wein in sein Gesicht spritzten; mich ignorierten sie vollkommen.

»Laß ihn los«, rief der Fette. »Kriech weg, Freak! Oh, er kann fliegen.«

Der Clown trottete davon und verlor sich im Gedränge.

»Wartet mal«, sagte ich zu dem Rüpel-Trio, das jetzt von dannen wankte. Ich entschied schnell, daß es vermutlich sinnlos wäre, sie um eine Erklärung des Vorfalls zu bitten, dessen Zeuge ich gerade geworden war, besonders bei all dem Lärm und dem Trubel des Festes. In meiner leutseligsten Art schlug ich vor, gemeinsam irgendwohin zu gehen, wo ich jedem von ihnen einen Drink spendieren wollte. Sie hatten nichts dagegen, und nach einer kleine Weile saßen wir alle um einen Tisch im ›Red Rooster‹ gequetscht.

Bei einigen Drinks erklärte ich ihnen, daß ich von außerhalb käme, was sie aus unerfindlichen Gründen unendlich amüsierte. Ich teilte ihnen mit, daß es an ihrem Fest ein paar Dinge gebe, die ich nicht verstünde.

»Ich glaube nicht, daß es da irgend etwas zu verstehen gibt«, sagte der Fette. »Es ist nur das, was Sie sehen.«

Ich fragte ihn nach den Leuten im Clownskostüm.

»Die? Das sind Freaks. Sie sind *dieses Jahr* an der Reihe. Jeder ist mal an der Reihe. Nächstes Jahr könnte ich dran sein. Oder du«, sagte er und zeigte auf einen seiner Freunde auf der gegenüberliegenden Seite des Tisches. »Wenn wir herauskriegen, wer du bist…«

»Dazu bist du nicht clever genug«, erwiderte herausfordernd der zukünftige Freak.

Dies war ein wichtiger Punkt: Die Tatsache, daß diejenigen die die Clowns spielten, anonym blieben, oder es wenigstens bleiben *wollten*. Diese Übereinkunft half die Hemmungen abzubauen, die ein Einwohner Mirocaws möglicherweise hätte, seinen Nachbarn oder gar einen Angehörigen zu mißhandeln. Aus dem, was ich später beobachten sollte, schloß ich, daß das Maß dieser Mißhandlungen nie über eine Art spielerischer Neckerei hinausging.

Und selbst daran tat sich nur gelegentlich eine Gruppe von Rüpeln gütlich; der Mehrheit der Bürger genügte es völlig, am Rande zu bleiben.

Was die Fähigkeit anbelangte, die Bedeutung dieser Sitte zu erhellen, waren meine drei jungen Freunde völlig nutzlos. Für sie war es nur ein Vergnügen, wie wahrscheinlich für die meisten Mirocawer auch. Dies war verständlich. Ich vermute, ein Durchschnittsmensch wäre nicht imstande, zu erklären, wie es dazu gekommen ist, daß die vertrauten Weihnachtsfeiertage in ihrer heutigen Form begangen werden.

Ich verließ die Bar allein, nicht ohne die Wirkung der Drinks zu spüren, die ich dort gehabt hatte. Mirocaw hatte sich von einer friedlichen Kleinstadt in eine Enklave der Saturnalien während der dunklen Unendlichkeit einer Winternacht verwandelt. Doch Saturn ist auch das Symbol der Melancholie und der Unfruchtbarkeit, welch ein Zusammenprall von Gegensätzen in diesem einen Begriff. Als ich halbbetrunken die Straße hinunterging, entdeckte ich, daß im Winterfest selbst ein Widerspruch lag. Diese Entdeckung schien tatsächlich der geheime Schlüssel zu sein, den Thoss in seiner Studie über die Stadt zurückgehalten hatte. Seltsamerweise war es meine mangelnde Vertrautheit mit der äußeren Erscheinung des Festes, durch die ich seine wahre Natur erkannte.

Ich mischte mich unter die Menge auf der Straße und genoß leidenschaftlich den Trubel um mich herum, als ich an der nächsten Ecke eine merkwürdige Kreatur bemerkte. Es war einer der Clowns. Seine Kleidung war schäbig und spottete jeder Beschreibung, sie glich beinahe der eines Clochard-Clowns, aber es lag nicht genug komische Übertreibung darin. Das Gesicht hingegen war passend zum glanzlosen Kostüm zurechtgemacht. Ich hatte noch niemals eine derart eigentümliche Auffassung einer Clownsmiene gesehen.

Die Gestalt stand unter einer schwach glimmernden Straßenlaterne; als sie ihren Kopf in meine Richtung drehte, erkannte ich, warum sie mir bekannt vorgekommen war. Der schmale, feine und blasse Kopf, die geweiteten Augen, die oval-geformten Züge glichen nichts so sehr wie jenem schädelgesichtigen, angsterfüllten Geschöpf auf dem berühmten Bild eines Schreienden (mein Gedächtnis läßt mich im Stich). Diese clowneske Nachahmung wetteiferte mit dem Original in der Beschwörung jammervoller Bereiche äußersten Entsetzens und höchster Verzweiflung: eine unmenschliche Ähnlichkeit, die eher einem Wesen unter der Erde als einem darüber zugekommen wäre.

Vom ersten Augenblick an, da ich diese Kreatur erblickte, dachte ich an die Bewohner des Gettos am Fuße des Hügels. Dort herrschte die gleiche ekelerregende Teilnahmslosigkeit und Mattigkeit der Bewegungen. Ohne zuvor etwas getrunken zu haben, hätte ich möglicherweise nicht den Mut aufgebracht, so zu handeln, wie ich es nun tat. Ich beschloß, an einem der herrschenden Bräuche des Winterfestes teilzunehmen, denn es ärgerte mich, diese morbide Imitation eines Clowns aufrecht stehen zu sehen. Als ich an der Ecke angekommen war, warf ich mich lachend gegen die Kreatur – »Hoppla« –, die strauchelte und auf dem Gehweg landete. Ich lachte erneut und sah mich nach Zustimmung seitens der Feiernden in der Nähe um. Niemand schien jedoch gutzuheißen oder überhaupt zur Kenntnis zu nehmen, was ich getan hatte. Sie lachten nicht mit mir oder deuteten belustigt auf die Szene, sondern gingen nur an mir vorüber, vielleicht ein wenig schneller, bis sie sich in einiger Entfernung des Vorfalls wiederfanden. Ich begriff sofort, daß ich eine stillschweigende Übereinkunft verletzt hatte, obwohl ich mein Handeln in Übereinstimmung mit den üblichen Praktiken geglaubt hatte. Mir kam der Gedanke, daß ich sogar verhaftet und unter Anklage gestellt werden könnte für etwas, das unter anderen Umständen mit Sicherheit eine kriminelle Handlung gewesen wäre. Ich wandte mich um, um dem Clown wieder auf die Füße zu helfen, in der Hoffnung, meine Beleidigung wiedergutmachen zu können, aber die Kreatur war verschwunden. Bedrückt entfernte ich mich vom Tatort meines ungewollten Verbrechens und suchte andere Straßen fernab von Zeugen auf.

Ich wanderte durch diverse Nebenstraßen Mirocaws und hielt schließlich erschöpft inne, um mich an die Theke eines Sandwichladens zu setzen, an der sich die Kundschaft drängte.

Ich bestellte eine Tasse Kaffee, um meinen überalkoholisierten Kreislauf zu beleben. Meine Hände an der Tasse wärmend und mit langsamen Schlucken daran nippend, betrachtete ich die Menschen, die draußen vor dem Fenster vorüberzogen. Es war weit nach Mitternacht, doch der dichte Fluß der Passanten deutete durch nichts an, daß irgend jemand frühzeitig nach Hause gehen wollte. Ein bunter Reigen von Profilen glitt am Fenster vorüber, und ich war zufrieden, mich einfach nur zurückzulehnen und zu schauen, bis eines dieser Gesichter mich schließlich aufrüttelte. Der ängstliche kleine Clown, den ich angepöbelt hatte, war gerade draußen vorbeigekommen. Doch obwohl mir sein Gesicht in seiner gespenstischen Eigentümlichkeit vertraut war, war etwas daran verändert, und ich fragte mich, ob es wohl zwei solch abscheulicher Freaks gab.

Rasch bezahlte ich bei dem Mann hinter der Theke und stürzte nach draußen, um einen zweiten Blick auf den Clown zu erhaschen, der jetzt nirgends mehr zu sehen war. Die Menschenmenge hinderte mich, der Gestalt dicht genug auf den Fersen zu bleiben, und ich fragte mich, wie der Clown es schaffte, so schnell vor mir herzugehen. Es sei denn, die Menge hätte es dieser Kreatur instinktiv gewährt, unbehindert durch ihre dichten Reihen zu dringen, so wie sie es bei Thoss getan hatte. Auf der Suche nach diesem einen Freak, entdeckte ich, daß die feiernde Bevölkerung von Mirocaw und die geduldeten Clowns nicht nur mit ein oder zwei, sondern mit einer bemerkenswerten Anzahl jener bleichen, gespenstischen Kreaturen durchsetzt war. Sie alle drifteten von den Rauflustigen unbehelligt durch die Straßen. Ich begriff jetzt ein Tabu des Festes. Diese *anderen* Clowns durften nicht belästigt, sie mußten sogar gemieden werden, genau so wie die Bewohner des Slums am Rande der Stadt. Nichtsdestoweniger spürte ich instinktiv, daß die beiden Gruppen von Clowns irgendwie miteinander verbunden waren, wenn auch die Ghetto-Clowns während des Winterfestes nicht gern gesehen waren. In der Tat waren sie nicht einfach ein Teil der Gemeinschaft, der die Feiertage auf seine eigene Art beging. Allem Anschein nach beging diese Gruppe melancholischer Komödianten nichts weniger als ein ganz und gar unabhängiges Fest – ein Fest *in* einem Fest.

Zurück in meinem Zimmer, trug ich meine Mutmaßungen in mein Tagebuch ein, das ich über dieses Unternehmen führte. Das Folgende sind Auszüge daraus:

Ich weiß, ich könnte mich irren. Immer noch halbbetrunken, werde ich später darüber nachdenken. Jetzt aber weiß ich, warum Thoss in seinen Studien, die jetzt meine sind, so sehr auf bloße Eindrücke, Intuition und Subjektivität angewiesen war. Thoss schrieb über Mirocaws Armenviertel und seine Bewohner, doch hat er versäumt, zu benennen, *was* diese Menschen vom Rest der Gemeinschaft absondert. Ihr Ausschluß könnte sich auf Nationalität, Religion, sozialen Status usw. begründen, doch ob diese Faktoren wirklich eine Rolle spielen, vermag ich zu diesem Zeitpunkt nicht zu entscheiden. (Vielleicht werde ich derartige Belanglosigkeiten bald ganz ignorieren können.)

Die Bewohner Mirocaws legen den Menschen aus den Slums gegenüber ein abergläubisches Verhalten an den Tag, besonders wenn sie mit jenen furchtbaren Masken in Erscheinung treten, die auf ihr *eigenes* Fest hindeuten. Welche Beziehung besteht zwischen diesen zeitgleichen Feiern? Ging eine der anderen voraus? Welche? Meine Meinung zu diesem Punkt ist, daß Mirocaws Winterfest später entstand, mit dem Zweck, dessen Wirkung zu überdecken oder zu mildern. Man denke an die ›Feiertagsselbstmorde‹ und die »untergründige Jahreszeit«, über die Thoss schrieb, an das Verschwinden von Elizabeth Beadle vor zwanzig Jahren und mein eigenes Erlebnis mit jenen Parias, die außerhalb und doch inmitten der Gemeinschaft existieren. Über meine persönliche Erfahrung mit dieser psychisch destruktiven, untergründigen Jahreszeit möchte ich jetzt lieber nicht sprechen. Was geistige Gesundheit im allgemeinen angeht, muß ich Thoss' Buch über seinen Aufenthalt in einer psychiatrischen Klinik hinzuziehen. Ich muß das und die Neuengland-Wurzeln von Mirocaw prüfen. Morgen ist der Tag der

Wintersonnenwende, der Tag des Jahres, an dem die Stunden der Nacht die Stunden des Tages am meisten überwiegen. Ich muß herausbekommen, wie dies mit den Selbstmorden und dem Ansteigen der psychischen Verwirrung zusammenhängt.

Mir Thoss' Liste der registrierten Selbstmorde in seinem Aufsatz ins Gedächtnis rufend, scheint es eine Wiederkehr bestimmter Familiennamen zu geben, was allerdings in einer Kleinstadt immer gut möglich ist. Unter diesen Namen gab es ein oder zwei Beadles. Vielleicht gab es ja einen genealogischen Grund für die Selbstmorde, der nichts mit Thoss' mystischer Festzeit zu tun hatte, die gewiß ein schillerndes Phänomen ist und überdies in verschiedener Hinsicht zu dieser Stadt zu passen scheint.

Sicher scheint mir die Teilung Mirocaws in zwei unterschiedliche Einwohnertypen, was sich in zwei unterschiedlichen Festen und dem Auftreten ähnlicher Clowns zeigt – ein hier im weitesten Sinne angewandter Begriff. Aber es gibt eine Verbindung, und ich glaube eine gewisse Vorstellung davon zu besitzen. Die ›normalen‹ Bewohner der Stadt betrachten jene aus dem Ghetto und insbesondere die Clowns abergläubisch. Doch es ist mehr als das: Angst, vielleicht Haß – die besondere Art von Haß, die in einer machtvollen und irrationalen Urerinnerung wurzelt. Was Mirocaw entsetzt, vermag ich wahrscheinlich sehr gut zu verstehen. Ich erinnere an den Vorfall früher am Tag in jenem leeren *diner*, leer ist genau das richtige Wort, auch wenn es im Widerspruch zu den Fakten steht. Die Versammlung in jenem halbbeleuchteten Raum glich weniger einer Gegenwart als einer Abwesenheit, selbst angesichts ihrer erdrückenden Zahl. Diese Augen, die sich auf nichts richteten, die quälende Erschlaffung der Gesichter, das träge Schlurfen der Füße. Ich war seelisch ausgelaugt, als ich hinausrannte. Ich begriff in diesem Moment, warum diese Menschen und ihr Tun gemieden wurden. Es wäre keine Überraschung, wenn *sie* etwas zu tun hätten mit dem tragischen ›Hinscheiden‹ Dr. Eastmans, nachdem er und seine Assistenten hierhergekommen waren, um jenen selbstmörderischen Vogelschwarm zu untersuchen. Vielleicht wollten sie Nachforschungen über jegliche Art von Selbstmord – tierisch oder menschlich – verhindern.

Das ist es, womit die Bürger von Mirocaw all die Jahre gelebt haben, seit der Gründung der Stadt, und vielleicht sogar noch bevor ihre Einwohner ihre ›neuenglische‹ Heimat verließen. Selbstverständlich gibt es eine scharfe Trennung, und im Alltag scheint es für die gewöhnlichen Einwohner keinen Grund zu geben, irgendwelche Beziehungen zu ihren Nachbarn aus den Slums aufzunehmen. Die bloße Existenz dieses Viertels und seiner Einwohner, die Nähe ihrer öden Leblosigkeit; ein brodelndes Becken der Entartung, das schließlich am Jahresende, wenn die dunklen Stunden überwiegen, sich überschäumend in den Rest der Stadt ergießt, um dort lautlos ein unbekanntes Fest zu begehen – ein Fest, das einhergeht mit einer Ermattung des Geistes und mit Selbstmord. Ich vermag die Klugheit der Ahnen von Mirocaw nicht anzuzweifeln, die die Tradition des Winterfestes begründeten und der Stadt einen Vorwand zum Feiern und zur Geselligkeit gewährten in einer Jahrszeit, in der die Last niederdrückender Isolierung am schwersten wiegt, an jenem längsten und dunkelsten Abend der Wintersonnenwende. Eine fröhliche Weihnachtsstimmung hatte nicht genügt, um den Anfechtungen der Jahreszeit zu begegnen. Doch gab es immer noch die Selbstmorde einzelner, die, wie ich vermute, vom belebenden Treiben des Festes irgendwie abgeschnitten sind.

Es ist wohl das Wesen dieser heimtückischen und untergründigen Jahreszeit und der alljährlich aus den Slums herüberschwappenden Wintersonnenwendfeier, das die äußere Gestalt von Mirocaws Winterfest bestimmt: das optimistische Grün während einer Zeit grauen Schlafes, das fruchtbare Versprechen der Winterkönigin, und... die *Clowns*.

Die bunten Clowns von Mirocaw, die so schlecht behandelt werden, sie dienen anscheinend als Ersatz für jene hohläugigen Imitationen aus den Slums. Obwohl letztere gefürchtet werden, da sie eine gewisse Macht besitzen, werden sie symbolisch angegriffen und besiegt, in Gestalt ihrer Gegenstücke, die zu keinem anderen Zweck auserwählt werden. Wenn ich damit recht habe, frage ich mich, wie sehr sich die Bevölkerung von Mirocaw dieser indirekten Demonstration von Widerstand bewußt ist. Die drei, mit denen ich heute nacht geredet habe, schienen wenig mehr zu wissen, als daß ein gewisses Maß an groben Spaßen zur Tradition des Festes gehört. Und wieviel Bewußtsein herrscht wohl auf der anderen Seite dieser beiden antagonistischen Feste? Zu grauenhaft, dergleichen auch nur zu denken, aber ich frage mich, ob bei all ihrer augenscheinlichen Ziellosigkeit die Ghetto-Bewohner nicht doch die einzigen sind, die wissen, worum es eigentlich geht. Ich will nicht abstreiten, daß hinter diesen unmenschlich schlaffen Mienen nicht eine eigentümliche Intelligenz schlummert.

Ich erkenne die Verwirrtheit meines gegenwärtigen Zustandes, doch als ich heute nacht von Straße zu Straße schwankte und diese Clowns mit ihren großen, ovalen Mündern betrachtete, konnte ich mich des Eindrucks nicht erwehren, daß das ganze fröhliche Treiben in Mirocaw auf seltsame Weise nur durch ihr Leiden ermöglicht wird. Dies ist, so hoffe ich, nicht mehr als eine Intuition, die Art von Idee, die abwegig genug ist, um das Denken anzuregen, ohne jemals in den Genuß eines Beweises zu gelangen. Ich weiß, daß mein Geist nicht ganz klar ist, aber ich spüre, daß es möglich sein könnte, Mirocaws Vielschichtigkeit zu durchdringen und ein Licht auf die dunkle Seite des Festes zu werfen. Insbesondere muß ich die Bedeutung jenes *zweiten* Festes herausfinden. Handelt es sich dabei ebenfalls um eine Art Fruchtbarkeitsfeier? Meinen Beobachtungen zufolge scheint der Tenor des feiernden Untergrunds Anti-Fruchtbarkeit zu sein. Wie mag es ihnen über die Jahre gelungen sein, nicht vollständig auszusterben? Wie erhalten sie ihre Art?

Aber ich war zu erschöpft, um noch mehr trunkene Vermutungen zu formulieren. Ich fiel auf mein Bett und verlor mich in Träumen von Gesichtern und Straßen.

VI.

Ich war natürlich leicht verkatert, als ich spät am folgenden Morgen aufwachte. Das Fest war immer noch heftig im Gange, und laut plärrende Musik weckte mich aus einem Alptraum. Ein Umzug fand statt.

Eine Reihe von Festwagen zog die Townshend Street herab, eine vertraute Farbe herrschte vor. Es gab Wagen zu den Themen ›Gründerväter und Indianer und ›Cowboys und Indianer‹ sowie Clowns der klassischen Sorte; in der Mitte des Zuges die Winterkönigin selbst, die droben auf ihrem eisigen Thron festfror. Sie winkte nach allen Richtungen. Ich bildete mir sogar ein, daß sie zu meinem dunklen Fenster hinauf winkte.

In den ersten qualvollen, wachen Momenten hatte ich kein Verständnis mehr für meine Erregung während der vergangenen Nacht. Doch sollte ich feststellen, daß mein Enthusiasmus nur geruht hatte, um jetzt mit noch größerer Heftigkeit zurückzukehren. Nie zuvor während dieser gewöhnlich trostlosen Jahreszeit waren mein Geist und meine Sinne so regsam gewesen. Zu Hause hätte ich traurig alte Platten gespielt und aus dem Fenster geschaut. Ich war meinem Engagement für einen bedeutsamen Wahnsinn auf gänzlich abstrakte Weise ungeheuer dankbar. Und ich war begierig, an die Arbeit zu gehen, nachdem ich im *coffee shop* gefrühstückt hatte. Als ich in mein Zimmer zurückkehrte, sah ich, daß die Tür offen stand. Jemand hatte etwas auf meinen Ankleidespiegel geschrieben.

Die Schrift war rot und verschmiert wie vom Schminkstift eines Clowns – meines eigenen, wie ich feststellte. Ich las den Satz – oder sollte ich sagen, das Rätsel? – mehrere Male: ›Was gräbt sich selbst sein Grab, bevor es stirbt?‹ Ich betrachtete ihn lange Zeit, überaus beunruhigt über die Verletzlichkeit meiner Ferienfestung. Sollte dies eine Art Warnung sein? Eine Drohung für den Fall, daß ich einen bestimmten Weg beharrlich weiterverfolgte, wobei ich dann vor der Zeit im Grab enden würde? Ich müßte nur vorsichtig sein, sagte ich mir. Ich beschloß, mich durch nichts von der glänzenden Strategie abhalten zu lassen, die ich mir zurechtgelegt hatte. Ich wischte den Spiegel sauber, denn er wurde jetzt für andere Zwecke gebraucht. Ich verbrachte den Rest des Tages damit, mir ein ganz besonderes Kostüm und ein passendes Antlitz zu entwerfen. Ich polierte meinen Mantel einfach mit ein oder zwei abgerissenen Taschen und einem kompletten Satz Flicken auf. Zusammen mit Jeans und ein paar ziemlich abgetragenen Schuhen besaß ich das passable Kostüm eines menschlichen Wracks. Das Gesicht aber war schwieriger, denn ich mußte aus der Erinnerung experimentieren. An den schreienden Pierrot in jenem Gemälde zu denken (es hieß ›Der Schrei‹, wie ich mich jetzt erinnere), half mir ein wenig.

Bei Einbruch der Nacht verließ ich das Hotel über die Hintertreppe. Es war seltsam, in dieser schauerlichen Verkleidung durch die dichtbevölkerte Straße zu laufen. Obwohl ich angenommen hatte, unverzüglich aufzufallen, kam das tatsächliche Erlebnis vollkommener Unsichtbarkeit, wie ich sie mir vorstellte, sehr nahe. Niemand sah mich an, wenn ich vorüberschlenderte oder wenn jemand vorüberschlenderte oder wenn wir aneinander vorüberschlenderten. Ich war ein Gespenst – vielleicht der Geist vergangener Feste oder künftiger.

Ich hatte keine klare Vorstellung davon, wohin mich meine Verkleidung an jenem Abend führen sollte, nur die vage Hoffnung, das Vertrauen meiner Mitgespenster zu gewinnen und möglicherweise auf irgendeine Art ihre Geheimnisse zu entdecken. Für eine Weile wollte ich einfach auf diese nachlässige Weise umherstreifen, die ich ihnen abgeschaut hatte, und ihrer Richtung folgen, wohin sie mich auch führen würden. Dies bedeutete vor allen Dingen, fast nichts zu tun, und das ohne einen Laut. Wenn ich auf dem Gehsteig an einem meines Schlages vorüberging, fiel kein einziges Wort, gab es keinen Austausch wissender Blicke, nicht ein Anzeichen des Erkennens, das ich bemerkt hätte. Wir waren hier auf den Straßen Mirocaws um unserer Anwesenheit willen, sonst nichts. So wenigstens kam es mir schließlich vor.

Als ich in meiner physischen Unsichtbarkeit umherstreifte, hatte ich immer mehr das Gefühl, eine leere, fließende Form zu werden, zu sehen, ohne gesehen zu werden, und zu gehen, ohne die gröberen Wesen zu berühren, die meine Welt teilten. Dies war keine vollkommen uninteressante Erfahrung, die jeglichen Vergnügens entbehrt hätte. Die Losung der Clowns – »Da sind wir wieder!« – gewann eine neue Bedeutung für mich, als ich mich wie der Novize eines geheimeren Ordens der Harlekinade fühlte. Und sehr bald bot sich mir die Gelegenheit, weitere Fortschritte zu machen.

Auf der anderen Straßenseite rollte in entgegengesetzter Richtung langsam ein Lieferwagen vorüber und teilte sanft das Meer der im Zickzack hin und her eilenden Feiernden. Die Ladung hinten im Wagen war seltsam, bestand sie doch ausschließlich aus meinen Mitsektierern. Der Wagen stoppte weiter unten auf der Straße, und noch einer von ihnen stieg über die hintere Ladeklappe ein. Eine Straße weiter sah ich den nächsten aufsteigen. Zwei Straßen weiter wendete der Wagen an einer Kreuzung und fuhr in meine Richtung.

Ich war nicht sicher, ob der Wagen sein Tempo verlangsamen würde, um mich mitzunehmen, denn ich nahm an, daß sie in mir einen Hochstapler ahnten. Doch der Lieferwagen wurde langsamer und hielt beinahe an, als er auf meiner Höhe war. Die anderen waren auf der Ladefläche zusammengepfercht. Die meisten starrten bloß mit der gewohnten Gleichgültigkeit ins Leere. Ein paar aber blickten mich recht erwartungsvoll an. Eine Sekunde lang zögerte ich, unsicher, ob ich dieses Spiel weitertreiben wollte. Im letzten Augenblick ließ mich irgendeine Regung auf die Ladefläche klettern und zwischen die anderen quetschen.

Es mußten nur noch einige mehr aufgelesen werden, ehe der Lieferwagen in die Außenbezirke Mirocaws fuhr, und dann weiter. Zunächst versuchte ich, die Übersicht über die Stadt zu behalten. Doch nachdem wir Kurve um Kurve durch die Dunkelheit schmaler, von Wald überwucherter Straßen geschaukelt waren, sah ich mich außerstande, irgendein Richtungsgefühl zu bewahren. Die Mehrheit der anderen auf der Ladefläche des Lieferwagens gab durch nichts zu erkennen, daß sie ihre Mitreisenden wahrnahm. Vorsichtig blickte ich von einem gespenstischem Gesicht zum nächsten. Ein paar wandten sich mit kurzen, geflüsterten Sätzen an ihren Nachbarn. Ich konnte nicht verstehen, was sie sagten, aber ihr Tonfall war von unschuldiger Normalität, als gehörten sie nicht zu der abgestumpften Slumherde von Mirocaw. Vielleicht, dachte ich, waren dies Abenteurer, die sich verkleidet hatten, so wie ich, oder wahrscheinlicher, Neulinge, die vorherige Anweisungen auf Versammlungen wie der, in die ich am Tag zuvor hineingestolpert war, erhalten hatten. Es war ebensogut möglich, daß eben die Jungen, die ich in eine hastige Flucht geschlagen hatte, Mitglieder dieser Mannschaft waren.

Der Lieferwagen raste jetzt über fast freies Land und steuerte auf jene Hügel zu, die die nunmehr ferne Stadt Mirocaw umgaben. Der eisige Wind fegte uns um die Ohren, und ich konnte nicht umhin, vor Kälte zu zittern. Dies verriet mich eindeutig als Neuling in der Gruppe, denn die zwei an mich gepreßten Körper verharrten in starrer Reglosigkeit und schienen sogar selbst Kälte auszuströmen. Ich starrte geradeaus in die Dunkelheit, die uns schon bald verschluckte.

Wir hatten das offene Land hinter uns gelassen, die Straße war von dichten Wäldern gesäumt. Die Masse der Körper im Lieferwagen lehnte sich gegeneinander, als wir eine steile Böschung hinauffuhren. Über uns, auf dem Gipfel des Hügels, waren Lichter, die von irgendwoher aus dem Wald zu uns drangen. Als die Straße wieder eben wurde, bog der Lieferwagen abrupt um eine Kurve und hielt auf etwas zu, das ich für die Schwärze des Straßenrandes oder einen tiefen Graben hielt. Es war jedoch ein unbefestigter Weg, über den der Lieferwagen weiter auf das nahe Leuchten zurollte.

Dieses Leuchten wurde heller und deutlicher, je näher wir kamen, flackerte über den Bäumen und ließ öde Einzelheiten erkennen, wo zuvor nur samtenes Dunkel geherrscht hatte. Als der Lieferwagen eine Lichtung erreichte und anhielt, sah ich eine lockere Versammlung von Gestalten, von denen viele Laternen hielten, die ein blendendes und kaltes Licht spendeten. Ich stand im Laderaum des Lieferwagens, um auszusteigen wie die anderen. Mich von dieser Höhe aus umschauend, sah ich ungefähr dreißig weitere dieser leichenhaften Clowns ziellos umherwandern. Einer meiner Mitreisenden hatte beobachtet, wie ich im Wagen zurückgeblieben war, und riet mir, mich zu beeilen, wobei er mit seltsamer Fistelstimme etwas über den »Wendepunkt der Dunkelheit« sagte. Ich dachte erneut über die Nacht der Wintersonnenwende nach, es war nüchtern betrachtet die längste Dunkelphase des Jahres, wenn sie sich auch sonst nicht sonderlich von anderen Winternächten unterschied. Ihre wahre Bedeutung aber hing von Faktoren ab, die nur wenig mit der Statistik des Kalenders zu tun hatten.

Ich ging hinüber zu der Stelle, wo die übrigen sich zu einer Gruppe formierten und wo sich in den subtilen Gesten und der Mimik der einzelnen ein Gefühl gespannter Erwartung zeigte. Blicke wurden gewechselt, die Hand des einen berührte leicht die Schulter des anderen, und ein Paar runder Augen sah zu der Stelle hinüber, wo zwei Gestalten ihre Laternen in sechs Fuß Abstand auf dem Boden plazierten. Das Licht dieser Laternen offenbarte eine Öffnung in der Erde. Schließlich wurde die Aufmerksamkeit eines jeden auf diese kreisrunde Grube gelenkt, und wie auf Kommando begannen alle, sich um ihren Rand zu kauern. Die einzigen Geräusche waren die des Windes und die unserer eigenen Bewegungen, mit denen wir gefrorenes Laub und Äste unter den Füßen zertraten.

Schließlich, als wir alle den gähnenden Schlund umringt hatten, sprang der erste hinein, verschwand für einen Moment aus unserem Blickfeld, erschien aber sogleich wieder, um nach einer Laterne zu greifen, die ihm von oben herabgereicht wurde. Die Miniaturausgabe eines Abgrundes füllte sich mit Licht und ich sah, daß er nicht mehr als sechs Fuß tief war. Kurz über dem Grund war an der Innenwand ein Tunneleingang in das Erdreich getrieben worden. Der mit der Laterne beugte sich leicht vor und verschwand in dem Gang.

Einer nach dem anderen sprangen darauf die Mitglieder der Versammlung in die finstere Grube, und jeder fünfte griff sich eine Laterne. Ich hielt mich an das Ende der Gruppe, denn was auch immer unter der Erde geschehen sollte, ich wollte auf jeden Fall im Hintergrund bleiben. Als nur noch etwa zehn von uns oben standen, trug ich dafür Sorge, daß vier vorausgingen, um als fünfter mit einer Laterne ausgestattet zu werden. So geschah es auch, denn nachdem ich auf den Grund der Grube gesprungen war, wurde mir feierlich ein Licht herabgereicht. Ich wandte mich um und betrat rasch den Tunnel. Ich zitterte unterdessen so vor Kälte, daß ich weder Angst empfand noch Neugier, sondern nur Dankbarkeit für den Wetterschutz.

Ich betrat einen langen, sanft geschwungenen unterirdischen Gang, gerade hoch genug, um aufrecht darin zu stehen. Es war merklich wärmer dort unten als draußen in der kalten Dunkelheit des Waldes. Nach einigen Augenblicken war ich soweit wieder aufgetaut, daß mein Denken sich von der Frage meines körperlichen Befindens ab- und der plötzlichen und dringlichen Frage meines Überlebens zuwandte. Während ich weiterging, hielt ich meine Lampe dicht an die Wände des Tunnels. Sie waren glatt und gleichmäßig, so als wäre der Gang nicht von Hand gegraben, sondern von etwas, das einen Hinweis auf seine Ausmaße in der Größe und Gestalt des Tunnels selbst hinterlassen hatte. Ich muß gestehen, daß mir diese wahnwitzige Idee kam, als ich mich der Botschaft erinnerte, die auf meinem Schlafzimmerspiegel hinterlassen worden war: ›Was gräbt sich selbst sein Grab, ehe es stirbt?‹

Die unheimlichen Höhlenforscher hinter mir begannen mich nun zu überholen, und ich mußte mich beeilen, um mit denen vor mir Schritt zu halten. Ihre Laternen nickten mit jedem Schritt ihrer Träger, und die sich dahinschleppende Prozession kam mir immer unwirklicher vor, je tiefer wir in den behaglichen kleinen Tunnel hineinmarschierten. Nach einer Weile bemerkte ich, daß die Schlange vor mir kürzer wurde. Die Teilnehmer der Prozession ergossen sich in eine Kammer, die auch ich bald erreichte. Dieser Raum war an die zwanzig Fuß hoch, ansonsten glichen seine Ausmaße annähernd einem großen Tanzsaal. Als ich in die Höhe blickte, wurde mir unangenehm bewußt, wie tief wir unter die Erde hinabgestiegen waren. Anders als die glatten Wände des Tunnels sahen die der Höhle zerklüftet und unregelmäßig aus, als wäre an ihnen genagt worden. Die Erde war, so nahm ich an, entweder durch den Tunnel, aus dem wir gekommen waren, weggeschafft worden oder aber durch eine der vielen anderen schwarzen Öffnungen, die ich rund um die Kammer erblickte; wahrscheinlich führten auch sie zurück an die Oberfläche.

Doch die Bauweise dieser Kammer beschäftigte meine Gedanken weit weniger als die Gestalten in ihr. Dort, auf dem Boden der großen Höhle, hieß uns wohl die gesamte Slumbevölkerung Mirocaws willkommen, und alle zeigten sie die gleichen Gesichter mit vor Schreck weitaufgerissenen Augen und ovalen Mündern. Sie standen im Kreis um ein altarartiges Gebilde, das mit einer dunklen, ledrigen Decke verhängt war. Auf dem Altar verhüllte eine zweite Decke gleichen Materials eine plumpe Form.

Hinter dieser Form, auf den Altar niederblickend, stand die einzige Gestalt, deren Gesicht nicht mit Schminke beschmiert war.

Sie trug ein langes, schneeiges Gewand von gleicher Farbe wie das dünne Haar, das ihr Haupt bekränzte. Ihre Arme hingen entspannt an den Seiten herab. Sie bewegte sich nicht. Der Mann, von dem ich geglaubt hatte, er würde große Mysterien durchdringen, stand in der gleichen professionellen Haltung vor uns, die mich vor vielen Jahren so beeindruckt hatte; jetzt aber empfand ich nichts als Angst bei dem Gedanken, *welche* Mysterien sich in den unergründlichen Falten seines gebieterischen Gewandes verbergen mochten. War ich wirklich gekommen, um eine so gewaltige Erscheinung herauszufordern? Der Name, unter dem ich ihn kannte, schien an sich selbst zu gering, um jemanden seines Kalibers zu bezeichnen. Eher sollte ich ihn bei den Namen seiner anderen Inkarnationen nennen: Gott aller Weisheit, Verfasser aller heiligen Bücher, Vater aller Magier, dreifach groß und mehr – ich sollte ihn *Thoth* nennen.

Er erhob seine gewölbten Hände vor seiner Gemeinde. Die Zeremonie nahm ihren Lauf.

Es war alles sehr einfach. Die ganze Versammlung, die bis zu diesem Augenblick vollkommen lautlos gewesen war, brach in den grauenerregendsten hohen Singsang aus, den man sich vorzustellen vermag. Es war ein Klagegesang, der von Delirium und von Scham kündete. Die Höhle hallte gellend wider von dem dissonant wimmernden Chor. Auch meine Stimme fiel in den Gesang der Gemeinde ein und versuchte, mit ihrer verstümmelten Musik zu verschmelzen. Doch mein Gesang konnte den ihren nicht nachahmen, war er doch von einer Rauhheit, die ihrem kakophonischen, leidenschaftlichen Klagen nicht gleichen mochte. Um mich nicht als Eindringling zu verraten, fuhr ich fort, ihre Worte lautlos mit den Lippen nachzubilden. Diese Worte waren eine Offenbarung der verdrießlichen Bosheit, die ich bisher immer nur in der Gegenwart dieser Gestalten wahrgenommen hatte. Sie sangen zu den »Ungeborenen im Paradies«, zu den »reinen, ungelebten Leben«. Sie sangen ein Klagelied auf das Sein, auf all seine vitalen Gestalten und Zeiten. Ihre Ideale waren die der Finsternis, des Chaos, und eine all den mannigfaltigen Gesichtern des Todes geweihte melancholische Halbexistenz. Ein Meer dürrer, blutleerer Gesichter erbebte und schrie seine abartigen Hoffnungen hinaus. Und die festlich gewandete Leitfigur im Zentrum all dessen – im Verlauf der letzten zwanzig Jahren in den Rang eines Hohepriesters erhoben – war der Mann, von dem ich so viele meiner eigenen Lebensprinzipien übernommen hatte. Es wäre sinnlos, beschreiben zu wollen, was ich in diesem Moment empfand, und eine Verschwendung der Zeit, die ich benötige, die folgenden Ereignisse zu schildern.

Das Singen brach unvermittelt ab, und die hochragende, weißhaarige Gestalt hob zu sprechen an. Er hieß die »Neue Generation« willkommen – zwanzig Winter waren vergangen, seitdem die »Reinen« die Reihen der ihren vergrößert hatten. Das Wort »rein« war in dieser Umgebung ein Anschlag auf den Rest von Verstand und Moral, den ich mir noch bewahrt hatte, denn nichts hätte verdorbener sein können, als das, was nun folgen sollte. Thoss – und ich bleibe bei dieser erloschenen Identität nur aus Gewohnheit – beendete seine Predigt und trat hinter den dunkel-behäuteten Altar zurück. Dort zog er mit der ganzen Großartigkeit seines früheren Selbst die oberste Decke zurück. Darunter lag eine schlaffgliedrige Figur, eine über die Altarplatte gebreitete, zusammengekrümmte Puppe. Ich stand im Hintergrund der Versammlung und versuchte dem Ausgang so nah wie möglich zu bleiben. Folglich sah ich nicht alles so deutlich, wie ich gekonnt hätte.

Thoss blickte auf die gekrümmte, puppenhafte Gestalt herab, dann fixierte er die Versammlung. Ich bildete mir sogar ein, daß er mir einen erkennenden Blick zuwarf. Er breitete die Arme aus, und ein unablässiger Strom sinnloser Worte ergoß sich aus seinem klagenden Mund. Die Gemeinde begann sich verhalten, aber ersichtlich zu rühren. Bis zu diesem Augenblick hatte das Böse dieser *Menschen* für mich noch eine Grenze gehabt. Sie waren schließlich nichts anderes als das. Sie waren nichts als todessüchtige, selbstquälerische Seelen mit absonderlichen Glaubensvorstellungen. Wenn es irgend etwas gibt, das ich in all den Jahren als Anthropologe gelernt habe, dann dies, daß die Welt unendlich reich an absonderlichen Ideen ist, in einem solchen Maße, daß der Begriff des Absonderlichen selbst für mich kaum mehr etwas bedeutet. Doch mit der Szene, deren Zeuge ich jetzt wurde, überschritt meine Erfahrung die Grenze zu einem Reich, aus dem ich nie wieder zurückkehren werde.

Denn jetzt begann die *Verwandlung*, der Höhepunkt jener Harlekinade.

Es fing langsam an. Es ging eine leichte Bewegung durch die Menge auf der mir entgegengesetzten Seite der Kammer. Jemand war zu Boden gestürzt, und die anderen in der Nähe wichen zurück. Die Stimme am Altar fuhr mit dem Singsang fort. Ich versuchte, eine bessere Sicht zu ergattern, doch es standen zu viele von ihnen um mich herum. Durch die Masse der Körper, die mir die Sicht verstellten, konnte ich nur flüchtige Blicke auf das, was sich gerade zutrug, erhaschen. Es hatte bereits begonnen, ehe ich noch erkannte, *was* eigentlich begann…

Derjenige, der zu Boden gestürzt war, schien jedwede ursprüngliche Form und Gestalt zu verlieren. Ich dachte, ich sähe den Trick eines Clowns. Sie waren doch Clowns, oder etwa nicht? Ich selbst konnte vier weiße Kugeln in vier schwarze Kugeln verwandeln, während ich damit jonglierte. Und dies war nicht mein überwältigendstes Beispiel für clowneske Zaubereien. Und gehört denn nicht zu allen Zeremonien, die auf einer Irreführung der Teilnehmer beruhen, ein wenig Taschenspielerei? Eine gute Vorstellung, dachte ich, und kicherte in mich hinein. Die Verwandlungsszene Harlekins, der seine Narrenmaske abstreift. Großer Gott, Harlekin, beweg dich doch nicht *so*! Harlekin, wo sind deine Arme? Deine Beine sind miteinander verschmolzen und beginnen, über die Erde zu kriechen. Was für ein schrecklicher, klaffender Nabel ist da, wo dein Gesicht sein sollte? *›Was gräbt sich selbst ein Grab, bevor es stirbt?‹* Die allmächtige Schlange der Weisheit – der *Sieger-Wurm*.

Es begann nun überall in der Kammer. Einzelne Mitglieder der Gemeinde starrten leer – für einen Moment in gefrorener Trance gefangen – und brachen dann zusammen, um ihre widerwärtige Metamorphose zu beginnen. Dies griff immer mehr um sich, je lauter und besessener Thoss sein wahnsinniges Gebet oder seine Verwünschungen sang. Dann begann eine schlängelnde Bewegung auf den Altar zu, und Thoss begrüßte die Kreaturen, als sie sich ihren Weg zum Altar wanden. Ich wußte jetzt, welche erschlaffte Gestalt darauf lag.

Dies waren Köre und Persephone, Tochter von Ceres und der Winterkönigin: das in die Unterwelt des Todes entführte Kind. Nur daß dieses Kind keine übernatürliche Mutter besaß, es zu retten, überhaupt keine lebendige Mutter. Denn das Opfer, dessen Zeuge ich war, war ein Widerhall jenes Opfers, das vor zwanzig Jahren stattgefunden hatte, der Karneval der vorangegangenen Generation – *O carne vale!* Jetzt waren beide, Mutter und Tochter, Opfer dieses unterirdischen Sabbaths geworden. Ich begriff endlich die Wahrheit, als sich die Gestalt auf dem Altar rührte, ein Haupt von eisiger Schönheit hob und beim Anblick der um sie wimmelnden, stummen Münder zu schreien begann.

Ich rannte aus der Kammer hinaus zurück in den Tunnel. Ich hätte nichts tun können, habe ich mir immer wieder eingeredet. Einige der anderen, die noch nicht verwandelt waren, begannen mich zu verfolgen. Sie hätten mich zweifellos erwischt, denn nach wenigen Metern stürzte ich. Und einen Moment lang bildete ich mir ein, daß auch ich eine Verwandlung durchmachen müßte, aber ich war nicht präpariert worden wie die anderen. Als ich die Schritte meiner Verfolger näherkommen hörte, wußte ich, daß *mich* ein weit schlimmeres Schicksal auf dem Altar erwarten würde. Doch die Schritte verstummten und zogen sich zurück. Die Stimme ihres Hohepriesters hatte ihnen einen Befehl erteilt. Auch ich hörte den Befehl, wenn ich mir auch wünsche, ihn nie gehört zu haben. Bis zu diesem Augenblick hatte ich mir eingebildet, daß Thoss sich meiner nicht mehr erinnerte. Es war seine Stimme, die mich eines besseren belehrte.

Für den Moment war ich frei zu gehen. Ich kämpfte mich auf die Füße, und suchte, da meine Laterne bei dem Sturz zerbrochen war, meinen Weg zurück durch kloakenhafte Schwärze. Alles schien sehr schnell zu gehen, nachdem ich einmal dem Tunnel entronnen und aus der Grube geklettert war. Ich wischte die übelriechende Fettschminke aus dem Gesicht, als ich durch den Wald zur Straße zurückrannte. Ein vorbeifahrendes Auto hielt an, ich ließ dem Fahrer allerdings auch keine andere Wahl, es sei denn, er hätte mich überfahren wollen. »Danke fürs Anhalten.«

»Was zum Teufel machen Sie hier draußen?« fragte der Fahrer.

Ich hielt den Atem an. »Es war ein Scherz. Das Fest. Freunde hielten es für komisch… Bitte, fahren Sie weiter.« Mein Fahrer setzte mich etwa eine Meile vor der Stadt ab, von dort konnte ich den Weg finden. Es war derselbe Weg, auf dem ich bei meinem ersten Besuch im vergangenen Sommer nach Mirocaw gekommen war. Ich blieb eine Weile auf dem Gipfel des hohen Hügels gegenüber der Stadtgrenzen stehen und sah hinab auf das geschäftige, kleine Dorf. Die Intensität des Festes hatte nicht nachgelassen und würde es auch nicht vor dem Morgen tun. Ich ging auf das einladende grüne Leuchten zu, schlüpfte zwischen den Feiernden hindurch und kehrte ins Hotel zurück. Niemand sah mich auf mein Zimmer hinaufgehen. Tatsächlich lag eine Atmosphäre der Leere und Verlassenheit über dem Gebäude, das Pult in der Lobby war unbesetzt.

Ich verriegelte meine Zimmertür und brach auf meinem Bett zusammen.

VII.

Als ich am nächsten Morgen aufwachte, sah ich aus dem Fenster und stellte fest, daß die Stadt und ihr Umland während der Nacht von einem unvorhergesehenem Schneesturm heimgesucht worden waren. Der Schnee fiel immer noch und wurde auf die nunmehr verlassenen Straßen von Mirocaw geweht, wo er liegenblieb. Das Fest war vorüber. Alle waren nach Hause gegangen.

Und genau das war auch meine Absicht. Angesichts dessen, was ich in der vergangenen Nacht gesehen hatte, würde jedes Handeln meinerseits warten müssen, bis ich die Stadt verlassen hatte.

Ich bin mir noch immer nicht sicher, ob es überhaupt Sinn hat, die Dinge beim Namen zu nennen. Alle Anschuldigungen, die ich gegen die Slumbevölkerung von Mirocaw erheben könnte, würden völlig zu Recht als unglaublich zurückgewiesen werden. Vielleicht wird mich das alles schon bald nichts mehr angehen.

Mit meinen gepackten Koffern in beiden Händen trat ich vor die Rezeption, um zu zahlen. Der Mann hinter dem Pult war nicht Beadle, und er mußte lange herumkramen, um meine Rechnung zu finden.

»Bitte schön. War alles zu Ihrer Zufriedenheit?« »Ja«, antwortete ich, »ist Mr. Beadle nicht da?« »Nein, er ist leider noch nicht zurück. War die ganze Nacht unterwegs, um seine Tochter zu suchen. Sie ist ein sehr beliebtes Mädchen, Winterkönigin und all der ganze Unsinn. Wahrscheinlich stellt sich heraus, daß sie die ganze Nacht auf irgendeiner Party war.«

Ein leises Geräusch entschlüpfte meiner Kehle. Ich warf die Koffer auf den Rücksitz meines Wagens und klemmte mich hinter das Steuer. An diesem Morgen schien mir nichts, an das ich mich erinnerte, wirklich stattgefunden zu haben. Ich betrachtete durch die Windschutzscheibe den Schnee, der langsam und leise und bezaubernd herabrieselte. Ich startete den Wagen und blickte wie gewohnt in den Rückspiegel. Was ich dort sah, hat sich so lebendig in mein Gedächtnis eingeprägt, wie es vom Rückfenster meines Autos eingerahmt war, als ich mich umwandte, um mich von seiner Realität zu überzeugen.

Mitten auf der Straße hinter mir standen, bis zu den Knöcheln im Schnee versinkend, Thoss und eine andere Gestalt. Als ich den anderen genau anschaute, erkannte ich in ihm einen der Jungen, die ich in dem *diner* überrascht hatte. Aber jetzt hatte er eine korumpierte und teilnahmslose Ähnlichkeit mit seiner neuen Familie. Sowohl Thoss als auch er starrten mich an, sie unternahmen keinen Versuch, meine Abfahrt zu verhindern. Thoss wußte, daß das unnötig war.

Ich mußte das Bild dieser beiden dunklen Gestalten in meinem Gedächtnis mitnehmen, als ich nach Hause zurückkehrte. Doch erst jetzt lastet das ganze Gewicht meiner Erlebnisse auf mir. Bis jetzt habe ich Krankheit vorgeschoben, um meinem Lehrplan aus dem Weg zu gehen.

Mich dem normalen Gang des Lebens zu stellen, so wie ich es einmal gekonnt hatte, war unmöglich. Ich stehe jetzt unter dem mächtigen Einfluß einer Jahreszeit und eines Klimas, die bei weitem kälter und öder sind als alle Winter seit Menschengedenken. Und alle Stadien der Ereignisse zu rekapitulieren, war offenbar von keinerlei Nutzen; ich spüre, wie ich tiefer in einen samtig weißen Abgrund sinke.

Zu gewissen Zeiten könnte ich mich beinahe völlig in diesem inneren Reich der furchtbaren Reinheit und Leere verlieren. Ich denke an jene Momente der Unsichtbarkeit, als ich verkleidet durch die Straßen von Mirocaw zog, unberührt von den betrunkenen, lärmenden Gestalten um mich herum: ein Unberührbarer. Doch sofort schaudere ich vor dieser grotesken Nostalgie, denn ich weiß, was vor sich geht, und was ich dennoch nicht wahrhaben will, obwohl Thoss mir prophezeite, daß es wirklich geschieht. Ich denke daran, was er jenen anderen befahl, als ich hilflos bäuchlings in dem unterirdischen Gang lag. Sie hätten mich fangen können, aber Thoss, mein alter Lehrer, hat sie zurückgehalten. Seine Stimme hallte durch die Höhle, und jetzt vibriert sie wieder in den Kammern meiner Erinnerung.

»Er ist einer von uns«, sprach die Stimme. »Er ist *immer* einer von uns gewesen.«

Es ist diese Stimme, die jetzt meine Träume und meine Tage und meine langen Winternächte erfüllt. Ich habe Sie gesehen, Dr. Thoss, durch den Schnee vor meinem Fenster. Bald werde ich das *letzte* Fest feiern, das Ihre Worte töten wird, nur um zu beweisen, wie gut ich ihre Wahrheit begriffen habe.

Jens Schumacher

Jens Schumacher wurde 1974 geboren. Er studiert Literatur- und Buchwissenschaft. Veröffentlicht hat er zwei Kurzgeschichtenbände, *Kanon der Melancholie* und *Entitäten* (beide mit Jens Lossau) sowie den Kriminalroman *Das Lied vom Untod*.

›Der Hügel von Yhth‹ erschien 1996 in einer Pivatdruckausgabe gleichen Titels und fiel mir damals durch die gekonnte Handhabung eines typisch lovecraft'schen Settings auf. Freuen Sie sich auf eine geradezu klassische Lovecraft-Huldigung, ganz im Stile von dessen Klassiker *The Shadow over Innsmouth*...

Der Hügel von Yhth

Deep below the hyding surface
Of human planet's darklyng sea,
They dwell in stirring, maddening pain
The Old Ones, for eternity.
Mankind They despise,
Longing to rise –
Just sleep, may anytime break free!
(W. Pflueger, *The Pflueger-Almanac*)

I.

Der Mensch neigt dazu, es sich ein wenig zu einfach zu machen, wenn er darüber nachsinnt, welchen Einfluß etwas völlig Fremdes auf seinen Geist auszuüben in der Lage ist. Unbestreitbar wird eine Person im Falle einer derartigen Konfrontation in den häufigsten Fällen mit Angst und Schrecken reagieren, wie es vorauszusehen ist; jedoch ist das Spektrum der menschlichen Psyche derart weit gefächert, daß ohne weiteres auch andere Reaktionen im Bereich des Möglichen liegen. Daß dem zuweilen so ist, beweisen nicht zuletzt Kleinkinder beim Erforschen einer für sie absolut fremdartigen und überdimensionalen Umwelt, wenn sie nie zuvor Gesehenem mit einem herausfordernden Lachen und uneingeschränkter Neugierde begegnen. Eine ebenfalls denkbare Reaktion könnte kalte, unbeherrschte Wut sein, auflodernd im Moment des unvermuteten Zusammentreffens mit dem Unerklärlichen als Resultat der eigenen Unkenntnis, der Unfähigkeit, zu verstehen.

Da der menschliche Geist in seinen Reaktionen jedoch am ehesten zum Weg des geringsten Widerstandes tendiert, liegt es nahe, die rasche Flucht in das endgültigste aller Vergessen als am wahrscheinlichsten vorauszusetzen; den Absturz in unwiederbringlichen Irrsinn.

Ich kann nach den Vorkommnissen und Ereignissen der letzten Wochen nicht länger umhin, meine von Tag zu Tag unerträglicher werdenden Kopfschmerzen als sicheres Indiz dafür zu werten, daß mein Verstand eben jene letzte Möglichkeit zu beschreiten im Begriff ist, um meine Seele vor den Schrecken des Erlebten zu schützen, und daß ein unaufhaltsamer Zersetzungsprozeß meiner geistigen Gesundheit bereits im Gange ist... ich muß versuchen, diesen Bericht abzuschließen, bevor es zu spät für mich ist!

Noch allzu genau entsinne ich mich meiner Ankunft in Barath an jenem schicksalsschwangeren, nebligen Montagnachmittag im September. Der Tag war grau und trüb, der Wind von der salzigen Art, wie er an der Küste üblich ist, und die Luft für die Jahreszeit schon bitter kalt. Ich stieg aus dem klapprigen Bus, der mich die letzte Strecke des Weges von San Francisco heraufgebracht hatte, nachdem ich die Reise von der Ostküste in den vorausgegangenen Tagen ausschließlich per Zug zurückgelegt hatte. Nun stand ich, beladen mit meinen beiden unhandlichen Reisekoffern und rechtschaffen müde von den Strapazen der Fahrt, auf dem Marktplatz eines abgelegenen Fischerdorfes, das ich noch nie zuvor gesehen hatte, während ein plötzlicher Graupelschauer die alten, engen Gassen überzog und der Wind meine Überkleidung wie ein Messer durchschnitt.

Da ich als einziger der wenigen Businsassen an dieser Station ausgestiegen war und die Straßen des Ortes sich – vermutlich aufgrund des widrigen Wetters – bar jeder Regung menschlichen Lebens zeigten, hatte ich keine Ahnung, wo ich eine Unterkunft für die kommenden Nächte bekommen konnte. So wanderte ich für kurze Zeit orientierungslos einige der verwinkelten Gäßchen entlang, wobei mir die häufig überhängenden Balkone und Erker der baufällig wirkenden Häuser einen akzeptablen Schutz vor dem mittlerweile heftiger fallenden Regen boten. Glücklicherweise währte meine Suche nicht lange, denn schon bald machte ich in den dämmrigen Lichtverhältnissen der nebelverhangenen Seitenstraßen ein Schild über einem von Treppen erhöhten Portal aus, das das zugehörige Gebäude als Pension mit freien Zimmern auswies. Eine andere Alternative, als hier augenblicklich Schutz vor der üblen Witterung zu suchen, hatte ich nicht, und genau betrachtet war ich mit der äußeren Erscheinung meines künftigen Domizils recht zufrieden; das Haus schien entweder neueren Baudatums zu sein, oder es war schlicht wesentlich besser erhalten als das Gros der anderen Gebäude, die ich bisher gesehen hatte. Zufrieden über diese positive Wendung der Ereignisse trat ich ein.

Ich gelangte in den Empfangsraum der Pension. Er wurde dominiert von einer auffallend großen, hölzernen Theke, auf welcher ein Gästebuch aufgeschlagen lag. Dahinter befand sich ein Schlüsselbrett, an dessen sämtlichen etwa zwölf Häkchen eiserne Schlüssel hingen. Als ich auf der Theke schließlich noch eine Klingel entdeckte, die zum Herbeirufen des Portiers diente, rang ich mir trotz meines durchnäßten Zustandes ein kurzes Lächeln ab: Hier war alles derart akribisch und mit Liebe zum Detail ausgestattet, daß man sich weniger in einer Pension eines halbverrotteten Fischerdorfs wähnte, als vielmehr in einem vernünftigen Hotel in einem zivilisierten Landstrich. Es war mir nur recht.

Da keine Menschenseele zu sehen war und mein nicht eben leises Eintreten auch niemanden veranlaßt hatte, mich willkommen zu heißen, betätigte ich die Klingel auf der Theke. Sie gab ein lautes Bimmeln von sich, das zweifelsfrei im ganzen Erdgeschoß deutlich zu hören war; dennoch geschah nichts. Ich hieb erneut mit der Handfläche auf den Klöppelknopf, wiederum ohne Erfolg. Ich war gerade im Begriff, ein drittes Mal zu läuten, da vernahm ich aus dem Durchgang hinter der Theke eine heisere Stimme.

»Ja, ja. Ist ja gut. Ich komme, ich komme!« Wenige Sekunden darauf erschien die Gestalt eines jungen, adrett gekleideten Mannes. Aus dem zerknitterten Zustand von Frack und Gesicht folgerte ich, daß ich ihn aus einem mehr oder weniger erquicklichen Schlummer irgendwo in einem Hinterzimmer gerissen haben mußte. Er stellte sich als Portier Roderik Geraldson vor, und wenige Minuten später war ich im Besitz eines Schlüssels; auf dem daran baumelnden Anhänger prangte die auffallend hohe Nummer 428. Ein kurzes Gespräch mit dem Bediensteten, der sich, erst einmal vollständig aus seinem Schlaf erwacht, als überraschend sympathischer und umgänglicher Zeitgenosse entpuppte, bestätigte meine anfängliche Vermutung, daß die Pension tatsächlich relativ neu war. Er selber, eigentlich gebürtig aus San Diego, war erst vor etwa einem Jahr, kurz nach der Eröffnung der Pension, nach Barath gekommen.

Im Verlauf der wenigen Sätze, die ich mit ihm wechselte, verspürte ich eine außerordentliche Müdigkeit sich meiner bemächtigen, daher brach ich die Konversation kurz darauf ab, ließ mir von Geraldson mein Zimmer zeigen und ging alsbald zu Bett.

Den nächsten Vormittag brachte ich damit zu, mich in dem spartanisch eingerichteten, aber sauberen und geräumigen Zimmer ein wenig einzurichten, wozu ich wegen meiner Erschöpfung am Abend zuvor kein Verlangen mehr gehabt hatte. Ein Kleiderschrank bot Platz für meine Garderobe. Die Ablage über dem Bett und der eichene Nachttisch gaben mir genug Raum, die zahlreichen Bücher und Folianten unterzubringen, die ich mit mir führte. Während ich meinen zweiten Koffer, der ausschließlich mit Schriftstücken angefüllt war, auspackte, kam mir schließlich auch jenes zerlesene und linkisch zusammengeheftete Manuskript zwischen die Finger, welches für meine Reise nach Barath ausschlaggebend gewesen war. Es handelte sich um eine handschriftliche und zu meinem Leidwesen ausgesprochen unvollständige Kopie des verruchten und geheimnisumwobenen *Pflueger-Almanac*; jenes von den Behörden und der Kirche seit Jahrhunderten unterdrückte und totgeschwiegene, von häretischen Wissenschaftlern und Forschern des Okkulten jedoch verzweifelt gesuchte Werk, das mit seinen unheimlichen Andeutungen und Postulaten kurz nach seiner erstmaligen Veröffentlichung in Irland im Jahre 1582 für die sofortige Ächtung und Hinrichtung seines Verfassers Walther P. Pflueger gesorgt hatte. Pflueger, ein Gelehrter, dessen Vorfahren aus Stuttgart in Deutschland stammten, hatte sich schon zu Beginn seiner Forschungsarbeiten dem Lebenswerk des berüchtigten wahnsinnigen Arabers Abdhul Alhazred gewidmet, dem entsetzlichen *Al Azif* oder *Necronomicon*. Es war ihm im Jahre 1564 im Zuge eines aufsehenerregenden Einbruches gelungen, ein Exemplar dieses Buches in der griechischen Übersetzung des Theodorus Philetas aus einer geheimen Bibliothek in Süddeutschland zu entwenden und mit diesem ungestraft zu entkommen. *(Vermutlich handelte es sich hierbei um eine kurz nach 1500 in Italien gedruckte Ausgabe. Anm. d. Hrsg.).*

Pflueger war daraufhin in ein Dorf in Nordirland geflohen, wo er über 17 Jahre an einer erweiterten Neuübersetzung, erstmals komplett ins Englische, arbeitete. Seine eigenen vorangegangenen Recherchen des Okkulten bildeten dabei den Grundstock für einen Anhang, der in der endgültigen Ausgabe von 1582 die eigentliche Übersetzung und Interpretation des *Necronomicon* an Umfang um fast das Doppelte übertraf. Dieser Anhang war es auch, der Pfluegers Werk für Wissenschaftler der dunklen Materie so begehrenswert machte. Mochten Pfluegers Übertragungen, Umformulierungen und Auslegungen einiger Passagen des *Necronomicon* eher einseitig und teilweise durchaus vermessen sein, enthielt doch der von ihm selbst erstellte und recherchierte Teil Hinweise von so erschreckendem Ausmaß, daß die gesamte erste Auflage nach seinem Tode Anfang 1583 in Dublin, dem Ort der Drucklegung, öffentlich verbrannt wurde.

Glücklicherweise waren vor diesem Ereignis bereits von unerschrockenen Gelehrten im Geheimen teilweise äußerst detailgetreue Abschriften angefertigt worden, so daß es im Jahre 1603 in Mainz zu einer gedruckten, ins Deutsche übertragenen Wiederveröffentlichung des *Pflueger-Almanachs* kam. Der für diese Neuauflage verantwortliche Verleger, ein gewisser Anton Hartberg, wurde wegen der großen Publikumszugänglichkeit, die er dem verbotenen Werk auf diese Weise verschaffte, der Volksverhetzung angeklagt und nach einem nur kurz währenden Prozeß zum Tode durch den Strang verurteilt. Nicht viel besser erging es dem Sprachgelehrten, der die Übersetzung auf sich genommen hatte: Der damals vierzigjährige Stefanus Vüssel verschwand umgehend in den kaiserlichen Verliesen und wurde nie wieder gesehen. Das Buch selbst landete auf dem *Index librorum prohibitorum.*

Da der *Pflueger Almanac* von den meisten Religionsgemeinschaften rigoros abgelehnt und von der Obrigkeit als Teufelswerk tituliert und unnachgiebig unterdrückt wurde, fielen damals die meisten der wenigen verbliebenen Exemplare beider Ausgaben der Vernichtung durch die Behörden, Vertreter der Kirche und ähnliche selbsternannte Wohltäter der Menschheit anheim. Nichtsdestotrotz war es meinem Großvater im Jahre 1857 gelungen, ein Exemplar der englischen Fassung bei einem unwissenden jüdischen Straßenhändler zu erstehen. Unglücklicherweise befand sich ebendieses familieneigene Exemplar in seinem Landhaus in Kingsport, Neuengland, als dieses im Jahre 1895, exakt drei Jahre nach meiner Geburt, unter mysteriösen Umständen in Flammen aufging. Dabei kamen sowohl mein damals bereits halb unzurechnungsfähiger Großvater als auch mein zu diesem Zeitpunkt auf Besuch bei ihm verweilender Vater ums Leben. Die Abschrift des Almanachs, die sich nun in meinem Besitz befand, stammte aus dem Nachlaß meines Vaters. Er hatte sie, offenbar zu Beginn seiner Studienzeit aus Gründen, die sich meiner Kenntnis entziehen, angefertigt. Sie umfaßte etwa zwei Drittel des höchst interessanten und absonderlichen Pflueger'schen Anhanges, sowie seine fast vollständige, von Eingeweihten jedoch heftig kritisierte und verschmähte »Neufassung« des *Necronomicon.*

Vorsichtig blätterte ich sinnend wieder in den vergilbten Seiten, mit deren Studium ich fast das gesamte letzte Jahr zugebracht hatte. Pfluegers Andeutungen in bezug auf Geheimkulte und unsägliche Rituale an den entlegensten Orten des Erdballes hatten mich seinerzeit derart in ihren Bann geschlagen, daß ich, wie Jahrzehnte zuvor bereits mein Großvater, mein Studium der Architektur an der Universität von Kingsport abbrach, um mich ganz den Forschungen auf dem Gebiet der äonenalten Schrecken und vormenschlichen Kulturen zuwenden zu können.

Dabei gestaltete sich mein Einstieg in das neugewählte Fach keineswegs einfach; zunächst verweigerten mir die Verantwortlichen der Miskatonic-Universität im benachbarten Arkham jeglichen Einblick in das in ihrer Bibliothek befindliche Exemplar der lateinischen *Necronomicon*-Fassung von Olaus Wormius. Nur zeitraubende, zähe Verhandlungen ermöglichten mir Monate später schließlich Zugang. Dann verarmte ich fast, als ich versuchte, auf einer Versteigerung aus dem Nachlaß eines Buchhändlers eine komplette, gebundene Ausgabe von Comte d'Erlettes *Cultes des Goules* zu erstehen. Und schließlich und endlich lenkte ich beinahe das Augenmerk der Behörden auf mich, als ich in amateurhafter Naivität in diversen angesehenen Buchläden Suchaufträge nach Ludvig Prinns *De Vermis Mysteriis* und weiteren, thematisch benachbarten Werken aufgab – glücklicherweise besaß ich genug Verstand, dies nicht unter Angabe meiner wahren Identität zu tun!

Die darauffolgenden Monate jedoch sollten zeigen, daß keines der genannten Werke, die ich unter großen Mühen schließlich in meinen Besitz zu bringen oder sonst irgendwie einzusehen in der Lage war, es in Bezug auf die Direktheit, in der die enthaltenen Themen behandelt wurden, mit Pfluegers Werk – das meine Suche ja erst ausgelöst hatte – aufnehmen konnte. Während das ziemlich enttäuschende *Cultes des Goules* mehr von der Phantasie seines Verfassers Zeugnis ablegte, als daß es irgendwelche nützlichen Hinweise hätte geben können, bestanden das Original-*Necronomicon* sowie große Teile von Prinns Werk aus einem derartigen Gespinst von unbestimmten Andeutungen und Mißverständlichkeiten, daß ich nach und nach zu dem Schluß gelangte, mich wieder verstärkt dem *Pflueger Almanac* und seinen wesentlich klarer formulierten Thesen zuzuwenden. Zwar blieb auch Pfluegers Sprache zuweilen vage, jedoch fand ich bei ihm erstmalig Hinweise auf die Existenz einer unbeschreiblichen äonenalten Überintelligenz unter den *Großen Alten*, jener in den genannten Werken stets wiederkehrenden und mehr oder weniger detailliert erläuterten Götterrasse; letztere sollte angeblich Jahrmillionen vor dem Heraufdämmern des Menschen diesen Planeten unter ihre Knute gezwungen haben, bevor sie von den sogenannten *Älteren Göttern* im Streit niedergerungen und auf immer verbannt wurde.

Pflueger erwähnte hier auffallend häufig den Namen »Volguthoggh«. Seinen Aufzeichnungen glaubte ich entnehmen zu können, daß es sich bei diesem Wesen um eine amorphe Bruderexistenz des *»unbeschreiblichen Cthulhu«* gehandelt haben mußte, jener formlosen Grauenhaftigkeit, die angeblich noch heute auf gewissen abgelegenen Südseeinseln, in amazonischen Dschungeln sowie längst vergessenen Krypten in bestimmten Bergmassiven von primitiven Eingeborenenstämmen verehrt wird. Laut Pflueger hätte es in Volguthoggs Macht gelegen, so er/es nicht vor unendlich langer Zeit gemieden hätte, den apokalyptischen Krieg gegen die *Älteren Götter* mitzubestreiten, einen anderen Ausgang als die Niederlage der *Großen Alten* herbeizuführen. Mit anderen Worten wären diese mit Hilfe des sie alle übertreffenden Volguthoggh – der Verfasser deutete mehrfach an, daß Volguthoggh all die grauenhaften Eigenschaften SÄMTLICHER *Großen Alten* in sich vereinigte! – in der Lage gewesen, den Sieg und damit die Herrschaft über den Kosmos zu erringen.

Verständlich, daß diese höchst merkwürdigen Behauptungen meine Neugierde aufs Äußerste angestachelt hatten, doch bedauernswerterweise ließen sich dem *Pflueger Almanac* keine weiteren Kenntnisse entnehmen, zum Beispiel über die Gründe für Volguthogghs Zurückhaltung in dem kryptischen Konflikt – geschweige denn Angaben über die Wesenheit selbst, ihre Herkunft oder Stellung gegenüber den *Älteren Göttern.*

Auffallend war lediglich, daß Pflueger in diesem Zusammenhang regelmäßig auf ein gewisses *Buch San* verwies, beziehungsweise an den interessantesten Stellen sogar direkt aus diesem zitierte. Ich kam zu dem Schluß, daß dieses mutmaßlich in Latein abgefaßte und der Fachwelt völlig unbekannte Werk den Schlüssel zu sämtlichen Fragen bezüglich des von allen bisherigen Abhandlungen nur unzulänglich erörterten Pantheons enthalten mußte. Folglich begann ich, wie ich es zuvor bei diversen anderen für meine Nachforschungen wichtigen Büchern erfolgreich getan hatte, nach ebendiesem *Buch San*, dessen Verfasser selbst Pflueger nicht geläufig gewesen war, Ausschau zu halten.

Meine Beziehungen zu zahlreichen Bibliothekaren und gesinnungsverwandten Gelehrten im Lande waren mittlerweile weitverzweigt; ich begann eine rege Korrespondenz, in deren Verlauf ich in Briefkontakt mit allen in Frage kommenden Instanzen kam, von der größten Bibliothek bis hin zum ärmlichsten und unbedeutendsten Buchtrödler. Doch während meiner über Monate andauernden Recherchen kam mir nicht ein einziger unter, der von einem *Buch San* je gehört, geschweige denn schon einmal eine Ausgabe davon gesehen hätte.

Mit dem Verstreichen der Zeit wußte ich allmählich nicht mehr aus noch ein und erwog schließlich ernsthaft, meine von Freunden und Bekannten ohnehin verlachten und als Zeitverschwendung abgetanen Forschungen aufzugeben. Ich stand kurz davor, mich wieder meinem weitaus seriöseren, aber unangenehmerweise auch weit weniger interessanten Studium in Kingsport zuzuwenden, als mich eines Tages völlig unerwartet ein Brief von einem in der Nähe von New York lebenden alten Bekannten erreichte, der in seiner Jugend einige Jahre an der Westküste bei einer Tante zugebracht hatte. Ich hatte lange nichts mehr von ihm gehört, ihn eigentlich nur pro forma mit meiner vorgefertigten, unpersönlichen Anfrage betreffend des ominösen *Buches San* bemustert, ohne mir dabei echte Hoffnung auf eine eventuelle Antwort zu machen. Um so überraschter war ich, als er mir – nach einem kurzen Abriß seines zwischenzeitlichen Werdeganges seit unserem letzten Zusammentreffen – mitteilte, ungefähr angeben zu können, wo sich ein Exemplar dieses seiner Meinung nach undatierbar alten Manuskriptes wahrscheinlich finden ließe. Er glaube sich erinnern zu können, so mein ehemaliger Studienkollege Bembridge, vor Jahren in der Leihbücherei des uralten Fischerdörfchens Barath an der Westküste der Vereinigten Staaten ein halbzerfallenes Kompendium mit ebendiesem Titel in der Hand gehalten zu haben. Leider könne er mir nicht mit Gewißheit sagen, ob das Buch, oder sogar das Dorf selbst, noch an dem von ihm bezeichneten Ort zu finden sei.

Dies alles lag nun einige Wochen zurück. Da ich mich bereits für das Wintersemester an der Kingsport-Universität eingeschrieben hatte, mir bis zu dessen Beginn aber noch über fünf Wochen Zeit blieben, beschloß ich, das Wagnis einer Reise ins Ungewisse auf mich zu nehmen. Sollte meine Unternehmung von Erfolg gekrönt werden, sollte ich das *Buch San* wirklich aufspüren und ihm neue Erkenntnisse abgewinnen können, wäre ich keineswegs verpflichtet, das Semester an der Universität tatsächlich anzutreten. Sollte sich hingegen meine Reise eher als Mißerfolg herausstellen – und damit rechnete ich in nicht geringem Maße, auch wenn ich es zum damaligen Zeitpunkt vor mir selbst nicht zugeben mochte –, so konnte ich wenigstens noch ein paar ruhige Urlaubstage in einem unter Umständen romantischen alten Küstenstädtchen verleben, bevor ich mich erneut in die nervenbetäubend dumpfe Routine des Studiums zurückbegeben würde.

Folglich war es im Anschluß mein eiligstes Bestreben, herauszufinden, wo sich jenes von meinem Bekannten erwähnte Fischerdorf befand, so es denn noch existierte. Da letzteres, wie ich bald feststellen sollte, sehr wohl der Fall war, dauerte es nicht mehr als zwei Tage, bis ich die exakte Lage des Dörfchens Barath, gut 50 Meilen nördlich von San Francisco, ausgemacht hatte, und weitere drei Tage später hatte ich meine persönlichen Verhältnisse so weit in Ordnung gebracht, daß ich eine mehrwöchige Abwesenheit bedenkenlos riskieren konnte. Ich machte mich also an die mühselige Durchquerung des Kontinents.

Und hier war ich nun, an jenem Dienstag nach meiner Ankunft, saß in meinem Zimmer in diesem ominösen Dorf und hegte wissenschaftliche Hoffnungen von nicht unbeträchtlichem Ausmaß. Nachdem ich mich in meiner Kammer so gut es eben ging häuslich eingerichtet hatte, nahm ich im Speiseraum ein einsames, aber wohlschmeckendes Frühstück ein. Dann schickte ich mich an, zu einem ersten Erkundungsmarsch durch die Straßen des Dorfes aufzubrechen.

II.

Der Nebel des Vortages hatte sich glücklicherweise fast zur Gänze gelegt, und die Regenwolken waren über Nacht ebenfalls weitergezogen, so daß sich mein Spaziergang um einiges angenehmer gestaltete als das Umherirren am Tage meiner Ankunft. Nach kurzer Zeit stellte sich heraus, daß der Ort sich in einem wesentlich desolateren Zustand befand, als ich anfänglich wahrgenommen hatte; die Fassaden der Häuser wirkten brüchig und instabil, Putz und Mörtel waren vom Alter und dem harschen Seewind angegriffen und vielerorts komplett weggebröckelt. Alles in allem machte die Ortschaft einen weniger romantischen als vielmehr verwahrlosten, annähernd fossilen Eindruck. Die wenigen Bewohner, die mir auf der Straße begegneten, paßten sich diesem negativen Bild in nicht unerheblichem Maße an, sie wirkten abgerissen und unintelligent, ja geradezu degeneriert, und schienen mir körperlich ebenso verwittert und marode wie ihre Wohnstätten. Ich hatte jedoch wenig Vorbehalte gegen das bekanntermaßen einfache Gemüt des Fischervolkes und befragte daher alsbald ein altes Weib nach dem Weg zur örtlichen Leihbücherei.

Die bucklige, verwachsene Frau starrte mich zunächst verständnislos an, schien eine ganze Weile zu überlegen, und schickte sich dann mit unverschämtem Gleichmut an, einfach weiterzugehen. Ich trat ihr erneut in den Weg, unwillig, mich durch diese ungastliche Geste abwimmeln zu lassen, und bekam auf meine wiederholte Frage schließlich nuschelnd entgegnet, daß es so etwas wohl früher in der Kerzenziehergasse, zwei Querstraßen von hier, gegeben haben müsse. Dem nachfolgenden Gemurmel glaubte ich entnehmen zu können, daß die Bibliothek jedoch seit über zwanzig Jahren geschlossen sei, was mich aufgrund des stupide glotzenden Gesichtsausdruckes der wenigen Bürger, derer ich bisher ansichtig geworden war, wenig wunder nahm. Ich ließ mich nicht entmutigen, erlaubte der stetig weiter vor sich hinbrabbelnden Alten, ihres Weges zu ziehen, und schlug hoffnungsfroh den von ihr beschriebenen Weg ein. Dieser führte mich zu einem unglaublich alt und baufällig anmutenden zweistöckigen Gebäude, an dessen Front auf einem verwitterten Schild über dem Eingangsportal die Worte »Städtische Leihbücherei Barath« eben noch zu erkennen waren. An der Flügeltüre selbst war ein mittlerweile zerborstenes Holzbrett angenagelt worden, auf dem sich einst das Wort »Geschlossen« befunden haben mochte; nurmehr die ersten dreieinhalb Buchstaben waren noch lesbar.

Ich schritt die wenigen säulenüberdachten Stufen des vormals sicherlich beeindruckenden Gebäudes empor. Zaghaft drückte ich die verrottete Klinke nieder. Sie ließ sich unter etwas höherem Krafteinsatz schließlich geräuschvoll bewegen, und zu meiner Überraschung war die morsche Pforte des Hauses nicht verschlossen! Mit nichts mehr als dem von den rostzerfressenen Scharnieren herrührenden Widerstand schwang die Tür nach innen auf. Nach einem raschen Blick die Straße entlang, der mir versicherte, daß ich von niemandem beobachtet wurde, der mein Tun als etwas Ungesetzliches anklagen würde, betrat ich die Eingangshalle.

Das Foyer war verhältnismäßig klein und wurde von der Sonne, die nur mühsam durch die vom Staub der Jahrzehnte verkrusteten Fenster hereinzusickern vermochte, mäßig erhellt. In dem gedämpften, gelblichen Licht erkannte ich zwei in sich zusammengefallene Tresentische, die offenbar dem Bibliothekar oder den Angestellten zum Ausfüllen der Leihformulare gedient hatten, sowie eine gewaltige Treppe mit ehedem dunkelgrün gestrichenem Holzgeländer, die in die oberen Stockwerke führte, wo sich anscheinend die Aufbewahrungsräume der Bücher befanden.

Unsicheren Schrittes erklomm ich die morschen Stufen, mir der Gefahr jederzeitigen Einbrechens durchaus bewußt, während ich mir Gedanken ob der zu vermutenden Illegalität meines Handelns machte. Daß die Pforte zu diesen ungenutzten Hallen in dieser Ortschaft keiner Verriegelung bedurfte, war ohne Weiteres nachvollziehbar. Man konnte das Verlangen nach dem geschriebenen Wort bei einem derartig zurückgebliebenen und (ich scheue mich nicht, diesen Ausdruck ein weiteres Mal zu verwenden) degenerierten Menschenschlag als so minimal voraussetzen, daß die Gefahr eines unerlaubten Entwendens von Büchern schlicht nicht gegeben schien. Dennoch – oder gerade deshalb – empfand ich etwas dem schlechten Gewissen eines kleinen Jungen Ähnliches, der unbemerkt Äpfel von Nachbargrundstück stiehlt, da ich schließlich als Fremder, der die Gastfreundschaft dieses Ortes in Anspruch nahm, schamlos im Territorium der Dörfler wilderte, die für ihr literarisches Desinteresse ja eigentlich nichts konnten.

Ich verlangsamte meine Schritte auf der knarzenden Empore. Doch da schwebte das Bild eines halbverwitterten, ledergebundenen und von rostig korrodierten Metallbeschlägen zusammengehaltenen Kompendiums, als welches ich mir das *Buch San* vorstellte, vor mein geistiges Auge, und es packte mich das Verlangen nach dem hinter den Buchdeckeln verborgenen äonenalten Überlieferungen. Diese Aussicht ließ mich innerhalb von Sekundenbruchteilen sämtliche moralischen und ethischen Bedenken vergessen, und wenig später stand ich auf der Schwelle zum Lesezimmer des ersten Stockwerkes.

Hier gab es viel zu entdecken; in überraschend zahlreichen, parallelen Reihen erstreckten sich klobige Eichenregale durch das gesamte Stockwerk, viele davon niedergebrochen oder im Laufe der Jahrzehnte still in sich zusammengesunken unter der enormen Last papiergewordenen Wissens, die auf ihnen aufgehäuft war. Buchrücken reihte sich an Buchrücken, Ledereinband an Ledereinband – erdrückende Mengen in Anbetracht der geringen zur Verfügung stehenden Grundfläche. Ich erblickte ausgefranste Buchdeckel, hübsch anzuschauende, einst wohl mit Prägungen verzierte Einbände, gewaltige, in Metallschließen gefaßte Wälzer, nicht enden wollende Reihen identisch aussehender Nachschlagewerke und noch vieles mehr. Auch gewahrte ich einen besonderen Geruch, der in der Luft lag, jenen typischen Geruch nach vergilbtem Leinen, seit Dekaden getrockneter Druckfarbe, stockfleckig gewordener Pappe, diesen Geruch nach Tinte, trocken-brüchigem Bindeleim, dem splittrigen Holz der Lesebänkchen und der fingerdicken Schicht von flockigem Staub, der all dies bedeckte wie eine Lage seltsam gräulichen Neuschnees.

Ich hatte während der vorangegangenen Jahre Gelegenheit gehabt, unzählige, auch weitaus größere Bibliotheken zu besuchen, und mein Geruchssinn war bereits dutzende Male mit jener eigentümlich würzigen Duftmischung konfrontiert worden, aber exakt diese halbvermoderte Bücherei in just diesem kleinen Fischerdörfchen am anderen Ende des Kontinents schien das Destillat all jener optischen und olfaktorischen Ausstrahlung in sich zu bergen, die eine Ansammlung von Büchern, gleich, wie riesig oder gering sie sein mochte, zu verströmen nur in der Lage war.

Beeindruckt von der staubdurchwirkten und dennoch irgendwie anheimelnden Atmosphäre der seit Jahren ungebrochen Stille des Ortes, immer noch aufs höchste überrascht von der Existenz eines solch literarischen Hortes in diesem Dorf fernab jeglicher Zivilisation, schritt ich durch die Gänge zwischen den teilweise bestürzend schlecht erhaltenen Kompendien, nur gelegentlich gezwungen, über einen von einem geborstenen Regalbrett auf den Boden gespieenen Bücherhaufen zu steigen, während ich hinter mir den seit so langer Zeit unberührt liegenden Staub aufwirbelte, welcher im spärlich durch die Kreuzgitterfenster hereinfallenden Licht gespenstisch tanzte.

Selbstverständlich war ich entzückt – so entzückt wie ein Bücherliebhaber nur sein kann, wenn er unvermutet auf eine solche Idylle stößt. Zugleich entsetzte mich jedoch die Aufgabe, die mich mit dem Durchforsten all dieser Bände in den kommenden Tagen erwarten würde. Mir wurde bewußt, daß ich, als von einer »Leihbücherei eines uralten Fischerdörfchens« die Rede gewesen war, höchstens mit ein paar mittelgroßen Bücherschränken und allenfalls einigen weiteren papiergefüllten Truhen gerechnet hatte – und nun sah ich mich mit einer ganz anderen Realität konfrontiert; mehr noch, als ich feststellte, daß das nächsthöhere Stockwerk, wenngleich direkt unter dem abgeschrägten Dache gelegen, eine fast ebenso große Menge an Bücherregalen beherbergte!

Seufzend legte ich meine Jacke ab und begann, getrieben von dem Drang, die unerwartete Menge an Arbeit möglichst bald zu bewältigen, mir ein System zu überlegen, nach welchem ich bei meiner Suche am zweckmäßigsten vorgehen könnte.

III.

Die nächsten vier Tage meines Aufenthaltes in Barath waren geprägt von erregter Betriebsamkeit und alsbald routiniert von der Hand gehenden Sichtungsaktivitäten – und leider auch von niederschmetternder Erfolglosigkeit. Mein Tagesablauf hatte sich dergestalt eingependelt, daß ich des Morgens nach dem Frühstück zur Bücherei aufbrach – aus deren Betreten ich bald kaum noch einen Hehl machte, da ich ja vorläufig ohnehin nichts mitzunehmen gedachte und sich darüberhinaus keiner der sporadisch vorübertrottenden Passanten dafür zu interessieren schien. Bis in den frühen Abend hinein marschierte ich die demoralisierend langen Reihen der Bücherregale ab, mir währenddem auf einem von mir angefertigten Grundrißplan diejenigen Bereiche markierend, die ich bereits einer genaueren Betrachtung unterzogen hatte.

Was meine Suche enorm umständlich gestaltete, war das auf mich völlig konzeptlos anmutende System der Sortierung all dieser Bücher und die ärgerliche Tatsache, daß die Registerkarten mit dessen Schlüssel in einem Schubladenschrank im Erdgeschoß schon vor Jahren eine Metamorphose zu brüchig-vermoderten Staubkrumen durchgemacht hatten. Folglich hatte ich mich bei der Sichtung all dieser Schätze auf nichts als mein – Gott sei's gedankt – recht zuverlässiges Augenlicht zu verlassen.

Nach einem ereignislosen Tagwerk pflegte ich dann zumeist ein ausgiebiges Abendessen, das mich für den ausgelassenen Lunch entschädigen mußte, in einer nahegelegenen Gaststätte namens *The Breeze* einzunehmen. Das Lokal war für meinen Geschmack zwar etwas rustikal, dafür aber gut, nicht teuer und glücklicherweise fast immer menschenleer. Nach dem Essen und einem stets von neuem erfolglosen Versuch, den Wirt des Hauses in ein informatives Gespräch zu verwickeln – was regelmäßig an der Unfähigkeit des Mannes scheiterte, etwas Anderes als »Hmmh« zu artikulieren –, suchte ich mir bei einem kleinen abendlichen Spaziergang ein wenig die Füße zu vertreten. Nicht selten massierte ich mir dabei stöhnend den Nacken, der mir bereits nach dem ersten Tag des mit schräggelegtem Kopf praktizierten Buchrückenentziffferns höllisch schmerzte. Später dann, zurück in meinem Zimmer, inspizierte ich zumeist noch einmal Pfluegers Andeutungen auf das *Buch San*, um meine Motivation für den kommenden Tag aufrecht zu erhalten, bevor ich mich schließlich zu Bett begab.

Auf einem der Spaziergänge befand ich mich auch am Abend des vierten Tages, der den Abschluß meiner bis dato vergeblichen Suche erlebt hatte; ausnahmslos alle in der Bücherei enthaltenen Titel waren von mir gesichtet worden, ohne daß mir dabei ein *Buch San*, in welcher Form auch immer, in die Hände gefallen wäre. Generell war rein gar nichts von okkultem, folkloristischem oder anderweitig lohnendem Interesse dabei gewesen. Ich war zornig und enttäuscht wegen der vertanen Zeit und traurig, daß meine Studien nun bald aufgrund eines Mangels an neuen Erkenntnissen zur Stagnation verdammt sein würden.

Ich hatte mich eben dazu durchgerungen, am nächsten Tag die Heimreise anzutreten, trat einen losen Stein ins Schwarz des Hafenbeckens und zog in Erwägung, mich zum Abschluß dieser sinnlosen Unternehmung heute abend gehörig zu betrinken, als ich einer dunkel vermummten Gestalt gewahr wurde, die hinter mir an den Piers entlangschlenderte. Sie hatte sich recht genau meiner ziellos-gemächlichen Geschwindigkeit angepaßt. Kaum wandte ich mich um und gab damit der schattenhaften Silhouette zu verstehen, daß ich sie erspäht hatte, trat der Mann, zu dem der Umriß gehörte, auch schon aus dem Dämmer der Kais und Tauberge hervor und näherte sich mir zögernd. Als er unter einer der wenigen funktionstüchtigen Straßenlaternen vorbeischritt, konnte ich ihn besser erkennen.

Er war hochgewachsen, doch von gekrümmter Statur. Bekleidet war er mit einem jener dunklen Mäntel aus Öltuch, die in Küstenorten so häufig anzutreffen sind. Den Kragen hatte er zum Schutz vor der Kühle des Abends hochgeschlagen. Auf dem Kopf trug er eine graue Schiebermütze, deren schmaler Schild von der Nässe des schweren Abendnebels glitzerte und den Großteil seines Gesichts abschirmte. Sein Gang hatte bei genauerer Betrachtung etwas eigenartig Schlurfendes an sich, wie es wohl bei Menschen der Fall ist, die einen Großteil ihres Lebens haltsuchend auf dem schwankenden Deck eines Fischkutters oder Hochseeseglers zugebracht haben. Alles in allem war mir die Erscheinung des Fremden sehr suspekt, und es hätte mich nicht sonderlich überrascht, wenn er aus den Tiefen seiner Manteltaschen, in die er beide Hände tief vergraben hatte, im selben Augenblick ein Messer zutage gefördert hätte, um mich um meinen Geldbeutel zu erleichtern. Zwar hatte ich in Anbetracht der Gegend, in die mich meine Abendausflüge regelmäßig führten, wohlweislich kaum Bargeld bei mir, dennoch war mir unwohl zumute, als sich mir dieser Inbegriff eines zwielichtigen Gauners näherte. Bevor ich jedoch fähig war, eine Abwehrhaltung einzunehmen, und sei es nur das Ballen meiner Faust um den gußeisernen Schlüssel meines Pensionszimmers, sprach er mich in der rauhen Zunge des Küstenvolkes an.

»Hey, Mister – ja Sie da, in Ihren feinen Klamotten! Hab' Sie in letzter Zeit 'n bißchen beobachtet, wie Sie sich jeden Tag in die alte Bücherei reingeschlichen ham und so. Würd' mich nich' wundern, wennse da was ganz Bestimmtes gesucht hätt'n.«

»Ich wüßte nicht, was Sie das anzugehen hätte!« entgegnete ich eine Spur zu heftig. Ich fühlte mich plötzlich wieder daran erinnert, daß ich ja im eigentlichen Sinne etwas Ungesetzliches getan hatte, als ich ohne Genehmigung in die für die Öffentlichkeit nicht zugängliche Bibliothek eingedrungen war. Aber was mochte diese unangenehme Gestalt für ein Interesse an mir und meiner Suche haben?

»Ganz ruhig, Mister! Wollte Sie nich' beleidigen oder so, es is' nur… wenn in Barath einer was suchen tut un' es nich' finden kann, wie Sie scheinbar, sonst wär'n Sie ja nich' gleich so übellaunig, also, dann fragt er am besten den alten Wins Seymour, der hat seine Nase überall drinnen, wennse verstehn, was ich meine. Der alte Winston Seymour… das bin nämlich ich! Für'n paar Pennies und'n Gläschen Port stets zu Ihren Diensten, wissen Sie, he, he.« Er hustete krächzend. Ich war verunsichert. Einerseits hielt ich mein Gegenüber für einen dieser üblichen Schwätzer und Pennbrüder, die allerorts versuchen, sich schamlos an ahnungslosen Auswärtigen zu bereichern. Andererseits konnte ich natürlich nicht ausschließen, daß der Alte tatsächlich so etwas wie eine Institution für Klatsch und Informationen im Dorf war, und mein Anliegen war mir nach wie vor zu wichtig, um es einfach sang- und klanglos aufzugeben. Dies mochte immerhin ein kleiner Hoffnungsschimmer am Horizont sein – vielleicht kannte der Bursche ja eine literarisch bewanderte Instanz im Ort, von der ich unter Umständen näheres über das von mir gesuchte Werk erfahren konnte? Ich mußte einfach jeder Möglichkeit nachgehen! Und da ich ja ohnehin bereits geplant hatte, eine Kneipe aufzusuchen, beschloß ich, den seltsamen Alten, so gut es ging, auszuhorchen und festzustellen, was seine Informationen wert waren.

Ich schlug vor, auf einen Cognac in *The Breeze* einzukehren.

Wie ich erwartet hatte, winkte er sogleich naserümpfend ab und entführte mich für die nächsten drei Stunden in eine verabscheuungswürdige Kaschemme mit Namen *Triton-Bar*.

In dieser engen, lauten, verrauchten und schmutzigen Lokalität mußten wir uns zunächst mühsam an etlichen alten, wettergegerbten Küstenbewohnern vorbeiquetschen, die die eichene Theke besetzt hielten, um uns schließlich am einzigen noch freien Wandtisch niederzulassen. Mein Begleiter bestellte bei einem der umherwankenden Bediensteten (die offenbar nur von Einheimischen als nicht zu den allgegenwärtigen Trinkern und Zechern gehörig identifiziert werden konnten) eine Karaffe Portwein und zwei Gläser. Nachdem alles vor uns abgestellt worden war, zahlte ich mit dem wenigen Baren, das ich bei mir trug, den völlig überzogenen Preis, während Seymour bereits unter zahlreichen Dankbarkeits- und Freundschaftsbekundungen sein erstes Glas zu leeren begann.

»Ahh, das is' der richtige Stoff, Mister, tausend Dank noch mal, übrigens! Ahh, tut der gut, der wärmt die alten Knochen, he, he. Sie sind 'n guter Mensch, Mister, das hab' ich gleich geseh'n, ja, ja! Hmm…«

Ich kostete einen Schluck von dem Portwein. Wie ich erwartet hatte, war er von der billigsten Sorte, hatte jedoch einen nicht zu verachtenden, herb-süßen Nachgeschmack. Ich ließ meine neue Bekanntschaft noch ein wenig mit ihrem Monolog fortfahren, wobei ich den Mann genauer musterte. Jetzt, da er sich seiner Kappe entledigt hatte, konnte ich ein verlebtes, ausgemergeltes Antlitz erkennen; weiße Bartstoppeln sprossen aus den tiefen Furchen seines einst ebenmäßigen Gesichtes. Seine Augen waren von einem hellen, verblichenen Blau. Unter ihnen hingen wulstige Tränensäcke, die seinen Gesichtsausdruck dem eines Hundes ähnlich machten. Ich schätzte ihn auf weit über sechzig. Schließlich unterbrach ich seinen inhaltslosen Redefluß und versuchte herauszubekommen, wieviel Ahnung er von den Dingen hatte, die mich interessierten.

Nach und nach gab ich ihm zu verstehen, daß das Ziel meiner Suche in der Bücherei und damit der Grund meines Aufenthaltes in Barath ein Kompendium über vormenschliche Kulturen und Mythen sei. Ich unterließ geflissentlich die namentliche Erwähnung des *Buches San* sowie jeglicher Termini und Zusammenhänge, die mit dem darin abgehandelten Pantheon in Verbindung standen. Seymour, der nach dem Genuß mehrerer Gläser Port von mir als seinem »Freund« nur noch mit »Wins« angeredet werden wollte (sein vollständiger Name lautete, wie ich später erfahren sollte, Frederic Clark Winston Seymour), entsann sich trotz seines rasch benebelter werdenden Geisteszustandes sogleich eines Freundes, der sich mit dieser und ähnlicher Materie gut auskennen sollte.

Dieser Bekannte Seymours, ein alter Fischer, der mit seinem Kutter noch regelmäßig vor der Küste kreuzte und Makrelen fing, schien durch das langjährige Studium merkwürdiger Quellen und Nachforschungen bezüglich eines regionalen, außergewöhnlichen Phänomens – über das sich »Wins« jedoch nicht weiter ausließ – mit der Zeit ernstzunehmende Fachkenntnis auf diesem Gebiet erworben zu haben.

Da mein trinkfreudiger Informant mit sinkendem Pegel der Karaffe seinen Teil der Konversation zunehmend brüllend bestritt, gesellten sich trotz meines Protestes alsbald weitere jener übelriechenden und unsympathischen Seeleute an unseren Tisch. Sie begannen sogleich mit uns anzustoßen und auf uns einzuplappern. Dies hatte zwar zum einen den Nachteil, daß ich bald zwei weitere Karaffen Port und mehrere Krüge Bier bezahlen mußte, zum anderen jedoch auch den unübersehbaren Vorzug, daß sie sich, bedingt durch den Einfluß des Alkohols, mir gegenüber offener und rückhaltloser benahmen, als ich mir das als Fremder in dieser eingeschworenen Dorfgemeinschaft je hätte wünschen können. Ihrem Gegröle konnte ich einiges über jenes höchst eigenartige, anscheinend naturgewaltige Phänomen entnehmen, das sie den »Hügel von Yhth« nannten; den Seeleuten zufolge erhob sich einmal im Monat, jeweils in der Nacht des ersten Vollmondes, das Seewasser an einer bestimmten Stelle vor der Küste auf einer Fläche von fast einer Quadratmeile, einem riesigen Hügel gleich, über den Meeresspiegel hinaus in die Höhe – ein Vorgang, der annähernd eine halbe Stunde zu beobachten war. Während dieser Zeit sollten zuweilen auch merkwürdige Geräusche aus der Tiefe zu vernehmen sein, die Küstenströmungen schienen sich in ungebührlicher Weise kurzfristig zu verändern und so manches mehr.

Aufgrund der zunehmenden Trunkenheit meiner zahlreichen Tischgenossen wurden deren Aussagen jedoch in immer höherem Maße vage und verworren. Hinzu kam, daß die meisten ihrer diesbezüglichen Kenntnisse auf Gerüchten und Dorfklatsch basierten. Der einzige, der offenbar befähigt war, mir hierüber stichhaltigere Informationen zu vermitteln, und mir vor allem vielleicht etwas über das von mir gesuchte Buch erzählen konnte, war, wie mir einstimmig versichert wurde, jener alte, auch von Seymour erwähnte Makrelenfischer, der, wie ich jetzt erfuhr, auf den Namen Timm Bunyan hörte. Ich rang »Wins« Seymour das Versprechen ab, mich am nächsten Tag zu dieser dörflichen Koryphäe zu bringen, und ließ dann mein verbliebenes Kleingeld (wovon ohnehin kaum noch etwas übrig war) auf die Tischplatte klimpern, um eine letzte Runde anzukündigen. Meine Umgebung quittierte dies mit heiserem Gebrüll, und den entstehenden Aufruhr nutzte ich geschwind, mich mit vor Lärm und Rauch brummendem Schädel aus dem dämmrigen Schuppen ins Freie zu schleichen. Dort pumpte ich gierig die eiskalte Seeluft in meine Lungen und freute mich über die vielversprechenden Informationen und die Aussicht darauf, hier vielleicht doch noch etwas entdecken zu können, was mich weiterbrachte. Dann schritt ich in Richtung der Pension davon. Mein Beschluß, noch einige Tage länger in Barath zu verweilen, war geboren.

IV.

Gegen Mittag des nächsten Tages traf ich mich vor der Bücherei mit Seymour. Dieser führte mich tatsächlich, wenngleich schlecht gelaunt, da offensichtlich heftig verkatert und unausgeschlafen, mit leidender Miene zu einem bestimmten Dock des kleinen Hafens. Nicht übermäßig überrascht stellte er dort einsilbig fest, daß Bunyans Kutter momentan nicht vor Anker lag, sondern augenscheinlich auf See war. »Is' jeden Tag draußen, der alte Timm«, krächzte Seymour. »Wird irgendwann im Laufe des Abends wieder hier festmachen. Fährt jeden Morgen um halb sechs raus und fängt Fische. Nur er und seine Netze, ganz allein, wie vor dreißig Jahren! Ja... der alte Timm. Hmm, ah... ohh Herr, mein Schädel! Ich muß ins Bett, Mister. Wartense hier auf ihn, wennse mögen – ich geh' jedenfalls wieder. Wennse mich der Tage noch mal brauchen sollten – *Triton-Bar!*«

Ich war kurz davor, ihn wütend anzuherrschen, da er offenschtlich genau gewußt hatte, daß wir Timm Bunyan gegen Mittag hier nicht mehr antreffen würden. Nur seiner eigenen unzulänglichen körperlichen Verfassung wegen hatte er nichts von der frühen Aufbruchszeit des Fischers verlauten lassen, hätte dies doch ein Treffen mit mir in den frühen Morgenstunden bedeutet! Mühsam beherrschte ich mich und ließ ihn abziehen. Dann entschloß ich mich, vorläufig nicht hier auf Timm Bunyans Rückkehr zu warten; ich nahm mir vor, ihn lieber am nächsten Morgen beim In-See-Stechen abzupassen.

Statt dessen wollte ich zunächst meine am Vorabend geweckte Neugierde bezüglich jenes absonderlichen, von den Einwohnern als »Hügel von Yhth« betitelten Phänomens befriedigen. Ich glaubte mich nämlich erinnern zu können, bei meinem eintönigen Durchsuchen der Bibliothek bereits einmal auf den Namen Bunyan gestoßen zu sein. Zwar hatte ich beim bloßen Ablesen Tausender von Buchrücken mit einer endlosen Zahl unterschiedlicher Namen zu tun gehabt, jedoch war – vermutlich durch die Verbindung mit dem doch ziemlich einprägsamen Wort »Yhth« – gestern abend, nachdem ich mich zu Bett begeben hatte, eine Erinnerung über mich hereingebrochen. Sie veranlaßte mich nun, die ehemalige Leihbücherei von Barath ein weiteres Mal aufzusuchen und einen bestimmten Regalabschnitt im ersten Stock noch einmal abzusuchen.

Als sich dies wenig später als fruchtlos herausstellte, nahm ich mir den ganzen mittleren Gang dieser Abteilung noch einmal vor, und nach einer knappen Stunde hatte ich inmitten eines halb heruntergebrochenen Bords gefunden, wonach ich gesucht hatte. Rasch trat ich mit meinem Fund ins besser beleuchtete Erdgeschoß hinunter und begutachtete ihn aufmerksam.

Es war ein kleiner Band mit bordeauxrotem Leineneinband, dessen staubüberkrusteter, ehemals schwarzer Beschriftung ich entnehmen konnte, daß es von einem gewissen Charles Humphrey Bunyan verfaßt worden war und den Titel trug *Meine Erfahrungen mit* (einige unleserlich gewordene Worte) *und den Kindern von Yhth.*

Die erste Seite des Werkes klärte mich darüber auf, daß es in einem seinerzeit offensichtlich ortsansässigen Verlag namens Barath House erschienen war. Bei Charles Humphrey, so er tatsächlich mit dem heute lebenden Fischer gleichen Namens verwandt war, mußte es sich mindestens um dessen Großvater handeln; als Jahr der Veröffentlichung war 1817 angegeben. Plötzlich steigerte sich meine Erregung erheblich, als ich beim Umblättern im Schmutztitel nochmals auf den Namen des Verfassers stieß und – viel wichtiger – auf den vollständigen Titel des Werkes! Er lautete *Meine Erfahrungen mit Volguthoggh Yhthghma und den Kindern von Yhth.*

Ich stand wie versteinert. Sollte es möglich sein...? Fassungslos starrte ich auf den Band in meinen Händen. Wenn jener Charles Humphrey Bunyan, der eine Abhandlung über die von Pflueger erwähnte Entität – *Volguthoggh* – verfaßt hatte, tatsächlich der Großvater des ortsansässigen Fischers Timm sein sollte, wäre es ganz und gar nicht ausgeschlossen, daß sich in dessen Besitz heute noch einige der Werke befanden, die sein Vorfahr seinerzeit zu Recherchezwecken wohl besessen haben mochte – eventuell auch das mysteriöse *Buch San*! Mit dem Hemdsärmel wischte ich geschwind eine der vergriesten Scheiben der kleinen Halle hinlänglich sauber, setzte mich nahe dem hereinfallenden Sonnenstrahl auf die Überreste einer alten Theke und begann gierig zu lesen.

Und meine Erwartungen wurden nicht enttäuscht!

Als ich fast drei Stunden später das Buch wieder zuschlug, hatte ich zwar vom Entziffern der arabesk altmodischen, der Minuskelschrift nachempfundenen Type Kopfschmerzen, gleichzeitig war ich sehr erstaunt. Die Lektüre hatte mir zum einen eröffnet, daß der Verfasser tatsächlich während seiner Arbeit Zugang zu dem ominösen *Buch San* gehabt hatte – es wurde leichthin in zahlreichen Fußnoten als Quellenangabe vermerkt – zum anderen schien es wundersamerweise eine direkte Verbindung zwischen Pfluegers Gottheit Volguthoggh und dem Ort Barath, beziehungsweise dem mit »Hügel von Yhth« bezeichneten Naturphänomen zu geben! Der groteske Charakter dieses Zufalls ließ mich schmunzeln, denn indirekt bedeutete dies ja, daß, hätte ich das *Buch San* irgendwo anders auf dem Erdball bereits aufgespürt, es mich höchstwahrscheinlich auf diesen heruntergekommenen Ort an der Westküste verwiesen hätte – der Urahn Bunyans stellte nämlich die maritime Erscheinung vor Ort indirekt als Resultat bestimmter unterseeischer und unirdischer Vorgänge aus dem Wirkungskreis der besagten gottgleichen Monstrosität dar!

Meine Motivation war nun von neuem angespornt: Zum einen trachtete ich danach, endlich Einblick in das ersehnte okkulte Werk zu nehmen. Ich zweifelte nicht daran, daß einer der Nachkommen Charles Humphreys – vielleicht Timm Bunyan selbst – das Buch irgendwann später endgültig aus der Bibliothek entwendet hatte, nachdem mein Freund Bembridge es in den Jahren seiner Kindheit dort noch zu Gesicht bekommen hatte. Zum anderen war mein Interesse an dem besagten Phänomen geweckt, dem C. H. Bunyan in schwammigen, weitschweifigen Floskeln eine direkte Verbindung zu dem Götzen Volguthoggh nachsagte. Wenngleich sein Buch in erster Linie aus akribisch genau datierten Beobachtungen und Sichtungen der rätselhaften Meeresspiegelanhebung bestand, fand im letzten Kapitel schließlich auch noch eine merkwürdige Glaubensgemeinschaft Erwähnung: eine Art religiöser Kult, der sich um das Seephänomen gebildet hatte und sich »Die Kinder von Yhth« nannte. Es handelte sich um eine Vereinigung von selbsternannten Hohepriestern und »Mönchen«, die zu Beginn des neunzehnten Jahrhunderts, der Zeit also, in der Charles Humphrey Bunyan gelebt hatte, aktiv gewesen war. Zwar schnitt der Verfasser dieses Thema nur oberflächlich an – vermutlich, um seiner volltönenden Erwähnung der Gruppe im Titel des Buches gerecht zu werden –, dennoch wurde klar, daß die Angehörigen dieses mehr oder weniger im Geheimen operierenden Zirkels in jenen Vollmondnächten, in denen das Meer sich, dem unerklärlichen Zyklus folgend, anhob, regelmäßig mit Ruderbooten hinausgefahren waren, um auf offener See bestimmte uralte Rituale abzuhalten. Worin genau diese bestanden hatten, wagte der alte Bunyan nach eigener Aussage nicht auszuführen, mir jedoch schien es, als impliziere er zwischen den Zeilen, die merkwürdigen »Kinder von Yhth« hätten gar nicht unbedingt das Naturereignis, als vielmehr dessen – wenngleich mutmaßlich imaginären – *Verursacher* mit ihren Gesängen zu beschwören versucht.

Über die Herkunft des Hügel-Phänomens beziehungsweise die Frage, ob es schon immer an der bezeichneten Stelle im Meer vor der Küste Baraths existiert hatte, waren keine Informationen enthalten. Ebensowenig darüber, wieso im Titel des Werkes von »Volguthoggh Yhthghma« die Rede war, wo doch Pflueger diesen zweiten Namen – *Yhthghma* – nie erwähnte und sich auch Bunyan nicht näher über die Bedeutung des Wortes ausließ. Über eines jedoch war ich mir im klaren: Ich mußte mit Timm Bunyan sprechen, dem Nachfahren dieses an okkulten Sachverhalten augenscheinlich sehr interessierten Buchautors.

V.

Am nächsten Morgen quälte ich mich in aller Frühe aus dem Bett, verzichtete notgedrungen auf ein Frühstück, das ich zu solch nachtschlafender Zeit in der Pension selbstverständlich noch nicht erwarten durfte, steckte mir vorsichtshalber meinen unvollständigen Abschrieb des *Pflueger Almanac* in die Manteltasche und machte mich auf den Weg zum Hafen – wo ich gerade noch rechtzeitig ankam, um Timm Bunyan Minuten vor dem Auslaufen abzupassen!

Drei Stunden später saß ich mit Bunyan in der Führerkabine des klapprigen Fischkutters *Algor* und aß dampfenden Eintopf mit einem hölzernen Löffel. Alles war unproblematischer abgelaufen, als ich zu hoffen gewagt hatte, wenngleich doch ein wenig anders als in meiner Vorstellung. Auf meine Frage, ob ich ihn auf See begleiten dürfe, hatte der Alte, ohne sich nach den Gründen für mein Anliegen zu erkundigen, sofort geantwortet: »Wenn Sie mir zur Hand gehen, helfen, die Netze auszuwerfen und einzuholen, können Sie gerne mitkommen, Mister. Früher hätt' es ein bißchen anders ausgesehen, wissen Sie, da war ich jung und kräftig, brauchte niemand! Achtundfünfzig Jahre fahre ich jetzt schon zur See, seit ich elf war und mich mein Vater zum ersten Mal mitgenommen hat. Und immer allein, nachdem mein Vater und mein Großvater schließlich das Zeitliche gesegnet hatten, versteh'n Sie? Immer allein...«

»Genau um Ihren Großvater geht es! Er...«

»...und jetzt geht's halt nicht mehr so wie früher, nhh-nhh. Die Knochen werden mürbe, das Salz in der Luft, wissen Sie? So ist das. Also, wenn Sie mir was von der Arbeit abnehmen, können Sie mitkommen. Und wenn Sie gut sind, können Sie vielleicht auch was von meinem Seemannsfrühstück abkriegen. Also springen Sie schon auf, Mann!«

Gesagt, getan. Und ich war gut gewesen! Eifrig zumindest, wie mir ein Blick auf meine wunden Hände und meinen ruinierten Mantel bestätigte. Immerhin war der äußerst gesprächsunwillige Fischer mit meiner laienhaften Handhabung der Netze und Makrelen, die ihm erstmals seit Jahren an Deck ein wenig Luft zum Verschnaufen bot, zufrieden genug, um mich an dem erwähnten »Seemannsfrühstück« teilhaben zu lassen. Es gab eine kochend heiße Brühe aus Kartoffeln und eingekochtem Fisch, dazu Zwieback nach Belieben. Nie hätte ich gedacht, daß ein derart frugales Mahl nach mehreren entbehrungsreichen Stunden harter körperlicher Arbeit einen solchen Wohlgeschmack entfalten könnte.

Als ich mich aufseufzend von meinem dritten geleerten Teller zurücksinken ließ und das letzte mit Suppenrest getränkte Stück Zwieback mit einem großen Schluck von Bunyans Bier herunterspülte, zündete sich der Fischer eine alte, schwarzverkohlte Pfeife an. Alsbald breitete sich ein angenehmes Aroma im Raum aus, und während der folgenden Minuten beiderseitigen gesättigten Schweigens fand ich Gelegenheit, mein Gegenüber in Ruhe in Augenschein zu nehmen. Er war alt, soviel stand fest, älter als Seymour; er wirkte sogar erheblich älter als die neunundsechzig Jahre, die er selbst als sein Lebensalter angegeben hatte. Sein Gesicht war übersät, ja geradezu verunstaltet mit unzähligen scharfkantig und tief eingeschnittenen Runzeln und Falten, die ihm das Erscheinungsbild einer zusammengeschmolzenen und linkisch nachgeschnitzten Wachsmaske verliehen. Er trug braunes, gefüttertes Ölzeug, jedoch weder Schal noch Halstuch wie die anderen Seeleute, die ich gesehen hatte – vermutlich, weil sein gewaltiger, gelblicher Vollbart, der ihm bis auf die Brust reichte, denselben Zweck erfüllte. Seine Hände waren breit, abgearbeitet und von der Farbe rohen Fleisches. Schließlich nahm er die Pfeife aus dem Mund und zog die buschigen Augenbrauen hoch.

»Nun spucken Sie's schon aus, Mister: Warum wollten Sie unbedingt mit rauskommen? Doch bestimmt nicht nur, um sich hier Ihre feinen Klamotten dreckig zu machen, oder?»

Er zog an der Pfeife und stieß den Rauch gegen die Decke. »Raus mit der Sprache... Sie haben da heute morgen meinen Großvater erwähnt – was ist mit ihm?«

Ich sah keine Veranlassung, den alten Mann anzulügen, deshalb erzählte ich ihm von meinem etwas obskuren Interesse an vorzeitlichen Religionen und Mythen, meinen Recherchen nach seltenen Büchern, und wie mich der Zufall – bezüglich der wahren Natur dieses Details hielt ich mich bewußt etwas zurück – nach Barath geführt habe, wo ich in der Bibliothek auf die Abhandlung seines Vorfahren gestoßen sei. Deswegen würde ich ihm gerne einige Fragen nach eventuell noch vorhandenem Archivmaterial Charles Humphrey Bunyans stellen.

Während meiner Ausführungen verzog der Alte keine Miene, saugte nur hie und da an seinem fossilen Rauchwerkzeug und ließ den Qualm aus dem Mundwinkel entweichen. Als ich geendet hatte, verengten sich seine runzligen Augen zu Schlitzen.

»Ich hab' schon gehört, daß sich in der letzten Zeit ein Fremder im Dorf aufhält, der in der Bücherei herumschnüffelt und die Leute aushorcht... das sind dann wohl Sie, Mister. Ich geb' Ihnen einen guten Rat: Es gibt Dinge, von denen Sie als Auswärtiger besser die Finger lassen sollten! Und dazu gehören auch die Dinge, mit denen sich mein Großvater Humphrey beschäftigt hat. Glauben Sie mir, der Hügel und all das, das ist nichts, was einen Städter irgendwie interessieren könnte!« Er paffte heftiger. »Sie müssen wissen – es ist nicht immer ganz harmlos, nach Dingen zu forschen, von denen man denkt, daß sie alt und... *vergessen* sind. Ich kann Ihre Leidenschaft für uralte Geheimnisse schon nachvollziehen, mein seliger Großvater war ja selbst Forscher und Wissenschaftler, mit ganz ähnlichem Spezialgebiet sogar. Aber auch ihm ist es nicht gut bekommen, sich in Dinge einzumischen, die ihn nichts angingen...«

»Wieso? Was geschah mit Ihrem Großvater?«

Er schwieg kurz. »Nichts. Gar nichts. Und nun auf, wir müssen wieder an die Arbeit!« Er klopfte die Pfeife an seiner Stiefelsohle aus und erhob sich.

Als ich abends müde und zerschlagen in meinem Bett lag, war ich zutiefst erbost. Der Alte hatte im weiteren Verlauf des Tages sämtliche meiner Versuche, ihn in ein Gespräch zu verwickeln, schlicht abgeblockt und mir statt dessen unverschämte Mengen an Arbeit aufgebürdet, die ich zum »Abarbeiten meiner Mahlzeit« seiner Ansicht nach noch zu verrichten hatte. Am Nachmittag schließlich, als wir wieder am Hafen anlegten, war Bunyan sofort von einer Traube anderer Fischer umringt, die sich nach seinem Fang erkundigten – der zu einem nicht unbeträchtlichen Teil *mein* Fang gewesen war – und ihm halfen, sein Boot zu entladen.

Da nun an ein ruhiges Gespräch ohnehin nicht mehr zu denken war, verabschiedete ich mich und begab mich schnurstracks in die Pension, wo ich meine verschmierten und durchgeschwitzten Sachen in eine Ecke schleuderte und stöhnend meine schmerzenden

Glieder von mir streckte. Doch ich würde nicht aufgeben! Schließlich war ich mir ganz sicher, daß der Alte etwas wußte; viel zu auffällig, ja lachhaft plump waren seine Versuche gewesen, mir das Thema abspenstig zu machen. Bei genauerer Betrachtung hielt ich es gar nicht einmal für ausgeschlossen, daß er selbst seit geraumer Zeit in eben jener Materie forschte, für die ich mich interessierte. So beschloß ich, am nächsten Tag wieder mit von der Partie zu sein, wenn Bunyan auslaufen würde; schließlich war er allein auf dem Schiff, so daß über kurz oder lang eine etwas tiefergehende Unterhaltung zustande kommen *mußte*... oder wenigstens ein kleiner Versprecher seinerseits, aus dem ich weitere Schlüsse ziehen konnte.

Und wenngleich mich am folgenden Morgen zweifelsohne übler Muskelkater plagen würde, der sich bereits jetzt in Form vager Stiche ankündigte, hatte ich tatsächlich ein wenig Gefallen an dieser Art von körperlicher Betätigung gefunden, wie sie mir lange schon abgegangen war – trotz der widerwärtigen Schmutzigkeit der Arbeit und dem magenumdrehenden Schaukeln des Seeganges an Deck. Während ich langsam den Regionen des Traumes entgegendämmerte, nahm ich mir fest vor, am nächsten Morgen erneut in aller Herrgottsfrühe aus dem Haus zu gehen...

VI.

Die kommenden zehn Tage sahen mich regelmäßig mit Timm Bunyan aus dem Hafen von Barath auslaufen und ihm bei der Arbeit auf See zur Hand gehen. Seine Gesprächigkeit steigerte sich zunächst in keiner Weise, jedoch nahm meine manuelle Geschicklichkeit, was die Tätigkeiten an Deck betraf, nach den ersten beiden Tagen muskelverkrampfter Steifheit erheblich zu. Es gelang uns so, seinen Fang in den folgenden Tagen auf ansehnliche Weise zu vergrößern. Auch machte ich bald nicht mehr Halt davor, nach getaner Arbeit mit Bunyan noch die *Triton-Bar* oder ähnliche Etablissements aufzusuchen, um mit ihm anzustoßen und seinem Palaver mit den anderen Seeleuten zu lauschen.

Trotz alledem kam ich, was das eigentliche Objekt meiner Nachforschungen anging, während dieser Zeit keinen Schritt weiter. Lediglich als ich eines Abends, nachdem Timm sich bereits für die Nacht verabschiedet hatte, noch ein wenig mit zwei anderen Seemännern zusammensaß, die ich durch ihn kennengelernt hatte, gelang es mir, eine interessante Tatsache ans Licht zu bringen.

Irgendwie war die Rede über verschiedene Branntweinsorten über den Fischfang und seine Mühen und Tücken auf den alten Timm Bunyan gekommen; üblicherweise vermieden es die Fischer, sich über einen der ihren in dessen Abwesenheit auszulassen, aber der Abend war schon weit vorangeschritten, und der Alkohol hatte die Zungen meiner Tischgenossen gelöst. So kam es, daß, nachdem einer der beiden – sein Name war Watts – seiner Verwunderung über mein tägliches Hinausfahren im Gefolge des alten Bunyan Ausdruck verliehen hatte, er noch ungefragt seine persönliche Meinung über Bunyan äußerte.

»Is'n merkwürdiger alter Kauz, der Timm«, sagte er. »Kennen tut ihn jeder, schon wer-weiß-wie-lang, aber so richtig *befreundet*... nee, so richtig leiden kann den niemand.« Er nahm einen Schluck Bier. »Das geht so seit dieser komischen Sache damals, als er noch'n kleiner Junge war, von zehn oder elf...«

»Obwohl nie klar war, ob er's wirklich getan hat, das darfst du nich' vergessen«, schaltete sich der Fischer zu meiner Linken ein – ein älterer Bursche mit Namen Bert, von dem ich nie erfuhr, ob dies sein Vor- oder Nachname war. »Gut, er soll damals an Bord des Kutters gewesen sein, aber ich bitt' dich: ein kleiner Junge von zehn Jahren... der kann nich' einfach zwei ausgewachsene Männer über Bord schmeißen!«

»Sicher, es hat sich nie aufgeklärt. Ob es jetzt'n Unfall war oder was... aber seit ich ihn kenn', hat der alte Timm sowas in seinem Blick... ich weiß nich', ob du verstehst, was ich meine – es sinn' seine Augen, weißt du? Er ist irgendwie anders als die anderen.«

Watts hatte schon wieder einen Krug geleert und bestellte einen weiteren. Ich wußte, daß das, was er in seinem angesäuselten Zustand von sich gab, mit Vorsicht zu genießen war, dennoch hörte ich in höchstem Maße interessiert zu.

»Ich mein'... sein Großvater war zu dem Zeitpunkt schon 'n alter Tattergreis, und wenn's tatsächlich so war, wie der kleine Timm damals sagte, daß sein Opa ins Wasser fiel und sein Vater ihm nachsprang, um ihn zu retten – du weißt selbst, was es draußen, gerade an dieser Stelle, für tückische Strömungen gibt –, kann ich mir schon vorstellen, daß die beiden ertrunken sind... obwohl Graham Bunyan ein exzellenter Schwimmer gewesen sein soll.«

»Ein guter Trinker und Raucher war er allemal«, bemerkte Bert grinsend und führte ein Glas Portwein zum Munde. »Erinnerst du dich noch, wie wir damals zu viert, zusammen mit Frank...«

»Entschuldigung,« unterbrach ich zaghaft die aufkeimenden Erinnerungen Berts, »aber wie war das wohl genau mit diesem Unglück? Wo, sagten Sie, trug es sich zu?«

Watts drehte sich schwerfällig in meine Richtung. »Ja, wo war das noch... hmm, jetzt, wo Sie's sagen, Mister, fällt's mir wieder ein, denk' ich... hab' Jahre lang nich' mehr drüber nachgedacht. Ja, es war ziemlich genau da, wo... also an Vollmond... na, in der *Gegend des Hügels* halt.«

Er hob ruckartig den frischen Humpen und trank mit großen Zügen. Als er absetzte, war seine Nase gerötet, die Augen halb geschlossen. Mir wurde klar, daß dies die letzte brauchbare Information gewesen war, die ich von dem trinkfreudigen Fischer heute zu erwarten hatte. Berts Blick vom anderen Tischende überzeugte mich des weiteren davon, daß auch er nicht beabsichtigte, dieses Thema weiter zu vertiefen, ja, ich glaubte in seinen Augen sogar etwas von dem feindseligen Mißtrauen funkeln zu sehen, das mir die Seeleute zu Beginn entgegengebracht hatten, als ich begonnen hatte, Bunyan in die Kneipen zu folgen. Rasch nahm ich Hut und Mantel und verabschiedete mich.

Auf dem Weg zur Pension mußte ich mich zwingen, meine Gedanken zu ordnen; Timm Bunyans Vater und Großvater waren also am selben Tag vor über 58 Jahren auf offener See ums Leben gekommen, und der einzige Zeuge (der *Täter*?) war der zu diesem Zeitpunkt elf Lenze zählende Knabe gewesen. Und auch der Stelle auf See, an welcher der Vorfall geschehen war, kam gewiß eine bestimmte Bedeutung zu, wie ich argwöhnte. Was ich von der ganzen Geschichte halten sollte, wußte ich allerdings nicht.

Ich hatte die Pension fast erreicht, als mich schlagartig das unangenehme Gefühl überkam, beobachtet zu werden. Ich spürte geradezu körperlich, daß irgendwo aus den Schatten der eng beieinander stehenden Häuser Augen auf mich gerichtet waren. Doch als ich ruckartig herumwirbelte, konnte ich nichts Lebendiges auf der mäßig beleuchteten Straße ausmachen, außer einem fetten schwarzen Kater, der sich eben um eine Hausecke drückte und sich damit meinem Blick entzog.

Aber das eigentümliche Gefühl war nach wie vor vorhanden, und ich musterte unsicher die ausnahmslos dunklen Höhlen der Fenster über mir und entlang der gesamten Straße. Eine bisher ungekannte Beklommenheit umfing mich, und je länger ich mit meinen Augen die Dunkelheit hinter den Scheiben und Vorhängen zu durchbohren suchte, desto stärker bekam ich den Eindruck, verschwommene Umrisse ausmachen zu können – düstere Schemen, die mich mit zunehmender Klarheit aus den windschiefen Wohnstätten anzustarren schienen, Schemen, die über Augen und Münder verfügten und *doch keine Gesichter waren…* Aber kaum blinzelte ich mit den Augen, waren die unmenschlichen Zerrbilder verschwunden, und ich schrieb die Illusion meinen überreizten Sehnerven zu. Dennoch fühlte ich mich eindeutig nicht mehr allein, geschweige denn sicher auf dem dunklen Pflasterweg, obwohl sich in der allgegenwärtigen Totenstille nichts rührte.

Ich beeilte mich, zur Pension und in mein Bett zu kommen.

VII.

In dieser Nacht schlief ich ausgesprochen schlecht. Zusammenhanglose Träume plagten mich, irrwitzige Alpdrücke von gewaltigen, ungesehenen Lebewesen auf dem Grunde der See und eine Meerenge, deren Wasserspiegel wie ein überdimensionales, surrealistisches Herz träge auf und ab pulsierte.

Am Morgen erwachte ich schweißgebadet und vermeinte mich für einen Augenblick erinnern zu können, in tiefster Nacht schon einmal auf ähnliche Weise aus dem Schlaf hochgefahren zu sein, geweckt durch merkwürdige Geräusche von draußen – unrhythmische Trommelschläge und mehrstimmige Gesänge, die fremdartige Harmonien zelebrierten. Doch noch während ich mir den Schlaf aus den Augen rieb, verflüchtigte sich der Eindruck, und als ich eine Viertelstunde später die Treppen zum Frühstückszimmer hinabstieg, war ich bereit, diese Erinnerung ebenfalls der Domäne meiner unruhigen Träume zuzuweisen.

Da ich maßlos verschlafen hatte und es schon viel zu spät war, um Timm Bunyan noch am Hafen anzutreffen, wartete ich das Frühstück in der Pension ab und unterhielt mich währenddessen ein wenig mit Geraldson, dem Portier. Im Laufe der Konversation erfuhr ich – ohne daß ich hätte sagen können, wie der Fluß der Unterhaltung auf dieses Thema gekommen war –, daß in der folgenden Nacht der Mond seine vollste Phase erreicht haben würde.

Geraldson empfahl mir, in dieser Nacht nach Möglichkeit nicht so lange wie gewöhnlich auszubleiben, da man erfahrungsgemäß eine erheblich höhere Zahl von Betrunkenen auf den Straßen erwarten müsse, werde doch jene Nacht traditionell mit Alkohol und Liedern begangen. Ein merkwürdiger Ausdruck in seinem ansonsten so offenem Gesicht weckte in mir jedoch den Verdacht, daß der wahre Grund, weshalb man die nächtlichen Straßen besser meiden sollte, ein anderer war.

Ich verabschiedete mich wenig später von dem jungen Mann, dem man gegen Ende des Gespräches deutlich hatte anmerken können, daß er sich als relativ neu Zugezogener selbst noch nicht an sämtliche örtlichen Bräuche und Verschrobenheiten gewöhnt hatte. Doch meine Gedanken schweiften bald wieder in eine andere Richtung, denn ich war während meiner Mahlzeit zu dem Entschluß gelangt, daß ich, konnte ich schon des geheimnisumwitterten *Buches San* nicht habhaft werden, doch wenigstens jenem unglaubwürdigen, irgendwie damit in Zusammenhang stehenden Vorgang nachgehen mußte, der sich in dieser Nacht wie zu jedem Vollmond in der Bucht vor dem Dorf abspielen sollte.

Aus diesem Grunde begab ich mich nun doch zum Hafen. Dort bat ich verschiedene

Fischer, die ich während der letzten zwei Wochen kennengelernt hatte, um einen Gefallen.

Die einzige Reaktion, die mir die rauhen Burschen auf meine Frage, ob sie mich in der nächsten Nacht mit ihrem Kutter in die Bucht hinausbringen würden, angedeihen ließen, bestand aus vernichtenden Blicken und einem eisigen Schweigen. Es gemahnte mich schmerzlich an jenen ersten Tag, da ich in Barath eingetroffen war und mich über das abweisende Verhalten der Bevölkerung gewundert hatte. Auch hatte ich den Eindruck, daß, kaum das ich mich abwandte und zum nächsten Pier marschierte, hinter meinem Rücken ein emsiges Getuschel und Geflüster einsetzte.

Nie war ich mir in dieser merkwürdigen kleinen Stadt mehr wie ein Außenseiter vorgekommen.

Als sich der Nachmittag seinem Ende zuneigte, hatte ich keinen einzigen Seemann auftreiben können, der sich bereit erklärt hätte, mich in der kommenden Nacht auf seinem Boot mitzunehmen. Resignierend ließ ich mich auf einem Mauerrest nahe der Hafengasse nieder und brütete niedergeschlagen vor mich hin. Da ertönte auf einmal eine mir mehr als bekannte Stimme!

»Na, wen haben wir denn da? Wenn das nich' unser guter Freund, der spendable Herr aus der Stadt is'... Sie gucken aber gar nich' glücklich aus der Wäsche, Mister, kann das sein?«

Ich blickte auf und erkannte die verbrauchte und gekrümmte Gestalt Winston Seymours vor mir. Er stand auf der von der sinkenden Sonne in annähernd orangefarbenes Licht getauchten Straße. In der linken Hand hielt er eine halbgeleerte Schnapsflasche, mit der anderen kratzte er sich so heftig im Nacken, daß ihm die obligate Schieberkappe ins Gesicht rutschte.

»Hoppla... so! Was dagegen, wenn ich mich zu Ihnen setze, Mister?« Ohne eine Antwort abzuwarten, nahm er an meiner Seite Platz, und alsbald bot er mir von seinem Getränk an, das ich, niedergeschlagen wie ich war, dankend annahm. Der Brandy in der Flasche brannte im Rachen, aber es war mir egal, und ich nahm einen weiteren Schluck. Ich atmete tief durch und seufzte.

»Na, nu' mal raus mit der Sprache, Mister! Was'n los mit Ihnen, eh?« Selbst in seinem fortgeschrittenen Zustand der Alkoholisierung blieb ihm meine gedrückte Stimmung nicht verborgen. Da ich mich ohnehin am Ende jeglicher Nachforschungen glaubte, schüttete ich ihm mein Herz aus. Als ich geendet hatte, nahm ich nochmals einen Schluck aus seiner Flasche. Diesmal schmeckte es schon erheblich besser.

»Ah, so ist das...« Seymour schien amüsiert und zugleich voll von ehrlich empfundenem Mitleid. »Hättense das gleich gesagt, daß Sie nur heut' nacht mal rausgefahren werden wollen... Sie wissen doch, daß ich mal selbst zur See gefahren bin, hab' ich Ihnen doch erzählt, oder? Hab' natürlich auch noch meinen alten Kutter, die *Purim*, wissen Sie? Is' zwar in ziemlich schlechtem Zustand und so, aber wennse mir'n bißchen helfen, kriegen wir den Kahn bestimmt inner knappen Stunde wieder flott. Wie sieht's aus, heh?«

Ich starrte ihn entgeistert an. Dann sprang ich auf. »Lassen Sie uns gehen! Wo liegt Ihr Schiff?«

»Gemach, gemach. Komm ja schon... eins will ich aber doch noch wissen«, ächzte Seymour und erhob sich umständlich. »Warum wollense'n unbedingt in der *Nacht* raus aufs Wasser? Kann verstehen, daß Sie da sonst keiner fahren will – 'n guter Fischer schläft halt nachts lieber, he, he. Was haben Sie denn nachts da draußen verloren?« Bei diesen Sätzen wurde mir bewußt, daß ich Seymours freundschaftliches Angebot außer seiner ansatzweisen Trunkenheit maßgeblich der Tatsache zu verdanken hatte, daß er sich nicht darüber im klaren zu sein schien, welches Datum wir heute schrieben. Hätte er gewußt, daß in dieser Nacht der Mond voll am Himmel stehen würde, hätte er mein Ansinnen vermutlich ebenso rasch abgewiesen wie die anderen Seemänner, die ich befragt hatte...

Die *Purim* war ein alter Gammelkasten und eigentlich unschiffbar. Aber tatsächlich hatten wir – das heißt *ich*, unter Anweisung des auf der Reling sitzenden und trinkenden Seymour – in etwas mehr als einer Stunde die gröbsten Schäden behoben und gut zwei Ellen Wasser aus dem Schiffsrumpf abgepumpt. Damit machte das Boot, ein winziger, bescheiden motorisierter Kutter, der mindestens ebenso alt war wie sein Besitzer, wenigstens annähernd den Eindruck, es sei er dem Risiko einer kurzen Rundfahrt gewachsen.

Ich hatte Seymour zuvor noch rasch eine weitere Flasche Branntwein besorgt, auf daß er sich nicht plötzlich des Datums entsinnen und mich doch noch versetzen möge. Glücklicherweise lag sein Kahn so weitab von den Booten der anderen Fischer, daß niemand unsere auffällig spät am Tage stattfindenden Aktivitäten zur Kenntnis nahm.

Schließlich, die Sonne war bereits vor Stunden am Horizont verschwunden – ich hatte die verstreichende Zeit eifrig genutzt, Seymours Trunkenheit weiter zu fördern –, setzte sich die *Purim* in Bewegung und hielt auf die offene See westlich der Küste von Barath zu. Der Hafen des Dorfes war in einer Einbuchtung des Küstenstriches gelegen, und wir steuerten eine Stelle etwa eine Seemeile außerhalb dieser natürlichen Umrahmung an, wo sich verschiedenen Aussagen nach das rätselhafte Geschehen abspielen sollte.

Leichter Nebel kam auf. Das sei hier draußen jeden Abend der Fall, versicherte mir der mittlerweile erheblich alkoholisierte Seymour vom Steuerrad aus. In den grau wallenden Schlieren zu meinen Seiten vermochte ich kaum die weit entfernt zurückweichenden, schützenden Wälle der felsigen Küste mit ihren schartigen Silhouetten und Ausbuchtungen wahrzunehmen. Wenig später blieben diese ganz hinter uns zurück, und wir bewegten uns auf die offene See hinaus. Hier lichtete sich der Nebel merklich, doch das Rund des leuchtenden Mondes, der während unseres nervenaufreibend langsamen Vorankommens aufgegangen war, wurde von den Schleiern dunkler Wolkenanhäufungen verborgen. Ich fragte mich, was geschehen würde, sollte sich mein Chauffeur in einem nüchternen Augenblick der Lage bewußt werden.

Doch von einem solchen nüchternen Moment war er weit entfernt – prompt begann er mit rauher Stimme ein anzügliches altes Seemannslied zu schmettern. Es hallte über die Weite des eisigen Septembermeeres und schnitt durch die bedrückende Stille wie das Krächzen eines Sägeblattes durch einen totenstillen Wald.

Als wir schließlich die Stelle erreicht hatten, wo das Naturschauspiel erfolgen sollte, das die »Kinder von Yhth« mit der von Pflueger erwähnten Entität in Verbindung gebracht hatten, war es tiefste Nacht. Ich ließ Seymour noch ein gutes Stück weiterfahren, da ich gedachte, mir das Geschehen etwas von außerhalb anzusehen, dann hieß ich ihn den behäbig tuckernden Motor auszuschalten und zu warten. Selbstverständlich erschien ihm mein scheinbar unmotiviertes Tun recht absonderlich, und diesem Eindruck machte er wenig später, der uns allgegenwärtig respektgebietenden Stille ungeachtet, Luft.

»Warum, zum Teufel, sollen wir hier, mitten auf'm... auf'm Wasser anhalten, eh? Gibt nix zu seh'n hier, oder?«

Er war sturzbetrunken, doch das hinderte ihn leider nicht daran, in dem Moment, da eine Windböe die Wolken am Himmel ungnädigerweise vertrieb, den hinter ihnen zum Vorschein kommenden Vollmond wahrzunehmen.

»Ver-verdammt! Der Mond – es ist *Vollmond*! Wieso...? Wir sollten nicht hier sein, verflucht, nicht hier, weit fort, verstehen Sie?! Gottverdammt!!«

Er schlotterte mit einem Mal vor Angst und wirkte in seiner entgeisterten, fast lächerlichen Verzweiflung nun wesentlich nüchterner, als ich ihn je zuvor erlebt hatte. Doch er war kaum mit seinen Entsetzensbekundungen am Ende, als *es* auch schon unvermittelt begann.

Es fing ganz harmlos an, ein kaum merkliches, lautloses Erbeben der See, als drehe sich etwas unfaßbar Großes auf ihrem Grunde auf die andere Seite. Darauf wölbte sich, jeder physikalischen Gesetzmäßigkeit trotzend, das Wasser zwischen unserem Beobachtungspunkt und der fjordartigen Einbuchtung, die den natürlichen Hafen von Barath bildet, Zoll um Zoll, fast zu langsam für das menschliche Auge, in die Höhe! Begleitet wurde der Vorgang von einem tief grollenden, sich in rhythmischen Abständen wiederholenden *Schaben*, das von sehr tief unter dem Meeresspiegel zu kommen schien. Bestürzt stellte ich fest, daß Seymour kaum noch zu halten war vor Angst.

»Er *kommt*! Er kommt! Hören Sie, wie er sich aus seinem Schacht emporarbeitet? Herr im Himmel! Wie konnten Sie mich nur dazu bringen, *heute* hierher zu kommen, Sie gottloser Bastard?! Oh, ich sollte Ihnen den Hals umdrehen dafür, das sollte ich! Oh *Herr*!!«

Ich packte ihn bei den Schultern und rüttelte ihn kräftig durch.

»Wer kommt? Wer arbeitet sich empor? Was für ein Schacht? Reden Sie, Mann, reden Sie!!«

»ER!!!« Seymour kollabierte in meinen Armen, sein Körper erbebte unter spasmodischen Zuckungen. Dann sackte er leblos zu Boden. Ich prüfte Puls und Atmung und stellte fest, daß er bewußtlos geworden war, vermutlich durch das Zusammenwirken der Aufregung mit den erheblichen Mengen von Alkohol in seiner Blutbahn. Ich wandte mich wieder um und erschrak.

Das Wasser hatte sich auf der Fläche einer halben Seemeile mittlerweile gut auf die Höhe eines dreistöckigen Wohnhauses gewölbt, so daß ich die bisher beruhigend herüberblinkenden Lichter des Dorfes nun nicht mehr wahrnehmen konnte. Das gleichmäßige, grollende Schaben klang nun um einiges lauter zu mir herauf. Was hatte Seymour gesagt – *er arbeitet sich aus seinem Schacht empor.* Sollte etwa...? Die einzige faktische Erklärung für einen Vorgang, wie ich ihn soeben miterlebte, war, daß ein immenses Objekt sich von einem Punkt auf – oder unter – dem Meeresboden gleichförmig nach oben bewegte und dabei eine seiner Masse entsprechende riesige Wassermenge vor sich her drückte. Da der Aufwärtsdruck offenbar schneller erfolgte als die Trägheit des Wassers es seitlich wegfließen ließ, türmte sich vor meinen Augen nun für eine gewisse Zeit ein kuppelförmiges Gebilde von den Ausmaßen eines Hügels empor.

Nun, da ich so weit gedacht hatte, machte ich eine Beobachtung, die meine Vermutung noch bestätigte: Da wir nicht vor Anker gegangen waren – Seymour hatte gesagt, die Ankerkette sei für die hier herrschenden Tiefen zu kurz –, trieben wir langsam aber beständig vom Ort des Geschehens ab, aufs offene Meer hinaus. Dies natürlich als Resultat der seitlichen Ausweichbewegung der See. Aber nach wie vor war der unglaubliche Hügel im Wachsen begriffen. Mein Verstand war außerstande, sich ein Objekt vorzustellen, welches solch monströse Mengen Flüssigkeit so brachialgewaltig empordrücken konnte, daß es nicht rasch genug Gelegenheit fand, sich in darüberliegenden Wasserschichten auszubreiten!

Und immer höher wölbte sich der gewaltige Hügel, immer lauter wurde das schabende Beben von unten. Ich vermeinte einen synchronen Zusammenhang zwischen dem zyklischen Wiederkehren des Geräusches und dem schubartigen Anwachsen der im Mondlicht glitzernden Wassermassen erkennen zu können, da verstummte das Kratzen mit einem Mal schlagartig!

Versteinert vor Angst und Erwartung stand ich an Deck des lächerlichen Kutters, einen alkoholbetäubten, bewußtlosen Seemann neben mir, und harrte gebannt der Dinge, die da kamen. Das Wasser schien jetzt noch erheblich schneller anzusteigen, hatte die Höhe eines Berges erreicht... so als habe etwas *seinen Schacht verlassen* und *schwimme* jetzt den Rest der Strecke frei hinauf! Ich wich gegen die Wand der Kabine zurück.

Ein langsam ansteigendes, urzeitliches Brüllen tönte aus der Tiefe herauf, und ich spürte, daß der Verursacher des Phänomens nicht mehr weit sein konnte. Die Wellen um die *Purim* waren mittlerweile immer höher gestiegen, und Seymours Körper rollte auf dem schwankenden Deck haltlos hin und her. Als der unbeschreiblich gräßliche Laut eben die Schmerzgrenze erreichte, als Seymours Kopf gegen eine Taurolle prallte und er mit benebeltem Blick die Augen aufschlug, als unser Boot von einer rollenden Flutwelle ein gutes Stück emporgehoben und beiseitegespült wurde, durchbrach ER die Wasseroberfläche!

Ja, es war *Yhthghma* – oder Volguthoggh, wie auch immer. Keinem erdgeborenen Organismus konnte je eine derartige Schrecklichkeit innegewohnt haben.

Sein Leib war immens! Wenngleich ich davon ausging, daß es lediglich der Rumpf war, welcher sich unter ohrenbetäubend donnerndem Gebrüll aus den gischtenden Fluten erhob, maß allein jener Teil seines Körpers, den ich ausmachen konnte, etliche hundert Yards!

Der Kopf selbst, der mit einem explosionsartigen Krachen die Wasseroberfläche durchstieß, war breit und faltig, ein verwachsenes Konglomerat aus Knorpelgewebe und pulsierenden Fleischmassen. In seiner Mitte prangte ein riesiger, quergestellter Schlitz, eine Art Maul, aus dem unzählige tentakelgleiche Fühler baumelten, bartenartige Lippentaster von der Massigkeit mächtiger Eichenbäume – die im Vergleich zum Rest seines Leibes noch fragil wirkten! Übergangslos und einer Kröte ähnelnd ging der ansonsten sinnesorganlose Schädel ohne erkennbaren Hals in den massigen Torso über, von dem ich nur zwei unermeßlich große, dreifach abgewinkelte Arme erkennen konnte. Jeder von ihnen lief in einen Fuß aus, dessen vier elefantöse Zehen an den Spitzen nochmals von einer Art dutzendfingrigen Hand gekrönt wurden.

Das Schlimmste an der Erscheinung jedoch war der Rücken der Kreatur: Diese gewaltige, fast plane Fläche, die ich gottseidank nur ansatzweise seitlich auszumachen vermochte, war übersät mit Hunderten von Vertiefungen und Aushöhlungen, welche zum Teil von Klappen aus einer hornartigen Substanz verdeckt wurden; schwang eine von ihnen blitzartig auf, konnte man in ihrem Innern eine grauenhafte, amorph zappelnde Bewegung erahnen, und zuweilen wischte ein schlangengleiches Bein oder rüsselhafter Auswuchs pfeilschnell darunter hervor. Die gesamte Rückseite des Wesens befand sich dadurch in einer wuselnden Bewegung, und die Tatsache, die mit überfallartigem Entsetzen massive Übelkeit in mir hervorrief, war die Erkenntnis, daß all diese Hunderte und Aberhunderte von Kleinstlebewesen *ebenfalls ER waren*!

Ich weiß nicht, ob ich schrie. Das einzige, an was ich mich entsinnen kann, ist, daß Winston Seymour, scheinbar durch den Schlag auf den Kopf wieder zu Bewußtsein gekommen, beim Anblick der unfaßbaren Kreatur seinerseits wie verrückt zu schreien begann und unkontrolliert um sich schlug. Vielleicht war es das, was die Aufmerksamkeit der Monstrosität aus unvordenklichen Zeiten auf uns lenkte.

Der plumpe Schädel des in den aufgewirbelten Fluten wogenden Relikts wandte sich in unsere Richtung, und ich verfluchte das Schicksal dafür, daß uns das fortströmende Wasser noch nicht weiter abgetrieben hatte. Mit einem schockierend schnell sich entfaltenden Arm überbrückte der Gott die Entfernung zwischen sich und unserem Schiff, und eine der vielgliedrigen Klauen am Ende eines seiner Finger ergriff zielsicher den zuckenden Körper des Seemannes und riß ihn mit rasender Geschwindigkeit fort.

Die irrwitzigen Schreie des Bemitleidenswerten wurden schnell leiser, wehten noch einmal kurz mit ungedämpfter Vehemenz zu mir herüber, als ich tatenlos mit ansehen mußte, wie Volguthoggh das menschliche Wesen in seinen Pranken auf unvorstellbare Weise vernichtete.

Eine Klaue von der Länge eines Ruderbootes fuhr behende in den vor besinnungsloser Angst brüllenden Schlund Seymours. Die Schreie verstummten, aber noch zappelte er grotesk wie ein frisch aufgespießter Schmetterling. Da riß die Kreatur ruckartig die mannslange Kralle zur Vorderseite von Seymours Körper aus seinem Fleisch heraus. Haut und Knochen barsten über die ganze Länge seines Körpers, mit einem reißenden Geräusch, das selbst zu mir in die immer größer werdende Entfernung hinübertrug. Der Inhalt seiner Körperhöhlung – innere Organe in leuchtenden Farben und halbverdaute Nahrungsreste – ergoß sich über die pockennarbige, grünliche Haut des Ungetüms in die schäumenden Fluten des Meeres.

Ich mußte an mich halten, um nicht das Bewußtsein zu verlieren.

Während der ganzen Zeit stieß die Abnormität ein ohrenbetäubendes, aus längst vergangenen Äonen in die Gegenwart wehendes Brüllen aus, das mich an die Grenzen meiner Belastbarkeit brachte.

Ich kann nicht nachvollziehen, woher ich in jenen furchtbaren Sekunden die Geistesgegenwart nahm, den Motor des Fischkutters anzuwerfen und mit höchstmöglicher Geschwindigkeit gen Süden, an der Küste entlang, davonzufahren – aber sie rettete mir das Leben.

VIII.

Aber was für ein Leben ist dies! Wie ich heute hier sitze, mein Tagebuch vor mir auf dem Schreibtisch, weiß ich nicht zu sagen, ob es ein glückliches Geschick war, das den Kutter schnell genug der Küstenlinie folgen ließ, um mich aus dem Einflußbereich der tobenden Entität zu bringen.

Ich weiß nicht, ob ich es begrüßen soll, daß es mir gelang, gut fünfzehn Meilen südlich von Barath einen Platz zum Anlegen zu finden und an Land zu springen. Ich will nicht undankbar wirken oder ignorant gegenüber meinem Schutzengel, der mich in jener schicksalsschwangeren Nacht nach nur kurzem Umherirren eine Landstraße ausfindig machen ließ, an der mich alsbald ein Lastkraftwagenfahrer auflas. Dieser war – wie es der Zufall oder die Vorsehung wollte – zu so später Stunde noch unterwegs in Richtung San Francisco und erklärte sich widerspruchslos bereit, mich trotz des mutmaßlich nicht gerade vertrauenserweckenden irren Glitzerns in meinen Augen mitzunehmen.

Nein, ich weiß dies alles sehr wohl zu schätzen.

Doch spätestens seit meiner Ankunft daheim in einem Vorort von Kingsport bin ich nicht mehr sicher, daß mein Geist diese Reise an die Ufer des Wahnsinns ohne Schaden gemeistert hat. Die Kopfschmerzen, die mich mit Gewalt bespringen, sobald ich mir das Bild der tobenden Gottheit inmitten der Wogen des nachtschwarzen Meeres vor mein geistiges Auge rufe, können nichts anderes sein als das direkte Resultat dieser Konfrontation; einer Begegnung, die nicht für das begrenzte Hirn und den erbärmlichen Verstand eines sterblichen Menschen geeignet ist. Und ich spüre, daß ich diesen Schmerzen, die die Windungen meines Denkzentrums zerfressen, nicht mehr lange genug etwas werde entgegensetzen können, was mich vor dem Absturz in die nebulösen Höfe des Irrsinns bewahrt.

Gibt es einen Ausweg? Ich glaube, daß dem wohl so ist. In meinen Augen kann nur die erneute Konfrontation mit dem Unvorstellbaren meine Seele entweder erretten oder ihr den letzten Stoß in Richtung der wahnhaften Hölle geben; doch diesmal werde ich *ihm* nicht so blauäugig und ungerüstet entgegentreten wie einst, oh nein!

Diesmal werde ich vorbereitet sein, nicht nur auf das Ungetüm selbst, auch auf die Ränke der teuflischen Dorfbewohner. Ja, ich weiß jetzt Bescheid! Ich habe in der Zwischenzeit alte Lokalblätter aus der entsprechenden Gegend gewälzt, und es ist mir nicht verborgen geblieben, daß Timm Bunyan, der, wie es den Anschein hat, tatsächlich seinen Vater und Großvater heimtückisch umgebracht hat, schon viele Jahre vor meinem Eintreffen als Anführer kultistischer Zusammenkünfte in und um Barath aktiv gewesen sein muß. Die lokale Polizei vermutete in ihm während seiner jungen Jahre offenbar gar den Leiter und Initiator einer religiösen Sekte, in der ich jene zu erkennen glaubte, die ich unter dem Namen »Die Kinder von Yhth« kennengelernt hatte. Spätestens an diesem Punkt erschloß sich mir auch der Zusammenhang zwischen den Todesfällen unter Bunyans Vorfahren – die ja bekanntermaßen vorzügliche Schwimmer gewesen waren und dennoch in der Gegend des Hügels im Meer ertranken – und dem merkwürdigen Trommeln und Singen, welches ich in der Nacht vor dem Vollmond in Barath vernommen zu haben glaubte. Selbstverständlich handelte es sich nicht um einen Traum!

Bunyan war vermutlich bereits während seiner Kindheit mit der Glaubensgemeinschaft um die äonenalte Gottheit *Volguthoggh Yhthghma* in Berührung gekommen – ob durch Kontakt mit einem ihrer Hohepriester oder eine direkte Begegnung mit der Kreatur, weiß ich nicht zu sagen. Dadurch wohl nicht unbeträchtlich geistig verwirrt, opferte er an jenem lange zurückliegenden Tag auf See seinen eigenen Vater und dessen Vater dem Wesen im Meer. Grund hierfür war mutmaßlich, daß sein Großvater sich durch die Veröffentlichung von *Meine Erfahrungen mit Volguthoggh Yhthghma und den Kindern von Yhth*, das er als Nichtmitglied der Sekte gemeinsam mit seinem Sohn recherchiert hatte, des »Verrats« an der zu diesem Zeitpunkt noch im Verborgenen wirkenden Gruppierung schuldig gemacht hatte.

In den auf seinen Doppelmord folgenden Jahren hatte Timm die »Kinder von Yhth« zu neuer Blüte geführt und die Beschwörungen ihres sich zu jedem Vollmond der Wasseroberfläche nähernden Gottes wieder aufgenommen.

Als ich nun, Jahre später, in das Dorf kam und aus meinen Nachforschungen zu diesem Thema keinen Hehl machte, war Bunyan wohl schon früh klargeworden, daß er mich mit solch plumpen Andeutungen von Gefahr, wie sie seinerzeit auf der *Algor* stattgefunden hatten, nicht abschrecken konnte. So hatte er, während er mich unter dem Deckmantel der Gutmütigkeit täglich auf seinem Kutter mitkommen ließ (um mich besser unter Kontrolle zu haben?), die Beschwörungen im Vorfeld der Vollmondnacht verstärken lassen. Ihm mußte klar gewesen sein, daß ich in der betreffenden Nacht alles daransetzen würde, auf See hinauszukommen, weshalb er mit seinen Glaubensbrüdern jene Beschwörungsgesänge und -rituale initiiert hatte, die ich des Nachts vom Hotel aus vernommen hatte. Ob diese das Monstrum auf mein Kommen vorbereiten oder es schlicht aggressiver stimmen sollten, auf daß es die Oberfläche durchbreche – was es gemeinhin wohl nicht zu tun pflegte – und mich töte, vermag ich nicht zu sagen. Ich weiß lediglich, daß mir jetzt, wo ich die Zusammenhänge in jenem gottlosen Dorf durchschaut zu haben glaube, kaum mehr etwas geschehen kann. Wie ich aus Charles Humphrey Bunyans Werk erfahren habe, schrecken die eigentlichen »Kinder von Yhth« vor physischer Gewalt zurück, somit wird es keiner der zum Kult gehörigen Fischer – wie viele es auch sein mögen – wagen, mir nahezukommen.

Und auch für meine erneute Begegnung mit dem Unnennbaren bin ich nun gewappnet! Ich habe mir von einem Freund aus Kingsport, einem Waffenhändler und -schmied, eine Deckkanone von nie dagewesener Durchschlagkraft bauen lassen. Wohl kein Militär auf der ganzen Erdkugel dürfte zum gegenwärtigen Zeitpunkt über einen mächtigeren Schießapparat verfügen! Natürlich kam mich dieses Unterfangen nicht billig, schließlich ließ ich meinen Bekannten noch eine neuartige Sorte von hochexplosiven Hohlwandprojektilen für das Gewehr herrichten. Aber ich glaube, daß die Welt mit Hilfe dieser Kanone – so ich sie erst bis an die Westküste transportiert und auf einen in San Francisco gemieteten Schoner montiert habe – schon bald von einem Schrecken befreit werden kann, der eines Tages vielleicht ihren Untergang bedeutet hätte!

So werde ich denn erneut gen Barath reisen, mich erneut in jenen unsäglichen Kneipen umtun und die kruden Gesellen dort auf mich aufmerksam machen – darunter ganz bewußt jene, die jenem blasphemischen Zirkel angehören. Alsbald sollten diese mir dann, in Unkenntnis der veränderten Lage, zu einer nochmaligen Konfrontation mit der Monstrosität verhelfen... aus der nur einer lebend hervorgehen kann!

Auch meinen Kopfschmerzen werde ich auf diese Weise entkommen können – werde ich doch auf diesem Wege mein Hirn von der nun wieder vorherrschenden Nichtexistenz des unirdischen, grauenhaften Organismus überzeugen können, den zu sehen ich gezwungen war. Und nicht zuletzt werde ich durch die Tötung des Ungetüms auch die Schuld, die durch den Tod von Winston Seymour auf mir lastet, fortgewaschen haben.

Sollte mir all dies hingegen nicht gelingen, dürften Kopfschmerzen das geringste sein, was ich zu befürchten habe.

25. Oktober 1924

Aktenvermerk # 2510-4B, State Police San Francisco.
Anlaß: Vermißtmeldung Mr. James Peter Ryan, geb. 1892 in Kingsport, Mass.
Vermißt gemeldet seit nunmehr drei Tagen wird der in Kingsport-Westley, Mass., wohnhafte J. P. Ryan. Nach Aussage eines Bekannten des Vermißten, Mr. Matthew Parcus, von Beruf Waffenhändler in Kingsport, Mass., brach R. an einem

von dem Befragten genau datierten Zeitpunkt (9. Oktober 1924) zur Westküste der Vereinigten Staaten auf, um laut eigener Aussage ein Dorf namens Barath zu bereisen. Daß er dort auch ankam, beweisen die Aussagen des einzigen sich zu einer Befragung bereiterklärenden Dorfbewohners, Mr. Timothy Bunyan, der sich vorbildlich an den polizeilichen Aufklärungsbemühungen beteiligte. Er gab zu Protokoll, daß R. mit einem in San Francisco gecharterten Schoner namens *Berkley* (Geschäftsunterlagen liegen vor) kürzlich im Hafen von Barath festgemacht habe. Bunyan gab weiterhin Auskunft, daß R. sich in der Folgezeit auffallend häufig in den Schänken und Gaststätten des Ortes aufgehalten habe, was auf einen regelmäßigen Konsum hoher Mengen von Alkohol hindeute.

In der Nacht vom 21. auf den 22. Oktober verließ R. laut Bunyans Aussage gegen Mitternacht an Bord der *Berkley* den Hafen von Barath. Am nächsten Vormittag entdeckten Fischer den Schoner führerlos vor der Küste treibend und alarmierten die Küstenpolizei. Bunyan teilte den ermittelnden Beamten seine Vermutung mit, daß R. in der betreffenden Nacht unter Alkoholeinfluß in See gestochen und aufgrund seiner Trunkenheit im späteren Verlauf der Fahrt über Bord gegangen und ertrunken sein könnte. Die Polizei schließt sich dieser Vermutung an.

Akte wird geschlossen; abgelegt unter Kenn-Nr. R-2510/vm*

Gezeichnet: Jonathan Grewtor, Sergeant

F. Paul Wilson

›The Barrens‹ ist eine der bekanntesten und besten Cthulhu-Geschichten, und ich bin stolz, sie hier in Deutscher Erstveröffentlichung präsentieren zu können. Geschrieben hat sie der Amerikaner Francis Paul Wilson, der sich seit Anfang der 70er Jahre mit seinen Romanen an die Spitze der internationalen Science- und Weird-Fiction gearbeitet hat.

Hinter dem Schleier

1. Auf der Suche nach einem Teufel

Heute habe ich meinen Anrufbeantworter erschossen. Habe die alte .45er meines Vaters rausgekramt und blies ihn in Stücke. Eine lächerliche, nutzlose Handlung, ich weiß, aber sie spiegelt meinen derzeitigen Geisteszustand wieder, denke ich. Und ich fühlte mich gut danach. Denn ohne diesen Anrufbeantworter sähe mein Leben heute komplett anders aus. Ich hätte Jonathan Creightons Anruf verpaßt. Ich wäre unwissender, aber viel, viel glücklicher. Und mein Leben wiese wenigstens noch den Anschein von Ordnung und Sinn auf.

Er hinterließ eine völlig harmlose Nachricht: »Das Büro von Kathleen McKelston und Partner! Klingt ja nach dem großen Geschäft! Wie geht's, Mac? Hier ist Jon Creighton. Ich bin gegen Ende der Woche in der Gegend und würde dich gerne treffen. Mittag- oder Abendessen – was dir besser paßt. Klingel mich an.« Und er hinterließ eine Nummer mit einer regionalen 212-Vorwahl.

So einfach, so geradeheraus, ohne jedes Anzeichen, wohin alles führen würde.

Da erarbeitet man sich Tag für Tag seinen Weg durchs Leben, lernt, das Spiel mitzuspielen, sich eine eigene Nische zu schaffen, einen Platz für sich in der Welt. Man hat mal Glück, mal Pech, kann manchmal Einfluß darauf nehmen, und ganz allmählich glaubt man, ein paar von den Antworten rauszuhaben – nicht alle, aber genug, um den Eindruck zu wahren, man hätte etwas gelernt, hätte das Leben im Griff und könnte unter Umständen bequem durch alles durchkommen. Man denkt, man hätte es unter Kontrolle. Und dann kommt so jemand wie Jonathan Creighton daher und wirft alles über den Haufen. Nicht nur die Pläne, die man geschmiedet hat, die Hoffnungen und Träume, sondern *alles*, bis hin zu dem Sinn dafür, was real ist und was nicht.

Ich hatte seit dem College nichts mehr von ihm oder über ihn gehört, hatte auch nur ab und zu an ihn gedacht, bis zu diesem Tag im frühen August, an dem er in meinem Büro anrief. Verblüfft rief ich ihn zurück und machte eine Verabredung zum Mittagessen aus.

Das war mein erster Fehler. Hätte ich auch nur die geringste Ahnung gehabt, wohin dieses simple Essen mit einem alten Liebhaber aus Collegetagen führen würde, hätte ich den Hörer auf die Gabel geknallt und wäre nach Europa geflohen, oder in den Orient, irgendwohin, wo Jonathan Creighton nicht war.

Wir hatten uns in den Sechzigern bei einem Erstsemestertreffen an der Rutgers University kennengelernt. Vielleicht signalisierten wir uns unterbewußt – damals nannten wir sowas »Schwingungen« –, daß wir beide in ähnlichen ländlichen Verhältnissen groß geworden waren. Wir zogen uns zwar nicht dementsprechend an, oder verhielten oder fühlten uns so, aber wir waren ein paar typische Jersey-Provinzler. Ich kam aus der Gegend um Pemberton, Jon aus einer anderen Region auf dem Land, die aber auch noch zu Nordjersey gehörte; einem Ort in der Nähe von Gilead. Abgesehen von dieser Gemeinsamkeit waren wir in fast allen Belangen grundverschieden. Noch heute wundert es mich, daß wir überhaupt etwas miteinander anfingen. Ich war ganz auf meine Karriere fixiert, während Jon... nun, er war ein Spinner. Er zog sich den Spitznamen Crazy Creighton zu, und dem wurde er jeden Tag aufs Neue gerecht. Er hielt sich nie lange genug mit etwas auf, um sich darauf festzulegen. Immer unterwegs zur nächsten großen Sache, bevor die Masse sich ihrer bemächtigt hatte, immer dran am Exotischen und Esoterischen. Die Wahrheit suchen, wie er es ausdrückte.

Und wie es oft bei Leuten passiert, die in so vielen Dingen wirklich nicht zusammenpassen, fanden wir einander unwiderstehlich und verliebten uns unsterblich.

Im zweiten Jahr an der High School fanden wir eine Wohnung außerhalb des Campus und zogen zusammen. Es war meine erste Beziehung, und beim besten Willen keine friedliche. Ich las die merkwürdigen Bücher, die er anschleppte, ich paßte mich seinem seltsamen Tagesablauf an, aber als es zu der Sache mit den Pickman-Drucken kam, spielte ich nicht mehr mit. An diesen Gemälden war etwas höchst Verstörendes, das noch tiefer ging als ihre schauerlichen Motive. Jon widersprach mir darin gar nicht. Er lächelte nur traurig auf seine gönnerhafte Weise, so als ob er enttäuscht darüber sei, daß ich die Sache nicht verstand, rollte sie wieder ein und steckte sie fort.

Der Umstand, der uns zusammenhielt – zumindest für das eine Jahr, das wir zusammen waren –, war unser beider Interesse an individueller Selbständigkeit. Nächtelang unterhielten wir uns darüber, daß wir die volle Kontrolle über unser Leben erlangen müßten, wir betrieben Brainstorming, um dahinterzukommen, wie wir es anstellen könnten. Heute wirkt das alles so lächerlich, aber es waren die Sechziger, und damals diskutierten wir wirklich ernsthaft über solche Dinge.

Das zweite High School-Jahr blieben wir noch zusammen, dann trennten wir uns. Möglicherweise hätte es noch länger halten können, hätte Creighton sich nicht mit diesen Drogentypen eingelassen. Für mich war das der Weg, auf dem man *jegliche* persönliche Selbständigkeit verlor, aber Creighton behauptete, man könne nicht frei sein, solange man nicht wüßte, was real sei. Und für den Fall, daß Drogen die Wahrheit enthüllen könnten, müsse er sie ausprobieren. In meinen Augen war das Hippieschwachsinn. Danach begegneten wir uns nur noch selten. Er lebte während seines letzten Studienjahres alleine außerhalb des Campus. Irgendwie schaffte er seinen Abschluß mit einem akademischen Grad in Anthropologie, und das war dann das letzte, was ich von ihm hörte.

Aber das bedeutete längst nicht, daß er sein Ziel aufgegeben hätte.

Ich denke, ich bin das, was man gemeinhin eine Feministin nennt. Ich bin kein Mitglied bei NOW, und ich marschiere nicht in den Straßen auf, aber ich lasse niemanden auf mir herumtrampeln, nur weil ich eine Frau bin. Ich glaube an mich selbst, und einiges davon verdanke ich vermutlich Jonathan Creighton. Er behandelte mich immer gleichberechtigt. Er machte nie ein Gerede darum – es war einfach seinem Verhalten mir gegenüber anzumerken, daß er mich für intelligent, kompetent, respektwürdig und fähig hielt, mich zu behaupten. Das half mit, mich zu formen. Und dafür werde ich ihn immer schätzen.

Mittagessen. Ich hatte mich für Rosario's entschieden, auf jener Seite der Manasquan-

Bucht, wo der Point Pleasant Beach liegt; weniger wegen des guten Essens dort, als vielmehr wegen der Aussicht. Creighton kam zu spät, und das überraschte mich kein bißchen. Es war mir egal. Ich nippte an einem gespritzten Chablis und beobachtete, wie Gruppen von Fischerbooten nach einer Halbtagesschicht wieder einliefen. Dann durchbrach eine bekannt klingende Stimme meine Gedanken.

»Nun, Mac, wie ich sehe, hast du dich kaum verändert.«

Ich wandte mich um und war schockiert von dem, was ich sah. Ich erkannte Creighton kaum wieder. Er war immer mager gewesen, fast unterernährt. Konnte diese pummelige, bärtige, fast pausbäckige Gestalt, die da vor mir stand, wirklich...?

»Jon? Bist du das?«

»Der Eine, der Einzigartige«, entgegnete er und breitete die Arme aus.

Wir umarmten uns kurz, dann nahmen wir wieder in der Nische am Fenster Platz. Während er sich an die gegenüberliegende Seite des Tisches quetschte, rief er die Kellnerin herüber und deutete auf mein Glas.

»Zwei Lights für mich und für sie noch einen davon.«

Auf den ersten Blick hatte ich gedacht, Creightons zusätzliches Gewicht ließe ihn zum ersten Mal in seinem Leben gesund aussehen. Sein Haar war noch immer dicht und dunkelbraun, aber trotz seiner runden, rosigen Wangen lagen seine Augen tief in ihren Höhlen und glänzten etwas zu stark. Er wirkte freundlich, aber ich erahnte einen verbitterten Unterton. Ich fragte mich, ob er immer noch auf Drogen war.

»Fast ein Vierteljahrhundert her, seit wir zusammen waren«, sagte er. »Kaum zu glauben, daß es so lange her ist. Die Jahre scheinen gnädig mit dir umgegangen zu sein.«

Soweit es das Aussehen betrifft, würde ich dem zustimmen. Ich färbe mein Haar nicht, so daß das Rot ein wenig mit Grau durchsetzt ist. Aber ich hatte immer schon ein junges Gesicht. Ich trage kein Make-up – bei meiner Hautfarbe und all den Sommersprossen habe ich das nicht nötig.

»Mit dir auch.«

Was eigentlich nicht stimmte. Sein offenstehender Hemdkragen war durchgescheuert und sah aus, als würde er mindestens zum dritten Mal seit der letzten Wäsche getragen. Sein Sportsakko aus Tweed war an den Ellenbogen abgetragen und mindestens zwei Nummern zu klein für ihn.

Während der ersten Drinks, der Vorspeise und dem Großteil des Hauptgerichts brachten wir uns gegenseitig über unser Leben auf den aktuellen Stand. Ich erzählte ihm von meinem kleinen Buchhalterunternehmen, meiner Heirat und meiner kürzlichen Scheidung.

»Keine Kinder?«

Ich schüttelte den Kopf. Die Ehe war mies verlaufen, die Scheidung ein Alptraum gewesen. Ich wollte weg von dem Thema.

»Aber genug von mir«, sagte ich. »Was treibst du so?«

»Würdest du mir klinische Psychologie abnehmen?«

»Nein«, entgegnete ich zu überrascht, um zu lügen. »Würde ich nicht.«

Der Jonathan Creighton, den ich gekannt hatte, war so exzentrisch gewesen, so außer der Reihe und mit sich selbst beschäftigt, daß ich ihn mir wirklich nicht als Psychotherapeuten vorstellen konnte. Jonathan Creighton sollte anderen Leuten dabei helfen, ihr Leben in den Griff zu bekommen? Es war fast lachhaft.

Aber er war es selbst, der lachte – gut gelaunt noch dazu.

»Ja. Es *ist* schwer zu glauben, aber ich hatte an der Uni weitergemacht, um meinen

M.A. und später meinen Doktor zu kriegen. Hatte sogar schon angefangen, zu praktizieren.«

»Du sprichst in der Vergangenheit«, bemerkte ich.

»Richtig. Es hat nicht funktioniert. Die Praxis lief nicht. Aber es war in Wirklichkeit ein Problem, das ich mit mir selbst hatte. Ich setzte eine Art realitätsbezogene Therapie ein, aber sie funktionierte nie, wie sie sollte. Und schließlich kam ich darauf, warum nicht: Ich weiß überhaupt nicht – nicht *wirklich* – was Realität überhaupt ist. Niemand weiß es.«

Das klang nur allzu bekannt für mich. Ich versuchte, das Thema etwas aufzulockern, bevor es zu tiefgreifend wurde.

»Hat nicht mal jemand gesagt, die Realität sei das, worüber du stolperst, wann immer du mit geschlossenen Augen herumläufst?«

Creightons Lächeln zeigte den Anflug seiner alten Herablassung, die einige Leute damals so verärgert hatte.

»Ja, ich denke, irgendwer könnte es so ausdrücken. Ich jedenfalls entschied mich, auszuziehen und zu sehen, ob ich herausfinden könnte, was Realität, was Wirklichkeit eigentlich ist. Reiste viel herum. Kam auch an die Miskatonic University. Je davon gehört?«

»Liegt in Massachusetts, oder?«

»Das ist sie. In einem winzigen Dorf namens Arkham. Ich schloß mich mit der anthropologischen Abteilung dort kurz – das war übrigens als Student mein Hauptfach gewesen. Aber mittlerweile habe ich den akademischen Bereich verlassen, um ein Buch zu schreiben.«

»Ein Buch?«

Das klang allmählich nach einem ganz schön aus den Fugen geratenen Leben. Aber es hätte mich nicht überraschen sollen.

»Große Sache!« sagte er mit leuchtenden Augen. »Ich kriege Subventionen von Rutgers, Princeton, der American Folklore Society, der New Jersey Historical Society und einem halben Dutzend anderer, nur um ein Buch zu schreiben!«

»Worum soll es gehen?«

»Die Ursprünge von Volksmärchen. Ich werde ein paar auswählen und sie bis zu ihren Wurzeln zurückverfolgen. Und das ist auch der Punkt, wo du ins Spiel kommst.«

»Ach?«

»Ich werde ein wichtiges Kapitel dem Teufel von Jersey widmen.«

»Über den Teufel von Jersey sind schon einige Bücher geschrieben worden. Warum willst du nicht...?«

»Ich brauche verläßliche Quellen dafür. Primärquellen, durchweg. Nichts aus zweiter Hand. Es muß etwas Endgültiges werden.«

»Was kann ich dabei für dich tun?«

»Du bist doch ein Piney, oder?«

Unwillen blitzte in mir auf. Wenngleich manche Leute sich heute selbst mit einem gewissen Stolz als »Pineys« bezeichnen, sich sogar Aufkleber mit Slogans wie »Piney Power« aufs Auto kleben, können manche von uns doch nicht verhindern, daß sie sauer werden, wenn uns jemand von außerhalb so nennt. Als ich noch ein Kind war, wurde die Bezeichnung gerne abwertend gebraucht. Etwa, wie wenn man hier an der Küste jemanden »Muschelwühler« nennt. Eine Kampfansage. Offiziell bezog sich der Begriff auf die diversen Generationen von Einheimischen der großen, wilden Pinienwälder, die sich südlich der Route 70 bis hinunter zum unteren Ende des Staates ziehen. Ich hatte den Ausdruck schon immer gehaßt. Für mich war er gleichbedeutend damit, jemanden als Bauerntrampel zu bezeichnen.

Was, genau betrachtet, gar nicht so weit von der Wahrheit entfernt war. Die echten Pineys sind arme, ländliche Leute, die oft Gemüseanbau betreiben oder niedere Arbeiten in den Beerenfeldern und Preiselbeersümpfen verrichten – viele von ihnen sind tatsächlich recht bäuerlich. Sie sind bestenfalls mäßig bis gar nicht gebildet, und die, die sich einen fahrbaren Untersatz leisten können, fahren einen von diesen typisch zerschrammten Pickups mit Flintenhalter im Rückfenster. Sie sprechen sogar mit einem Akzent, der südlich klingt. Sie sind Jerseys Hinterwäldler. Ländliche, simple Bauern mitten im Herzen der Industrialisierung. Anachronismen.

Pineys.

»Wer hat dir das erzählt?« fragte ich so unbeteiligt wie möglich.

»Du selbst. Damals, in der Schule.«

»Hab ich das?«

Es schüttelte mich, als mir klar wurde, wie weit ich mich von meinen Ursprüngen entfernt hatte. Als die ängstliche, naive, mit sich selbst unzufriedene Studienanfängerin an der Uni hatte ich mich wahrscheinlich sehr wohl selbst als Piney bezeichnet. Mittlerweile verwendete ich das Wort gar nicht mehr, weder in bezug auf mich noch auf sonst jemanden. Ich war eine studierte Frau; mein Beruf war anerkannt und ich sprach einen farblosen Nordostakzent. Niemand, der bei klarem Verstand war, würde mich für einen Piney halten.

»Nun, war bloß als Scherz gemeint«, sagte ich. »Die Wurzeln meiner Familie liegen zwar in den Pinienwäldern, aber ich bin in keinerlei Beziehung ein Piney. Von daher bezweifle ich, daß ich dir helfen kann.«

»Oh, aber das kannst du! Der Name McKelston ist sehr bekannt in den Pinien. Jeder kennt ihn. Du hast einen Haufen Verwandte dort.«

»Wirklich? Woher weißt du das?«

Plötzlich wurde sein Blick verlegen.

»Weil ich schon ein paar Mal in der Gegend war. Keiner dort will mir etwas erzählen. Ich bin ein Auswärtiger, sie trauen mir nicht. Anstatt meine Fragen zu beantworten, spielen sie Spielchen mit mir. Sagen, sie hätten keine Ahnung, wovon ich spreche, aber sie wüßten jemanden, der sich eventuell damit auskennt, und dann lassen sie mich im Kreis herumfahren. Ich habe mich letzten Monat dort für zwei geschlagene Tage verirrt. Und glaub mir, ich hatte echt Schiß. Ich dachte schon, ich fände nie wieder raus.«

»Da wärst du nicht der erste gewesen. Viele Leute, unter ihnen erfahrene Jäger, sind in die Pinienwälder gegangen und nie wieder gesehen worden. Du solltest besser draußen bleiben.«

Seine Hand schoß über die Tischplatte und umkrampfte meine.

»Du mußt mir helfen, Kathy. Meine gesamte Zukunft hängt davon ab.«

Ich war erschrocken. Er hatte mich sonst immer »Mac« genannt. Selbst im Bett zu Collegezeiten hatte er nie »Kathy« zu mir gesagt. Sanft zog ich meine Hand weg. »Komm schon, Jon...«

Er lehnte sich zurück und starrte aus dem Fenster zu den kreisenden Möwen.

»Wenn ich das hier vernünftig mache, wenn es etwas richtig Endgültiges wird, kann mich das zurück nach Miskatonic bringen und ich könnte meine Dissertation beenden.«

Sofort wurde ich mißtrauisch.

»Ich dachte, du hättest gesagt, du habest Mikatonic 'verlassen', Jon? Warum kannst du nicht ohne sie dorthin zurückkehren?«

»Regelwidrigkeiten«, erwiderte er und sah mich immer noch nicht direkt an. »Diese alten Knacker von der Abteilung für Altertümer mochten die Richtung nicht, in die meine Nachforschungen führten.«

»Diese Wirklichkeits-Geschichte?«

»Ja.«

»Haben sie dir das gesagt?«

Nun sah er mich an.

»Nicht so ausdrücklich, aber ich wußte trotzdem Bescheid.« Er beugte sich vor. Seine Augen glänzten stärker als je zuvor. »Sie haben dort Bücher und Manuskripte in riesigen Tresoren, einmalige Bände aus Zeiten, die die meisten Gelehrten als vorgeschichtlich bezeichnen würden. Es gelang mir, an eine gefälschte Genehmigung zu kommen, mit deren Hilfe ich in die Keller vordrang. Es ist einfach unglaublich, was sie dort haben, Mac. *Unglaublich!* Ich muß wieder dorthin zurück. Wirst du mir helfen?«

Seine Eindringlichkeit war verblüffend. Und verlockend.

»Was hätte ich zu tun?«

»Mich einfach in die Pinienwälder zu begleiten. Nur für ein paar Ausflüge. Wenn ich auf dich Bezug nehmen darf, werden sie mit mir über den Teufel von Jersey sprechen, das weiß ich. Danach kann ich dann allein weitermachen. Alles, was ich brauche, sind ein paar direkte Antworten von diesen Leuten, dann hätte ich meine Primärquellen. Ich wäre in der Lage, einen Volksmythos bis zu seinen Wurzeln zurückzuverfolgen! Ich erwähne dich in dem Buch, ich bezahle dich, alles, Mac, nur laß mich nicht hängen!«

Er war richtiggehend verzweifelt, als er endete.

»Bleib locker, Jon. Locker. Laß mich nachdenken.«

Die Steuerperiode war beendet, und mein Terminplan für den Sommer war alles andere als voll. Und selbst wenn er voll gewesen wäre, na und? Ehrlich gesagt verschaffte mir der Job schon lange nicht mehr die Befriedigung, wie er es einst getan hatte. Die Herausforderung, alle Vorurteile und Zweifel der Geschäftswelt gegen einen weiblichen Steuerberater zu überwinden, der Kitzel, sich einen eigenen Stamm von Klienten zu erarbeiten, all das war längst vorbei. Es war mittlerweile fast gänzlich zur Routine geworden. Außerdem hatte ich nicht länger einen Ehemann. Keine Kinder, die man bis zum Erwachsenenalter bemuttern mußte. Ich mußte zugeben, daß mein Leben momentan ziemlich leer war. Genau wie ich selbst. Warum sollte ich mir also nicht ein bißchen Zeit nehmen, zu meinen Wurzeln zurückzukehren und Crazy Creighton dabei helfen, sein Leben wieder auf die Reihe zu kriegen, falls so etwas überhaupt möglich war? Im Gegenzug konnte ich vielleicht einen klareren Blick auf mein eigenes Leben gewinnen.

»Na meinetwegen, Jon«, sagte ich. »Ich mache mit.«

Creightons Augen strahlten vor echter Freude, ein Leuchten, das ganz anders war als der fiebrige Glanz, seit er sich hingesetzt hatte. Er streckte mir seine Hände entgegen.

»Ich könnte dich küssen, Mac! Ich kann dir gar nicht sagen, wie viel mir das bedeutet! Du hast ja keine Ahnung, wie wichtig mir das ist!«

Da hatte er völlig recht. Ich hatte keine Ahnung.

2. Die Pinienwälder

Zwei Tage später waren wir bereit für unseren ersten Ausflug in die Wälder.

Creighton trug eine Safarijacke, als er mich in einem leicht mitgenommenen Wrangler-Jeep mit Vierradantrieb abholte.

»Wir fahren nicht nach Afrika«, erklärte ich ihm.

»Ich weiß. Ich mag diese Taschen. Man kann alles mögliche drin unterbringen.«

Ich warf einen Blick auf die hintere Ladefläche. Er war überraschend gut ausgerüstet. Ich bemerkte eine Getränkekühlbox, eine Kiste mit Lebensmitteln, Rucksäcke und etwas, das wie Schlafsäcke aussah. Ich hoffte, daß er keine romantischen Erwartungen hegte. Ich hatte mich gerade erst von einem Mann getrennt und war weiß Gott nicht auf einen neuen aus; schon gar nicht auf Jonathan Creighton.

»Ich habe versprochen, dir suchen zu helfen. Ich hatte nicht vor, draußen zu campen.«

Er lachte. »Geht mir genauso. Für meine Begriffe wäre ein Holiday Inn ja schon spartanisch. Ich war nie bei den Pfadfindern, aber ich will einfach vorbereitet sein. Ich habe mich da draußen schon einmal verirrt.«

»Und wir werden dafür sorgen, daß das nicht noch mal passiert. Hast du einen Kompaß?«

Er nickte. »Und Karten. Habe sogar einen Sextanten.«

»Weißt du denn, wie man ihn benutzt?«

»Hab's gelernt.«

Ich erinnere mich dunkel, daß ich beunruhigt darüber war, daß er einen Sextanten dabeihatte, und daß ich nicht recht wußte, wieso. Bevor ich noch etwas sagen konnte, warf er mir die Schlüssel zu.

»Du bist der Piney. Du fährst.«

»Immer noch der alte Macho, wie ich sehe.«

Er lachte. Ich fuhr.

Es ist einfach, die Pinienwälder vom nördlichen Küstenabschnitt aus zu erreichen. Man nimmt einfach die Route 70 und fährt Richtung Westen. Irgendwo zwischen dem Atlantik und Philadelphia, ungefähr auf Höhe eines Ortes namens Ongs Hat, wendet man sich nach links. Und verabschiedet sich vom zwanzigsten Jahrhundert, und mit ihm von der Zivilisation, wie man sie gemeinhin kennt.

Wie beschreibt man jemandem die Pinienwälder, der nie dagewesen ist? Zunächst mal sind sie groß. Man muß in einem kleinen Flugzeug drüber wegfliegen, um ihre Größe richtig einschätzen zu können. Der Wald erstreckt sich über sieben Bezirke und nimmt ein Viertel des Staates für sich ein, aber da Jersey kein riesiger Staat ist, sagt das nicht allzuviel aus. Wie klingt 5200 Quadratkilometer? Oder 400.000 Hektar? Das ist fast die Größe des Yosemite Nationalparks. Gibt einem das einen Eindruck von den Ausmaßen?

Wie kann ich die Wildnis beschreiben, die dort herrscht? Die Karten geben vielleicht einen Anhaltspunkt. Man nehme sich eine Landkarte von New Jersey. Wenn man keine zur Hand hat, stelle man sich einen länglichen Haufen Spaghetti vor; dann stelle man sich vor, wie es aussähe, wenn jemand die meisten Spaghetti aus der Mitte der unteren Hälfte verspeist hätte und nur einige Strähnen noch den entblößten Teller kreuzten. Ungefähr so verhält es sich mit der Karte, die die Bevölkerungsdichte verzeichnet – sie weist ein großes, gähnendes Loch in der südlichen Hälfte auf, wo die Pinienwälder liegen. New Jersey ist der am dichtesten bevölkerte Staat der USA, im Schnitt kommen auf einen Quadratkilometer knapp vierhundert Menschen. Die Vororte von New York City in Nordjersey wimmeln sogar von 15.000 pro Quadratkilometer. Bedenkt man nun den Anteil, der auf die Küstenstriche und die Städte und Dörfer entlang der westlichen Interstate entfällt, bleiben nicht mehr viele übrig, die einem in den Wäldern begegnen könnten. Ich habe von einem Gebiet von über vierzigtausend Hektar gehört – das sind über 400 Quadratkilometer –, welches im südlichen Zentrum der Wälder liegt und in dem einundzwanzig Einwohner bekannt sind. *Einundzwanzig.* Ein menschliches Wesen auf mehr als zwanzig Quadratkilometern in einer Gegend, die auf der Strecke zwischen Boston, New York, Philadelphia, Baltimore und D.C. liegt.

Selbst wenn man von einer der staatlichen oder Bundesstraßen abbiegt, die durch die Pinienwälder verlaufen, stellt sich augenblicklich ein Gefühl der Isolation ein. Die vierzig Fuß hohen, verkrüppelten Pinien schließen sich hinter dir und riegeln dich still und heimlich, nichtsdestoweniger effektiv vom Rest der Welt ab. Ich könnte wetten, daß es dort Menschen gibt, die ein würdiges hohes Alter erreichten, ohne je eine asphaltierte Straße gesehen zu haben. Umgekehrt existieren keine vollständigen topographischen Karten von den Wäldern, weil es Gebiete gibt, die kein menschliches Auge je gesehen hat. Wird das Bild allmählich klar?

»Wo sollen wir anfangen?« fragte Creighton, während wir an den abgeschiedenen Käffern an der Route 70 vorbeikrochen. Dies war ein unbebauter Straßenabschnitt gewesen, als ich ein Kind war. Nun war es Wrinkle City.

»Wir beginnen in der Hauptstadt.«

»Trenton? Ich will nicht nach Trenton.«

»Nicht die Staatshauptstadt. Die Hauptstadt der Pinienwälder. Wurde früher Shamong Station genannt. Heute heißt sie Chatsworth.«

Er zog seine Karte hervor und überflog den Index.

»Ah ja. Ich hab's. Mitten reingeklatscht ins Zentrum der Wälder. Wie groß ist sie?«

»Ein wahres Piney-Ballungsgebiet, mein Freund. Dreihundert Seelen.«

Creighton grinste, und für eine oder zwei Sekunden wirkte er fast ... unschuldig.

»Glaubst du, wir können vor der Rush Hour dort sein?«

3. Jasper Mulliner

Ich hielt mich an die Hauptstraßen, von der 70 zur 72 und von dort zur 563, und im Nullkommanichts waren wir da.

»Du wirst hier etwas vorfinden, was es an keiner anderen Stelle in den Wäldern gibt«, erklärte ich, während wir die Hauptstraße von Chatsworth entlangfuhren.

»Elektrischen Strom?«

Er sah nicht von dem Gebirge zerknitterter Landkarten auf, die auf seinem Schoß lagen. Er hatte unser Vorankommen Meile für Meile auf dem Papier verfolgt.

»Nein. Rasen. Vor Jahren beschlossen ein paar Familien, daß sie gerne Rasen in ihren Vorgärten hätten. Hier gibt es keinen nennenswerten Mutterboden, der Untergrund besteht größtenteils aus Sand. Also karrten sie Wagenladungen von Ackererde heran und säten sich ihre Wiese. Nun haben sie die Arbeit mit dem Mähen.«

Ich fuhr am Gemischtwarenladen mit seinen drei Benzinzapfsäulen auf dem Gehsteig vorbei. *»Esso«*, sagte Creighton, der das Schild über den Säulen anstarrte. »Das sagt doch schon alles, oder?«

»So ist es.« Wir fuhren weiter, bis wir zu einem sandigen Platz kamen, auf dem ein einsamer Wohnanhänger stand. Hier gab es keinen Rasen.

»Wer wohnt hier?« wollte Creighton wissen und faltete seine Karten zusammen, während ich bereits aus dem Wrangler sprang.

»Ein alter Freund meiner Familie.«

Es war das Zuhause von Jasper Mulliner. Er war eine Art Onkel von mir – mütterlicherseits, glaube ich. Aber entfernte Blutsverwandtschaften sind in den Wäldern nichts ungewöhnliches. Furchtbar viele Leute sind auf die eine oder andere Weise miteinander verwandt. Manche behaupteten, er sei ein Nachkomme des berüchtigten Pinienwaldräubers Joseph Mulliner. Jasper hatte das nie bestätigt, aber auch nie abgestritten.

Ich klopfte an die Tür und fragte mich, wer öffnen würde. Ich war mir absolut nicht sicher, ob Jasper überhaupt noch lebte. Aber als die Tür aufging, erkannte ich den grauen Schädel, der sich durch die Öffnung streckte, sofort.

»Du willst doch hoffentlich nichts verkaufen, was?«

»Nichts, Mr. Mulliner«, antwortete ich. »Ich bin Kathleen McKelston. Ich weiß nicht, ob Sie sich an mich erinnern, aber...«

Seine Augen leuchteten auf und er brach in ein zahnloses Grinsen aus.

»Dannys Mädchen? Das mit der Collegeausbildung? Sicher erinnere ich mich an dich! Komm nur rein!«

Jasper trug Khakishorts, ein ärmelloses orangenes T-Shirt und Jagdstiefel ohne Socken. Sein weißes Haar war ordentlich gekämmt und er schien frisch rasiert. In jungen Jahren war er Heufarmer gewesen, und seine Hände waren noch immer voller Schwielen aus jener Zeit. Später war er Aufseher über einen Preiselbeersumpf geworden. Seine Haut war wettergegerbt und braun und sah härter aus als Sattelleder. Das Innere seines Wohnanhängers erinnerte mich mehr an einen niedrigen Güterwaggon als an ein Heim, aber es war immerhin sauber. Das Vorhandensein eines Fernsehgerätes belegte, daß er über elektrischen Strom verfügte, jedoch sah ich kein Telefon oder Anzeichen für fließendes Wasser.

Ich stellte ihm Creighton vor, und wir ließen uns auf einem dreibeinigen Hocker und zwei lederbezogenen Stühlen nieder. Ich verbrachte weit über eine halbe Stunde damit, ihm zu erzählen, wie mein Leben verlaufen war, nachdem ich die Wälder verlassen hatte, seine Fragen nach meiner Mutter zu beantworten und wie es ihr seit dem Tod meines Vaters ginge. Daraufhin verlor er sich in einem Monolog darüber, was für ein großartiger Mann mein Vater gewesen sei. Ich ließ ihn reden und tat so, als hörte ich zu, wandte meine Aufmerksamkeit aber in Wirklichkeit anderen Dingen zu. Nicht, weil ich anderer Meinung gewesen wäre als er, sondern weil es kaum ein Jahr her war, daß Dad gestorben war, und es immer noch schmerzte.

Dad war kein typischer Piney gewesen. Obwohl er die Wälder liebte wie jeder, der hier aufgewachsen war, wußte er, daß es jenseits von ihnen noch eine größere, wenngleich nicht zwangsläufig bessere Welt gab. Diese größere Welt interessierte ihn nicht im geringsten, aber nur weil er zufrieden damit war, wo er lebte, mußte das ja noch lange nicht für mich gelten. Er wollte, daß sein einziges Kind sich frei entscheiden konnte. Er wußte auch, daß ich eine vernünftige Allgemeinbildung brauchte, wenn diese Entscheidung Sinn machen sollte. Und um mir diese Bildung zu ermöglichen, tat er etwas, was nur wenige Pineys tun: Er nahm einen festen Job an.

Das soll nicht bedeuten, daß Pineys generell etwas gegen schwere Arbeit hätten. Weit gefehlt. Wenn sie arbeiten, schuften sie, bis sie nicht mehr können. Sie mögen es nur nicht, für lange Zeit an ein und dieselbe Beschäftigung gebunden zu sein, Tag für Tag, Monat für Monat. Die meisten von ihnen sind mit dem jahreszeitlichen Wechsel der Wälder großgeworden. Der Frühling wird genutzt, um Moos und Heilkräuter zu sammeln und an Floristen und Pflanzschulen zu verkaufen. Im Juni und Juli arbeiten sie in den Blaubeer- und Heidelbeerfeldern. Im Herbst ziehen sie dann zur Preiselbeerernte in die Sümpfe. Und in der Kälte des Winters schließlich schlagen sie Klafterholz oder schneiden Stechpalmen- oder Mistelzweige, oder sie gehen »zapfen« – Pinienzapfen sammeln, die sie verkaufen können. Nichts von alledem ist einfache Arbeit. Aber es ist nicht immer dieselbe Arbeit. Und das zählt.

Die Einstellung der Pineys Berufen gegenüber ist die lässigste, die man sich vorstellen kann. Das kommt daher, daß sie sich in so engem Einklang mit ihrer Umgebung befinden. Sie sind sich bewußt, daß sie bei all dem reinen Wasser, das rund um sie herum und zu ihren Füßen fließt, nie Durst werden leiden müssen. Die wilde Vegetation rundum sorgt dafür, daß es ihnen nie an Früchten und Gemüse fehlt. Und wann immer die Fleischvorräte knapp werden, schnappen sie sich eine Flinte und machen sich ins Unterholz auf, um Erdhörnchen, Hasen oder anderes Wild zu erlegen, je nach Jahreszeit.

Kurz bevor ich vierzehn wurde, biß mein Vater in den sauren Apfel und zog nach Pemberton, wo er einen Job bei einer Brunnenbohrfirma annahm. Es eine war regelmäßige Arbeit, die etwas abwarf, und ich konnte die Pemberton High School besuchen. Er hielt mich an, meine Schularbeiten ernst zu nehmen, und das tat ich auch. Meine guten Abschlüsse in Verbindung mit der Tatsache, daß ich ein Mädchen war und noch dazu aus niederen sozioökonomischen Verhältnissen stammte, brachten mir das volle Programm – Zimmer, Verpflegung und Unterricht – an der Rutgers University ein. Kaum war dies unter Dach und Fach, traf er Anstalten, in die Wälder zurückzuziehen. Meine Mutter jedoch hatte sich an die Annehmlichkeiten und Vorzüge des Kleinstadtlebens gewöhnt. Sie wollte in Pemberton bleiben. Also blieben sie.

Noch heute frage ich mich, ob Dad nicht länger gelebt haben könnte, wenn sie damals in die Wälder zurückgegangen wären. Meiner Mutter gegenüber habe ich das natürlich nie erwähnt.

Als Jasper eine Pause machte, warf ich ein: »Mein Freund Jon schreibt ein Buch, und ein Kapitel davon widmet er dem Teufel von Jersey.«

»Ach was?« entgegnete Jasper. »Und da hast du ihn zu mir gebracht, was?«

»Na ja, Dad hat mir immer erzählt, es gäbe kaum jemanden hier in den Wäldern, den Sie nicht kennen würden, und kaum etwas, das hier passierte, worüber Sie nicht Bescheid wüßten.«

Der alte Mann strahlte und tat, was viele Pineys tun; er wiederholte eine Phrase dreimal hintereinander.

»Wußte er das? Wußte er das? Wußte er das wahrhaftig? Das ist mir ja was! Ich denke, das verlangt nach einem kleinen Brand.«

Während Jasper sich umwandte und in sein Regal griff, warf mir Creighton einen fragenden Blick zu.

»Apfelschnaps«, erklärte ich.

Er grinste. »Ah. Der Blitzschlag aus Jersey.«

Jasper wandte sich uns mit drei Gläsern und einem braunen Viertelkrug zu. Mit geübter Hand goß er jedem von uns zwei Fingerbreit ein und gab uns die Gläser. Sie waren verschmiert und ein wenig verkrustet, aber ich machte mir keine Gedanken wegen Bakterien. Noch nie hatte es eine Bakterie gegeben, die gegen einen anständigen Schnaps aus Jasper Mulliners Destillierapparat angekommen wäre. Ich erinnere mich, wie ich manchmal etwas davon aus dem Krug meines Vaters abgezapft hatte und damit nachts hinaus ins Unterholz geschlichen war, um ein paar Freundinnen von der High School zu treffen und mit ihnen herumzusitzen, zu singen und mich zu betrinken.

An der Art und Weise, wie sein Duft meine Nasenschleimhaut ansengte, konnte ich ermessen, daß dies hier ein kräftiger war. Ich verzichtete darauf, Creighton zu sagen, daß er langsam trinken sollte. Während ich respektvoll nippte, kippte er seinen in einem Zug hinunter. Ich beobachtete, wie er beim Schlucken zusammenzuckte, sein Gesicht rot wurde und seine Augen zu tränen begannen.

»Huuh«, sagte er heiser. »Mit dem Zeug könnten Sie Glas schneiden!« Er überraschte Jasper dabei, wie er ihn von der Seite musterte und streckte sein Glas aus. »Aber köstlich! Könnte ich wohl noch ein Schlückchen bekommen?«

»Bedienen Sie sich«, antwortete Jasper und goß ihm einige Fingerbreit nach. »Wo das herkommt, gibt's noch 'ne Menge mehr. Aber trinken Sie gemächlich. Das ist Whiskey zum Nippen. Wenn Sie zuviel davon abkippen wie das erste Glas eben, kriegen Sie die Apfellähmung. Langsam und bedächtig lautet die Devise, wenn Sie von Gus Sooys Bestem trinken.«

»Der stammt gar nicht von Ihnen?«

»Nee! Hab' längst damit aufgehört. Zuviel Ärger, es wird hier in der Gegend allmählich zu zivilisiert. Abgesehen davon ist der Brand von Gus so gut wie meiner nur je war. Vielleicht sogar besser.«

Er stellte den Krug auf dem Boden zwischen uns ab.

»Wegen dieses Teufels von Jersey«, erinnerte ich ihn, bevor er noch einmal vom Thema abkommen konnte.

»Richtig. Der alte Teufel. War bekannt als der Leeds-Teufel. Ich bin sicher, ihr habt schon alle möglichen Versionen der Geschichte gehört, aber ich werde euch die einzig wahre erzählen. Dieser alte Teufel ist schon 'ne ganze Weile im Rennen, mehr als zweieinhalb Jahrhunderte. Es fing alles so um 1730 herum an. Damals stellte Mrs. Leeds aus Estellville fest, daß sie zum dreizehnten Mal in anderen Umständen war. Das hatte sie mittlerweile derart satt, daß sie ärgerlich wurde und ausrief: »Ich hoffe, diesmal ist es der Teufel!« Na ja, in dieser Nacht hat wohl ein gewisser Jemand die Ohren gespitzt, denn der Wunsch wurde ihr erfüllt. Als dieses dreizehnte Baby zur Welt kam, war es ein abstoßend häßliches Ding, geboren mit Zähnen, wie sie noch nie jemand gesehen hatte. Und es hatte einen geringelten, spitz zulaufenden Schwanz und ledrige Schwingen wie eine Fledermaus. Es biß seine Mutter und flog zum Fenster hinaus. Es wuchs wild in den Wäldern heran, stahl und fraß zunächst Hühner und kleine Ferkel, machte aber später auch vor Kühen, Kindern und schließlich ausgewachsenen Männern nicht halt. Alles, was man von den Opfern fand, waren ihre Knochen, und die waren zerbissen und abgenagt von scharfen Zähnen. Manche behaupten, daß es mittlerweile tot ist, und andere, daß es niemals stirbt. Regelmäßig behauptet irgend jemand, er habe es erlegt und getötet, aber die meisten sind der Meinung, daß es nicht getötet werden kann. Man macht es verantwortlich für jedes verlorengegangene Huhn und jedes Schwein und jede Kuh, die fortläuft, und irgendwann denkst du dann, daß es nur ein altes Pineymärchen ist. Aber es ist da draußen. Es ist da draußen. Es ist bestimmt da draußen.«

»Haben Sie es je gesehen?« wollte Creighton wissen. Diesmal nippte er seinen Schnaps mit Bedacht.

»Hab' seinen Schatten gesehen. Es war auf dem Apple Pie Hill, ganz auf der Spitze, damals, bevor sie den Feuerwachturm errichteten. Bevor du geboren warst, Kathleen. Ich war da draußen auf Sommerjagd und hinter einem großen, alten Rothirsch her. Du weißt, was der Apple Pie für 'ne Plackerei ist?«

Ich nickte. »Klar weiß ich das.«

Er sah eigentlich kaum wie ein richtiger Hügel aus, jedenfalls nicht wie ein gebirgiger. Keine Klippen oder Felsvorsprünge, lediglich ein sanfter Anstieg, der sich schier ewig fortzusetzen schien. Man mußte nicht viel mehr tun als bis zur Spitze zu marschieren, aber man war regelrecht kaputt, wenn man oben ankam.

»Egal, ich hatte es jedenfalls zu drei Vierteln bis nach oben geschafft, als es zu dunkel wurde, um die Fährte weiter zu verfolgen. Nun, ich war müde, und es war eine warme Sommernacht, also schlug ich mein Lager auf Piniennadeln auf und beschloß, dort zu übernachten. Ich hatte etwas Dörrfleisch bei mir und Maisbrot und meinen Krug.« Er deutete gen Boden. »Einen wie den da. Ihr beiden bedient euch übrigens, wenn ihr mehr wollt, verstanden?«

»Danke, ich habe noch«, sagte ich.

Ich sah, wie Creighton nach dem Krug griff. Er hatte schon immer viel vertragen. Ich hingegen spürte meine zwei Schlückchen bereits; mit jeder Minute schien es heißer im Raum zu werden.

»Egal«, fuhr Jasper fort, »ich saß also so da und kaute und schlürfte, da sah ich die Pinienlichter.«

Creighton erstarrte mitten beim Einschenken und verschüttete etwas Apfelschnaps über seine Hand. Plötzlich wirkte er hellwach, fast gespannt.

»Pinienlichter?« hakte er nach. »Sie sahen Pinienlichter? Wo tauchten sie auf?«

»Also haben Sie auch schon von den Pinienlichtern gehört?«

»Selbstverständlich habe ich das. Ich habe meine Hausaufgaben gemacht. Wo haben Sie sie gesehen? Bewegten sie sich?«

»Sie zogen über den Kamm von Apple Pie Hill, berührten fast die Wipfel der Bäume.«

Creighton setzte sein Glas ab und begann, mit seiner Landkarte zu hantieren.

»Apple Pie Hill... das habe ich doch irgendwo gesehen. Hier ist es.« Er stieß mit dem Finger auf die Karte nieder, als wolle er einen Nagel in den Hügel treiben. »In Ordnung. Sie waren also auf dem Apple Pie Hill, als sie die Pinienlichter sahen. Wieviele waren dort?«

»'Ne ganze Dorfgemeinschaft von denen, hundert vielleicht, mehr als ich davor je gesehen habe.«

»Wie schnell bewegten sie sich fort?«

»Unterschiedlich schnell. Unterschiedlich groß. Manche glitten friedlich dahin, andere flitzten und überholten die langsameren. Ging zu wie auf 'ner Ausfahrtstraße vor dem Wochenende.«

Creighton lehnte sich vor, seine Augen glänzender als je zuvor.

»Erzählen Sie mir davon.«

Etwas an Creightons Eindringlichkeit beunruhigte mich. Ganz plötzlich war er zu einem aufmerksamen Zuhörer geworden. Er hatte höflich Jaspers Nacherzählung der Teufelsgeschichte von Jersey gelauscht, dabei allerdings mehr am Apfelbrand interessiert gewirkt als an der Sage. Er war nicht auf die Idee gekommen, die Lage von Apple Pie Hill auf der Karte ausfindig zu machen, als Jasper behauptete, den Teufel dort gesehen zu haben, hatte aber nichts eiligeres zu tun gehabt, als die Rede auf die Pinienlichter kam.

Die Pinienlichter. Ich hatte davon gehört, aber nie eines gesehen. Meist sichteten die Leute sie in Nächten im Spätsommer. Manche von ihnen behaupteten, es handele sich um Kugelblitze oder eine Art von Elmsfeuer, andere nannten es Sumpfgas, und wieder andere sagten, es seien die Seelen verstorbener Pineys, die auf regelmäßige Besuche zurückkämen. Warum war Creighton daran so interessiert?

»Na ja«, sagte Jasper, »zuerst sah ich nur eines oder zwei von ihnen, wie sie sich über den Kamm des Hügels bewegten, und ich dachte mir nichts dabei. Ich beobachte fast jeden Sommer ein paar davon. Dann sah ich ein paar weitere. Dann noch mehr. Ich wurde ein bißchen aufgeregt und beschloß, zur Spitze des Apple Pie zu steigen und zu sehen, was da vor sich ging. Ich keuchte laut, als ich oben ankam. Ich hielt an und blickte auf, und da waren sie, trieben über den Baumwipfeln vierzig Fuß über mir dahin, blaßgelb, einige so klein wie Hühnereier, andere groß wie Wasserbälle. Und alle bewegten sie sich in derselben Richtung.«

»Welche Richtung?« fragte Creighton. Wenn er sich noch weiter vorwärts lehnte, würde er von seinem Stuhl fallen. »Wohin flogen sie?«

»Kommt alles noch, mein Junge«, entgegnete Jasper. »Nur Geduld. Also wie gesagt, ich stand da und beobachtete, wie sie unter dem Nachthimmel vorüberzogen, da spürte ich dieses merkwürdige Engegefühl in meiner Brust, so als ob würde ich Zeuge von etwas, was ich besser nicht sehen sollte. Aber ich konnte meinen Blick nicht losreißen. Und dann wurden sie immer weniger und waren weg. Waren alle vorüber. Also tat ich etwas Verrücktes. Ich kletterte auf einen Baum, um zu sehen, wohin sie flogen. Etwas in meinem Magen warnte mich, es besser zu lassen, aber ich war begeistert von diesem Schauspiel, wie in einer heiligen Verzückung. Ich kletterte also, so hoch ich konnte, bis der Baum sich unter meinem Gewicht zu biegen begann und die Äste zu dünn wurden, mich zu tragen. Und ich sah ihnen nach. Sie bewegten sich in einer langen Reihe davon, senkten sich nieder, wenn das Gelände abfiel, und stiegen, wenn der Grund sich hob. Gerade oberhalb der Pinienspitzen bewegten sie sich, als wären sie auf Fäden aufgezogen.« Er sah Creighton an. »Und sie flogen nach Südwesten.«

»Sind Sie sicher?«

Jasper blickte beeindruckt drein. »'Türlich bin ich sicher. Bear Swamp Hill lag links hinter mir, und jeder weiß doch, daß Bear Swamp östlich von Apple Pie liegt. Diese Lichter waren auf ihrem Weg nach Südwesten.«

»Und das war diesen Sommer?«

»Die Nacht auf Labor Day, wenn ich mich recht entsinne.«

»Und Sie befanden sich auf der Kuppe des Apple Pie Hill?«

»Der obersten Spitze.«

»Großartig!« Er begann, seine Karte zusammenzufalten.

»Ich dachte, Sie wollten etwas über den Teufel von Jersey hören?«

»Will ich, will ich.«

»Wie kommt es dann, daß Sie mir all diese Fragen nach den Lichtern stellen und keine nach meiner Begegnung mit dem Teufel?«

Ich verbarg ein Grinsen. Jasper war noch so auf Zack wie immer.

Für einen Augenblick wirkte Creighton verwirrt. Ein Ausdruck zuckte über sein Gesicht, für eine Sekunde nur, aber ich nahm es dennoch wahr. Verstohlenheit. Dann beugte er sich vor und sprach Jasper in vertraulichem Ton an.

»Verraten Sie es niemandem, aber ich glaube, es gibt eine Verbindung zwischen den Pinienlichtern und dem Teufel von Jersey. Eine Verbindung.«

Jasper lehnte sich zurück. »Wissen Sie, da könnte was dran sein. Weil, es war just als ich da oben in diesem Baum saß, daß ich den alten Teufel erspähte. Oder zumindest seinen Schatten. Ich beobachtete, wie die Lichter außer Sicht schwebten, da hörte ich ein Geräusch aus dem Unterholz. Hörte sich irgendwie schlüpfrig an. Ich sah runter, und da bewegte sich diese dunkle Gestalt unter mir. Und wissen Sie was? Sie bewegte sich in dieselbe Richtung wie die Lichter. Was halten Sie davon?«

Creightons Stimme troff vor Aufrichtigkeit.

»Ich denke, das ist verdammt interessant, Jasper.«

Ich bemerkte, daß beide sich gegenseitig etwas vormachten, aber ich konnte nicht sagen, wer von ihnen dicker auftrug.

»Sie sollten sich nicht zu sehr für diese Pinienlichter interessieren, junger Freund. Gus Sooy sagt, sie sind schlechte Medizin.«

»Der Typ, der diesen Schnaps gebrannt hat?« wollte ich wissen und hielt mein leeres Glas hoch.

»Genau der. Gus sagt, bei ihm in der Gegend sind die Lichter jeden Sommer sehr aktiv. Hat mich einen Narren geschimpft dafür, daß ich in diesen Baum gestiegen bin. Sagt, er würde sich diesen Lichtern nicht um alles in der Welt nähern.«

Ich registrierte, daß Creightons Spannung wieder zunahm.

»Wo ist ›bei Gus Sooy in der Gegend‹?« wollte er wissen. »Lebt er in Chatsworth?«

Jasper brach in schallendes Gelächter aus.

»Ob Gus in Chatsworth lebt? Der ist gut! Gus Sooy ist ein alter Hesse, der draußen im unzugänglichsten Abschnitt der Wälder haust. Sie würden ihn nicht auch nur in der *Nähe* einer Stadt wie dieser antreffen!«

Stadt? Ich beschloß, diesen Punkt nicht zu vertiefen.

»Wo finden wir ihn?« verlangte Creighton zu wissen. Sein Gesichtsausdruck erinnerte an den eines Kindes, dem man verraten hat, daß eine Tüte M&Ms ganz in der Nähe versteckt ist.

»Nicht so einfach«, entgegnete Jasper. »Gus hat gute Arbeit geleistet, als er es darauf anlegte, sich von jedem möglichst weit abzuschotten. Er wohnt richtig abseits. Ja, richtig abseits wohnt er. Aber wenn man runter zum Apple Pie Hill fährt und der Straße entlang seiner südlichen Flanke etwa zwei Meilen weit folgt, sich dann auf dem Sandweg bei Applegates Preiselbeersumpf nach Süden wendet, ihm zehn bis zwölf Meilen weit folgt, bis man an eine Gabelung kommt, dort links geht, an dem Krüppel dahinter wieder rechts, dann sind es nur noch gute zehn Meilen, bis man zu einer großen Rotzeder gelangt…«

Creighton kritzelte wie wild mit.

»Ich bin mir nicht sicher, daß ich weiß, wie eine Rotzeder aussieht«, gab ich zu.

»Du wirst sie erkennen«, behauptete Jasper. »Diese Art wächst hier normalerweise nicht in freier Wildbahn. Gus hat sie dort vor vielen Jahren gepflanzt, damit die Leute den Weg zu ihm finden können. Die *richtigen* Leute«, fügte er mit einem Blick auf Creighton hinzu. »Leute, die seine Waren kaufen wollen, wenn ihr versteht?«

Ich nickte. Ich hatte seinen Wink verstanden: Gus lebte von seiner Destillerie.

»Egal, man wendet sich an der Rotzeder nach rechts und folgt der Straße bis zu ihrem Ende. Dann muß man aussteigen und etwa ein Drittel des Hügels hochsteigen. Dort findet man Gus Sooy.«

Ich versuchte, die Route auf einer mentalen Karte in meinem Kopf entlangzufahren. Ich kam nicht an. Dort, wo er uns hinschickte, war meine Karte ein einziger weißer

Fleck. Aber ich war dennoch erstaunt, wie weit ich kam. Als Piney, und auch als Mädchen, muß man einen Instinkt dafür ausbilden, wo man sich gerade befindet. Man muß einen ganzen Stapel von Karten im Kopf haben, die man automatisch aufrufen kann, andernfalls bringt man die längste Zeit damit zu, sich zu verlaufen. Selbst mit einem gut bestückten mentalen Kartenatlas verirrt man sich zuweilen.

Ich vermochte mich noch immer auf meinen alten Karten zurechtzufinden. Diese Fähigkeit mußte etwas sein wie das sprichwörtliche Fahrradfahren – einmal gekonnt, nie mehr verlernt.

Ich ahnte, daß Gus Sooys Aufenthaltsort sich irgendwo ganz weit unten Richtung Burlington befinden mußte, in der Nähe des atlantischen Distrikts. Aber Bezirksgrenzen bedeuten wenig in den Wäldern.

»Das ist *wirklich* am Ende der Welt!« stellte ich fest.

»Das ist es, Kathy, das ist es. Das ist es garantiert. Es ist am Hang des Razorback Hill.«

Creighton raschelte durch seine Karten.

»Razorback… Razorback… es gibt hier keinen Razorback Hill.«

»Das kommt daher, daß er gar kein richtiger Hügel ist. Aber er ist da. Nur weil er nicht auf Ihrer komischen Karte dort ist, heißt das noch lange nicht, daß es ihn nicht gibt. Viele Dinge sind nicht in dieser Karte verzeichnet.«

Creighton stand auf.

»Vielleicht können wir jetzt gleich mal raus zu ihm fahren und ihm etwas Apfelschnaps abkaufen. Was meinst du, Mac?«

»Wir haben genug Zeit.«

Ich hatte das Gefühl, daß er wirklich etwas von Sooys Schnaps kaufen wollte, aber ich war mir sicher, daß auch einige Fragen nach den Pinienlichtern während dieser Transaktion aufkommen würden.

»Nehmt besser eigene Krüge mit, wenn ihr hinfahrt«, riet Jasper. »Gus hat keine überzähligen. Bei den Buzbys im Gemischtwarenladen könnt ihr welche kaufen.«

»Werden wir«, sagte ich.

Ich bedankte mich bei ihm und versprach, meine Mutter von ihm zu grüßen, dann folgte ich Creighton hinaus zum Wrangler.

Er hatte eine seiner Karten auf der Motorhaube ausgebreitet und zeichnete eine Linie ein, die südwestlich vom Apple Pie Hill wegführte, quer durch den unbesiedeltsten Abschnitt der Wälder.

»Wofür machst du das?« wollte ich wissen.

»Weiß ich noch nicht. Wir werden sehen, ob es noch irgend etwas zu bedeuten hat.«

Es hatte. Früher, als einer von uns ahnen sollte.

4. Der Hesse

Ich erstand einen braunen Krug mit einer Gallone Fassungsvermögen im Gemischtwarenladen; Creighton kaufte zwei.

»Ich will, daß dieser Sooy-Typ sich *richtig* freut, mich kennenzulernen!«

Ich kutschierte uns die 563 hinunter, dann in Richtung Apple Pie Hill.

Wir landeten südlich davon und begannen, Jaspers Beschreibungen zu folgen. Creighton las vor, ich fuhr.

»Was zur Hölle ist ein Krüppel?«
»Das ist ein Spong ohne Zedernbewuchs.«
»Ah! Das klärt alles!«
»Ein Spong ist eine tiefliegende, feuchtnasse Stelle; wachsen Zedern rundherum, ist es ein Krüppel. Was könnte logischer sein?«
»Ich bin nicht sicher, aber ich denke, mir würde da schon was einfallen. Bei der Gelegenheit, warum wird dieser Sooy eigentlich als Hesse bezeichnet? Mulliner glaubt doch nicht wirklich...?«
»Natürlich nicht. Aber Sooy ist ein alter deutscher Name hier in den Wäldern. Kommt von den Hessen, die nach der Schlacht von Trenton aus der britischen Armee desertiert und in die Wälder geflohen sind.«
»Die Revolution?«
»Klar. Diesen Sandweg, den wir gerade entlangfahren, hat es vor dreihundertsoundsoviel Jahren schon als Pfad für Fuhrwerke gegeben. Hat sich wahrscheinlich seither kaum verändert. Könnte auch von Schmugglern benutzt worden sein, die Waren in den Marschen zwischengelagert und sie auf dem Landweg durch die Pinien weggeschafft haben, um die Steuern in New York und Philadelphia zu umgehen. Viele von denen siedelten sich hier an. Genauso wie viele Tories und Loyale, die während der Revolution von ihrem Besitz vertrieben wurden. Einige von denen dürften hier in wenig mehr als Teer und Federn angekommen sein. Lenape-Indianer siedelten hier, und auch Quäker, die aus ihrer Kirche verstoßen wurden, weil sie während der Revolution zu den Waffen gegriffen hatten.«
Creighton lachte. »Klingt wie Australien! Hat sich denn niemand außer diesen Verstoßenen hier niedergelassen?«
»Doch. Sumpfeisen war ein mächtiger Industriezweig. Dies hier war einst das Zentrum der kolonialen Eisenproduktion. Die meisten der Kanonenkugeln, die man im Verlauf der Revolution und des Krieges anno 1812 gegen die Briten abfeuerte, wurden genau hier in den Wäldern gegossen.«
»Und wohin sind sie alle verschwunden?«
»An einen Ort namens Pittsburgh. Dort gab es mehr Eisen, und es war billiger herzustellen. Die Schmelzöfen hier versuchten sich auf die Produktion von Glas umzustellen, aber es fehlte an Holz, um sie am Laufen zu halten. Jeder Hochofen verbrauchte gut vierhundert Hektar Pinienholz im Jahr. Dazu kam noch, was Kohle- und Holzindustrie dem Baumbestand täglich abverlangten, und die Wälder konnten diesen Bedarf nicht decken. Die ganze Wirtschaft brach nach dem Bürgerkrieg zusammen. Was die Gegend wahrscheinlich davor bewahrt hat, sich in eine Wüste zu verwandeln.«
Ich nahm zur Kenntnis, daß das Buschwerk zwischen den Reifenfurchen höher wurde und im Vorüberfahren gegen die Stoßstangen des Wagens peitschte; ein untrügliches Zeichen dafür, daß nicht viele Leute diesen Weg entlangkamen. Dann sah ich die Rotzeder. Jasper hatte recht gehabt – sie sah nicht so aus, als gehöre sie hierher. Wir bogen nach rechts und fuhren, bis wir an das Ende des Weges kamen, das am Fuß eines Hügels lag. Seitlich schmiegten sich drei rostige Automobile ins Unterholz.
»Das muß der Ort sein«, sagte ich.
»Das ist kein Ort. Das ist *Nirgendwo*.«
Wir griffen unsere Krüge und stiegen den Trampelpfad hinauf. Etwa nach einem Drittel des Hügelanstiegs erreichten wir eine Lichtung, in deren gegenüberliegender linker Ecke eine Baracke mit spitz zulaufendem Dach stand. Sie mochte zwanzig Fuß in der

Länge messen und war mit Teerpappe verkleidet, die sich stellenweise abpellte und das Sperrholz darunter offenlegte. Irgendwo hinter dem Schuppen hatte ein Hund zu bellen begonnen. »Endlich«, sagte Creighton und wollte hinübergehen.

Ich legte eine Hand auf seinen Arm.

»Mach dich erst mal bemerkbar«, riet ich. »Sonst kriegen wir am Ende noch eine Ladung Schrot ab.«

Er dachte zuerst, ich würde scherzen, sah dann aber, daß ich es durchaus ernst meinte. »Wirklich?«

»Wir sind wie Städter angezogen. Wir könnten Steuereintreiber sein. Er würde erst schießen und dann Fragen stellen.«

»Hallo da drüben im Haus!« brüllte Creighton. »Jasper Mulliner hat uns den Weg hierher beschrieben! Können wir rankommen?«

Eine verhutzelte Gestalt erschien auf den Eingangsstufen, eine großkalibrige Flinte in der Armbeuge.

»Wie hat er euch den Weg gewiesen?«

»Über die Rotzeder, Mr. Sooy!« antwortete ich.

»Dann kommt mal hoch!«

Wo Jasper ordentlich gewesen war, war Gus Sooy schlampig. Sein weißes Haar sah aus, als habe ein kranker Vogel versucht, sich darin ein Nest zu bauen; als Hemd trug er die verschmutzte obere Hälfte eines Paars langer Unterhosen, und eine Segeltuchhose war mit einem groben Strick um seine Hüfte geschnürt. Seine untere Gesichtshälfte wurde von einem gewaltigen weißen Bart verdeckt, der rund um den Mund verschmutzt war. Ein Weihnachtsmann aus den Appalachen, der sich außerhalb der Saison etwas gehen ließ.

Wir folgten ihm in das einzige Zimmer seines Heims. Der Boden war bedeckt mit einer Ansammlung hingeworfener Lumpen und Teppichüberreste. In der hinteren linken Ecke stand ein Bett, und direkt rechts von uns befand sich ein Kerosinofen. Über den Raum verteilt standen mehrere Aladin-Lampen mit langen Flammrohren. Die Szenerie wurde dominiert von einem dickbeinigen Küchentisch mit Emailleoberfläche.

Wir stellten uns vor, und Gus sagte, daß er vor Jahren einmal meinen Vater getroffen hatte.

»Also, was führt euch Kinder hier raus, Gus Sooy zu treffen?«

Ich mußte grinsen, nicht nur darüber, wie er es anstellte, unsere Krüge zu übersehen, sondern auch darüber, daß er uns »Kinder« nannte. Es war lange her, daß mich jemand so bezeichnet hatte. Ich hätte es seinerzeit zwar kaum zugelassen, von jemandem »Mädchen« genannt zu werden, aber »Kinder« war irgendwie in Ordnung.

»Wir haben heute den besten Apfelschnaps der Welt gekostet«, erklärte Creighton mit überzeugendem Ernst, »und Jasper erzählte uns, daß Sie die Quelle dafür seien.« Er ließ seine zwei Krüge auf den Tisch krachen. »Machen Sie sie voll!«

Ich plazierte meinen Krug neben seinen.

»Ich muß euch vorwarnen«, erklärte Gus. »Das macht fünf Dollar den Viertelkrug.«

»Fünf Dollar!« entfuhr es Creighton.

»Yeah«, fügte Gus schnell hinzu, »aber da ich sehe, daß ihr viel davon auf einmal nehmen wollt ...«

»Verstehen Sie mich nicht falsch, Mr. Sooy. Ich meinte nicht, daß der Preis zu hoch ist. Ich war lediglich schockiert, daß Sie einen so hochwertigen Whiskey für so einen niedrigen Preis abgeben.«

»Tatsächlich?« Der alte Mann strahlte vor Freude. »Er ist verdammt gut, nicht wahr?«

»Das ist er, Sir. Das ist er. Das ist er wirklich.« Fast hätte ich vor Lachen losgeprustet. Ich verstand nicht, wie Creighton es schaffte, ernst zu bleiben.

Gus hob einen Finger. »Bleibt ihr Kinder nur hier. Ich lange mal eben in mein Lager und bin in einem Momentchen wieder zurück.«

Kaum war er draußen, brachen wir in hilfloses Gelächter aus.

»Du trägst verdammt dick auf«, sagte ich, sobald ich wieder Luft bekam.

»Ich weiß, aber er schluckt jedes bißchen davon.«

Einige Minuten später kehrte Gus mit zwei Gallonen seines Schnapses zurück.

»Sollten wir den nicht besser testen, bevor wir unsere Krüge damit füllen?« schlug Creighton vor.

»Keine schlechte Idee. Nein, Sir, keine schlechte Idee. Wirklich keine schlechte Idee.«

Creighton förderte einige Pappbecher aus den Taschen seiner Safarijacke zutage und stellte sie auf den Tisch. Gus goß ein. Wir nippten gemeinsam.

»Dieser hier ist sogar noch etwas milder als der, den uns Jasper vorgesetzt hat. Wie machen Sie das, Mr. Sooy?«

»Das ist ein Geheimnis«, entgegnete er mit einem Augenzwinkern, zog einen Trichter hervor und begann, unsere Krüge aus seinen zu befüllen.

Ich erwähnte Jons Buch, und Gus gab eine leicht abgewandelte Fassung der Geschichte des Teufels von Jersey zum Besten, die besagte, er sei in Leeds geboren worden, das am entgegengesetzten Ende von Estellville in den Wäldern liegt. Abgesehen davon waren die beiden Erzählungen fast identisch.

»Jasper behauptet, er habe den Teufel einmal selbst gesehen«, sagte Creighton, während Gus den letzten unserer Krüge verschloß.

»Wenn er es sagt, wird es auch so sein. Das macht sechzig Dollar.«

Creighton gab ihm drei Zwanziger.

»Und nun würde ich Ihnen gerne einen Drink ausgeben, Mr. Sooy.«

»Nennt mich Gus. Mach ich auch.«

Creighton war sehr großzügig, als er die Pappbecher auffüllte, bemerkte ich. Ich wollte gar nichts mehr, aber ich hatte den Eindruck, ich müsse den Schein wahren. Ich nippte zurückhaltend, während die Männer in langen Zügen tranken.

»Jasper erzählte uns von dem Zeitpunkt, an dem er den Teufel von Jersey sichtete. Er erwähnte auch, daß er zur gleichen Zeit Pinienlichter gesehen hätte.«

Ich spürte mehr, als daß ich es sah, wie Gus starr wurde.

»Tatsächlich?«

»Yeah. Er sagte, Sie sehen hier die ganze Zeit über Pinienlichter. Stimmt das?«

»Sind Sie interessiert an den Pinienlichtern oder dem Teufel von Jersey, junger Freund?«

»An beidem. Ich interessiere mich für die Volkssagen der Pinienwälder.«

»Na ja, scheren Sie sich besser nicht allzusehr um die Pinienlichter.«

»Warum nicht?«

»Lassen Sie's einfach.«

Ich beobachtete, wie Creighton seinen Krug hob und Gus' Becher nachfüllte.

»Einen Toast!« sagte Creighton und hob seinen Becher. »Auf die Pinienwälder!«

»Darauf trink' ich!« entgegnete Gus und leerte seinen Becher.

Creighton machte es ihm nach, worauf sich seine Augen mit Tränen füllten. Ich nippte, während er eine neue Runde eingoß.

»Auf den Teufel von Jersey!« rief Creighton und hob wieder den Becher. Und wieder kippten beide ihr Getränk hinunter. Es folgte eine weitere Runde.

»Auf die Pinienlichter!« Darauf wollte Gus nicht trinken. Ich war froh. Ich glaube nicht, daß einer von beiden danach noch aufrecht hätte stehen können.

»Haben Sie in letzter Zeit Pinienlichter gesehen, Gus?« fragte Creighton.

»Sie geben nicht auf, was, Junge?« erwiderte der alte Mann.

»Eine rechte Plage.«

»So ist es. Also gut. Klar. Ich sehe sie andauernd. Hab gerade letzte Nacht welche gesehen.«

»Wirklich? Wo?«

»Das geht Sie nichts an.«

»Warum nicht?«

»Weil Sie garantiert eine Dummheit machen und versuchen werden, eins zu fangen oder so was, und dann bin ich verantwortlich dafür, was mit Ihnen und der jungen Dame hier geschieht. Nicht auf mein Gewissen, nein danke.«

»Nicht im Traum würde mir einfallen, zu versuchen, eins von diesen Dingern zu fangen!« sagte Creighton.

»Nun, wenn Sie's täten, wären Sie jedenfalls nicht der erste. Peggy Clevenger war die erste.« Gus hob den Kopf und sah mich an. »Sie haben von Peggy Clevenger gehört, nicht wahr, Miss McKelston?«

Ich nickte. »Sicher. Die Pinienhexe. Seinerzeit streuten die Leute Salz auf ihre Türschwellen, um sie fernzuhalten.«

Creighton begann mitzukritzeln.

»Kein Witz? Das ist toll! Wie war das mit ihr und den Pinienlichtern?«

»Peggy war Hesse, so wie ich. Lebte drüben in Pasadena. Nicht das Pasadena in Kalifornien, sondern das Pasadena hier in den Wäldern. Ein paar Meilen östlich des Mount Misery. Heute ist das Dorf verschwunden, als habe es nie existiert. Aber dort hat sie gelebt, ganz allein in einer kleinen Hütte, und die Leute behaupteten, sie habe eine Menge merkwürdiger Fähigkeiten, daß sie ihre Gestalt wechseln und sich zum Beispiel in einen Hasen oder eine Schlange verwandeln könnte. Ich weiß darüber nicht so gut Bescheid, aber ich habe von jemandem gehört, der es wissen muß, daß sie sehr stark an den Pinienlichtern interessiert war. Einmal erzählte sie diesem Typen, sie habe eins von den Dingern gefangen, es mit einem Bannspruch belegt und heruntergeholt.«

Creighton hatte aufgehört zu schreiben.

»Wie konnte sie ...?«

»Keine Ahnung«, sagte Gus, leerte seinen Becher und schüttelte den Kopf. »Aber genau in dieser Nacht brannte ihre Hütte bis auf den Grund nieder. Sie fanden ihren schwarzen und verkohlten Körper am nächsten Morgen in der Asche. Und darum sage ich euch Kindern, es ist keine gute Idee, sich zu sehr für die Pinienlichter zu interessieren.«

»Ich will keines fangen«, erklärte Creighton. »Ich will noch nicht mal eines sehen. Ich will nur wissen, wo andere Leute welche gesehen haben. Wie kann das wohl gefährlich sein?«

Gus dachte darüber nach. Und während er nachdachte, goß Creighton ihm einen weiteren Becher voll ein.

»Glaub' nicht, daß es schaden kann, wenn ich Ihnen zeige, wo's war«, meinte er nach einem tiefen, langsamen Schluck.

»Dann ist es abgemacht. Los geht's.«

Wir sammelten die Krüge zusammen und begaben uns hinaus in den Sonnenschein des späten Nachmittags. Die frische Luft wirkte belebend. Sie machte mich munter, wenngleich sie nicht die Auswirkungen des ganzen Schnapses beseitigte, den ich getrunken hatte.

Als wir den Wrangler erreichten, zog Creighton Sextant und Kompaß hervor.

»Bevor wir starten, ist da noch etwas, das ich tun muß.«

Gus und ich beobachteten schweigend, wie er die Position bestimmte und in seinem Notizbuch festhielt. Dann breitete er wieder seine Karte auf der Motorhaube aus.

»Was ist?« fragte ich. »Ich zeichne Razorback Hill auf der Karte ein«, antwortete er.

Er übertrug seine Koordinaten auf die Karte und zog einen Kreis. Bevor er alles wieder zusammenfaltete, warf ich einen Blick über seine Schulter und sah, daß die Linie, die er vom Apple Pie Hill gezogen hatte, direkt an jenem Kreis vorbeilief, der Razorback Hill darstellte.

»Fertig getrödelt?« wollte Gus wissen.

»Klar. Wollen Sie vorne mitfahren?«

»Nein danke«, entgegnete Gus und ging hinüber zu dem rostigen DeSoto. »Ich fahre selbst, und ihr Kinder kommt hinter mir her.«

»Wäre es nicht besser, wenn wir alle zusammen fahren?« warf ich ein.

»Zur Hölle, nein! Ihr Kinder habt getrunken!«

Nachdem wir wieder aufgehört hatten zu lachen, bestiegen wir den Wrangler und folgten dem alten Hessen seinen privaten Sandpfad hinauf.

5. Die Feuerstelle

»Als ich jung war, hab' ich Holzkohle gemacht«, erklärte Gus.

Wir standen auf einer kleinen, von Pinien umstandenen Lichtung. Vor uns lag eine sandige Niederung, die von Unkraut überwuchert war.

»Dies hier war meine Feuerstelle. Damals war sie tiefer. Hab' hübsche Kohle hier gefertigt, bevor die großen Unternehmen anfingen, ihre Säcke mit ›Bricketts‹ zu verkaufen.« Er spuckte das Wort förmlich aus. »Kann gar nicht sein, daß eins von diesen stinkenden kleinen Dingern jemals Teil eines Baums gewesen ist, das sag' ich euch!«

»Haben Sie hier die Lichter gesehen, Gus?« erkundigte sich Creighton. »Bewegten sie sich?«

Gus sagte: »Sie haben 'nen ziemlich einspurigen Verstand, nicht wahr, junger Freund?« Er sah sich um. »Yeah, hier habe ich sie gesehen. Letzte Nacht und fünfzig Jahre davor genauso, und fast jeden Sommer dazwischen. Hab' viele Erinnerungen an diesen Ort. Ich kann mich erinnern, wie ich Schachtelschildkröten fing, während ich hier meine Holzkohle brennen ließ.«

»Um sie als Mittel gegen Schnecken weiterzuverkaufen?« wollte ich wissen.

Ich hatte vom Schachtelschildkrötenfang gehört – ein weiterer hinterwäldlerischer Mini-Industriezweig –, aber ich hatte noch nie jemanden getroffen, der ihn tatsächlich betrieben hatte.

»Genau. Typen aus Philadelphia kauften soviel, wie ich fangen konnte. Sie ließen sie gerne in ihren Kellern laufen, um Schnecken und Ungeziefer unter Kontrolle zu kriegen.«

»Die Lichter, Gus«, erinnerte ihn Creighton. »In welche Richtung bewegten sie sich?«

»Sie flogen dort lang, wo sie immer langflogen, wenn ich sie sah. Dorthin.« Er zeigte nach Südosten.

»Sind Sie sicher?«

»Scheißsicher, Junge.« Gus' Ton wurde allmählich gereizt, aber er wandte sich rasch zu mir um. »'Tschuldigung, Miss«, dann drehte er sich wieder zu Creighton. »Ich stand da hinten, wo mein Wagen jetzt steht, als ein halbes Dutzend von ihnen ganz dicht über mir vorbeisausten – kein Herabstoßen wie beim Jagen, sondern eher treibend – und anschließend über der schrägen Pinie dort drüben mit der gespaltenen Spitze verschwand.«

»Gut!« sagte Creighton und beäugte den Himmel.

Eine dicke Wolkendecke zog von Westen heran und rückte gegen die untergehende Sonne vor. Prompt kamen Sextant und Kompaß wieder zum Einsatz. Creighton nahm seine Messungen vor, schrieb seine Zahlen auf, dann peilte er den Baum an, den Gus bezeichnet hatte. Ein langsames, zufriedenes Lächeln zog über sein Gesicht, als er die letzte Linie auf seiner Karte zog. Er faltete sie zusammen, bevor ich Gelegenheit hatte zu sehen, wohin diese Linie führte. Ich mußte es auch nicht sehen. Seine nächste Frage beantwortete mir das.

»Sagen Sie, Gus«, warf er beiläufig ein, »was befindet sich eigentlich jenseits von Razorback Hill?«

Gus fuhr herum wie ein wütender Bär.

»Nichts! Da ist gar nichts! Also denkt nicht einmal daran, dorthin zu gehen!«

Creighton grinste amüsiert. »Ich habe nur gefragt. Nichts Gefährliches an einer kleinen Frage, oder?«

»Eben doch! Eben doch! Doch, ist es wohl! Besonders, wenn solche Fragen die falschen sind. Und Sie stellen schon die ganze Zeit über die falschen Fragen, Junge. Fragen, die Ihnen eine ganze Menge bösen Ärger einbringen können, wenn Sie nicht vernünftig werden und einsehen, daß bestimmte Dinge besser für sich bleiben. Haben Sie verstanden?«

Er klang wie eine Figur aus einem dieser alten Frankenstein-Filme.

»Ich höre zu, und ich weiß ihre Betroffenheit zu würdigen«, entgegnete Creighton, »aber könnten Sie uns vielleicht den besten Weg erklären, wie man auf die andere Seite dieses Hügels kommt?«

Gus warf mit einem aufgebrachten Grunzen die Hände in die Luft.

»Das war's! Ich will mit euch beiden nichts mehr zu tun haben! Ich habe ohnehin schon viel zu viel gesagt.« Er drehte sich zu mir um, seine Augen blitzten. »Und Sie, Miss McKelston, halten sich besser fern von diesem Burschen. Er befindet sich auf direktem Weg in die Hölle!«

Damit wandte er sich um und lief zu seinem Wagen. Er sprang hinein, rammte die Tür zu und heulte in einer Wolke wirbelnden Sandes auf und davon.

»Ich glaube, er mag mich nicht«, sagte Creighton.

»Er wirkte echt verängstigt«, versuchte ich ihm klarzumachen.

Creighton zuckte die Achseln und begann, seinen Sextanten wieder einzupacken.

»Vielleicht glaubt er wirklich an den Teufel von Jersey«, überlegte er. »Vielleicht denkt er, er lebt jenseits des Razorback Hill.«

»Ich weiß nicht. Mein Eindruck ist, daß er glaubt, der Teufel von Jersey sei etwas, worüber man erzählen kann, während man gemütlich am Ofen sitzt und Schnaps schlürft. Diese Pinienlichter dagegen… er hat Angst vor ihnen.«

»Bloß Sumpfgas, da bin ich mir sicher«, sagte Creighton.

Plötzlich war ich wütend. Vielleicht lag es an all dem Schnaps, den ich getrunken hatte, oder auch an seinem generellen Verhalten, aber ich denke, in diesem speziellen Augenblick war es hauptsächlich der Blödsinn, den er von sich gab.

»Es reicht jetzt, Jon!« sagte ich. »Wenn du wirklich glaubst, daß es sich um Sumpfgas handelt, warum verfolgst du dann ihre Spur auf deiner Karte? Du wolltest, daß ich dich hier draußen führe, also laß uns die Dinge jetzt klarstellen. Was geht hier vor?«

»Ich weiß nicht, was hier vorgeht, Mac. Wenn ich's wüßte, wäre ich nicht hier. Ist das nicht offensichtlich? Diese Pinienlichter haben etwas zu bedeuten. Ob sie etwas mit dem Teufel von Jersey zu tun haben, weiß ich nicht. Vielleicht üben sie eine halluzinatorische Wirkung auf die Leute aus – nachdem sie über ihnen weggeflogen sind, glauben sie, Dinge zu sehen. Ich versuche, ein Muster herauszulesen.«

»Und wenn du dieses Muster herausgelesen hast, was glaubst du, wirst du dann finden?«

»Wahrheit vielleicht«, sagte er. »Die Realität. Wer weiß? Vielleicht den Sinn – oder die Sinnlosigkeit – des Lebens.«

Er sah mich derart intensiv an, mit Augen, die voller Verlangen waren, daß mein Ärger verrauchte. »Jon…?«

Sein Gesichtsausdruck wurde schlagartig wieder normal, und er lachte.

»Keine Sorge, Mac. Ich bin's bloß, Crazy Creighton, der wieder mal übertreibt. Laß uns noch einen Schluck von Gus Sooys Bestem nehmen und uns auf in Richtung Zivilisation machen. Okay?«

»Ich habe genug für heute gehabt. Für die ganze *Woche*!«

»Es macht dir doch nichts aus, wenn ich mir noch etwas gönne, oder?«

»Bedien dich.«

Ich hatte keine Ahnung, wie er so viel vertragen konnte.

Während Creighton seinen Krug entkorkte, schlenderte ich über die Feuerstelle, um meinen benommenen Kopf freizubekommen. Der Himmel hatte sich mittlerweile komplett bezogen, und die Temperatur sank auf ein erträgliches Maß.

Als ich meine Runde beschloß, hatte er alles fertig weggepackt.

»Willst du, daß ich fahre?« fragte er und warf seinen Pappbecher in den Sand.

Normalerweise hätte ich ihn aufgehoben – es kam einem Sakrileg gleich, Wegwerfgeschirr hier mitten in den Pinien liegenzulassen –, aber ich hatte Angst, mich zu weit vornüber zu beugen, da ich fürchtete, kopfüber in den Sand zu stürzen und selbst zu herumliegendem Abfall zu werden.

»Ich bin okay«, sagte ich. »Mit dir würden wir uns verirren.«

Wir waren kaum hundert Fuß weit gefahren, als mir klar wurde, daß ich diesen Weg nicht kannte. Aber ich fuhr weiter. Ich hatte nicht sonderlich aufgepaßt, während ich hinter Gus hergefahren war, aber ich war mir ziemlich sicher, daß es nicht lange dauern würde, bis wir zu einer Gabelung oder einem Krüppel oder einem Sumpf kommen würden, den ich wiedererkannte. Dann wäre es ein leichtes, nach Hause zu finden.

Es funktionierte nicht ganz. Ich fuhr etwa acht Kilometer lang, folgte den Biegungen der Straßen hierhin und dorthin, gab mein bestes, wenn wir an eine Abzweigung kamen – und wir kamen an einigen vorbei –, und versuchte, wenigstens ungefähr dieselbe Richtung beizubehalten. Ich glaubte, meine Sache ganz gut zu machen, bis wir durch einen Abschnitt mit jungen Pinien kamen, der mir bekannt vorkam. Ich hielt an.

»Jon«, sagte ich. »Ist das nicht…?«

»Verdammt, das ist sie!« antwortete er und deutete in den Sand neben der Straße. »Wir sind wieder zurück an Gus' Feuerstelle. Da ist mein Pappbecher!«

Ich wendete den Jeep und fuhr zurück in die Richtung, aus der wir kamen.

»Was tust du?« wollte Creighton wissen.

»Ich gehe sicher, daß wir nicht den selben Fehler ein zweites Mal machen«, erklärte ich. Es war mir völlig unklar, wie ich im Kreis gefahren sein konnte. Eigentlich habe ich ein exzellentes Gespür für Himmelsrichtungen. Ich schob es auf zu viel Blitzschlag aus Jersey und den dick verhangenen Himmel. Ohne die Sonne als Anhaltspunkt war ich nicht in der Lage gewesen, die Richtung zu halten. Aber das würde sich hier und jetzt ändern. Diesmal würde ich uns hier herausholen.

Falsch. Als ich nach einer guten Dreiviertelstunde Fahrt erneut die Feuerstelle erkannte, war es mir so peinlich, daß ich beschleunigte und hoffte, Creighton würde den Ort in der einsetzenden Dämmerung nicht erkennen. Aber ich war nicht schnell genug.

»Halt an!« rief er. »Halt an, verdammt noch mal, nur eine Minute! Da ist mein Becher schon wieder! Wir sind wieder da, wo wir gestartet sind!«

»Jon«, begann ich, »ich verstehe das nicht. Hier stimmt etwas nicht.«

»Du bist dicht, *das* stimmt hier nicht!«

»Bin ich nicht!«

Ich glaubte wirklich nicht, daß ich betrunken war. Zu Beginn hatte ich die Auswirkungen des Schnapses gespürt, aber mittlerweile war mein Kopf wieder klar. Ich war mir sicher, durchgehend Richtung Osten gefahren zu sein, oder zumindest nah dran. Wie ich noch einmal einen kompletten Kreis gefahren sein sollte, war mir unverständlich.

Creighton sprang von seinem Sitz und kam um die Vorderseite des Wrangler herum.

»Rutsch rüber, Mac. Jetzt bin ich an der Reihe.«

Ich wollte protestieren, überlegte es mir dann jedoch besser. Ich hatte es schon zweimal versiebt.

Vielleicht war mein Richtungssinn ja dem zum Opfer gefallen, was als ›Apfellähmung‹ bekannt war. Ich hievte mich über den Schalthebel hinweg und ließ mich auf den Beifahrersitz fallen.

»Aber bitteschön.«

Creighton fuhr wie ein Irrer, schien Abzweigungen völlig nach dem Zufallsprinzip zu wählen.

»Yeah, Mac«, sagte er. »Ich nehme jeden Weg, den du *nicht* eingeschlagen hast! Glaube ich.«

Als sich die Dunkelheit endgültig herabsenkte und er die Scheinwerfer einschaltete, stellte ich fest, daß die Bäume allmählich spärlicher wurden, das Unterholz dafür dichter; es erhob sich acht Fuß oder höher auf jeder Seite von uns. Creighton hielt seitlich an einer Stelle, wo die Straße sich weitete.

»Du solltest auf der Straße bleiben«, riet ich.

»Ich hab' mich verirrt«, gab er zu. »Wir müssen uns was überlegen.«

»Toll. Aber ich nehme nicht an, daß irgend jemand hier vorbeikommen und uns mitnehmen wird.«

Er lachte. »Das ist eine Tatsache!« Er stieg aus und blickte zum Himmel hoch. »Verflucht! Wenn diese Wolken nicht wären, könnte ich ausmachen, wo wir sind. Oder zumindest feststellen, wo Norden ist.«

Ich sah mich um. Buschwerk umgab uns. Es war das Pinienwald-Äquivalent zu einem englischen Heckenlabyrinth.

Kein Baum war in Sicht. Ein Baum kann fast so nützlich sein wie ein Kompaß – sein Moos weist nach Norden und die längsten Äste ragen nach Süden. Büsche hingegen sind mehr als nutzlos für so etwas, und die hohen unter ihnen steigern die Verwirrung nur noch.

Und verwirrt waren wir. »Ich dachte, Pineys verirren sich nie«, bemerkte Creighton.
»Jeder verirrt sich hier draußen früher oder später mal.«
»Nun, und was tun Pineys, wenn sie sich verirrt haben?«
»Sie verausgaben sich nicht oder verschwenden ihren Sprit, indem sie im Kreis herumfahren. Sie machen sich's bequem und warten den Morgen ab.«
»Zur Hölle damit!« sagte Creighton.
Er warf den ersten Gang rein und drehte den Wrangler wieder in Richtung Straße. Aber das Fahrzeug erreichte sie nicht. Es sprang vorwärts und bockte wieder zurück. Er versuchte es erneut, und ich hörte die Räder durchdrehen.
»Zucker!« sagte ich.
Creighton sah mich an und grinste.
»Eine handfestere Ausdrucksweise ist in Situationen wie dieser gestattet und ausdrücklich gewünscht.«
»Ich bezog mich auf den Sand.«
»Keine Sorge. Ich hab' Vierradantrieb.«
»Korrekt. Und alle vier Räder drehen durch. Wir stecken in einem Haufen von etwas fest, das als ›Zuckersand‹ bekannt ist.«
Er stieg aus und drückte und stieß, während ich die Gangschaltung bearbeitete und die Kupplung kommen ließ, aber ich wußte, das es keinen Sinn hatte. Wir würden so lange nicht aus diesem extrem feinen Sand herauskommen, bis wir etwas Holz gefunden und unter den Reifen aufgehäuft hätten, um ihnen etwas Widerstand zu verschaffen.
Und solches Holz würden wir nicht vor dem Morgen auftreiben können.
Ich machte Creighton klar, daß wir hier nur unser übriges Benzin vergeudeten und es am besten wäre, wenn wir vorläufig Feierabend machten und unsere Schlafsäcke herauskramten. Zuerst schien er widerwillig und machte sich Sorgen wegen Rehzecken und daß er sich Lyme-Borreliose einfangen könnte, aber schlußendlich stimmte er zu.
Er hatte keine Wahl.

6. Die Pinienlichter

»Ich schulde dir was, Jon«, sagte ich.
»Wie kann ich denn ahnen, daß wir uns verirren?« erwiderte er abwehrend. »Ich mache dies hier bestimmt nicht lieber als du!«
»Nein. Du verstehst nicht. Ich meinte das im positiven Sinne. Ich bin froh, daß du mich überredet hast, mit dir zu kommen.«
Ich hatte eine kleine Lichtung nicht allzuweit vom Jeep entfernt für uns ausfindig gemacht. Sie erstreckte sich rund um den knorrigen Stamm einer alten Pinie, die das dominante Gebüsch noch überragte. Wir hatten unsere letzten Sandwiches verspeist, und nun saßen wir jeder auf seinem aufgerollten Schlafsack und sahen uns an, eine Coleman-Lampe auf dem Boden zwischen uns. Creighton war wieder dazu übergegangen, seinen Apfelschnaps zu nippen. Ich hätte für eine Tasse Kaffee gemordet, oder zumindest verstümmelt.
Ich betrachtete sein Gesicht im Schein der Lampe. Seine Miene wirkte verwirrt.
»Das sind wahrscheinlich immer noch die Nachwirkungen des Blitzschlags aus Jersey, den du heute Nachmittag hattest«, mutmaßte er.
»Nein, ich bin absolut nüchtern. Ich hab nur hier gesessen und festgestellt, daß ich

glücklich bin, wieder zurück zu sein. Schon jahrelang hatte ich das Gefühl, daß etwas in meinem Leben fehlt. Hatte nie eine Ahnung, was es sein könnte, bis heute. Aber das ist es. Ich bin…« Meine Kehle zog sich um das Wort zusammen. »Ich bin zu Hause.«

Es war nicht der Schnaps, der da aus mir sprach, sondern es kam von Herzen. Ich hatte heute etwas gelernt. Ich hatte gelernt, daß ich die Pinienwälder liebte. Und ich liebte auch ihre Bewohner. So reich an Vergangenheit, so versunken in ihre Überlieferungen, überlebten sie irgendwie unbeeinflußt inmitten des städtischen Wahnsinns des zwanzigsten Jahrhunderts. Ich hatte all dem den Rücken gekehrt. Warum? Zuviel Stolz? War ich mir jetzt zu gut dafür? Vielleicht hatte ich gedacht, ich hätte mich aus eigener Kraft hochgearbeitet und wäre ausgezogen nach größeren und besseren Dingen. Nun sah ich ein, daß ich das nicht getan hatte. Ich hatte das kleine Mädchen aus den Pinienwäldern verdrängt, nicht aber die Pinienwälder aus dem Mädchen.

Ich gab mir das Versprechen, hierher zurückzukehren. Oft. Ich würde meine zahlreichen Verwandten besuchen und alte Verbindungen erneuern. Ich war nicht bereit, hierher zurückzuziehen, vielleicht würde ich es nie sein, aber ich würde den Wäldern nie wieder den Rücken kehren.

Creighton prostete mir mit seinem Becher zu.

»Ich beneide jeden, der das fehlende Glied für sich selbst gefunden hat. Ich suche immer noch nach meinem.«

»Du wirst es finden«, sagte ich und krabbelte in meinen Schlafsack. »Du mußt nur die Augen offenhalten. Manchmal hat man es direkt vor sich und sieht es nicht.«

»Leg dich schlafen, Mac. Du fängst schon an, dich wie Dorothy aus *Der Zauberer von Oz* anzuhören.«

Ich mußte darüber lächeln. Für einen Augenblick ähnelte er wieder sehr stark jenem Jonathan Creighton, in den ich mich einst verliebt hatte. Bevor ich meine Augen schloß, sah ich noch, wie er sein Fernglas hervorzog und begann, den wolkenverhangenen Himmel abzusuchen. Ich wußte, wonach er Ausschau hielt, und ich war mir ziemlich sicher, daß er es niemals finden würde.

Es war wohl eine ganze Weile später, als ich erwachte, denn der Himmel hatte aufgeklart und die Sterne strahlten hell; Creightons Rufe ließen mich in eine sitzende Position hochschnellen.

»Sie kommen! Sieh sie dir an, Mac! Mein Gott, sie kommen!«

Creighton stand auf der entgegengesetzten Seite der Lampe und deutete in eine Richtung links von mir. Ich folgte dem Winkel seines Arms und sah nichts.

»Wovon redest du?«

»Steh auf, verdammt! Sie kommen! Es muß ein gutes Dutzend sein!«

Ich kam stolpernd auf die Beine und erstarrte sogleich in der Bewegung.

Das sternenerleuchtete Unterholz erstreckte sich in der Richtung, die er wies, gemächlich ansteigend einige Meilen weit, nur ab und zu unterbrochen von den knochigen Schatten einiger vereinzelter Bäume. Und genau in unsere Richtung bewegte sich über diese Fläche eine längliche Ansammlung von trübe glimmenden Lichtern hinweg, ganz dicht über den Wipfeln der Bäume. *Lichter*. Das waren sie. Keine glühenden Sphären. Keine UFOs oder irgend so ein Unsinn. Sie waren von keiner erkennbaren Substanz. Sie waren einfach Licht. Kugeln aus Licht.

Ich spürte, wie meine Nackenhaare sich bei diesem Anblick aufrichteten. Vielleicht, weil ich noch nie Licht gesehen hatte, das sich benahm wie dieses hier – es war einfach nicht richtig oder natürlich für Licht, sich keisförmig zusammenzuballen. Oder vielleicht war es auch die Art, wie die Dinger sich fortbewegten, wie sie mit einem ganz bestimmten Ziel durch die Nacht glitten, die Dunkelheit zerschnitten, von Baum zu Baum pendelten, an den obersten Ästen vorbeitrieben und sich dann einen Weg zum nächsten suchten. Fast, als wären die Bäume Wegweiser. Vielleicht war es auch die Stille. Diese furchtbare Stille. Die Wälder sind zwar still, was zivilisatorische Geräusche angeht, aber da sind doch stets die Geräusche all der lebenden Dinge darin, das Heulen und Schreien und Rascheln von Tieren, das unablässige Schwirren von Insekten. All das fehlte nun. Nicht einmal eine Brise raschelte durch das Buschwerk. Stille. Mehr als eine bloße Abwesenheit von Geräuschen. Ein Anhalten des Atems.

»Siehst du sie, Mac? Sag mir, daß ich nicht halluziniere! Siehst du sie?«

»Ich sehe sie, Jon.«

Meine Stimme klang komisch. Ich stellte fest, daß mein Mund ausgetrocknet war. Und das nicht nur vom Schlaf.

Creighton drehte sich rasch um, die Arme weit ausgebreitet.

»Ich hab' keine Kamera! Ich brauche ein Bild hiervon!«

»Du hast keine Kamera mitgebracht?« fragte ich. »Mein Gott, du hast doch sonst alles dabei!«

»Ich weiß, aber ich hätte doch im Traum nicht gedacht...«

Er rannte mit einem Mal auf den Baum in der Mitte der Lichtung zu.

»Jon! Du willst doch nicht wirklich...?«

»Sie kommen in diese Richtung! Wenn ich nah genug herankommen kann...!«

Plötzlich hatte ich Angst um ihn. Etwas an diesen Lichtern warnte mich. Warum nicht auch Creighton? Oder hörte er lediglich nicht darauf?

Ich folgte ihm in widerstrebendem Trab.

»Sei kein Idiot, Jon! Du hast keine Ahnung, was das ist!«

»Genau! Es ist an der Zeit, daß es jemand herausfindet!«

Er begann zu klettern. Es war eine alte, schiefe Pinie, die auf dem ersten Dutzend Metern ihres Stammes über keinerlei nennenswerten Äste verfügte, deren Borke jedoch knorrig und rauh genug war, um Creightons gummibesohlten Stiefeln Halt zu bieten. Zweimal rutschte er aus, aber er war fest entschlossen. Schließlich schaffte er es hinauf zum niedrigsten der Äste, und von da an sah es einfacher aus.

Ich kann den kriechenden Aufruhr nicht beschreiben, der in meinen Eingeweiden wühlte, während ich beobachtete, wie Jonathan Creighton seinem Zusammentreffen mit den näherkommenden Pinienlichtern entgegenkletterte. Er war zu drei Vierteln oben, als der Stamm zu schaukeln begann und sich unter seinem Gewicht bog. Dann brach ein Ast unter seinem Fuß und er stürzte beinahe. Ich seufzte vor Erleichterung, als ich sah, daß er wieder sicheren Halt gefunden hatte. Die Äste über ihm waren zu schwach, um ihn zu tragen. Er konnte nicht mehr höher steigen. Er würde sicher vor den Lichtern sein.

Und die Lichter waren jetzt hier, ein gutes Dutzend von ihnen, tennisball- bis kopfgroß, und sie glitten in einer unregelmäßigen, zylindrischen Anordnung von etwa zehn bis zwanzig Fuß Länge über die Lichtung, wobei sie genau auf Creightons Baum zielten.

Und je näher sie ihm kamen, desto schneller drehten sich meine Innereien im Kreis. Sie mochten aus Licht bestehen, aber es war kein sauberes Licht, nicht das goldene Licht des Tages. Dies hier war ein fahles, kränkliches, anämisches Glühen, entfernt grünlich schimmernd. Aber glücklicherweise war es ein Glühen, das außerhalb von Creightons Reichweite lag, als die Lichter die obersten Nadeln seines Baumes streiften.

Ich beobachtete, wie ihr Schein Creightons aufblickendes Gesicht erleuchtete, während sich sein Körper so weit als möglich nach oben drehte, und ich wunderte mich über seine Waghalsigkeit, seine Besessenheit, die ›Realität‹ zu finden. Taumelte und stocherte er bei seiner Suche nur ziellos umher, oder war er tatsächlich auf der Spur von etwas? Und waren die Pinienlichter ein Teil davon?

Als das erste Licht direkt über ihm vorüberflog, keine fünf Fuß oberhalb seiner ausgestreckten Hand, hörte ich ihn schreien: »Sie summen, Mac! Ganz hochtönend! Kannst du es hören? Es ist fast wie Musik! Und die Luft hier oben knistert, als wäre sie aufgeladen! Das ist fantastisch!«

Ich hörte weder Musik noch fühlte ich etwas knistern. Alles was ich hören konnte, war das Schlagen meines Herzens in meiner Brust, alles was ich fühlte, war der kalte Schweiß, der überall auf meinem Körper ausgebrochen war.

Creighton sprach wieder, schrie jetzt fast, aber in einer Sprache, die nicht Englisch war und anders als alle Sprachen, die ich je gehört hatte. Er produzierte Klick- und Zischlaute sowie einige Geräusche, die wie Worte klangen, für die die menschliche Zunge jedoch nicht geschaffen schien.

»Jon, was machst du da oben?« rief ich.

Er ignorierte mich und setzte sein fremdartiges Kauderwelsch fort, wobei die Lichter ihn ihrerseits ebenfalls ignorierten und über ihn hinwegsegelten, als gäbe es ihn gar nicht.

Die Ansammlung war nun fast vorüber, aber noch immer konnte ich meine Furcht nicht abschütteln, dieses dunkle Gefühl, das etwas Fürchterliches passieren würde.

Und dann geschah es.

Das letzte Licht der Gruppe war von der Größe eines Basketballs. Zunächst schien es, als setze es ungerührt seinen Weg über Creighton hinweg fort wie die anderen, aber als es sich dem Baum näherte, wurde es langsamer und senkte sich allmählich auf Creightons Höhe hinab.

Ich war panisch vor Angst.

»Jon, paß auf! Es kommt genau auf dich zu!«

»Ich sehe es!«

Während die anderen Lichter zum nächsten Baumwipfel weiterzogen, fiel dieses letzte zurück und umkreiste Creightons Baum auf Höhe seiner Hüften.

»Komm da oben runter!« rief ich.

»Machst du Witze? Das hier ist mehr, als ich mir je erhofft hätte!«

Plötzlich hörte das Licht auf, sich zu bewegen und schwebte etwa einen Fuß von Creightons Brust entfernt in der Luft.

»Es ist kalt«, sagte er mit gedämpfter Stimme. »Kaltes Licht.«

Er griff mit der Hand danach, und ich wollte ihm zubrüllen, es nicht zu tun, aber meine Kehle war wie zugeschnürt. Die Spitze seines Zeigefingers berührte den äußeren Rand des Glühens.

»*Wirklich* kalt.«

Ich sah, wie sein Finger etwa bis zur Tiefe des Fingernagels in dem Licht versank, und dann bewegte es sich plötzlich. Es tat mehr als das, es *sprang* Creightons Hand förmlich an und hüllte sie ein.

Da begann Creighton zu schreien. Seine Worte waren kaum zu verstehen, aber ich verstand immer wieder »kalt« und »brennt«. Ich rannte zum Fuß des Baums, da ich erwartete, er würde den Halt verlieren, und hoffte, irgend etwas tun zu können, um seinen Sturz abzumildern. Ich sah, wie die Lichtkugel sich ausdehnte, seinen Arm hinaufglitt und einhüllte.

Dann verschwand sie.

Einen Augenblick lang dachte ich, es wäre vorbei. Aber als Creighton sich an die Brust griff und in noch größerer Pein aufschrie, stellte ich zu meinem Entsetzen fest, daß das Licht mitnichten verschwunden war – es war in ihm!

Und dann sah ich, wie die Rückseite seines Hemdes zu glühen begann. Ich beobachtete das Licht, das aus ihm heraussickerte und sich wieder zu einer Kugel formierte. Dann erhob es sich und glitt davon, folgte den anderen in die Nacht hinaus, und ließ Creighton schluchzend und würgend allein im Baum zurück.

Ich rief zu ihm nach oben: »Jon! Bist du in Ordnung? Brauchst du Hilfe?

Als er nicht antwortete, suchte ich unten am Baumstamm nach Kletterhilfen. Doch bevor ich auch nur den Versuch unternehmen konnte, hinaufzusteigen, stoppte er mich.

»Bleib, wo du bist, Mac.« Seine Stimme war schwach und zitterte. »Ich komme runter.«

Er brauchte doppelt so lange für den Abstieg, wie es ihn gekostet hatte, hinaufzugelangen. Seine Bewegungen waren langsam und unsicher, und dreimal mußte er unterwegs eine Verschnaufpause einlegen. Endlich erreichte er den untersten Ast, hängte sich mit einer Hand daran und ließ sich das letzte Stück fallen. Ich griff sofort zu und bewahrte ihn davor, in sich zusammenzustürzen. Dann half ich ihm zurück zur Lampe und unserem Nachtlager.

»Mein Gott, Jon! Dein Arm!«

Im Schein der Lampe schien sein Fleisch zu dampfen. Die Haut seiner linken Hand und des Unterarms war rot und sah fast wie verbrüht aus. Schon bildeten sich kleine Bläschen darauf.

»Es sieht schlimmer aus, als es sich anfühlt.«

»Wir müssen dich zu einem Arzt bringen!«

Er ließ sich mit den Knien auf den Schlafsack fallen und drückte den verletzten Arm mit dem gesunden dicht gegen seine Brust.

»Ich bin in Ordnung. Es schmerzt jetzt nur noch ein bißchen.«

»Es wird sich entzünden. Komm schon. Ich werde sehen, ob ich uns nicht irgendwie in die Zivilisation zurückbringen kann.«

»Vergiß es«, entgegnete er, und ich spürte etwas Stärke in seine Stimme zurückkehren. »Selbst wenn wir den Jeep freibekämen, hätten wir uns immer noch verirrt. Wir konnten schon bei Tageslicht den Weg hier heraus nicht finden, was läßt dich da glauben, es ginge im Dunkeln besser?«

Er hatte recht. Aber ich hatte das Gefühl, daß ich einfach etwas tun mußte.

»Wo ist dein Erste Hilfe-Kasten?«

»Ich hab' keinen.«

Ich explodierte.

»Herr im Himmel, Jon! Du bist verrückt, weißt du das? Du hättest von diesem Baum stürzen und dir das Genick brechen können! Und es wäre ein großes Wunder, wenn du dir an deinem Arm keinen Wundbrand einfängst! Was in aller Welt hat dich veranlaßt, so etwas Dummes anzustellen?«

Er grinste. »Ich wußte es! Du liebst mich immer noch!« Ich fand das gar nicht witzig. »Ich meine es ernst, Jon. Du hast dort oben dein Leben aufs Spiel gesetzt! Wofür?«

»Ich muß es wissen, Mac.«

»›Wissen‹? Was mußt du *wissen*? Hör endlich auf, mir diesen Blödsinn vorzusetzen!«

»Das kann ich nicht. Ich kann nicht damit aufhören, weil es die Wahrheit ist. Ich muß wissen was real ist und was nicht.«

»Verschon mich mit ...«

»Es ist mein Ernst. Du bist dir sicher, zu wissen, was real ist, folglich bist du zufrieden und selbstgefällig. Du kannst dir nicht vorstellen, wie es ist, es nicht zu wissen. Zu ahnen, daß da ein Schleier über allem liegt, eine Barriere, die dich davon abhält, zu sehen, was wirklich existiert. Du hast keine Ahnung, wie es ist, sein Leben damit zuzubringen, nach dem Rand dieses Schleiers zu suchen, um ihn anzuheben und einen Blick – nur einen Blick – darunter zu werfen. Ich weiß, daß er dort draußen ist, und ich komme nicht an ihn heran. Du weißt nicht, wie das ist, Mac. Es macht einen wahnsinnig.«

»Nun, das wäre wohl ein Punkt, in dem wir uns einig sind.«

Er lachte – es klang angestrengt – und griff mit seiner unverletzten Hand nach dem Krug mit dem Apfelschnaps.

»Hast du davon nicht genug für heute Nacht gehabt?«

Ich haßte mich selbst dafür, daß ich klang wie eine alte Nörgeltante, aber was ich gerade mitangesehen hatte, erschütterte mich bis ins Mark. Ich zitterte noch immer.

»Nein, Mac. Das Problem ist, daß ich eben noch nicht genug habe. Noch längst nicht.«

Mit einem Gefühl der Hilflosigkeit ließ ich mich wütend auf meinen Schlafsack nieder und beobachtete ihn, wie er einen langen Zug aus dem Krug nahm.

»Was ist da oben passiert, Jon?«

»Ich weiß es nicht. Aber ich will nicht, daß es jemals wieder passiert.«

»Und was hast du da geredet? Es klang fast so, als würdest du sie anrufen.«

Er sah ruckartig auf und starrte mich an.

»Hast du gehört, was ich gesagt habe?«

»Nicht genau. Es klang gar nicht richtig nach gesprochenen Worten.«

»Das liegt daran, daß es keine waren«, sagte er, und ich war mir sicher, Erleichterung in seiner Stimme zu hören. »Ich versuchte nur, ihre Aufmerksamkeit auf mich zu ziehen.«

»Na, da hat jedenfalls funktioniert.«

Auf der anderen Seite der Coleman-Lampe sah ich ihn lächeln.

»Yeah, das hat es, was?«

Rings um uns in der Nacht registrierte ich, wie die Insekten wieder zum Leben erwachten.

7. Der gemiedene Ort

Ich hatte vorgehabt, für den Rest der Nacht wach zu bleiben, aber irgendwann in ihrem Verlauf sank ich wohl doch in Schlaf. Das nächste, was ich registrierte, war, daß Sonnenlicht in meine Augen fiel. Ich fuhr hoch, für einen Moment ohne Orientierung, dann fiel mir wieder ein, wo ich mich befand.

Aber wo war Creighton? Sein Schlafsack lag ausgerollt auf dem Sand, Kompaß, Sextant und Karten darauf, aber er selbst war nirgendwo zu sehen. Ich rief ein paar Mal seinen Namen. Er antwortete von irgendwo zu meiner Linken. Ich folgte dem Klang seiner Stimme durch das Unterholz und gelangte zum Rand eines kleinen Teiches, der von weißen Zedern umstanden war.

Creighton kniete am Rand und schaufelte mit der rechten Hand etwas Wasser heraus.

»Wie hast du den gefunden?« wollte ich wissen.

»Einfach.« Er deutete zu einer Gruppe von Stockenten, die auf der stillen Oberfläche trieb. »Bin dem Gequake gefolgt.«

»Aus dir wird noch ein richtiger Pfadfinder. Wie ist das Wasser?«

»Verseucht.« Er zeigte auf einen bräunlich-blauen Film auf der Oberfläche des Weihers und hielt dann eine Handvoll brackigen Wassers empor. »Sieh dir die Farbe an. Wie Tee.«

»Das ist nicht verseucht«, erklärte ich ihm. »Was da treibt, ist gelöstes Sumpfeisen. Und dieses Wasser ist Zedernwasser. Es färbt sich braun durch die Eisenablagerungen und die Zedern, aber es ist so rein wie nur möglich.

Ich füllte beide Hände und nahm einen tiefen Schluck.

»Fast süß«, sagte ich. »Kapitäne zur See kamen gerne in diese Gegend, um ihre Vorratsfässer vor langen Reisen mit Zedernwasser aufzufüllen. Sie sagten, es hielte sich länger frisch.«

»Dann denke ich, wird es okay sein, das hier drin zu baden«, sagte er, drehte sich zu mir um und zeigte mir seinen linken Arm.

Ich konnte nicht anders als aufzukeuchen. Halb hatte ich mich bereits davon überzeugen können, den Vorfall mit dem Pinienlicht letzte Nacht als bloßen Alptraum abzutun. Aber die gerötete, verkrustete, blasenüberzogene Haut von Creightons Arm sprach eine deutliche Sprache.

»Wir müssen dich zu einem Arzt bringen«, sagte ich.

»Es ist schon in Ordnung, Mac. Tut gar nicht richtig weh. Fühlt sich nur heiß an.«

Er versenkte den Arm bis über den Ellenbogen in das kühle Zedernwasser.

»*Das* fühlt sich jetzt aber gut an!«

Ich sah mich um. Die Sonne strahlte aus einem wolkenlosen Himmel. Heute morgen würden wir den Weg hier heraus ohne Mühe finden. Ich starrte über den Teich. Wasser. Der sandige Boden der Pinienwälder fungierte wie ein gewaltiger Schwamm, der einen hohen Prozentsatz des darauffallenden Regens in sich aufnahm. Die Wälder waren der größte unangetastete Grundwasserspeicher des Nordostens. Keine Flüsse flossen in sie hinein, nur welche hinaus. Das Wasser hier war von einer urzeitlichen Reinheit. Ich hatte irgendwo gelesen, die Pinien speicherten eine Wassermenge, die einem See mit einer Oberfläche von 2500 Quadratkilometern und einer Tiefe von 75 Fuß entspräche.

Dieses kleine Stück Feuchtigkeit hier maß keine fünfzig Meter im Durchmesser. Ich beobachtete die Enten. Sie quakten friedlich vor sich hin, paddelten herum und versenkten ihre Köpfe ins Wasser. Da produzierte eine von ihnen ein anderes Geräusch, eine Art Zetern. Sie schlug einmal kurz mit den Flügeln, dann war sie verschwunden. Es geschah in einem verschwindend kurzen Augenblick. In der einen Sekunde noch eine treibende Ente, in der nächsten nur noch ein paar treibende Luftblasen.

»Hast du das gesehen?« fragte Creighton.

»Yeah, hab' ich.«

»Was ist mit der Ente passiert?« Ich konnte die Aufregung in seinen Augen leuchten sehen. »Was bedeutet das?«

»Das bedeutet, daß da irgendwo eine Schnappschildkröte ist. Eine große. Fünfzig

Pfund oder mehr, da bin ich mir sicher.« Creighton zog seinen Arm aus dem Teich. »Ich glaube, ich habe das hier jetzt genug durchtränkt.«

Er tunkte ein Handtuch ins Wasser und wickelte es um seinen verbrannten Arm.

Wir marschierten zurück zu den Schlafsäcken, räumten unsere Ausrüstung zusammen und machten uns durch das Unterholz auf zum Wrangler.

Der Jeep war besetzt.

Es waren Leute darin, und weitere saßen auf der Haube und standen auch auf den Stoßstangen. Ein gutes halbes Dutzend insgesamt.

Nur, daß sie anders waren als alle Menschen, die ich je gesehen hatte.

Sie waren gekleidet wie typische Pineys, jedoch schmutzig, zerlumpt. Die vier Männer in Jeans oder Segeltuchhosen, Kragenhemden in verschiedenen Stoffen und Farben oder einfachen weißen T-Shirts; die zwei Frauen trugen baumwollene Trägerkleider. Aber sie waren alle deformiert. Ihre Köpfe waren von merkwürdigen Formen und Größen, manche viel zu klein, andere riesig und schief, mit beulenförmigen Auswüchsen versehen. Die Augen einiger lagen nicht auf derselben Höhe. Jeder schien mindestens einen Arm oder ein Bein länger als das entsprechende Gegenstück zu haben. Die Zähne derjenigen, die noch über welche verfügten, schienen in willkürlichen Winkeln gewachsen zu sein.

Als sie uns erspähten, begannen sie zu schnattern und in unsere Richtung zu deuten. Sie verließen den Wrangler und umringten uns. Es war eine einschüchternde Gruppe.

»Ist das dein Auto?« wollte ein junger Mann mit einem schief hängenden Kopf wissen.

»Nein.« Ich wies auf Creighton. »Es ist seins.«

»Ist das dein Auto?« fragte er Creighton.

Ich nahm an, er habe mir nicht geglaubt.

»Das ist ein Jeep«, sagte Creighton.

»Jeep! Jeep!« Er lachte und wiederholte das Wort immer wieder. Die anderen um ihn herum nahmen es auf und fielen in den Singsang ein.

Ich sah Creighton an und zuckte die Achseln. Offensichtlich waren wir auf eine Enklave der Art von Leuten gestoßen, die dazu beigetragen hatten, den Begriff »Piney« vor dem ersten Weltkrieg zu einem Spottwort zu machen. Das war, als Elizabeth Kite ihren Bericht mit dem Titel *Die Pineys* veröffentlichte, der von der Presse so verfälscht und breitgewalzt wurde, daß man die Pinienregion bald nur noch als eine Brutstätte für Alkoholismus, Analphabetentum, Degeneration, Inzucht und daraus erwachsender Schwachsinnigkeit ansah.

Unfair und unwahr. Aber nicht zur Gänze falsch. Es hat immer Analphabetentum und Alkoholismus tief in den Pinienwäldern gegeben. Die Schulbildung tendierte dazu, rudimentär zu sein, falls überhaupt eine solche stattfand. Und die Sauferei? Der allererste »Drive-In«-Schalter entstand vor der Revolution in den Kannentavernen der Pineys, wo Kunden an ein Fenster heranreiten konnten, ihren Krug mit Apfelschnaps gefüllt bekamen, zahlten und wieder verschwanden, ohne überhaupt absteigen zu müssen. Nachdem jedoch die Wirtschaft in den Wäldern ins Stocken gekommen war und die meisten der Arbeiter in Richtung lohnenderer Stätten abgewandert waren, brach die soziale Struktur in weiten Teilen zusammen. Diejenigen, die blieben, scherten sich mit der Zeit immer weniger um das Warum, Wie und Mit-wem des Heiratens. Die Resultate waren unausweichlich.

All das hatte sich vermutlich in moderneren Zeiten geändert, außer in den isoliertesten

Gebieten der Wälder. Wir waren über eines dieser Gebiete gestolpert. Wobei die Verunstaltungen hier schon außergewöhnlich waren. Ich hatte seit meiner Jugend einige Inzüchtlinge gesehen. Sie hatten etwas unterschwellig Kurioses an sich gehabt, nie jedoch etwas so Erschreckendes. Diese Typen hier ließen einen in der Bewegung erstarren.

»Laß uns zum Jeep abhauen, während sie sich noch totlachen«, flüsterte ich aus dem Mundwinkel.

»Nein. Warte. Das ist faszinierend. Abgesehen davon brauchen wir ihre Hilfe.«

Er sprach die Gruppe als ein Ganzes an und bat sie um ihre Hilfe, den Jeep freizubekommen.

Jemand sagte: »Zuckersand«, und das wurde reihum wiederholt. Aber sie drückten willig mit ihren Schultern gegen den Wrangler, und binnen Minuten waren wir wieder auf festem Grund.

»Wo lebt ihr?« fragte Creighton jeden, der zuhörte.

Jemand sagte: »Dorf«, und synchron deuteten sie geschlossen nach Osten, in Richtung Sonne. Das war auch die Richtung, in der sich die Lichter letzte Nacht entfernt hatten.

»Zeigt ihr es mir?«

Sie nickten und plapperten und zogen an unseren Ärmeln, begierig, es uns zu zeigen.

»Also wirklich, Jon«, begann ich. »Wir sollten dich zu einem…«

»Mein Arm kann warten. Das hier wird nicht lange dauern.«

Wir folgten der Gruppe in einer meist bergauf führenden Richtung, einem weitschweifigen Fußpfad entlang, der unpassierbar für jedes Fahrzeug außer einem Motorrad war. Die Bäume standen dichter, und bald liefen wir im Schatten dahin. Und dann öffneten sich die Bäume und wir waren in ihrem ›Dorf‹.

Eine Wolke aus blauem Holzqualm hing über einer baufälligen Anordnung von Baracken, die aus Abfallbrettern und Metallblech errichtet waren. Abfall war überall, und jeder kam heraus, um sich die Fremden anzusehen. Ich hatte noch nie eine derartige Verwahrlosung gesehen.

Der Bursche mit dem schiefen Kopf, der nach dem Jeep gefragt hatte, zog Creighton zu einer der Hütten.

»Hey, Mister, du kennst dich doch mit Maschinen aus. Woran liegt es, daß das hier nicht funktioniert?«

Er hatte ein altes Fernsehgerät in seiner Ein-Zimmer-Hütte. Er drehte die Knöpfe vor und zurück.

»Geht nicht. Keine Bilder.«

»Du brauchst elektrischen Strom«, erklärte ihm Creighton.

»Hab ich. Hab ich. Hab ich.«

Er führte uns auf die Rückseite, um uns einige Meter Kabel zu zeigen, die er von einem Baum zum Dach der Hütte herüber gespannt hatte.

Creighton drehte sich mit betroffenem Blick zu mir um.

»Das ist gräßlich. Niemand sollte so leben müssen. Können wir irgendwas für sie tun?«

Sein Mitleid überraschte mich. Ich hätte nie gedacht, daß in seinem von sich selbst eingenommenen Dasein Platz wäre für die Belange anderer. Allerdings war Jonathan Creighton schon immer eine unerschöpfliche Quelle für Überraschungen gewesen.

»Nicht viel. Sie machen auf mich alle einen recht zufriedenen Eindruck. Scheinen ihre eigene kleine Gemeinschaft zu haben. Wenn du die Aufmerksamkeit der Regierung auf sie lenken würdest, würden sie getrennt und vermutlich in Anstalten und Heimen untergebracht werden. Ich denke, das Beste, was du tun kannst, ist, ihnen alles zu geben was dir einfällt, was ihr Leben hier angenehmer gestalten könnte.« Creighton nickte, während er immer noch um sich starrte.

»Wo wir gerade von ›hier‹ sprechen,« sagte er und nahm seinen Rucksack ab, »laß uns mal rausfinden, wo wir sind.«

Die mißgestalteten Dörfler gafften in offener Ehrfurcht und Bewunderung, als er seine Messungen vornahm. Jemand fragte ihn mindestens hundertmal: »Was ist das für ein Ding?« Mindestens. Ein anderer wollte etwa genauso oft wissen: »Was ist mit deinem Arm passiert?« Creighton war heldenhaft geduldig mit jedem. Er kniete sich auf den Boden, um seine Messungen auf die Karte zu übertragen, dann sah er zu mir auf.

»Weißt du, wo wir hier sind?«

»Auf der anderen Seite von Razorback Hill, würde ich sagen.«

»Du hast es erfaßt.«

Er stand auf und sammelte die Bewohner um sich.

»Ich suche einen ganz bestimmten Ort hier irgendwo«, erklärte er.

Die meisten nickten eifrig. Jemand sagte: »Wir kennen jeden Ort hier in der Gegend, glaube ich.«

»Gut. Ich suche eine Stelle, an der nichts wächst. Kennt ihr so einen Ort?«

Es war, als ob alle diese Leute einen gemeinsamen Stöpsel hätten und Creighton den eben gezogen hätte. Die Lichter gingen aus, die Schatten senkten sich, die *Geöffnet*-Schilder wurden auf die *Geschlossen*-Seite gedreht. Sie begannen, sich abzuwenden.

»Was hab' ich gesagt?« wollte er wissen, während er seinen unruhigen und verwirrten Blick auf mich richtete. »Was hab' ich bloß *gesagt*?«

»Du klingst immer mehr wie Ray Charles«, belehrte ich ihn. »Offensichtlich wollen sie mit der ›Stelle, wo nichts wächst‹, von der du redest, nichts zu tun haben. Was soll das eigentlich alles, Jon?«

Er ignorierte meine Frage und legte seine gesunde Hand auf die Schulter eines der kleinköpfigen Männer.

»Willst du mich nicht hinbringen, da du doch weißt, wo sie ist?«

»Wir wissen, wo sie ist«, antwortete der Bursche mit quiekender Stimme. »Aber wir gehen niemals dorthin, also kann ich dich auch nicht hinbringen. Wie können wir dich dorthin bringen, wenn wir niemals dorthin gehen?«

»Ihr geht *niemals* dorthin? Warum nicht?«

Die anderen hatten angehalten und lauschten dem Gespräch der beiden. Der kleinköpfige Bursche warf einen Blick in die Runde seiner Nachbarn, mit dem er zu fragen schien, wie jemand nur so dämlich sein konnte. Dann wandte er sich wieder an Creighton.

»Wir gehen nicht dorthin, weil niemand hingeht.«

»Wie heißt du?« wollte Creighton wissen.

»Fred.«

»Fred, ich heiße Jon, und ich gebe dir…« Er tastete seine Taschen ab, dann riß er sich die Uhr vom Handgelenk. »Ich gebe dir diese wundervolle Armbanduhr, die du nie aufziehen mußt – siehst du, wie sich die Zahlen mit jeder Sekunde verändern? –, wenn du mich zu dem Ort führst, an den du *sehr wohl* gehst, und mir die Stelle zeigst, wo nichts wächst. Wie klingt das?«

Fred nahm die Uhr und hielt sie dicht vor sein rechtes Auge, dann lächelte er: »Komm! Ich zeige es dir!«

Creighton folgte Fred, und ich folgte Creighton.

Wieder wurden wir einen verschlungenen Pfad entlanggeführt, diesmal einen noch schmaleren als zuvor, der verwachsener wurde, je weiter wir vordrangen. Ich bemerkte, daß die Bäume spärlicher und zunehmend verkrüppelt und knorrig wurden und das Unterholz ebenfalls dünner, mit Blättern, die sich an den Enden aufrollten. Wir folgten Fred, bis er abrupt stehenblieb, als sei er gegen eine unsichtbare Wand gelaufen. Ich konnte erkennen, warum: Der Fußweg, auf dem wir bis hierher gekommen waren, hatte aufgehört. Er deutete nach vorne durch das, was von Bäumen und Buschwerk noch übrig war.

»Die kahle Stelle ist dort drüben, am oberen Ende des Hanges.«

Er drehte sich um und eilte den Pfad zurück.

Kahle Stelle?

Creighton sah mich an und zuckte die Achseln.

»Hast du deine Machete greifbar, Mac?«

»Nein, Bwana.«

»Zu dumm. Ich nehme an, dann werden wir uns einen Weg hindurchbrechen müssen.«

Er wickelte seinen verbrannten Arm wieder ein und schritt voraus. Es war nicht ganz so schwierig, sich einen Weg zu bahnen. Das Unterholz wich schnell zurück, daher kamen wir besser voran, als wir es uns gedacht hatten. Bald traten wir auf ein kleines Feld hinaus, das von borstigem Unkraut gesäumt war und angefüllt mit versprengten, qualvoll verwachsenen Stümpfen abgestorbener Bäume. Und im Zentrum dieses Feldes befand sich ein Fleck nackten Sandes.

...eine Stelle, wo nichts wächst...

Creighton eilte vorwärts. Ich hielt mich zurück, gezügelt durch ein Gefühl böser Vorahnung. Das selbe Etwas tief in meinem Innern, daß die Pinienlichter gefürchtet hatte, fürchtete auch diesen Ort. Etwas hier war verkehrt, als ob der Natur an dieser Stelle achtlos ein Fehler unterlaufen wäre, den sie nie mehr richtig hatte ausbügeln können. Als ob...

Was dachte ich da? Es war ein leeres Feld. Keine unheimlichen Lichter summten über den Himmel. Auch keine Vögel, aus welchem Grund auch immer. Na und? Die Sonne stand hoch droben, eine Brise wehte – oder hatte es zumindest vor einem Augenblick noch getan.

Ich überwand meine Instinkte und folgte Creighton. Im Vorübergehen berührte ich den mißgestalteten Stumpf eines toten Baums. Er war hart und kalt, wie Stein. Ein versteinerter Baum. In den Pinienwäldern.

Ich beeilte mich, voranzukommen und schloß zu Creighton auf, der am Rand der ›kahlen Stelle‹ stand. Er starrte sie wie in Trance versunken an. Die Fläche war ungefähr von ovaler Form und maß vielleicht dreißig Fuß im Durchmesser. Nichts wuchs innerhalb dieses Runds. Nichts.

»Sieh dir diesen unverdorbenen Sand an«, flüsterte er. »Die Vögel fliegen nicht darüber hinweg, Insekten und Tiere betreten ihn nicht. Nur der Wind berührt und verformt ihn. Genau so hat der Sand am Anbeginn der Zeiten ausgesehen.«

Ich war immer der Ansicht gewesen, daß Sand am Anbeginn der Zeiten noch gar kein Sand gewesen sei, aber ich stritt nicht mit ihm. Er war in Fahrt. Ich erinnerte mich noch aus der Collegezeit daran: Niemand stoppt Crazy Creighton, wenn er in Fahrt ist.

Außerdem sah ich, was er meinte. Der Sand war gewellt wie Wasser, wie der Sand der Sahara in Bereichen jenseits aller Handelswege aussehen muß. Ich machte Tierspuren aus, die sich darauf zubewegten und ihm dann auswichen. Creighton hatte recht: Nichts betrat dieses Stück Boden.

Außer Creighton. Ohne Warnung überschritt er die unsichtbare Grenze und marschierte in die Mitte der kahlen Stelle. Er breitete die Arme aus, sah nach oben in den Himmel und drehte sich in schwindelerregenden Kreisen. Seine Augen glühten, sein Gesichtsausdruck war verzückt. Er sah als, als sei er bekifft bis zum Umfallen.

»Das ist es! Ich hab's gefunden! Das ist der Platz!«

»Was für ein Platz, Jon?«

Ich stand am Rand der Fläche, unwillig, sie zu betreten, und sprach mit dieser gedämpften Stimme, die man benutzen kann, um einen Drogensüchtigen von einem schlechten Trip oder einen Selbstmörder vom Fenstersims herunterzureden.

»Wo alles zusammenläuft und alles auseinandergeht! Wo sich die Wahrheit enthüllt!

»Wovon zur Hölle sprichst du, Jon?«

Ich war müde und beunruhigt und wollte nach Hause. Ich hatte genug, und nahm an, daß das meiner Stimme anzuhören war. Seine Verzückung schwand. Abrupt wirkte er wieder nüchtern.

»Nichts, Mac. Nichts. Laß mich nur eben ein paar Messungen machen, dann verschwinden wir wieder.«

»Das ist die beste Neuigkeit, die ich heute morgen zu hören bekomme.«

Er warf mir einen schnellen Blick zu. Ich wußte nicht, ob er Ärger oder Enttäuschung ausdrückte. Und es war mir auch egal.

8. Infektion

Ich brachte uns ohne große Mühen auf eine zementierte Straße zurück. Wir sprachen wenig auf dem Nachhauseweg. Er setzte mich bei meinem Haus ab und versprach mir, noch an diesem Tag zu einem Arzt zu gehen.

»Was wirst du als nächstes tun?« fragte ich, während ich die Beifahrertür schloß und durch das geöffnete Fenster zu ihm hineinsah.

Ich hoffte, er würde mich nicht noch einmal bitten, ihn durch die Wälder zu führen. Ich war mir sicher, daß er mir gegenüber bezüglich seiner Nachforschungen nicht aufrichtig gewesen war. Hinter was er her war, wußte ich nicht, aber es war nicht der Teufel von Jersey. Ein Teil von mir sagte, daß es besser sei, es nicht zu wissen, und daß dieser Mann ein Schwerlastwagen auf der Überholspur ins Unglück war.

»Ich bin mir noch nicht sicher. Vielleicht gehe ich zurück und besuche diese Leute auf der anderen Seite des Razorback Hill. Vielleicht bringe ich ihnen ein paar Klamotten, etwas zu essen.

Gegen meinen Willen war ich gerührt.

»Das wäre schön. Aber bring ihnen keine Toasterschnitten oder Mikrowellengerichte.«

Er lachte. »Werd' ich nicht.«

»Wo bist du abgestiegen?«

Er zögerte und machte ein unschlüssiges Gesicht.

»Es nennt sich Laurelton Circle Motor Inn.«

»Ich kenne es.«

Ein winziger Laden, der die Bezeichnung eines Kreisverkehrs im Namen führte, den es längst nicht mehr gab.

»Ich wohne in Zimmer Nummer fünf, falls du mich erreichen müßtest, aber könntest du mir einen Gefallen tun? Falls irgend jemand kommen und nach mir suchen sollte, verrate niemandem, wo ich stecke. Sag niemandem, daß du mich gesehen hast.«

»Hast du irgendwelche Probleme?«

»Ein Mißverständnis, das ist alles.«

»Du willst das nicht zufällig weiter ausführen, stimmt's?«

Seine Miene war düster.

»Je weniger du weißt, Mac, desto besser ist es.«

»Wie schon während der letzten zwei Tage, richtig?«

Er zuckte die Achseln. »Tut mir leid.«

»Mir auch. Paß auf: Schau bei mir rein, bevor du zurück zum Razorback fährst. Vielleicht habe ich ein paar alte Sachen übrig, die ich diesen Leuten vermachen kann.«

Er winkte mit seiner verbrannten Hand, dann war er fort.

Creighton kam ein paar Tage später auf seinem Weg zum Razorback Hill noch einmal vorbei. Sein linker Arm war dick mit Mull bandagiert.

»Du hattest recht«, sagte er. »Es hat sich entzündet.«

Ich gab ihm ein paar alte Pullover und Hemden und mehrere Jeans mit, die nicht mehr so paßten, wie sie sollten.

Einige Tage später stieß ich in der Haushaltsabteilung des Pathmark-Supermarktes mit ihm zusammen. Er hatte diverse Konserven ausgesucht und kaufte nun noch ein paar Dosenöffner für die Leute vom Razorback Hill. Sein linker Arm war bandagiert wie zuvor, aber ich erschrak, als ich sah, daß nun auch um seinen rechten Arm ein Mullverband lag.

»Die Infektion hat sich ein bißchen ausgebreitet, aber der Arzt sagt, es sei alles in Ordnung. Er hat mich auf Antibiotika gesetzt. Die werden damit schon fertig.«

Als ich im fluoreszierenden Licht des Supermarktes genauer hinschaute, bemerkte ich, daß er blaß und verschwitzt aussah. Er schien abgenommen zu haben.

»Bei wem bist du in Behandlung?«

»Ein Typ oben in Neptune. Ein Spezialist.«

»Für Verbrennungen durch Pinienlichter?«

Sein Lachen war etwas zu laut, einen Wimpernschlag zu lang.

»Nein! Infektionen.«

Ich wunderte mich. Aber Jon Creighton war jetzt ein großer Junge. Ich brauchte nicht seine Mutter zu spielen.

Ich suchte mir selbst einige Konserven zusammen, zahlte hinter Creighton und reichte ihm draußen meine Tüte.

»Bestell ihnen Grüße von mir«, trug ich ihm auf.

Er lächelte schwach und eilte davon.

An einem der letzten Augusttage fuhr ich den Brick Boulevard herunter, als ich seinen Wrangler entdeckte, wie er sich durch den Drive In-Schalter bei Burger King schlängelte. Ich hielt auf dem Parkplatz und ging hinüber.

»Jon!« begrüßte ich ihn durchs Fenster und sah, wie er zusammenzuckte.

»Oh, Mac. Mach das nie wieder!«

Er sah erleichtert, aber nicht allzu glücklich aus, mich zu sehen. Sein Gesicht wirkte dünner, aber vielleicht kam das von dem Bart, den er sich hatte stehen lassen. Ein Flüchtlingsbart.

»Entschuldigung«, sagte ich. »Ich habe mich gerade gefragt, ob du nicht Lust auf etwas *Richtiges* zu Mittag hättest?«

»Oh. Nun. Danke, aber ich habe noch einiges zu erledigen. Vielleicht das nächste Mal.«

Trotz der Hitze trug er Kordhosen und ein Flanellhemd mit langen Ärmeln. Ich nahm zur Kenntnis, daß nach wie vor beide Arme in Mullbinden steckten. Eine Alarmglocke begann in meinem Kopf zu klingeln.

»Ist die Entzündung immer noch nicht abgeklungen?«

»Es geht langsam voran, aber es geht.«

Ich warf einen Blick hinunter auf seine Füße und bemerkte, daß seine Knöchel dick aussahen. Seine Sportschuhe waren ohne Schnürsenkel, die Laschen hingen lose heraus, da die Seiten auseinanderklafften, um seine geschwollenen Füße aufzunehmen.

»Was ist mit deinen Füßen geschehen?«

»Ein kleines Ödem. Nebenwirkung der Medizin. Paß auf, Mac, ich muß mich jetzt beeilen.« Er warf einen Gang ein. »Ich ruf dich an.«

Es war bereits einige Wochen nach Labor Day, und ich hatte viel über Creighton nachgedacht. Ich machte mir Sorgen um ihn, und ich stellte fest, daß ich doch noch tiefergehende Gefühle für ihn hegte, als ich zugeben wollte.

Dann erschien der Staatspolizist in meinem Büro. Er wirkte groß und ehrfurchtgebietend hinter seiner dunklen Sonnenbrille, und seine Frisur war nur einen Millimeter von einer Totalglatze entfernt. Er zeigte mir ein grobkörniges Foto von Creighton.

»Kennen Sie diesen Mann?« wollte er mit tiefer Stimme wissen.

Mein Mund war trocken, während ich erwog, ob er mich nach meiner Beteiligung daran befragen würde, was auch immer Creighton getan hatte; oder schlimmer: ob ich nicht mal mit nach unten kommen und den Körper identifizieren könnte.

»Sicher. Wir sind zusammen aufs College gegangen.«

»Haben Sie ihn im vergangenen Monat gesehen?«

Ich zögerte keine Sekunde und improvisierte.

»Nein. Nicht seit unserem Abschluß.«

»Wir haben Anlaß zu der Vermutung, daß er sich in dieser Gegend aufhält. Sollten Sie ihm begegnen, melden Sie sich bitte umgehend bei der Staatspolizei oder ihrer lokalen Polizeidienststelle.«

»Was hat er denn angestellt, Officer?«

Er drehte sich um und ging auf die Tür zu, ohne sich zu einer Antwort herabzulassen. Wie immer verfehlte unverhohlene Arroganz nicht, etwas in mir auszulösen.

»Ich habe Sie etwas gefragt, *Officer*. Ich erwarte die Höflichkeit einer Antwort.«

Er wandte sich um und sah mich an, dann zuckte er die Achseln. Etwas von der Dirty Harry-Fassade wich bei diesem Zucken aus seinem Gesicht.

»Warum nicht?« meinte er. »Er wird wegen schweren Diebstahls gesucht.«

Na großartig.

»Was hat er gestohlen?«

»Ein Buch.«

»Ein *Buch*?«

»Yeah. Es ist kaum zu glauben. Wir haben Vergewaltigungen und bewaffnete Raubüberfälle vorliegen, aber diesem Buch wird Vorrang eingeräumt. Mir ist egal, wie wertvoll es ist oder wie sehr die Universität von Massachusetts es haben will, es bleibt nur ein Buch. Aber diese Leute in Massachusetts sind echt wild darauf, es zurückzubekommen. Ihr Gouverneur ging zu unserem Gouverneur und... na, Sie wissen ja, wie das läuft. Wir haben vor einiger Zeit seinen Wagen verlassen in der Nähe von Lakehurst gefunden, daher wissen wir, daß er hier gewesen sein muß.«

»Sie glauben, er ist zu Fuß unterwegs?«

»Vielleicht. Oder er hat ein anderes Auto gemietet oder gestohlen. Wir prüfen das gerade.«

»Falls er auftauchen sollte, lasse ich es Sie wissen.«

»Tun Sie das. Ich habe den Eindruck, daß die Sache schnell und glimpflich beigelegt sein wird, wenn er das Buch in einem Stück zurückbringt.«

»Ich werd's ihm sagen, wenn ich Gelegenheit dazu bekomme.«

Sobald er verschwunden war, rief ich in Creightons Motel an. Seine Stimme war belegt, als er Hallo sagte.

»Jon! Die Staatspolizei war hier und hat nach dir gefragt!«

Er murmelte einige Worte, die ich nicht verstand. Etwas stimmte nicht. Ich hängte ein und eilte zu meinem Wagen.

In diesem besagten Motel gibt es nur etwa 20 Zimmer. Ich erspähte den Wrangler am entlegensten Ende des kleinen Parkplatzes. Nummer fünf befand sich auf einer Ecke im ersten Stock. Ein BITTE NICHT STÖREN-Schild baumelte am Türknauf. Ich klopfte zweimal an und erhielt keine Antwort. Ich versuchte den Knauf. Er drehte sich.

Drinnen war es dunkel bis auf das Tageslicht, das mit mir hereinkam. Und dieses Licht erhellte einen katastrophalen Anblick. Das Zimmer sah aus wie das Innere eines Müllcontainers auf der Rückseite eines ganzen Blockes von Fast Food-Läden. So roch es auch. Da waren Pizzaschachteln, Hamburgereinwickelpapiere, Servietten von Submarine-Sandwiches, Verpackungen von chinesischem Essen, ein Muster jedes Geschäftes in der Umgebung, das nach Hause lieferte. Und es war heiß. Entweder war die Klimaanlage ausgefallen, oder sie war überhaupt nicht eingeschaltet.

»Jon?« Ich schaltete das Licht ein. »Jon, bist du da?«

Er saß in einem Stuhl in der Ecke gegenüber dem Bett, eingehüllt in einen Haufen von Bettlaken. Papiere und Landkarten waren auf dem Nachttisch neben ihm aufgehäuft. Sein Gesicht war dort, wo man es unter dem verfilzten Bart erkennen konnte, bleich und ausgezehrt. Er sah aus, als hätte er mindestens dreißig Pfund verloren. Ich warf die Tür hinter mir ins Schloß und stand sprachlos da.

»Mein Gott, Jon, was ist mit dir?«

»Nichts. Es geht mir gut.« Seine heisere, dumpfe Stimme zeugte von etwas anderem. »Was machst du hier, Mac?«

»Ich bin gekommen, um dir zu erzählen, daß die Staatspolizei mit Fotos von dir unterwegs ist, aber soweit ich sehen kann, dürfte das im Moment dein geringstes Problem sein. Du bist schwer krank!« Ich griff nach dem Telefon. »Ich rufe einen Krankenwagen.«

»*Nein*! Mac, bitte *nicht*!«

Die Angst und mitleiderregende Qual in seiner Stimme ließen mich innehalten. Ich starrte ihn an, den Hörer noch in der Hand.

»Warum nicht?«

»Weil ich dich anflehe, es nicht zu tun!«

»Aber du bist krank, du könntest draufgehen, du bist nicht bei dir!«

»Nein. Das zumindest stimmt nicht. Vertrau mir, wenn ich dir sage, daß kein Krankenhaus auf der Welt mir helfen kann – weil ich nicht sterbe. Und wenn du mich je geliebt hast, wenn es dich je gekümmert hat, wer ich bin und was ich in meinem Leben erreichen will, dann legst du den Hörer jetzt zurück und gehst durch diese Tür wieder hinaus.«

Da stand ich im heißen, feuchten Schmutz des kleinen Zimmers, den Telefonhörer in der Hand, roch den Abfall, bemerkte den Anflug eines anderen Geruchs, eine schwache, saure Fäule, die unter allem anderen lag, und fühlte mich hin- und hergerissen von der Entscheidung, vor der ich stand.

»Bitte, Mac«, sagte er. »Du bist die einzige Person auf der Welt, die es verstehen kann. Liefere mich nicht irgendwelchen Fremden aus.« Er schluchzte. »Ich kann dich nicht daran hindern. Ich kann dich nur inständig bitten. Bitte. Leg den Hörer auf und geh.«

Es war das Schluchzen, das mich bewog. Ich knallte den Hörer auf die Gabel.

»Verdammt!«

»Zwei Tage, Mac. In zwei Tagen wird es mir besser gehen. Warte ab und überzeuge dich selbst.«

»Du kannst dich verlassen, daß ich mich davon überzeuge – ich bleibe nämlich hier bei dir!«

»Nein! Das kannst du nicht! Du hast kein Recht, dich einzumischen. Das hier ist *mein* Leben! Laß es mich so bewältigen, wie ich muß! Und jetzt geh, Mac. Bitte.«

Natürlich hatte er recht. Darum war es bei uns stets gegangen, als wir noch zusammen gewesen waren. Ich mußte Abstand halten. Und das machte mich fertig.

»In Ordnung«, sagte ich mit einem Kloß in der Kehle. »Du hast gewonnen. In zwei Tagen komme ich wieder.«

Ohne eine Antwort abzuwarten, öffnete ich die Tür und trat hinaus ins helle Sonnenlicht des Septembers.

»Danke, Mac«, sagte er noch. »Ich liebe dich.«

Ich wollte das nicht hören. Ich warf einen letzten Blick zurück, als ich die Tür zuzog. Er saß nach wie vor vom Kinn bis zum Boden eingehüllt in seine Laken, aber im letzten Augenblick, bevor die Tür ihn vor meinem Blick abschirmte, glaubte ich etwas Weißes, Spitzes zu sehen, etwa vom Durchmesser eines Gartenschlauches, das sich unter dem Belag aus Laken herausschlängelte und sich dann schnell wieder zurückzog.

Ein Anflug von Übelkeit warf mich gegen die Außenmauer des Motels, als die Tür zuschnappte. Ich mußte mich anlehnen, mir war schlecht und schwindlig, und ich versuchte, zu Atem zu kommen.

Eine optische Täuschung. Das sagte ich mir, als der Schwindelanfall nachließ. Ich hatte in die Helligkeit draußen geblinzelt und das Licht hatte mir einen Streich gespielt.

Natürlich mußte ich es nicht darauf bewenden lassen, mir das einzureden. Ich konnte einfach die Tür noch einmal öffnen und nachsehen. Ich griff sogar nach dem Knauf, aber ich konnte mich nicht überwinden, ihn zu drehen.

Zwei Tage. Creighton hatte zwei Tage verlangt. Dann würde ich es herausfinden.

Aber es dauerte keine zwei Tage. Am nächsten Morgen war ich unfähig, mich zu konzentrieren, und sagte schließlich alle meine Termine ab. Ich brachte den ganzen Tag damit zu, in meinem Büro oder meinem Wohnzimmer im Kreis zu laufen; und wenn ich nicht herumlief, telefonierte ich. Ich rief die American Folklore Society und die New Jersey Historical Society an. Sie hatten Creighton nicht nur keine der von ihm erwähnten Subventionen gewährt, sie hatten noch nicht einmal von ihm gehört.

Als der Abend hereinbrach, hatte ich genug. Ich fing an, in Creightons Zimmer anzurufen. Ich erhielt keine Antwort. Ich versuchte es noch ein paar Mal, und als er bis elf Uhr nicht abgenommen hatte, machte ich mich zum Motel auf.

Ich war fast erleichtert, zu sehen, daß der Wrangler vom Parkplatz verschwunden war. Zimmer Nummer fünf war unverschlossen und nach wie vor eine Müllhalde, was bedeutete, daß er das Zimmer noch immer gemietet hatte – oder noch nicht lange fort war.

Was hatte er vor?

Ich begann, den Raum zu durchsuchen. Ich fand das Buch unter dem Bett. Es war riesig, schwer und in Kunststoff eingeschlagen, auf dem vorne eine gekritzelte Notiz klebte:

Bitte zurück an das Miskatonic Universitätsarchiv

Ich zog es aus der Plastikhülle hervor. Es war in Leder gebunden und in lateinischer Handschrift geschrieben. Nur schwer konnte ich den Titel entziffern – etwas wie *Liben Damnatus.* Aber innen hinter dem Buchdeckel lagen Creightons Karten und ein Bündel schräg hingekritzelter Notizen in schwarzer Tinte. Die Notizen waren durcheinander und wären vermutlich auch dann noch unzusammenhängend gewesen, wenn man sie in der richtigen Reihenfolge angeordnet hätte. Aber bestimmte Worte und Phrasen tauchten immer wieder auf: *Nexus-Punkt, Äquinoktium, die lumen* und *Schleier.*

Es dauerte eine Weile, bis ich den Sinn hinter den Notizen verstand. Offensichtlich betraf ein Kapitel des von Creighton gestohlenen Buches ›Nexus-Punkte‹ überall auf dem Globus, an denen sich zweimal im Jahr, zur Tagundnachtgleiche im Frühling und im Herbst, der ›Schleier‹, der die Realität verfälschte, für kurze Zeit hob; dies gestattete einer unerschrockenen Seele, einen Blick unter dessen Rand zu werfen, um die wahre Natur der Welt um uns herum zu erkennen, der Welt, die ›uns nicht gestattet ist‹ zu sehen. Von diesen ›Nexus-Punkten‹ gab es nur wenige, und sie lagen weit auseinander. Von den vier bekannten befand sich je einer in der Nähe jedes Poles, einer in Tibet und einer in der Nähe der Ostküste Nordamerikas.

Ich seufzte. Crazy Creighton war seinem Spitznamen wieder gerecht geworden. Es machte mich traurig. Das alles war so untypisch für ihn. Einst war er der ultimative Zyniker gewesen, und nun setzte er seine Gesundheit und seine Freiheit aufs Spiel auf der Jagd nach diesem mystischen Schwachsinn.

Und was mich noch trauriger stimmte, war, daß er mich angelogen hatte. Ganz offensichtlich war er nie auf der Suche nach Geschichten über den Teufel von Jersey gewesen – sondern nach einem dieser ›Nexus-Punkte‹. Und er war scheinbar überzeugt davon, daß er einen davon jenseits des Razorback Hill ausfindig gemacht hatte.

Er tat mir leid. Aber ich las weiter.

Den Notizen zufolge konnten die ›Nexus-Punkte‹ lokalisiert werden, indem man ›den lumen‹ an einen Ort folgte, der von Mensch und Tier und Vegetation gleichermaßen gemieden wurde.

Plötzlich wurde ich unruhig. ›Die lumen‹ – lateinisch für Lichter! Konnten damit die Pinienlichter gemeint sein? Und die ›kahle Stelle‹, die Fred uns gezeigt hatte – das war definitiv ein Ort, der von Mensch und Tier und Vegetation gemieden wurde.

Ich fand ein ganzes Blatt, das mit Anmerkungen über die Leute vom Razorback Hill gefüllt war. Der letzte Absatz war besonders beunruhigend: *Die Menschen jenseits des Razorback Hill sind nicht aufgrund von Inzucht mißgestaltet, wenngleich ich überzeugt bin, daß auch das einen Anteil dazu beiträgt. Ich glaube vielmehr, daß ihre Deformationen aus der direkten Nähe zum Nexus-Punkt resultieren, in der sie bereits seit Ge-*

nerationen leben. Das halbjährliche Heben des Schleiers muß über die Jahre genetische Schäden hervorgerufen haben.

Ich zog Creightons Karten hervor und breitete sie auf dem Bett aus. Ich folgte den Linien, die er von Apple Pie Hill, von Gus' Feuerstelle und unserem nächtlichen Lagerplatz aus gezogen hatte. Alle drei Linien stellten die Zugrichtung der Pinienlichter dar, und alle drei trafen sich ganz in der Nähe des von ihm eingezeichneten Kreises, der als Razorback Hill gekennzeichnet war. Und direkt neben diesem Treffpunkt der Pinienlichtrouten, eigentlich genau darüber, hatte er einen weiteren Kreis eingetragen, einen kleinen, der mit Längen- und Breitengraden versehen und *Nexus* benannt war!

Ich machte mir allmählich Sorgen. Sogar meine eigene Skepsis begann zu schwinden. Das alles paßte viel zu gut zusammen. Ich sah auf meine Armbanduhr. Elf Uhr zweiunddreißig.

Das Datumsfenster zeigte eine 21. Der einundzwanzigste September. Wann war die Tagundnachtgleiche? Ich griff zum Telefon und rief einen alten Muschelwühler an, der mein Klient war, seit ich das Büro eröffnet hatte. Er wußte die Antwort sofort: »Die herbstliche Tagundnachtgleiche. Die ist am einundzwanzigsten September. Ungefähr in 'ner halben Stunde, von jetzt an gesehen.«

Ich ließ den Hörer fallen und rannte zu meinem Wagen. Ich wußte genau, wo ich Jonathan Creighton finden würde.

9. Der Rand des Schleiers

Ich raste den Parkway bis zur Ausfahrt Bass River entlang und versuchte, den Weg zu Gus Sooys Hütte wiederzufinden. Was am hellen Tag bereits ein schwieriges Unterfangen gewesen war, erwies sich bei Nacht nochmals eine ganze Ecke komplizierter. Aber es gelang mir, Gus' rote Zeder zu finden. Ich hatte vor, ihn zu überreden, mir einen raschen Weg auf die andere Seite von Razorback Hill zu zeigen, wobei ich hoffte, der Umstand, daß Creighton bereits dort war, würde ihn zugänglicher stimmen. Aber als ich auf Gus Sooys Lichtung ankam, stellte ich fest, daß er nicht allein war.

Die Razorback-Leute waren dort. Alle von ihnen, so wie die Menge aussah.

Ich fand Gus auf den Eingangsstufen stehend, ein Krug baumelte in seiner Hand. Er war ganz offensichtlich erschrocken, mich zu sehen, und alles andere als gastfreundlich.

»Was wollen Sie?«

Bevor ich antworten konnte, erkannten mich die Hügelbewohner und ein kleiner Haufen von ihnen umringte uns.

»Warum sind die alle hier?« fragte ich Gus.

»Nur zu Besuch«, sagte er beiläufig, aber er blickte mir dabei nicht in die Augen.

»Es hat nicht zufällig etwas damit zu tun, was gerade an der kahlen Stelle auf der anderen Seite des Razorback Hill vor sich geht, nicht wahr?«

»Zum Teufel mit Ihnen! Sie haben herumgeschnüffelt, stimmt's? Sie und Ihr Freund. Die haben mir erzählt, daß er öfters vorbeikam und alle möglichen Fragen gestellt hat. Wo ist er jetzt? Versteckt er sich in den Büschen?«

»Er ist drüben«, entgegnete ich und deutete zur Kuppe des Razorback Hill. »Und wenn meine Vermutung richtig ist, steht er mitten im Zentrum der kahlen Stelle.«

Gus ließ seinen Krug fallen. Er zerschellte auf den Bohlen der Stufen. »Wissen Sie, was mit ihm passieren wird?«

»Nein«, antwortete ich. »Wissen Sie es?« Ich drehte mich nach den Hügelbewohnern um. »Oder sie hier?«

»Ich glaube nicht, daß irgend jemand das weiß, am allerwenigsten sie. Aber sie haben Angst. Sie kommen zweimal im Jahr hierher, wenn die Aktivitäten an der kahlen Stelle beginnen.«

»Haben Sie je gesehen, was dort geschieht?«

»Einmal. Will's nie wieder sehen.«

»Warum haben Sie es nie jemandem erzählt?«

»Was? Und alle möglichen Sorten von Schwachköpfen hier herauflocken, die glotzen und rumblödeln und diesen Ort zubauen und zugrunderichten? Da nehmen wir alle hier lieber zweimal im Jahr den Irrsinn der kahlen Stelle auf uns, als jeden Tag im Jahr den Wahnsinn solcher Idioten.«

Ich hatte nicht die Zeit, auf Creightons Theorie einzugehen, daß die kahle Stelle den Hügelbewohnern genetisch schadete. Ich mußte Creighton finden.

»Wie komme ich dorthin? Was ist der schnellste Weg?«

»Sie können nicht…«

»*Sie* sind auch dort gewesen!« Ich wies auf die Laute vom Razorback.

»Also schön!« sagte er mit offener Feindschaft. »Wie Sie wollen. Es gibt einen Pfad hinter meiner Hütte hier. Folgen Sie ihm über die linke Flanke des Hügels.«

»Und weiter?«

»Und weiter brauchen Sie keine Anweisungen mehr. Sie werden wissen, wo es langgeht.«

Seine Worte klangen unheilvoll, aber ich konnte ihn nicht weiter bedrängen. Eine Gefühl enormer Dringlichkeit trieb mich vorwärts. Die Zeit lief ab. Schnell. Ich hatte die Taschenlampe schon dabei, also eilte ich um seine Hütte herum und folgte dem Pfad.

Gus hatte recht gehabt. Als ich die Flanke des Hügels überquert hatte, sah ich Lichter durch die Bäume flackern wie Blitze, so als ob ein sehr kleines und sehr heftiges Gewitter dort auf den Boden herabgeholt und verankert worden wäre. Ich beschleunigte meine Schritte, rannte, wo das Gelände es zuließ. Der Wind frischte auf, als ich mich dem Gewitterbereich näherte, und wuchs von einer unsteten Brise zu einer ausgewachsenen Sturmböe an, bis ich endlich durch das Gebüsch brach und auf die Lichtung taumelte, welche die kahle Stelle umgab.

Chaos. Nur so kann ich es beschreiben. Ein Alptraum aus kaskadenartig herabstürzenden Lichterscheinungen und brüllendem Wind. Die Pinienlichter – oder *lumen* – waren da, Hunderte von ihnen in allen Größen. Unbeeinflußt von der aufgewühlten Luft tanzten sie in wilden Bögen umher, und ein jedes leuchtete glitzernd auf, wenn es durch den Bereich oberhalb der kahlen Stelle sauste. Und die kahle Stelle selbst – sie glomm in einem matten, violetten Licht, das vierzig oder fünfzig Fuß hoch in die Luft reichte, bis es sich in der Nacht verlor.

Das entwendete Buch, Creightons Aufzeichnungen – es war kein mystischer Unsinn. Etwas Kataklysmisches geschah hier, etwas, daß sämtlichen Naturgesetze verspottete – sofern diese Gesetze noch von Bedeutung waren. Ob dies wirklich einer der Nexus-Punkte war, die er beschrieben hatte, ein flüchtiger Riß in der Wirklichkeit, die uns umgab, das konnte jetzt nur Creighton mit Bestimmtheit sagen.

Denn ich erspähte jemanden inmitten der kahlen Stelle. Noch konnte ich seine Züge von dort, wo ich stand, nicht erkennen, aber ich wußte, es war Jonathan Creighton.

Ich sprintete vorwärts, bis ich den Rand erreichte, stoppte aber im Sand, noch bevor ich in das Glühen hinübergetreten war. Creighton war dort drinnen, auf Knien, seine Hände und Füße im Sand eingegraben. Er starrte hoch, sein Gesichtsausdruck eine schwankende Mischung zwischen Furcht und Staunen. Ich rief seinen Namen, aber er hörte mich durch das Gebrüll des Windes nicht. Zweimal blickte er direkt zu mir herüber, aber trotz meines wilden Geschreis und Winkens sah er mich nicht.

Ich hatte keine andere Wahl. Ich mußte die kahle Stelle betreten... den Nexus-Punkt. Es war nicht leicht. Jeder Instinkt, über den ich verfügte, schrie mir zu, in die entgegengesetzte Richtung davonzulaufen, aber ich konnte ihn nicht so hierlassen. Er sah hilflos aus, gefangen wie ein Insekt auf Fliegenpapier. Ich mußte ihm helfen.

Ich holte tief Luft, schloß meine Augen und stieg hinüber – und begann vorwärtszustolpern. Oben und unten schienen hier irgendwie anders ausgerichtet zu sein. Ich öffnete die Augen wieder und fiel auf die Knie, wobei ich fast auf Creighton landete. Ich sah mich um und erstarrte.

Die Pinienwälder waren verschwunden. Die Nacht war verschwunden. Hier herrschte ein trübes Dämmerlicht, nur der Wind heulte nach wie vor um uns herum und die Pinienlichter blitzten ringsumher auf, erschienen und verschwanden über uns, als ob sie durch unsichtbare Wände herein- und hinausflögen. Wir befanden uns irgendwo... *anders*: auf einer weitläufigen, nebelverhangenen Ebene, die sich ins Unendliche zu erstrecken schien, lediglich stellenweise unterbrochen von klumpenförmiger Vegetation und riesigen Nebelbänken, von denen eine ganz nahe zu meiner Linken hing und sich endlos nach oben und überallhin auszudehnen schien. In nicht mehr zu ermessender Entfernung von uns erhoben sich Berge von der Höhe des Mondes und verschwanden im Dunst des violetten Himmels. Der Horizont – oder was ich für den Horizont hielt – krümmte sich nicht so, wie er es sollte. Dieser Ort wirkte so viel *größer* als die Welt – unsere Welt –, die nur wenige Fuß entfernt auf uns wartete.

»Mein Gott, Jon, wo sind wir?«

Er fuhr zusammen und wandte den Kopf. Seine Hände und Füße blieben im Sand vergraben. Seine Augen weiteten sich in Entsetzen, als er mich erkannte.

»Nein! Du solltest nicht hier sein!«

Seine Stimme war kräftiger und verzerrter als am Tag zuvor. Merkwürdigerweise wirkte seine blasse Haut im mauvefarbenen Licht fast gesund.

»Du genausowenig!«

Da hörte ich etwas. Über dem Pfeifen des Windes ertönte ein anderes Geräusch. Ein Grollen wie von einer Lawine. Es kam von irgendwo innerhalb der Nebelbank links von uns. Da war etwas Massives, etwas immens Großes, das sich dort drinnen bewegte, und der Nebel schien sich in unsere Richtung zu bewegen.

»Wir müssen hier verschwinden, Jon!«

»Nein! Ich bleibe!«

»Auf keinen Fall! Komm mit!«

Er war mitgenommen von der Infektion und offensichtlich völlig durcheinander. Mir war egal, was er sagte, ich würde ihn nicht an diesem Ort sein Leben aufs Spiel setzen lassen. Ich würde ihn hier herausholen und sechs Monate darüber nachdenken lassen. Wenn er dies hier dann *immer noch* probieren wollte, wäre es seine freie Entscheidung. Aber er war im Augenblick nicht zurechnungsfähig.

Ich schloß meine Arme um seine Brust und versuchte, ihn auf die Füße zu zerren.

»Mac, bitte! Tu das nicht!«

Seine Hände blieben im Sand stecken. Er schien sich dort an etwas festzuhalten. Ich packte seinen rechten Ellenbogen und zog. Er schrie, als sich seine Hand aus dem Sand löste. Dann schrie auch ich, ließ ihn los und warf mich auf dem Sand fort von ihm.

Denn seine Hand war nicht länger eine Hand.

Sie war groß und weiß und hatte diese langen, zähen, spitz zulaufenden Auswüchse, wie eine Kartoffel, die zu sprießen beginnt, weil man sie zu lange unter der Spüle liegengelassen hat. Nur daß diese Dinger sich bewegten, sich drehten und wanden wie eine Handvoll Albinoschlangen.

»Geh, Mac!« sagte er mit veränderter Stimme, und an seinem Gesicht und seinen Augen konnte ich ablesen, daß er nicht gewollt hatte, daß ich ihn so sah. »Du gehörst nicht hierher!«

»Und du?«

»*Jetzt* schon!«

Ich brachte es nicht über mich, seine Hand zu berühren, also lehnte ich mich vorwärts und ergriff etwas von seinem Hemd. Ich zerrte.

»Wir können Ärzte finden! Sie können dich wieder in Ordnung bringen! Du kannst ...«

»NEIN!«

Es war ein Schrei und es war auch etwas anderes. Etwas Langes und Weißes und Hartes, wie angespannte Muskeln, ganz ähnlich den Dingern, die aus seinem Hemdsärmel vorstanden, schoß aus seinem Mund, rammte gegen meinen Oberkörper und meine Brüste und stieß mich weg. Dann glitt es zurück in seinen Mund.

Das gab den Ausschlag. Ich taumelte auf die Füße und rannte blindlings in die Richtung, aus der ich gekommen war, davon. Mit einem Mal war ich wieder in den Pinienwäldern, in der kühlen Nacht mit den wie irrsinnig umherzischenden Lichtern über meinem Kopf. Ich stolperte zu den Büschen davon, fort vom Nexus-Punkt, fort von Jonathan Creighton.

Am Rande der Lichtung zwang ich mich anzuhalten und einen Blick zurückzuwerfen. Ich sah Creighton. Seine schrecklich verformte Hand war hoch erhoben. Ich wußte, daß er mich nicht sehen konnte, dennoch sah es fast so aus, als winke er mir zum Abschied. Dann senkte er die Hand und arbeitete seine Tentakel zurück in den Sand.

Das letzte, an das ich mich von dieser Nacht erinnern kann, ist, daß ich mich übergab.

10. Nachwirkungen

Ich erwachte umringt von den Hügelbewohnern, die mich am nächsten Morgen gefunden und über mich gewacht hatten, bis ich wieder zu mir gekommen und klar im Kopf war. Sie boten mir Speisen an, aber ich konnte nichts essen. Ich lief zurück zur Lichtung, zu der kahlen Stelle.

Sie sah genauso aus wie damals, als Creighton und ich sie im August das erst Mal besucht hatten. Keine Lichter, kein Wind, kein violettes Glühen. Nur nackter Sand.

Und kein Jonathan Creighton.

Ich hätte mich vielleicht davon überzeugen können, daß die Ereignisse der vorangegangenen Nacht sich nie zugetragen hatten, wäre da nicht die geschwollene, wundviolette Schramme auf meiner Brust gewesen. Ohne sie hätte es funktioniert. Aber so sehr sich mein Verstand auch sträubte, konnte ich die Wahrheit doch nicht verleugnen. Ich hatte auf die andere Seite des Schleiers geschaut, und mein Leben würde nie mehr dasselbe sein.

Ich sah mich um und wußte, daß alles, was ich erblickte, nur eine Täuschung war, eine durchdachte Illusion. Doch warum? Wozu diente der Schleier? Um uns vor Schaden zu schützen? Oder um uns davor zu bewahren, dem Wahnsinn anheimzufallen? Die Wahrheit hatte mir keinen Frieden gebracht. Wer konnte es schon beruhigend finden, zu wissen, daß es dort draußen gewaltige, unfaßbare Kräfte jenseits unseres Verständnisses gab, die sich rings um uns bewegten, gerade außerhalb unserer Wahrnehmung?

Mir war nach Davonlaufen zumute... doch wohin?

Ich floh nach Hause. Dort bin ich während der letzten Monate geblieben. Ans Haus gefesselt. Habe es nur für die nötigsten Einkäufe verlassen. Meine Klienten habe ich alle verloren. Ich lebe von meinen Ersparnissen, lerne Latein, übersetze das Buch, das Jon gestohlen hat. War das, was ich gesehen habe, die wahre Realität unserer Existenz, war es eine andere Dimension, oder was sonst? Ich weiß es nicht. Creighton hatte recht: Zu wissen, daß man nichts weiß, macht einen wahnsinnig. Es frißt einen auf.

Ich warte also auf den Frühling. Warte auf die Tagundnachtgleiche. Vielleicht werde ich dann das Haus verlassen und einigen Pinienlichtern hinterherjagen – oder *lumen*, wie das Buch sie nennt. Vielleicht berühre ich eins von ihnen, vielleicht auch nicht. Vielleicht kehre ich, wenn es zur Tagundnachtgleiche kommt, zum Razorback Hill zurück, zu der kahlen Stelle. Vielleicht suche ich nach Jon. Er könnte dort sein, oder auch nicht. Ich könnte den kahlen Fleck betreten, ich könnte es auch bleiben lassen. Und falls ich es tue, komme ich vielleicht nicht zurück. Oder doch.

Ich weiß nicht, was ich tun werde. Ich weiß gar nichts mehr. Ich habe jetzt einen Punkt erreicht, wo ich mir nur noch einer Sache wirklich sicher bin: Nichts ist mehr sicher.

Zumindest nicht auf dieser Seite des Schleiers.

„Dead Ends" präsentiert in deutscher Erstveröffentlichung Horror- und Phantastikerzählungen aus dem angloamerikanischen Sprachraum. Vertreten sind Meister des zeitgenössischen Schreckens, Geheimtips aus der amerikanischen Horrorszene sowie hochkarätige, in Deutschland bisher unpublizierte Newcomer. Geboten werden unter anderem Kurzgeschichten und Novellen von Peter Straub, Joyce Carol Oates, David Morell, Ramsey Campbell, Douglas Clegg, Douglas E. Winter und Joe R. Lansdale. Von subtilem Grusel bis hin zu explizitem Splatter ist alles vertreten, was die moderne Literatur dieses Genres aufzubieten hat.

Dead Ends
Angloamerikanische Horrorstories
(Hrsg. von Frank Festa und Jens Schumacher)
Reihe: Horror-▲, 220 Seiten, 32,– DM
ISBN 3-930559-67-6

„Entitäten" vereint 13 Erzählungen aus den Bereichen Dark Fantasy, Horror und Science Fiction, die nicht auf einzelne konzeptuelle Muster beschränkt sind, sondern sich formal zwischen Kurzgeschichte und Novelle bewegen; das stilistische Spektrum erstreckt sich von gotischer Schauerromantik über fabelartige und psychologische Texte bis hin zu expliziten Horrorstories.
H.R. Giger (Kultkünstler und Oscargewinner für die Ausstattung des Films „Alien") schreibt zu diesem Buch: „Diese schaurigen Geschichten finde ich ausgezeichnet! Sie haben mir beim Lesen viel Freude bereitet. Sie sind sehr realistisch, das macht sie auch so glaubhaft stark – sackstark!"

Jens Lossau/Jens Schumacher:
Entitäten
13 unangenehme Erzählungen
Reihe: Horror-▲, 210 Seiten, 25,– DM
ISBN: 3-930559-66-8

REIHE
HORROR-▲
VENTIL VERLAG

VENTIL VERLAG • Augustinerstr. 18 • 55116 Mainz • Tel: (06131) 22 60-78 • Fax: -79
E-Mail: mail@ventil-verlag.de • www.ventil-verlag.de